KB034719

날개의 집

이청준 전집 23 중단편집

날개의 집

초판 1쇄 발행 2015년 3월 13일

지은이 이청준
펴낸이 주일우
펴낸곳 ㈜**문학과지성사**
등록번호 제1993-000098호
주소 121-894 서울 마포구 잔다리로7길 18(서교동 377-20)
전화 02)338-7224
팩스 02)323-4180(편집) 02)338-7221(영업)
전자우편 moonji@moonji.com
홈페이지 www.moonji.com

ISBN 978-89-320-2103-4
ISBN 978-89-320-2080-8(세트)

이 도서의 국립중앙도서관 출판예정도서목록(CIP)은 서지정보유통지원시스템 홈페이지(http://seoji.nl.go.kr)와 국가자료공동목록시스템(http://www.nl.go.kr/kolisnet)에서 이용하실 수 있습니다. (CIP제어번호: CIP2015005664)

이청준 전집 23

날개의 집

문학과지성사
2015

일러두기

1. 문학과지성사판 『이청준 전집』에는 장편소설, 중단편소설, 그리고 작가가 연재를 마쳤으나 단행본으로 발간되지 않은 작품과 미완성작 등을 모두 수록했다.

2. 전집의 권별 번호는 개별 작품이 발표된 순서를 따르되, 장편소설의 경우 연재 종료 시점을, 중단편소설의 경우 게재지에 처음 발표된 시점을 기준으로 삼았다. 단, 연재 미완결작의 경우 최초 단행본 출간 시점을 그 기준으로 삼았다. 중단편집에 묶인 작품들 역시 발표된 순서대로 수록하였으며, 각 작품 말미에 발표 연도를 밝혀놓았다.

3. 전집의 본문은 『이청준 문학전집』(열림원) 발간 이후 작가가 새롭게 교정, 보완한 내용을 충실히 반영하여 확정하였다. 특히 미발표작의 경우 작가가 남긴 관련 자료에 근거하여 수록하였음을 밝힌다.

4. 전집의 각 권에는 작품들을 수록하고 새롭게 씌어진 해설을 붙였으며 여기에 각 작품 텍스트의 변모 과정과 이청준 작품들의 상호 관계를 밝히는 글을 실었다. 이 글은 현재의 문학과지성사판 전집의 확정 텍스트에 이르기까지 주요한 특징적 변모를 잘 보여준다.

5. 이 책의 맞춤법은 국립국어연구원의 '한글 맞춤법'에 따르는 것을 원칙으로 하되, 띄어쓰기의 경우 본사의 내부 규정을 따랐다. 단, 작품의 분위기에 영향을 준다고 판단되는 방언이나 구어체 표현 · 의성어 · 의태어 등은 작가의 집필 의도를 살려 그대로 두었다(괄호 안: 현행 맞춤법 표기).
   예) ①방언 및 의성어 · 의태어: 밴밴하다(반반하다) 희멀끄럼하다(희멀겋다) 달겨들다(달려들다) 드키(듯이) 뚤레뚤레(둘레둘레) 뎅강(뎅궁) 까장까장(꼬장꼬장)
   ②작가의 고유한 표현:
   -그닥(그다지) 범상찮다(범상치 않다) 들춰업다(둘러업다)
   -입물개 개얹고 아심찮게도 목짓 편뜻 사양기
   ③기타: 앞엣사람 옆엣녀석 먼젓사람 천릿길 뱃손님 뒷번
   그리고 나서(그러고 나서) 그리고는(그러고는)

6. 이 책의 외래어 표기는 국립국어연구원의 '외래어 표기법'에 따라 바꾸었다. 단, 작품의 제목이나 중요한 어휘로 등장하는 경우에는 원본을 그대로 살렸다.
   예) ①맘모스(매머드) 세느(센) 뎃쌍(데생) ②레지('종업원'으로 순화)

7. 이 책에 쓰인 문장부호의 경우 단편, 논문, 예술 작품(영화, 그림, 음악)은 「 」으로, 단행본 및 잡지, 시리즈 명 등은 『 』으로 표시하였다. 대화나 직접 인용은 큰따옴표(" ")와 줄표(—)로, 강조나 간접 인용의 경우 작은따옴표(' ')로 묶었다.

차례

세월의 덫

방송국 직원을 뒤따라 접견실로 들어선 여자는 보글보글 짧게 말아 붙인 파마머리 모습에 진홍색 입술 연지칠을 한 40대 중년 배였다. 그리고 촬영 팀과 함께 초조한 시간을 기다리다 그 붉은 입술이 문을 들어선 순간 자신도 모르게 몸을 벌떡 일으켜 세우며 허둥대기 시작한 맞은편 여자는 그녀보다 10년도 더 나이가 들어 보이는 초로의 시골 아낙풍이었다. 오랜 세파를 오직 그 질긴 육신 하나로 힘들게 헤쳐온 듯한 거친 손매에, 어딘지 피곤기 같은 것이 느껴지면서 그런대로 수더분한 인정미가 엿보이는 소박한 안색의 한복 여인.

하지만 그렇듯 어렵게 마련된 첫 대면이 이루어지고 나서도 두 사람 사이에선 여태까지 주위에서 기대해온 극적인 장면이 연출되질 않았다. 붉은 입술이 방문을 들어와 그때부터 다시 부산하게 움직이기 시작한 촬영 카메라에 둘러싸여 그 언니뻘 여자와 마주하게 되었을 때 그녀의 큰 눈망울엔 분명 뜨겁고 세찬 경련기 같은 것이 스쳐 지나고 있었다. 그러나 그뿐, 그녀는 이내 어떤 완연한 실망기 속에 표정이 차갑게 얼어붙고 말았다. 그 눈빛에 상대를 경계하는 역력한 거부의 빛이 어려들고 있었다. 언니뻘 여자 역시 그녀를 처음 보았을 땐 놀라움과 확신으로 심중이 크게 흔들리고 있었음이 분명했다. 금방 두 팔로 상대를 끌어안을 듯 눈시울이 붉어지고 입술까지 부들부들 떨리고 있었다. 하지만 붉은 입술의 냉랭한 무관심과 거부감 어린 태도 앞에 그녀도 이내 뭔가 자신이 없어진 듯 쉽게 입을 열지 못한 채, 뜨거운 속마음을 지그시 억누르고 있는 표정으로 눈길만 분주하게 허둥대고 있었다.

접견실은 한동안 기대했던바 반갑고 감격스런 장면은커녕 때아니게 싱거운 침묵과 어색한 분위기만 맴돌았다. 그러자 방금 붉은 입술을 안내하고 들어와 두 사람의 반응을 조심스럽게 지켜보던 방송사 직원이 뒤늦게 두 사람의 침묵 사이로 끼어들며 어색한 분위기를 수습하러 나섰다.

"벌써 짐작들을 하고 계시겠지만, 그러니까 이쪽이 언니가 되신다는 박명순 씨, 그리고 지금 저하고 같이 오신 이분이 동생뻘 되시는 박명옥 씨……"

어쩐지 별로 희망적이질 못해 보인 두 사람의 대면에 그는 적이 실망스런 눈치면서도 그것을 적당히 감싸고 넘어가려는 담당자의 충정과 기민성이 담긴 어조였다.

"두 분 간에 서로 어떻게 알아보실 만한 기억이 좀 떠오르시는지요…… 그동안 세월이 너무 많이 흘러가 당장엔 기억이 잘 안 나실지도 모르지만, 실망들 마시고 여기 앉아 천천히 말씀들을 나눠보도록 하십시오."

자리부터 권해오는 그 방송국 사람의 권유가 있고서야 붉은 입술이 먼저 마지못해하는 태도로 아무렇게나 털썩 몸을 주저앉혔다. 그리고는 계속 어떤 자조기 같은 것이 어린 눈길을 이리저리 방심스럽게 굴려대고 있었다.

하지만 붉은 입술의 그 무심하고 야박스런 태도에도 언니뻘은 이미 어떤 분명한 심증이 선 얼굴이었다.

"내 눈엔 아무래도 동생이 틀림없어 보이는데, 저쪽에선 당최 아무것도 알아보질 못하는 모양이니……"

붉은 입술이 하는 대로 자신도 천천히 맞은편 소파 위로 자리를 잡아 앉으며 상대쪽 거동이나 얼굴 표정 하나하나까지 모두 세밀하게 살피고 난 언니뻘은 그 매몰찬 붉은 입술의 태도가 원망스럽기 그지없는 듯 안타까운 호소 조로 중얼거리고 있었다.

"그렇담 계속 이야기를 나누면서 확실한 증거나 기억을 되살려내보도록 하십시오."

언니뻘의 그 단정적인 몇 마디에 다시 용기를 얻은 방송국 직원의 간곡한 부추김. 그리고 거기서 다시 확신을 굳힌 듯한 언니뻘의 애틋하면서도 차분한 목소리—

"그래…… 그 박명옥이란 댁의 성명 석 자는 어렸을 때부터 불러온 진짜가 확실한가요?"

하지만 그에 대한 붉은 입술의 대꾸는 여전히 방심스럽고 쌀쌀

맞기만 했다.

"이름이 언제 바뀌었는지 어쨌는지 모르지만, 내 기억에 남아 있는 어릴 적부터의 이름은 박명옥이뿐이에요. 혹시 그 이전에 그런 일이 있었다면 내가 그걸 어찌 알겠어요."

"그럼 혹시 부친의 함자는 기억하고 있는지?"

"그런 걸 알고 있었다면 뭣 하러 내가 오늘 이런 델 다시 불려 나왔겠어요. 그런 거라도 알았으면 어떻게든지 벌써 이 노릇에 결판을 짓고 말았지……"

"그렇담 어머니 쪽의 성함은 더욱 기억할 길이 없겠구만?"

"……"

"고향이 어떤 덴지…… 고향 동네서 지낸 어렸을 적 기억 같은 건 혹시……?"

물음을 계속해나갈수록 자신이 점점 멀어져가고 있는 언니뻘의 낭패스럽고 초조한 채근질에 붉은 입술은 이제 일일이 대꾸를 하기도 귀찮다는 듯 고개를 연신 가로저어버린다. 그리곤 그것으로 이미 볼일이 다 끝난 사람처럼 빈 눈길을 오연스레 창밖으로 내던졌다.

언니뻘도 그런 그녀의 기분을 더 건드리지 않으려 한동안 조용히 시간을 기다리고 있었다. 그러다가 이윽고 마지막 확인의 방책이 떠오른 듯 한번 더 조심스런 접근을 시도했다.

"그럼 이 한 가지만 더 물어봅시다. 어렸을 적 초등학교엘 다닌 일이 있다면, 혹시 1학년 때 가을 소풍을 갔다 온 기억이 있는지……?"

하지만 붉은 입술은 이제 그도 전혀 흥미가 없다는 식이었다.

"학교를 다녔는지 어쨌는지…… 하지만 그런 때가 있었다면 소풍 같은 것도 갔겠지요."

시인도 부인도 아닌 성의 없는 한마디를 아무렇게나 내뱉고 나서 그녀는 이제 아예 자리까지 훌쩍 털고 일어섰다. 그러나 차마 그대로 방을 나가버릴 수는 없는 듯 주위 사람들을 외면한 채 창문 쪽으로 다가가 망연스레 바깥을 내다보고 서 있었다.

그렇듯 쌀쌀맞은 그녀의 태도에 언니뻘도 이젠 더 무슨 말을 붙여볼 엄두가 안 나는 모양이었다.

"이건 아무래도 틀린 일 같네요……"

그녀가 이번에는 귀추를 기다리고 있는 방송국 사람들을 둘러보면서 신음에 가까운 독백 조를 토해냈다.

"이름과 얼굴로는 꼭 우리 명옥이가 틀림없어 보이는데, 1학년만이라도 학교엘 다녔던 아이라면 그해 가을 소풍 날 저녁 일만은 기억에 남아 있으련만……"

그런데 그때, 그 언니뻘의 탄식에 돌연 묻혔던 기억이 되살아난 듯, 아니면 그 허망스런 실망감만 안고 돌아가게 될 딱한 여인에게 작으나마 위안거리라도 하나 남겨주고 싶어진 듯, 붉은 입술이 여전히 등을 돌려 선 채로 담담하게 말했다.

"그렇게 말하니 한 가지 기억나는 일이 있네요. 그게 소풍을 다녀오던 길인지 어쩐지는 분명치가 않지만, 어느 달빛이 몹시 밝은 가을철 늦저녁께의 고갯길 같은 곳이었어요. 나는 아마 그때 무슨 일로 해선지 한동네 또래 아이들과 어디 먼 곳을 다녀오던 길이었던 것 같아요. 다리가 몹시 아팠던 기억이 남아 있으니까요."

모처럼 입이 열린 그녀의 사연이 좀 길어지려는 기미에 언니뻘은 새삼 어떤 가슴 떨리는 예감과 기대에 휩싸이기 시작한 듯 안색이 무섭게 긴장하고 있었다.

"그런데 어느 만큼 고갯길을 올라오자 맞은편 달빛 속에 하얀 사람들의 모습이 두런두런거리며 우리 쪽을 향해 다가오고 있었어요."

붉은 입술은 계속 등을 돌리고 선 자세 그대로 미동 하나 없이 잠시 더 말을 이어갔다.

"우리를 마중 나온 동네 어른들, 아이들의 엄마 아빠들이었어요. 그 어른들은 우리들과 만나서 한 사람 한 사람씩 바로 자기 아이를 찾아 업고 남은 고갯길을 돌아 올라가기 시작했지요. 하지만 그날 밤 나를 마중 나온 사람은 다른 아이들처럼 어머니나 아버지가 아니었어요. 나보단 나이가 겨우 서너 살밖에 더 먹지 않은 어린 언니였어요. 기억이 그리 분명한 건 아니지만 나를 업을 수가 없는 그런 나이의 언니였을 거예요. 그런데도 나는 그 언니의 작은 등에 업혀 뽀얗게 달이 밝은 가을밤 고갯길을 넘어갔던 기억이 남아 있어요. 지금 생각해보면 그때 내가 다른 아이들처럼 어린 언니의 등에 업혀가기를 고집해서였는지, 언니가 먼저 나를 그렇게 해준 것인지는 기억할 수가 없지만……"

사연은 거기서도 얼마간 더 계속되어나갈 법해 보였다. 어릴 적 일들은 시종 기억을 부인해오기만 한 데 반해 그날 밤의 회상엔 단편적이나마 매우 선명하고 구체적인 데가 있었기 때문이다. 뭔가 더 앞뒤 기억이 남아 있을 수 있었다. 그런데 거기서 그 붉은 입술의 목소리에 갑자기 가는 떨림기가 섞이더니 그대로 그만 남은 말을 속으로 삼켜버리듯 문득 입을 다물고 말았다. 제 사연에 제풀에 감정이 격해진 증거였다. 그리고 역시 아직도 기억 속을 맴도는 사연이 남아 있는 때문일 터였다. 주위 사람들은 그녀의 감정이 가라앉기를 기다리며 잠시 입을 다물고 있었다. 언니뻘의 간절하고 절박스런 심사는 더 이를 바가 없어 보였다.

하지만 붉은 입술은 이제 자신의 심중을 너무 깊이 드러내 보인 것이 뒤미처 후회스러워진 것인가. 한동안 잠잠한 침묵이 흐르고 난 뒤였다. 그녀가 이번에는 이도 저도 다 부질없는 일이라는 듯 느닷없이 심한 공박 투로 대어들고 나섰다.

"그렇지만 그게 어떻게 우리들의 일이었다고 말할 수가 있어요? 그때 그 아이가 지금의 내 명옥이란 이름의 아이였는지 어쨌는지도 모르는 마당에, 그것도 누구에게나 한 번쯤은 있을 수 있는 그런 달밤 길의 아득한 기억만으로, 그 이름조차도 기억나지 않는 언니란 아이가 어떻게 지금의 명순이란 이름의 아주머닐 수가 있느냐구요. 그게 어떻게 우리들의 옛날 일이었다는 증거라도 있느냔 말이에요."

무슨 증거 같은 걸 구하려는 추궁이 아니라, 자신의 고백이 후회되어 그것을 다시 부정해버리고 싶어 하는, 그래서 그것으로 새로운 희망과 미련 속에 그 언니뻘의 여자가 뭔가 그녀에게 다시 묻고 확인하고 싶어 할지도 모르는 어쭙잖은 기대감을 가차

없이 꺾어버리고 싶어 하는 어조였다.

그러나 언니뻘은 그럴수록 그 붉은 입술에 대한 새로운 믿음이 생기고 있는 것 같았다.

"그래 맞아요. 그게 바로 아까 내가 물은 그 1학년 때의 가을 소풍 날 저녁 일이었어요. 그날 밤 일을 기억하고 있는 걸 보니 거긴 역시 내 동생 명옥이가 틀림없어요."

그녀는 이제 추호의 흔들림도 없는 정연한 표정 속에 사실을 여유 있게 단정하고 나섰다.

"학교엘 다녔다면 소풍 한번 가보지 않은 사람이 있을라구요. 그걸로 어떻게 그걸 믿으라는 거예요?"

갈수록 더 이죽거리려고만 드는 그 붉은 입술의 반발 따위는 아랑곳을 않은 채 언니뻘은 그냥 계속 자기 설명을 이어나갔다.

"나는 지금 이때까지도 그날 밤 일을 절대로 잊을 수가 없어요. 그 먼 소풍길에서 밤늦게 돌아오는 동생을 마중해 오던 일…… 그 일을 평생 동안 잊을 수가 없는 것은 그게 사실은 내가 동생을 돌봐준 마지막 핏줄 노릇이었거든. 지금 와서야 아무것도 숨기고 말고 할 게 없어 하는 얘기지만, 그날 밤 나는 내 어린 동생을 등에 업고 그 달빛 밝은 고갯길을 힘들게 비척대고 오르면서 동생 몰래 속으로 몹쓸 다짐을 하고 있었어요. 동생 대신 4학년까지로 소학교도 그만둔 내 신세, 매정스런 일이지만 마냥 이대로는 살아갈 수가 없다, 나라도 도회지 근방으로 나가 돈을 좀 벌어오자, 그래서 뒷날이라도 동생과 다시 만나 함께 살아갈 길을 마련해보자. 동생아, 내 동생아, 그때까지 서로 어떤 고생이라도 꿋꿋이 참아 이겨나가기로 하자, 무슨 어려움이 있더라도 그때까지만 무사히 기다리고 남아 있어다오…… 그때 그게 이토록 긴 이별로 이어지게 될 줄을 몰라 그랬겠지만, 그날 밤 나는 속으로 동생 몰래 울면서 그런 몹쓸 결심을 몇 번씩 다지고 있었다오. 그리고 며칠 뒤에 나는 정말로 동생을 버리고 혼자서 길을 떠나고 말았던 거라오. 어린 동생한테는 차마 못할 노릇이었지만, 그래 끝내 동생한테는 그런 기미조차 건네볼 수 없었지만, 어린 속에 그때는 그 수밖에 다른 길이 없는 것 같았고, 그게 또 옳은 노릇으로만 생각되어서였지요."

한동안 아득한 회한 속으로 빠져들어가던 그녀의 목소리가 거기서 흐트러진 감정을 추스르려는 듯 잠시 뜸을 들이고 있었다. 그러다가 이번에는 동생을 일깨워줄 결정적인 단서가 떠오른 듯 붉은 입술을 향해 다시 차분한 목소리로 물었다.

"하지만, 그때의 일은 아마 거기서도 분명히 기억나는 대목이 있을 거예요. 그날 밤 우린 그리 서로 힘들게 업고 업혀가면서도 함께 불렀던 노래가 있었어요. 아니 그것은 그날 밤만이 아니라 그전에 내가 학교에서 배워와서 동생하고 함께 불렀던 노래였지요. 그런데 지금 그 노래가 무엇이었는지 생각나지 않아요?"

그녀의 물음에 붉은 입술도 이제는 더 엇나가기만 할 수가 없어진 듯 묵묵히 창밖만 내다보고 있었다. 언니뻘은 이제 더 대답을 기다리지 않고 혼자서 가만가만 낮은 소리로 속삭이듯 노랫가락을 읊조리기 시작했다.

봄이 오니 고향 생각 절로 납니다.

남쪽 나라 제비 손님 찾아오고요……

「고향 생각」이라는, 어린아이들의 동요 조 노래였다. 그런데 그 노래가 절반쯤 진행되어나갔을 때—

아직도 계속 창밖을 향해 선 붉은 입술 쪽에서도 같은 노랫소리가 조용조용 따라 흐르고 있었다. 그리고 그 소리가 한창 여린 고음으로 치달아 올라가는 마지막 소절께에 이르러선 이때까지 참고 억눌러왔던 감정이 비로소 제 돌파구를 찾은 듯 두 어깨까지 가늘게 흔들리기 시작했다.

……파릇파릇 풀잎으로 소꿉질하던

햇볕 쬐인 담 밑 생각 간절합니다.

봄이 오니 엄마 생각 절로 납니다……

뒤늦게 활기를 얻어 돌아가는 방송국 카메라의 부산한 움직임 속에 노래는 언니뻘의 조심스런 시작으로 다시 2절까지 이어져 나갔다.

……대바구니 옆에 끼고 따라다니며

가지가지 풀이름을 배우던 것이

멀리 와서 생각하니 그립습니다.

이윽고 마지막 소절까지 노래가 다 끝났다. 그리고 노래를 끝까지 함께한 붉은 입술이 그제야 천천히 언니뻘 쪽으로 몸을 돌이켜 세웠다. 이제는 그 까닭 모를 노여움기가 사라진 대신 어느새 잔잔한 기쁨이 번지고 있는 그녀의 얼굴 위론 뜻밖에도 순하디순해 보이는 두 줄기 눈물이 조용히 볼을 타고 흘러내리고 있었다.

그 순간 말없이 그녀를 바라보기만 하고 있던 언니뻘의 눈에도 드디어 사실을 확인하고 난 안도감과 복받쳐 오르는 뜨거운 격정 속에 자신을 의연히 참아내려는 괴롭고 아픈 노력의 빛이 역력했다.

그러나 그 언니뻘의 노력과 동생뻘의 기다림은 그리 오래가지 않았다. 잠시 뒤 언니뻘이 그 동생뻘 여자에게로 먼저 천천히 다가갔다. 그리고 미리부터 꺼내들고 있던 손수건으로 동생의 젖은 눈과 볼에 흐른 눈물 자국을 차근차근 훔쳐주고 나서 어린애를 달래듯 부드럽게 말했다.

"고맙구나. 너도 아직 그 노래를 잊지 않고 있었구나…… 그래, 우리는 그 노래를 절대로 잊을 수가 없지. 언제 어디서나 결코 이 노래를 잊지 말거라, 이 노래를 잊으면 우린 다시 함께 못 만나— 그날 밤 나는 너를 업고 그 노래를 불러주며 몇 번이나 다짐하고 또 다짐을 했던 노랜데. 그리고 이 몇십 년 그 노래를 들을 때마다 몇천 번씩 저린 가슴이 다시 무너져 내리면서도 너와 함께 언제고 다시 그 노래를 부르게 될 날을 기다려온 세월인데……"

"……"

"한데다 우린 아직도 그 2절의 '누나 생각'을 '엄마 생각'이라고 부르고 있구나. 우리는 그때부터 늘 엄마가 보고 싶어 그 얼굴도 모르는 엄마 생각을 하면서 그 노래를 불렀었지. 그래 이 세상에서 그 노래를 '누나' 대신 '엄마'로 바꿔 부를 사람은 아마 우리 둘뿐일 게다."

"아니야. 나한텐 아니야. 나한텐 언니가 엄마였어. 나한텐 일부러 노래를 바꿔 부른 게 아니었단 말이야."

붉은 입술의 동생 쪽이 거기선 끝내 더 자신을 억제할 수가 없어진 듯 울먹이며 언니 쪽의 가슴께로 파고들며 한꺼번에 모든 것을 털어놓기 시작했다.

"나는 어디서 그 노래를 들을 때마다 언니를 늘 엄마처럼 그리워하면서 언니의 소식을 끝없이 찾아 헤매왔단 말야. 노래 속의 엄마가 내게는 언제나 언니의 모습으로 나를 미치게 만들어서…… 그런데 언니는…… 언니는 이제야……"

어깨를 심하게 들먹여대며 말끝을 채 맺지 못하는 동생의 투정조에 언니 쪽은 이제 자기라도 더 감정을 자제해야겠다 싶어진 듯 동생의 등짝을 하염없이 어루만져주면서 그 어조에는 짐짓 나무람기를 담고 있었다.

"그런데 아깐 왜 그리 냉랭하게 시치밀 떼었어. 그 소풍 날 일도 모르고 노래도 잊어먹은 것처럼. 그 바람에 내 애간장이 또 얼마나 녹아내리라고. 너 정말로 내가 노래를 시작할 때까지는 날 알아보기는커녕 그 노래까지 까맣게 잊어먹고 있었던 게 아니냐?"

"그래요, 언니. 어쩌면 그 노래를 잊고 있었는지도 몰라요. 그

기나긴 세월 언니나 노래나 나를 그토록이나 지치게 하고 말았으니까. 몇 년 전인가, 그 방송국 이산가족찾기 사업이 끝나고부터는 더 이상 그 언니의 옛날 다짐을 기다리거나 노래를 입에 담지 않기로 했으니까. 난 정말로 그 노래를 그만 잊어버리고 싶었거든……"

언니 쪽의 침묵 속에 한번 입이 열린 동생 쪽의 푸념은 거기서도 한참이나 더 계속되어나갔다.

"하지만 내가 어떻게 그 노래를 잊어버릴 수가 있었겠어. 노래를 부르지 않아도 귓가엔 언제나 그 노랫소리가 떠돌고 있었고, 입속에서도 때 없이 그 소리가 흥얼흥얼 흘러나오곤 했는데. 잊어버리자고 한 것은 부질없는 다짐일 뿐, 마음으론 여전히 그 노래만을 기다리며 그 그리운 추억 속에 살아온 셈이었어. 그런데다 이즈막엔 세상이 어떻게 된 셈판인지 그동안엔 부르는 사람이라도 좀 뜸하던 노랫가락이 여기저기서 어찌나 설쳐대기까지 하는지…… 아까 언니를 그리 모른 척한 것은 나도 그땐 그리 내 속을 알 수가 없었지만, 나를 이토록 그리움에 지치게 한 언니가 새삼 더 원망스럽고 미워서였을 거예요……"

그런데 한동안 그리 푸념을 늘어놓던 동생이 다시 무슨 생각에선지 거기서 갑자기 언니 품에 파묻고 있던 머리를 빼어 들었다. 그리고는 잔뜩 충혈이 된 눈길로 언니의 주름진 얼굴을 쳐다보며 투정을 부리듯이 추궁하고 들었다.

"하지만 언니, 언니의 얼굴이 어떻게 이리 꺼칠꺼칠 맥없이 늙어버렸어? 언니는 나보다 나이가 겨우 서너 살밖에 더 되었었지 않아. 그런데 그동안 지내온 세월이 아무리 오래고 험했기로 벌써 이리 기진한 중늙은이로까지 늙어 있을 줄은 정말 몰랐어. 도대체 언니가 살아온 세월이나 세상이 어쨌길래……!"

하지만 언니 쪽은 그 동생의 어떤 원망이나 푸념도 다 기꺼이 받아들일 요량인 듯 섭섭해하는 기미가 조금도 없었다.

"어린 너를 버리고 혼자 달아난 죄로 하늘의 벌을 받느라 그리 됐나 보구나. 아니면 이날까지 너를 찾아 헤매느라 세상을 제대로 못 살아온 탓이든지. 하지만 이렇듯 힘든 나이를 먹어온 것은 이 언니 쪽 사정만이 아닌 듯싶어 뵈는구나. 그 철없이 어리기만 하던 네 얼굴에도 그새 고운 청춘 다 지나가고 이리 야멸찬 세월의 딱지가 깊었으니……"

그녀는 다시 동생의 두 손을 힘주어 끌어 쥐곤 엄마처럼 너그러우면서도 정한 깊은 목소리로 그녀를 달래었다.

"……하고 보니 우린 그동안 아까운 세월만 잃고 이제 겨우 그 옛날로 다시 돌아가게 된 격이구나. 하지만 이제는 서로 헤어져 떠나서도 이리 헛될 뿐인 것을 알았으니, 지금부터라도 우리 함께 그 약속했던 세월을 두 곱절로 벌충해 살자꾸나. 우리가 이렇게 누리고 지은 것 없이 서로가 빈손으로 만났을수록에……"

방송국 사람들은 이미 이때쯤은 카메라를 끄고 방을 나간 뒤였다.*

(『계간문예』 1991년 겨울호)

---

* 글 중에 인용된 노래 가사는 내용의 편의상 일부 변경이 가해졌음.

선생님의 밥그릇

37년 전의 반 담임 선생님을 모신 저녁 회식 자리는 이날의 주빈이신 노진(魯璡) 선생님의 옛 기벽(奇癖)에 대한 추억으로 처음엔 분위기가 그저 유쾌하기만 하였다.

노진 선생님은 그러니까 1950년대 초중반 전란의 혼란과 궁핍 속에 어렵사리 중학생모를 쓰게 된 우리 ㅅ중학교의 1학년 3반 담임 선생님이셨다. 그런데 중학교 초년 시절 그 남녘 도시학교의 노진 선생님은, 새 교풍과 학과목, 근엄한 표정의 선생님들 앞에 어딘지 기가 조금씩 움츠러든 반 아이들, 특히 이곳저곳 벽지 시골에서 올라와 낯선 도회살이를 갓 시작한 심약한 지방 출신 아이들을 또래 친구처럼 즐겁게 잘 보살펴주신 분이었다. 한 예로, 방과 후에 뒤에 남아 빈 교실을 정리해야 하는 청소 당번을 몹시 싫어한 우리들에게 선생님은 그날그날 종례 시간에 갑작스런 벌칙을 마련하여 거기에 해당하는 아이들로 하여금 그날의 청소

인원을 충당하곤 하시는 식이었다.

"오늘 아침 운동장 조회 때 똑바로 줄 서지 않았다가 나한테 호명당한 일곱 명 일어서봐…… 너희가 오늘 청소 당번이다."

"오늘 체육 시간에 체육복 안 입고 나간 사람 ○명 있었다는데, 누구누군가…… 너희들 오늘 무엇을 해야 하는 녀석들인 줄 알고 있겠지?"

항상 그런 식이셨다. 어떤 땐 갑자기 책가방 속을 검사하여 놀이용 구슬을 가지고 다니는 아이들을 골라내시기도 하였고, 어떤 땐 저고리 단추나 이름표가 조금 비뚤어진 아이들을 억울하게 골탕먹이시기도 하였다. 심지어는 선생님이 종례 들어오시는 걸 모르고 미처 자리에 앉지 못한 아이들의 이름이 줄줄이 불리게 될 때도 있었고, 그게 그날의 청소 당번이 될 줄 알고 미리 선수를 쳐 "너희들 오늘 청소 당번!" 하고 말했다가 오히려 선생님의 '교편(敎鞭)을 모독한 죄'나 '남의 불행을 악용하려는 죄'로 먼저 걸린 아이들을 대신해 엉뚱한 고역을 떠안게 되는 수도 있었다. 또 책가방 속에 만화책을 숨겼다 들통이 난 아이는 그 허물로 공부를 소홀히 한 죄, 중학생의 품위를 떨어뜨린 죄, 선생님의 주의를 어긴 죄 그리고 선생님을 속이려 한 죄에다, 자신의 죄목을 헤아려보라고 했을 때 '선생님의 비상한 눈치와 비행 탐지력을 알아보지 못한 죄'를 빠뜨린 허물로 '자신이 반성해야 할 죄의 가짓수도 다 알지 못한 죄'까지 더하여 일주일 동안 연속 벌 청소를 선고받은 아이의 경우까지 있었다.

반 아이들은 언제 어디서 어떤 벌칙으로 그날의 청소 당번이 정해지게 될지 몰라 선생님 앞에선 늘 마음을 놓을 수가 없었다. 그러나 그것은 긴장이나 원망을 부를 리는 없었다. 그렇게 떠맡게 된 청소 당번이 그닥 억울하거나 짜증스러울 수도 없었다. 그것은 일종의 즐거운 유희나 게임 같은 것이었고, 우리들의 첫 학교생활도 그만큼 부드러운 안정을 얻어갔다.

그런데 어느 날 오후, 그 노진 선생님이 그간 정년퇴직을 하고 지내시다 이번에 며칠 간 서울에 머무르고 계시다는 한 옛 반 친구의 전화 통문이었다. 거기다 전에도 가끔 찾아뵌 친구들이 있긴 하지만, 이번 기회에 옛 반우들이 함께 선생님을 모셔보자는 의견에 따라, 서울에 머무르고 있는 옛 제자 7, 8명이 모처럼 선생님과 함께하게 된 자리가 이날의 회식 자리였다. 그러니까 그 시절 그런저런 반 관리나 아이들 지도법을 무슨 싱거운 기벽쯤으로 말하기는 뭣하지만, 어쨌거나 그 같은 선생님에 대한 추억들로 이날의 회식 자리는 처음엔 그 분위기가 썩 부드럽고 즐거운 편이었다. 그런 류의 모임 자리가 대개 그런 식이듯 어딘지 좀 싱겁고 의례적이기까지 한 느낌마저 없지 않았을 정도였다.

그런데 몇 순배 술잔이 비워지고 주(主)식사가 나왔을 때부터 그런 분위기가 갑자기 달라지기 시작했다. 선생님은 그때 상을 보아주고 나가는 심부름꾼 아이에게 빈 그릇 하나를 더 부탁하여 당신의 밥을 미리 반쯤이나 덜어내고 식사를 시작하셨는데, 그것을 보고 한 친구가 무심히 아는 체를 하고 나선 것이 그 첫 사단이었다.

"근력이 썩 좋아 보이시지는 못한 편이신데 진지라도 좀 많이 드시지 않으시구요."

"전에도 선생님께선 늘 수저를 드시기 전에 먼저 진지를 많이 덜어내시던데 혹시 소식 요법이라도 계속하고 계신 거 아니신지요?"

먼저 친구에 이어 그동안 몇 차례 선생님을 찾아뵌 적이 있었다던 다른 한 친구까지 뒷말을 거들고 나서는 소리에, 선생님은 처음 별로 대수롭잖은 일처럼 가벼운 웃음기 속에 대답을 대충 얼버무리고 넘어가셨다.

"아니 이 나이에 무슨 건강 요법은…… 어쩌다 몸에 익어진 내 젊었을 적부터의 버릇이랄까……"

그런데 그다음에 선생님의 표정이나 말씀이 좀 심상치가 않아 보이셨다.

"문상훈 군…… 내 자네한텐 아직도 할 말이 없네, 그래, 자넨 그동안 큰 어려움 없이 잘 지내왔던가?"

제자들의 물음에 왠지 대답을 흐리고 계신 듯싶던 그 선생님의 눈길이 무심결에 문상훈이라는 한 운수회사 봉직의 친구에게로 흐르시더니, 무언지 마음속에 혼자 묻어온 생각이 있으신 듯 조용히 묻고 계셨다. 그 선생님의 어조나 표정 속엔 분명 이때까지와는 유가 다른 어떤 그윽하면서도 새삼스런 감회의 빛이 어리고 있었다. 더욱이 일견 범연스레 보일 수 있는 그 선생님의 물음 앞에 문상훈도 이상하게 얼굴색이 붉어지며 다른 때의 그답지 않게 목소리가 숙연해지고 있었다.

"예, 선생님. 저야말로 그동안 선생님의 은덕으로 자신을 이만큼이나마 이끌어온 것 같습니다. 하지만 전 선생님께서 그때 하신 말씀을 오늘까지 이렇게 잊지 않고 계실 줄은 몰랐습니다."

얼핏 들으면 무슨 선문답 같은 주고받음이었다. 그러나 우리는 이내 그 곡절을 알게 됐다. 동시에 그 옛 시절 선생님의 또 다른 유희성 단속 놀음 한 가지를 떠올리고들 있었다. 다름 아니라, 그 시절 선생님은 우리들의 점심 도시락 단속에 유난히 더 열을 올리고 계셨다. 거의 종례 시간마다 도시락통을 검사하여 점심을 거른 아이들에게 예의 벌 청소 일을 떠맡겨버리곤 하셨다. 선생님은 장난기를 띠시며 벌 청소감을 찾아내셨지만, 그 어려운 시절 자취방을 얻어 지내는 지방 출신 아이들이나 집안 형편이 어려운 아이들에게는 그것이 여간 힘들고 거북한 부담이 아닐 수 없었다. 어린 시절의 건강을 보살펴주시려는 선생님의 뜻은 충분히 이해를 하면서도 어쩔 수 없이 점심을 거르고 지내야 하는 몇몇 아이들에겐 그 서글픈 허기 속에 벌 청소까지 안겨주는 선생님의 처사가 더 없이 비정하고 원망스럽기까지 하였다.

그런데 그 선생님의 잦은 도시락통 검사 행사가 언제부턴가 슬그머니 자취를 감추고 말았다. 어느 날 그 행사 중에 일어난 한 무참스런 사건을 계기로 해서였다. 그날도 선생님은 종례 시간에 예의 벌 청소꾼을 모으기 위해 점심을 거른 아이들을 색출해 내고 계시던 중이었다.

"선생님, 문상훈은 도시락을 싸 오지 않았으면서도 일어서지 않고 있어요."

종례 시간의 들뜬 분위기에다 벌 청소를 할 아이들의 수가 모자라는 것을 보고 그 상훈의 바로 뒤쪽 자리에 앉은 녀석이 제 앞 친구를 장난삼아 고해바치고 있었다.

그런 고자질에 상훈은 물론 제 책상 위에 꺼내놓은 도시락통을 증거로 얼굴을 붉혀가며 마구 화를 내었다. 그러자 기왕 말을 꺼낸 뒷자리의 고발자도 지지 않고 가차 없는 증언을 계속했다.

"도시락은 늘 가지고 다녔지만, 난 네가 한 번도 점심시간에 도시락을 꺼내 먹는 거 못 봤다. 넌 종례 시간에만 도시락을 내놓고 벌 청소를 빠지더라……"

드디어 선생님이 미심쩍은 얼굴로 그 사실을 확인하러 상훈에게 다가가신 건 그때로선 매우 당연한 절차였다. 그리고 도시락통 뚜껑을 열어보라는 선생님의 말씀에 상훈이 우물쭈물 조금 열어 보인 그 도시락통 속사정은 선생님만이 비밀을 아신 채 두 녀석 간의 다툼은 그것으로 싱겁게 끝이 나고 말았다.

이후로도 선생님이 그 일을 다시 입에 담으신 일은 한 번도 없었다. 하지만 그 선생님의 가혹한 도시락 검사와 점심을 거른 아이들의 벌 청소제가 사라진 것은 바로 그 일이 있은 후부터였다.

이후로 그 일을 입에 올리지 않은 것은 우리들 역시 마찬가지였다. 그러나 우리는 말을 하지 않더라도 그 두 녀석 간의 승패나 선생님만이 보고 마신 도시락통 속 비밀은 모를 사람이 없었다.

다만 우리는, 그 후 선생님이 상훈을 따로 불러 스스로 은밀히 약속하신 일이 있었던 것을 몰랐을 뿐이었다.

"이제는 그때 일을 털어놓아도 큰 허물이 안 될 일 같아 말씀드리겠습니다. 그 며칠 뒤엔가 선생님께선 조용히 교무실로 저를 불러 말씀해주셨지요."

서로가 한동안 아릿한 회상에 젖어 있던 선생님과 반 친구들 앞에 상훈은 이제 모두가 같은 생각이 아니겠냐는 듯 거두절미 침묵을 깨고 그때의 일을 회상하며 말했다.

"이제부터 나는 매끼 내 밥그릇의 절반을 덜어놓고 먹기로 했다. 비록 너나 네 어려운 이웃들에게 그것을 직접 나눌 수는 없더라도 누가 너를 위해 늘 자기 몫의 절반을 나누고 있다는 것을 기억해라. 그 밥그릇의 절반만큼 한 마음이 언제고 너의 곁에 함께하고 있음을 알고 앞으로의 어려움을 잘 이겨나가도록 하여라…… 선생님께선 그 몇 마디 말씀과 함께 제 등을 한 번 툭 건드려주시는 걸로 다시 저를 돌려보내주셨지요. 그리곤 다신 그 일을 아는 척을 않으셨고요…… 하지만 전 그 후로 언제 어디서나 그 선생님의 절반 몫의 양식을 제 곁에 가까이 느끼며 지내왔습니다. 그리고 그 선생님의 사랑과 은덕은 저뿐만 아니라 여기 우리들 모두가 그간 알게 모르게 함께 누려왔을 것으로 믿고 있고요. 하지만 전 선생님께서 그때의 일을 잊지 않으시고 지금까지도 늘 그렇게 지내오고 계실 줄은 정말 몰랐습니다."

바로 선생님의 그 덜어놓기 '버릇'의 내력이었다. 말할 것도 없이 그건 어쩌면 '소식 건강 요법'이나 어쩌다 몸에 익힌 당신의 '버릇'이기보다는 너무도 벅차고 뜨겁고 자애로운 은애(恩愛)의 사연이었다.

싱거울 만큼 유쾌하기만 하던 회식의 분위기에 새삼스레 숙연한 감동이 깃들었을 것은 당연한 노릇이었다.

그러나 선생님은 그것이 외려 더 불편하고 쑥스러우신 듯 어정쩡한 어조로 그 이야기의 뒤끝을 맺고 계셨다.

"그야 내 딴엔 제법 생각이 없었던 일이 아니었지만, 아직 너무 세상사를 몰랐었다 할까…… 그런 일을 당하고 보니 내 자신이 너무 설익고 모자라 보이기만 하더구먼. 그래 무슨 교육자랍시고 제 설익은 생각을 남에게 강요하기보다, 우선 내 지닌 몫부터 절반만큼씩 줄여 나눠 가져보자는 생각에서였을 뿐인데, 그것을 그렇게 크게 받아들여주었다니 내가 외려 고맙고 민망스러워지네그려. 하긴 나도 그 덕에 좋은 건강법을 익힌 셈이고, 요즘같이 교육계가 난경을 빚고 있는 마당에선 제 몫의 밥그릇을 절반으로 줄여 살기도 그리 쉬운 일만은 아닐 것 같아 보이네만, 그렇다고 그게 어디 무슨 치하까지 받아야 할 일인가. 허허……"

(『경향신문』 1991년 11월 17일)

작호기(作號記)

내 부질없는 나이 50에 가까워질 때부터 동향 지기(知己) 백야 김연식(白也 金年植) 형은 연하자로서 내게 마땅히 부를 만한 명호(名號)가 없는 것을 자주 아쉬워하곤 하였다. 나보다 4년이 아래인 그로선 이때까지처럼 계속 '선배님'이라고 부르기도 편치 않고, 그렇다고 막 허교(許交)나 '선생'격으로 대하기도 뭣하다는 게 그가 내게 별호(別號)를 구하는 소이였다. 거기에 또 하나 다른 이유가 있었다. 앞에서도 이미 드러난 일이지만 그에겐 연전부터 그 '백야'라는 자작의 단정한 아호가 있었다. 준거(準據)나 취득에 썩 재미있는 곡절을 담고 있는 호였다. 그의 고향 마을 앞바다에 백야도(白也島)라는 작고 아름다운 섬이 있었다. 나이를 먹은 뒤 그가 그 섬 이름을 아호로 취하려다 보니 같은 마을의 한 동년배 친구가 한발 앞서 그것을 차지해버린 뒤였다. 게다가 그 친구는 '백야'를 제 호로 취하고 곧 외국 생활을 나가버린 탓에 아쉬운 푸념을 털어놓을 기회조차 없었다. 그는 애석한 심사 속에 혼자서 끙끙 몇 년을 기다렸다. 옛날 이항복(李恒福)이 강나루터 노인의 호가 욕심나서 노인이 세상뜨기를 기다렸다가 연후에 그 '백사(白沙)'를 자기 호로 삼았다는 일화도 있었기 때문이었다.

하여 3, 4년 뒤 그 친구가 휴가를 얻어 귀국했을 때 그는 그 친구를 다짜고짜 주점으로 끌고 가 질탕한 주연을 마련한 뒤, 최고급 맞춤의 한복까지 일습을 선물했다. 그리곤 어리둥절 영문을 몰라하는 친구에게 그간의 간절한 소망을 털어왔다. 백야도는 자네한테도 뜻이 깊고 소중한 섬이지만, 자네는 늘 외국 생활로 늙어갈 사람이니 아호 같은 게 소용될 자리가 많지 않을 거 아닌가.

그렇게 하여 백야를 제 것으로 취하게 된 그의 아호의 뒷사연이었다. 그 단정 · 담백한 느낌뿐만 아니라 전거나 내력 또한 그에겐 뜻이 깊고 소중하기 그지없을 아호였다. 그런데 나의 스스럼없는 칭호에도 불구, 백야 자신은 그 자기 아호의 사용을 늘 사양해오고 있는 형편이었다. 연상인 내게 아직 호가 마련되지 않은 터에 자기가 먼저 그걸 쓸 수가 없노라는 그다운 겸양에서였다.

"그러니 그걸 제게 편하게 쓰게 해주시려면 선배님이 적당한 호를 하나 지어 지니시라고요."

그러나가 두어 해 전 내가 '자유(自由)' 자가 들어간 제목의 한 졸편을 상재(上梓)하고 났을 때는,

"주제넘은 노릇인지 모르겠습니다만 제 나름대로 며칠 있는 지혜를 다 짜보았는데요…… 혹시 '유당(由堂)'이라는 두 자라

면 어떨지요."

스스로 그 '자유'의 '유(由)'자를 취한 작호(綽號)를 권해오기까지 했었다. '백야'라는 자기 호의 경우에 비추어 보더라도 거기에 이르기까지의 그의 심사숙고가 얼마나한 것인지를 충분히 헤아릴 수 있었으면서도, 나로선 그 '당(堂)' 자가 어딘지 과람한 느낌인 데다, 자신으로 해서는 그걸 굳이 서두를 일도 없어 우물쭈물 뒷날로 마음속 결정을 미뤄두고 만 터였지만.

그런데 그 '유당'의 사용 여부에 대한 결정을 두어 해째 계속 숙제로 미뤄온 채, 지난가을 내 남해안 쪽 고향 마을로 노모를 뵈러 가던 길에서였다. 올해 93세를 지나시는 노모와 젊어 혼자 되신 몸으로 친자식 대신 그 노인을 혼자 봉양해오신 육순 길의 형수님, 그 두 노년 여인네의 고단하고 적막스런 처지 때문에 근자 나의 고향길을 갈수록 잦아졌고, 그때마다 백야나— 그는 이미 오래전에 일가를 서울로 솔가하여 그쪽에는 별 연고가 없는 처지였지만— 주위의 몇몇 친구들까지 시골나들이 겸해 동행을 해간 일이 많았는데, 이번에도 백야가 예외 없이 나와 그 고향길을 함께해 가고 있었다. 우리는 하루 종일 긴 찻길 여정 끝에 해가 거의 다 기울어들 무렵에야 반도의 남쪽 끝 마량(馬良) 포구의 '완도집'을 찾아들게 되었다.

마지막 종착지를 30리쯤 남겨둔 채 이 조그만 포구의 한 귀퉁이에 자리한 정갈스런 생선횟집 완도집을 들러 가는 것 역시 그간 우리들의 버릇이 되다시피 한 고향길의 절차인 때문이었다.

말수가 뜸뜸한 바깥주인 부자와, 나이 든 시어머니로부터 바닷물거리 다루는 솜씨를 알뜰히 다 물려받았다는 안주인 아낙 일가가 음식을 손수 만들고 상 시중을 들어주는 이 집의 어물백숙과 젓갈류의 깊은 맛은 그 어물 입맛을 탯속부터 익혀 나왔다 할 백야의 혀끝에도 일찍이 거친 바가 없는 향미라 하였다. 게다가 눈앞엔 바로 널푸른 남해바다가 시원스럽게 펼쳐져 있었다. 긴 여행길에 쌓인 심신의 피로를 씻고 싱싱한 생선회와 백숙 맛도 보고 갈 겸, 거기서 잠시 동안 길을 쉬었다 가는 것이 그간의 우리들의 큰 즐거움의 하나였다. 무엇보다 두 노인네만 남루하게 지키고 앉아 있는 집으로 때늦은 한동자를 시켜서 드느니보다, 저녁끼니나마 그렇게 미리 지우고 가는 것이 서로 간에 편할 일이기도 하였다.

이날도 물론 완도집 일가는 우리를 알아보고 그 허물없는 웃음 속에 곧 쉬어갈 자리를 마련했다. 그리고 우리가 갓 낚아다 놓은 농어 한 마리를 시켜놓고 잠시 바다 구경을 나서려던 참이었다. 백야가 문득 생각이 미친 듯 서울서부터 내내 옷가방과 함께 간수해온 사각형 액자 같은 물건의 포장지를 뜯기 시작했다. 백야는 나와 고향길을 함께할 때마다 부드러운 과자류나 따뜻한 옷가지 등, 노인과 형수님에 대한 자기 선물을 따로 마련해가는 일이 많아, 나는 이번에도 그 비슷한 것이려니 싶어 그때까지 짐짓 모른 척해두어오던 것이었다. 그런데 포장이 다 풀리고 보니 이번에는 전혀 그런 물목이 아니었다.

"선배님 고향길 쫓아다니면서 늘 좋은 자리에 끼게 되어, 이번엔 저도 나름대로 길 흔적을 남겨보고 싶어 만들어온 것인데, 이 집 벽에 걸어두고 가도 괜찮을는지요."

포장을 뜯고 나서 주뼛주뼛 더듬거리며 백야가 꺼내놓은 것은 다름 아니라 그의 자작 시가가 적힌 벽걸이 액자였다.

마량정경(馬良情景)

I

강진만(康津灣)

뻘길 따라

갯나들 가는 길에

까막섬

반겨주는

마량포구(馬良浦口) 완도집

정성을 담아 내는 한창 나이 아낙네는

시어머니 솜씨 배워

모습 또한 닮았나.

II

어머님

그리워서

갯나들 가는 길에

파도가
마중하는
마량포구(馬良浦口) 완도집

재 너머 계시온데도 곧장 가지 못하고
흰머리 송구스러워
한숨 돌려 가는가.

그 백야의 예기찮은 시편 덕분에 우리가 그 완도집 사람들로부터 팔뚝만큼 한 능성어 한 마리를 더 대접받고 돌아온 것 또한 망외의 즐거움인 셈이었다.

그러나 이날 밤 나는 그 30리 상거의 노모 곁으로 돌아와 좀체로 밤잠을 이룰 수가 없었다. 백야는 이름 붙은 문사(文士)는 아니지만, 전날부터 이따금 그 심상찮은 시재(詩才)로 나를 어리둥절하게 한 적이 있었다. 그러나 이날 밤 나를 그리 뜨거운 심사 속에 잠 못 이루게 한 것은 그의 그런 글 솜씨나 시정(詩情) 때문이 아니었다. 먼 길을 때마다 함께하고 다니면서 피곤한 기미를 보이거나 짜증을 내기보다 늘 즐겁고 보람스런 여정으로 여기며, 거기에 그 고마운 뜻까지 더해준 그의 웅숭깊은 도량 때문도 아니었다.

"어머님을 지척에 두고 저희 때문에 선배님까지 여기서 이리

지체하고 가시게 하는 것 같아 죄송합니다.”

언젠가도 그 시골집 쪽 길을 바꾸어 포구 쪽으로 차를 꺾어 들어가 완도집을 찾아들어 앉았을 때 백야가 얼핏 지나치는 소리처럼 내게 한 말이었다.

“오라, 마라. 절하지 말고 그냥 앉거라. 에미보다도 머리가 센 자식 절을 받으려니 민망스러 못 당할 꼴이다.”

어머니를 뵈러 들어갔다 머리 센 아들의 절을 피해 한사코 손을 내저으시는 노인을 본 적도 있었고, 몸이 편치 않으시다는 핑계를 내대실 때는 나 역시 정말로 절을 생략하고 마는 경우까지 본 일이 있는 백야였다.

그의 시는 백야가 그런 나를 그 식으로 꾸짖은 것이었다. 그가 언제나 남의 잘못을 나무랄 때는 그것을 거꾸로 좋은 쪽으로 뒤집어 칭찬을 해주던 식으로. 그리운 어머니가 재 너머에 계신데 아들은 제 흰머리가 송구스러워 조급한 마음에도 굳이 한숨을 돌려 간다는 소리는, 얼핏 들으면 심신이 다 기울어가시는 노모 앞에 머리 흰 아들의 아프고 안타까운 심사를 한맘으로 곱게 읽어준 것 같지만, 백야의 속뜻은 거기에 ‘노모가 바로 지척인데 바로 가뵙지 않고 중도에 길을 꺾어 향미를 찾아들고 있음을 제 흰머리가 송구스러워서라 핑계를 대려는가’ 정도의 매운 질책기를 담고 있었다.

나는 그 백야의 그윽한 마음씀이 사무치도록 고마웠다. 그리고 새삼 마음속이 아려오고 자신이 부끄러웠다. 전에 없이 뜨겁고 통절스런 심회 속에 끝없는 상념들이 밤잠을 대신했다.

그렇게 온밤을 밝히다시피 하고 난 이튿날 아침— 나는 백야가 자리에서 일어나기를 기다려 내 부끄러움을 대신하듯 얼핏 그 앞에 물었다.

"내 별호 말이오……간밤에 문득 생각이 떠오른 것인데 미백(未白)이라면 어떻겠소. '아닐 미(未)' 자, '흰 백(白)' 자 미백……"

백야의 소견을 물은 소리였지만, 밤새 상념을 좇다가 새벽녘에 이미 작심을 해둔 것이었다. 백야는 물론 내 갑작스런 소리에 영문을 알 수 없다는 듯 어리둥절한 표정이었다. 나는 그 백야를 내버려둔 채 혼자서 차근차근 사유를 설명해나갔다.

"내 그걸로 갑자기 별호를 삼고 싶어진 건 어제 그 백야의 시구 때문인데…… 미백이란 바로 그 시구의 뜻을 취한 말 아니오. 거기엔 물론 백야의 다른 은밀한 뜻이 숨겨져 있었던 것도 알지만, 어쨌거나 내가 노친네 앞에 늘 내 센머리를 송구스러워해온 걸 백야가 잘 짚어준 일이니, 그 노모 앞에 자식으로선 절대로 머리가 셀 수 없다, 머리가 아무리 셌더라도 제 노모 앞에선 아직 센머리가 아니다, 절대로 세어서는 안 되는 머리다…… 그것이 미백의 첫번째 뜻이고, 나아가 자식으로서 제 노모를 생각하고 모시려는 내 마음새가 살을 나눠 받지 않은 백야에도 못 미치니 그것이 미백의 두번째 뜻이오…… 그래 어떻소? 제 호를 자작하는 건 내가 원해온 바는 아니지만, 그러나 이건 자작이기보다도 백야가 그 시로 하여 내게 준 작호(綽號)인 셈 아니오?"

백야도 금세 나의 말뜻을 알아차린 모양이었다. 그리고 어쩌면 그의 시에 담긴 속뜻을 그만큼이라도 읽어준 데에 적이 안심이 되었는지 모른다. 그는 내 말에 아무 대꾸도 없이 그저 신중하고 진지한 표정으로 이따금 고개만 끄덕여 보일 뿐이었다. 그 미백의 두번째 뜻에 대해선 그로서도 필시 사양의 말이 한마디쯤 있을 법했지만, 그의 진중한 사리판별 습성상 그것은 내 말이 마저 끝나고 그 뜻이 그의 속에서도 다 익고 난 뒤가 될 터였다. 하여 나는 그의 대꾸를 기다리지 않고 나의 말부터 서둘러 마무리지어 나갔다.

"그렇다고 내가 어디서 그 호를 쓸 데가 있겠소. 그저 백야의 어제 글로 내 생각이 거기에 미쳤다는 소리지요. ㄱ자로 급하게 뒷소리가 막힌 것도 답답한 편이고요. 하지만 백야에게만은 그것을 계속 내 작호로 삼을 생각이오. 그 시에 담긴 백야의 뜻을 취하고, 그 백야와 '백(白)' 자를 함께하고 싶기도 하고…… 무엇보다 이제는 백야가 더 기다리지 않고 자기 아호를 주위에 널리 쓰게 하도록 앞이라도 비켜나줘야 하질 않겠소. 백야에겐 이제 내 작호가 분명 미백인게요!"

백야에 대한 나의 숙제, 작호를 하나 얻거나 스스로라도 지어 지녀 남이 부르기 쉽게 해주고, 더불어 백야에게도 그의 아호를 주위에 맘 편히 쓰게 해줘야 하는 내 오랜 숙제가 드디어 그렇게 해결을 본 것이다.

(『경향신문』 1991년 12월 29일)

기억 여행

1

동네 안에 큰 효자로 이름이 난 이종선(李鍾善) 씨는 그의 노모가 일흔 살을 넘어서면서부터 차츰 기억력이 쇠퇴해가는 과정에 어떤 일정한 순서가 있음을 깨달았다.

늙은 사람은 과거 속에 산다는 말 그대로, 노인은 근래에 겪은 일들은 기억이 희미해진 대신, 세월이 많이 흘러간 옛일일수록 기억이 더 선명하고 회상도 손쉬웠다. 사람을 기억하는 것도 근년에 접한 면면보다는 오래전에 돌아가신 선대나 젊었을 적 이웃들에 대한 것이 훨씬 생생했다. 일테면 노인은 당장의 현실에서부터 과거 쪽으로 차례차례 세월을 지워가면서 옛 기억 속으로 되돌아가고 있는 격이었다.

그래 종선 씨가 그 노모에게 기억에서 지워진 어느 무렵의 일을 상기시켜드리려 할 때는 노인의 기억이 남아 있는 시절까지 먼저 세월을 거슬러올라가 거기서부터 살아 있는 기억의 줄거리를 타고 이야기를 훑어내려와야 하였다. "아버님의 산소가 어디 모셔 계시지요?" 하고 물으면, 그 장소나 망인의 기억조차가 까마득했지만, "어머님 시집오실 때 신랑인 아버님은 어떤 분이셨습니까?"쯤에서부터 당신들이 어디서 어떻게 사시다 아버님은 어디서 어떻게 돌아가시고, 어디에 묻히셨느냐 식으로 기억의 가닥을 길게 풀어 내려오다 보면, 어느 순간엔가는 노인도 문득 "그 양반 저 건너 안골 산자락에다 모셨지 않으냐. 넌 그런 걸 다 잊어먹었길래 나한테다 묻는 게냐." 수월스레 과거사가 열리고 마는 것이었다.

하여 종선 씨는 노모의 허약한 기억이 더욱 먼 과거 속으로 퇴행하는 것을 막기 위해 틈이 날 때마다 그 노모 앞에 당신의 긴 일생사를 골백번도 더 되풀이 읊어내리는 것으로 한동안 그의 지극한 효성을 다해나갔다. 노모 역시도 그 아들과의 옛날 얘기엔 정신이 더없이 또렷해지고 심기마저 눈에 띄게 편해지신 때문이었다. 그러나 그도 결국 한정이 있게 마련이었다. 노인의 기억력은 세월이 갈수록 꼬리를 잘려들어갔고, 나이가 아흔 길에 들어서면서부터는 그나마도 모든 것이 뒤죽박죽이 되고 말았다. 앞뒤 없이 어지러운 망념 속의 시간대를 자유자재로 넘나드는, 이른바 본격적인 노망기가 시작된 것이다. 때 없이 부침하는 무질서한 망념을 좇는 그 변화무쌍한 심기와 예견이 전혀 불가능한 엉뚱한 행작들.

하지만 종선 씨를 난감스럽기 그지없게 한 그 노인의 행태에도 시일이 지나다 보니 기억력 퇴행 때와 엇비슷한 나름대로의 어떤 질서 같은 것이 있었다. 노인이 늘상 곁에 있는 사람까지 지나가는 길손쯤으로 잘못 알고 "우리 집은 곡량도 그리 기리지 않고 노는 방도 있으니 어려워 말고 요기도 하고, 뷥고 쉬어가라"는 식으로, 기분이 썩 밝고 너그러운 즈음은 살림이 그럭저럭 피어난 시절로 돌아가 있음이었고 누구 보고 공연히 "불쌍한 내 새끼들……" 어쩌고 목이 메이고 들 때면 일찍이 당신이 혼자 되어 어린 자식들을 돌볼 때의 어려운 시절을 헤매고 있는 중이었다. 그리고 그 망념 속의 시간대의 순서는, 당신이 근자 자주 "나 인자 우리 집 갈란다"고 한사코 집을 나서려 할 때의 당신의 집과 거기서 당신을 '눈이 빠지게 기다리고 있을' 사람의 변화를 재어보면, 그 기억력의 퇴행 과정에서처럼 이번에도 세월이 거꾸로 거슬러 흐르고 있음을 알 수 있었다. 노인은 처음 한동안 해가 설핏해지기만 하면 늘상 '불쌍한 새끼들이 기다리고 있는 내 집으로 가야 한다'며 그 가장(家長) 사별 시절의 어두운 기억으로 애를 먹여대더니, 언제부턴가는 다시 그 시절을 까맣게 뒤로한 채 당신 혼인 무렵의 '인자한 시어머님이 기다리고 계실 집' 쪽으로 세월을 훌쩍 뛰어넘어 그 인자한 시어머님의 저녁끼니 걱정에 조바심이 일곤 한 것이었다.

그러나 거기까지는 아직도 초반에 불과했다. 노인의 망념은 그러다 마침내 당신 옛 친정 동네의 처녀 시절로까지 거슬러 들어가기 시작했다. 어느 날 노인이 작은 옷보퉁이를 싸들고 바쁜 걸음새로 어디론지 사립을 나서는 눈치였다. 종선 씨가 금세 그 노모를 뒤쫓아가 지금 어디를 가시는 길이냐고 물으니, 노인은 무언가 하염없는 눈길로 먼 산등성이 너머의 구름 비낀 하늘 쪽을 바라보다간, "인자 우리집에 갈란다. 내가 너무 넋을 빼고 놀다가 우리 엄니 아부지 날 기다리시느라 눈이 다 빠지시겄다." 꿈결 속처럼 중얼거리며 그 손보퉁이를 새삼 소중하게 끌어안는 것이었다. 그런데 그때 노인의 눈길이 이끌린 산등성이 너머 쪽은 알아선지 우연인지 정말로 종선 씨의 옛 외갓동 쪽이 분명했던 것. 그리고 종선 씨가 그 노모를 달래다 또 하나 뒤늦게 짐작이 간 일이지만, 노인이 한사코 내주기를 꺼려 한 그 손보퉁이 속에는 당신의 어린 처녀 시절 아끼고 즐겨 입었던 물고운 색동 치마저고리가 고이 간수되고 있었던 것이다.

이후 한동안 노인의 한 시절은 당신 친정 동네의 그 봄날 같은 꽃시절 속을 행복하게 노닐고 있었다. 그 망념이 항상 옛 동네 쪽으로만 향했고, 당신의 말씨나 몸짓 또한 옛 유년 시절의 애틋한 옷 색깔을 닮아갔다. 종선 씨는 그러나 차라리 그게 다행스러웠고, 될 수만 있다면 노모가 언제까지나 그 행복한 꽃시절 속에만 머물러 지내기를 소원했다. 거기서 노모가 더 어린 시절로 돌아가는 것을 마음 깊이 두려워했고, 그런 일만은 제발 일어나지 않기를 빌고 또 빌었다.

그러나 그건 역시 종선 씨가 아직도 인생사의 철리나 비의(秘意)를 다 깨닫지 못한 헛 욕심이었다.

노인은 야속하게도 아들의 소망을 따라주지 않았다.

'나 응가 닦아줘!'

어느 날 노인은 그 아들 종선 씨 앞에 두 손으로 치맛자락을 훌떡 걷어 올려 쥐고 어기적어기적 다가들어온 것이었다.

2

그 종선 씨가 어언 나이 육십을 넘기면서부터는 돌아가신 어머니의 옛 노년 시절을 되새겨보는 일이 많았다. 그의 어머니가 심한 노인성 치매증에 빠져 지내던 중에도 곁엣 사람들에게 늘 후덕하고 심기가 편했던 것은 당신의 본래 심성이나 정신이 온전했을 때의 마음가짐이 그렇듯이 늘 너그럽고 온화했던 때문일 터였다. 그것은 노모의 아들에 대한 크나큰 은덕이었다. 안타까운 일은 다만 노인네가 말년 들어 배변을 잘 깔끔하게 다스리지 못했던 것 정도였다. 그도 물론 마음새가 그리 정갈스럽지 못해서가 아니라, 그 야속한 기억력 퇴행증이 당신을 끝내 벌거숭이 유년 시절로까지 이끌어간 탓이었다.

하더라도 그건 어쨌든 자식으로서도 쉬 감당하기 어려운 고역이었던 게 사실이었다. 자신만은 자식들에게 그런 고역을 대물림하지 않고 싶은 게 솔직한 심정이었다.

하여 종선 씨는 그 어머니의 사례에 비추어 자신의 노년을 보다 더 흉스럽지 않게 마감해갈 완벽한 대비책을 마련해나갔다. 일테면 고운 노망 연습을 시작한 것이었다. 그의 어머니처럼 그는 늘상 자신의 생애 중에서 비교적 풍족하고 행복했던 시절들을 마음속에 새기면서, 그의 삶을 그렇듯 축복스러운 것으로 일궈온 자신에 대해서는 물론 주변 사람들과 이웃, 이 세상 모든 일에 늘 감사한 마음으로 은혜 갚기를 소망하며, 이제는 될수록 많은 것을 주위에 되돌려 베풀려고 노력했다. 그리고 좀더 나이가 들어가면서부터는 어떻게 해서든지 자신의 기억이 철없는 유년기로까지 퇴행해가는 일이 없도록, 그래서 불결스런 벌거숭이 어린애 꼴로 배변놀이 따위를 일삼는 흉한 행색을 보이는 일이 없도록, 자신의 변소길 습관을 늘 은밀하고 철저하게 익혀나갔다. 그리고 그의 그런 한갓된 노력은 그런대로 상당한 효과를 보기 시작했다.

그것은 우선 그의 성품과 심기 면에서 적지 않은 효험을 발휘했다. 사람을 보면 늘 웃어 반기고, 먹고 가라 자고 가라 베풀기를 좋아하여, 그의 나이 칠십이 가까워지면서부터는 마을 사람들 간에 그 옛날 그의 노모의 온화하고 너그러운 성품과 행복에 겨운 표정을 그에게서 다시 떠올려보게끔 되었다. 그의 용변길 또한 항상 은밀하고 정갈스러워 옛날 그의 어머니의 말년의 허물이 그에게까지 내림할 조짐은 추호도 안 보였다.

"사람이란 늙을수록에 제 변소길 하나는 단속을 잘 하다 가야 허는 건데…… 그 노인 참 걱정이다. 나도 너희들 앞에 그런 험한 꼴 보이지 않고 깨끗하게 가게 되야 하련만, 그렇다고 하늘의 뜻에 메인 목숨, 그걸 어디 사람 마음으로 할 수 있는 일이더냐. 그저 늘 애써 마음 준비나 다지며 기다릴밖에……"

마을에 어떤 늙은이의 노망기가 새로 시작되었다는 소리라도 들게 되면, 종선 씨는 그런 식으로 위인의 누추한 허물을 나무라며, 자신에겐 절대로 그런 민망스런 일이 없을 것처럼 은근히 자신감을 과시해 보이기까지 하였다.

하지만 그 종선 씨도 나이가 팔십을 넘어서면서부터는 사정이 서서히 달라지기 시작했다. 그는 어느새 기억력이 많이 쇠퇴한 데다 주변사에 대한 분별력까지 급속히 떨어져갔다. 무엇보다 청력과 시력이 시원칠 못했다. 아직도 그 용변 습관만은 정결하기 그지없었지만, 그것도 근자 들어 횟수가 유난히 잦아지고 있는 게 탈이었다. 밤이면 특히 어둠 속에서 돌아오는 길을 잊고 엉뚱하게 다른 곳을 헤매는 때가 많아서 수하들을 늘 당혹스럽고 난감하게 하였다. 밤에는 굳이 용변소까지 불편하게 어둠 속을 더듬고 다니실 필요 없이 거처에서 그냥 편하게 일을 보시라, 아들 내외가 문밖에다 요강단지까지 마련해드려보기도 했지만, 종선 씨의 그 정결스럽고 점잖은 용변 단속 버릇은 좀처럼 무너질 줄을 몰랐다. 하룻밤에도 서너 번씩 어둠 속을 헤매다 엉뚱하게 다른 방을 찾아들 때도 있었고, 어느 땐 헛간이나 찬 마루방 같은 데서 혼자서 추위에 떨고 앉아 있을 적도 있었다. 나이 든 아들이나 며느리, 때로는 그의 어린 손주아이들까지도 그런 노인네의 잦은 용변길을 지키느라 밤새껏 긴가민가 잠을 설치고 말 때가 허다했다.

따지고 보면 그 종선 씨의 사려 깊은 고운 노망 연습이 화근이 된 셈이었다. 종선 씨의 그 당초 뜻이야 물론 나무랄 바가 없었지만, 그로 인한 그의 그 깔끔한 용변 단속 버릇 또한 옆엣사람들로선 참으로 감당하기 어려운 고역이 되고 만 것이었다.

하지만 그쯤은 아직도 약과인 셈이었다. 그보다 더 감당난망의 거북스런 괴변은 노인의 나이 아흔에 가까워지면서부터의 일이었다. 종선 씨는 언제부턴가 그 잦은 변소길을 다녀오면서 아들이든 며느리든 눈에 띄는 대로 그 야윈 엉덩이를 까 내린 채 어기적거리고 다가들며 의기양양 자랑을 하고 드는 새 버릇이 시작된 것이다.

"이봐라……나 깨끗이 잘 닦았제?"

옛날 그의 노모가 말년에 가서 내보인 증세 거의 그대로였다. 그 엉덩이를 까 보이는 데에 모자간에 서로 다른 점이 있다면 그의 노모는 어린애의 어리광기 속에 어떤 아련한 의지(依支)를 구하려 들었던 데 반하여, 종선 씨의 어리광기는 우습도록 엄숙하고 당당한 자랑기를 담고 있다는 것 정도였다.

(1991)

집터

서울에 사신다는 아버지의 유년 시절 친구분 김삼수(金三守) 씨는 20년 너머 세월 동안 끊임없이 당신의 노년 고향살이를 다짐해오고 있었다. 다짐만이 아니라 1년에 한두 번씩 이 보잘것없는 바닷가 마을로 아버지를 찾아와선 그 일을 위한 이런저런 준비를 마련하고 있었다. 나이 열대여섯 무렵에 벌써 집안 어른들의 어려운 살림을 보다 못해 제 발로 일찍 고향 마을을 뛰쳐나가 그런대로 큰 어려움 없이 도회 생활을 익히고 순전한 자력으로 가난 때를 벗을 만큼한 재산까지 모았다는 김삼수 씨— 그때 두고두고 뒤에 남은 마을 사람들의 부러움을 사온 인물이면서도, 몇 년 뒤 고향 마을의 늙은 부모님까지 몽땅 솔가를 해간 뒤로는 소식이 깜깜해져버려, 마을 사람들에겐 그저 어느 아득한 입지전적 인물의 표상으로밖에 이후의 마을 총생들에겐 실제의 모습을 한 번도 대해볼 수가 없었던 성공담의 주인공— 그 김삼수 씨가 모처럼 만에 다시 옛 고향 동네를 찾아온 것은 10여 년 전 어느 해 늦가을 녘이었다.

그때 그는 유년 시절을 함께 보낸 초로의 아버지 앞에 자신의 성공을 과시하기라도 하듯, 자기도 이제는 오랜 도회 생활을 청산하고 고향 동네로 돌아와 길지 않은 여생을 조용히 지내고 싶노라, 그럴 만한 집터 한 곳을 물색해달라는 주문을 내놓았었다. 그리고 그 주문에 아버지는 옛 친구의 뜻이 고마워선지, 아니면 그의 보이지 않은 재력에 끌려선지, 뒷산 소나무 숲과 앞바다의 전망이 꽤 시원스런 당신 소유의 마을 인근 해변 산기슭 한 자락을 선뜻 그의 귀향 보금자리로 내놓았었다.

"내 언제고 자네가 결국은 고향으로 돌아오고 싶어 할 줄 알았네. 사람은 밖에서 나이가 들어갈수록 어릴 적 시절을 잊지 못해 하는 법이니까. 더욱이 자네는 이룰 만큼 이루고 금의환향을 하려는 몸인데 내 어찌 가만히 앉아 자네를 반기지 않을 수 있겠는가. 언제고 자네 마음에 매듭이 지어지거든 딴생각 말고 저 해변가 내 땅을 쓰도록 하게. 그래서 우리 노년을 함께 이웃으로 사세나."

그런 아버지의 신선한 호응에 김삼수 씨 역시 마음이 고맙고 흡족했을 것은 더 말할 것이 없었다.

"그래, 고맙네. 자네가 내 심중을 그리 다 헤아려주니 이젠 내 오랜 소망의 짐이 한결 가벼워진 듯싶네. 내 미구에 주변사를 정리하는 대로 필요한 채비를 마련해오도록 하겠네."

그러나 그는 다만 거기까지뿐이었다. 아니, 그 이후로 김삼수 씨가 계속 1년에 한두 번씩 그 일로 고향 마을을 찾아와 아버지와 이런저런 의논을 나누고 돌아간 것은 틀림없는 사실이었다.

그가 그렇게 이따금씩 마을을 찾아와 시간을 보낸 것은 대개 아버지와 함께였고, 그것도 그 해변가 소나무 숲 기슭의 집터 예정지에서 집을 들어앉힐 궁리와 의논을 나누면서였다. 하지만 그는 언제나 궁리와 의논뿐 정작에 일을 착수하고들 기미는 좀처럼 보이지 않았다. 내심으론 아직도 고향살이를 망설이며, 그런 무슨 귀향길 연습이라도 다니는 사람처럼 하루 이틀 아버지와 그 산기슭 집터에서 시간을 보내고 나면 그것으로 당장의 할 일을 다한 듯 번번이 그대로 마을을 떠나가버리곤 하였다.

"이거 이제는 분명한 내 집턴겨. 누구도 딴생각 먹지 않도록 해야 해? 내 오래잖아 틀림없이 일을 시작할 테니까 말여!"

그때마다 어딘지 마음이 불안한 듯 아버지에게 다짐을 되풀이했을 뿐이었다. 그 김삼수 씨에 대한 나의 선망과 존경의 마음은 차츰 알 수 없는 실망과 노여움으로 변해갔다.

—이건 공연히 집도 짓지 않으려면서 고향 사람들 앞에 한번 자신의 성공을 으스대보는 것인가.

아버지 역시 그런 삼수 씨에 대해 적지 않이 의구심이 솟기 시작한 모양이었다. 의구심보다도 그의 숨은 심중을 헤아리고 심기가 새삼 은근히 언짢아지고 있는 것 같기도 하였다.

"글쎄, 그 사람, 그 땅이 마음에 없는 것 같진 않은데…… 어찌 보면 그럴 만한 여유가 마련되지 않은 것 같기도 하고……"

하지만 이후로도 삼수 씨의 고향길과 집터에의 집착은 조금도 변함이 없었다. 1년에 한두 번 꼴로는 꼭꼭 고향 동네를 찾아 왔고, 그때마다 아버지와 그 집터 근방을 맴돌면서 똑같은 의논으로 시간을 보내고 가는 것도 늘 한결같기만 하였다. 어느 해부턴가는 그 터도 아직 닦아두지 않은 소나무 숲 산자락에 마음으로 이미 집을 들어앉혀두고 있는 사람처럼 마을을 들어선 길로 곧장 그곳으로 건너가 혼자서 하염없이 아버지를 기다리고 앉아 있을 때마저 허다했다. 그러다 마을을 떠나갈 때의 그다음 번 일 마련에 대한 해묵은 다짐도 언제 한번 소홀히 하고 넘어간 일이 없었다.

그런 세월을 어언 10년 너머나 헤아려가고 있었다. 그러니 이제는 아버지나 나나 더 그를 기다리지 않게 된 지가 오래였다. 그의 낙향을 고대할 수도 없었거니와 빈번한 다짐이나 유복한 처지 자체를 도대체 믿을 수가 없게 됐다. 그의 변함없는 다짐의 목소리 역시 전보다는 풀기가 많이 줄어간 듯싶었고, 그리 보아 그런지 그의 행색 또한 갈수록 지치고 초췌해진 기색이 역력했다.

한데 어른들의 일이란 알 수 없는 것이었다. 아버지는 그 해를 더해갈수록 잦아져가는 옛 친구의 고향길을 늘 변함없이 반겼고, 이때쯤엔 이미 그의 고향 맞이가 가망 없는 희망인 줄을 알아차렸음 직한데도 그를 계속 부추기며, 거꾸로 위로 투의 다짐을 주곤 했다.

"걱정 말게. 이 집터는 언제든 자네의 것이니까. 자네가 정말로 소용이 될 때까지는 아무도 이 땅을 건드리지 못하게 할걸세."

헛 선심으로밖에 보이지 않는 그런 아버지의 다짐에 김삼수 씨 역시 늘 그것을 진심으로 곧이들은 듯 안심스런 얼굴로 다시 마을을 떠나가곤 했음이 물론이었다.

그런데 아버지와 김삼수 씨 간의 그런 실없는 말놀음 투의 약조는 좀 아쉬운 방법으로 해서나마 결국은 분명한 실현을 보게 되었다. 삼수 씨가 마지막으로 마을을 다녀가고 나서 이례적으로 한 1년 소식이 끊겨 있던 뒤끝이었다. 어느 날 그 삼수 씨의 자제라는 한 중년기 사내로부터 아버지에게로 시외전화가 걸려왔다. 바로 김삼수 씨의 부고였다. 고인의 당부에 따라 그 아들이 일부러 아버지에게 그의 죽음의 소식을 알려온 것이었다. 망인은 다만 그 죽음의 소식 외에 더 다른 당부를 남긴 바가 없었다는 상제의 전언이었다. 어떻게 보면 좀 싱겁고 엉뚱스런 전갈이 아닐 수 없었다.

하지만 아버지는 이제 그것으로 모든 것을 짐작한 듯, 그리고 이미 오래전서부터 그런 마음의 준비를 지녀온 듯 그 삼수 씨의 자제에게, 망인의 장지가 본인 생전시의 뜻으로 이미 이 고향 마을 쪽에 정해져 있으니, 당신의 시구를 이곳으로 모셔오라 일렀다.

그리고 이튿날 아버지는 그 죽어 돌아온 당신의 고우를 생전에 약속한 예의 해변가 소나무 숲 기슭 집터에 정성껏 묻어주며 매우 애석해하는 목소리로 사자의 영혼을 위로했다.

"이 사람 끝내 이 집터 값을 치르지 않고 갔구만. 허지만 안심하고 잘 쉬게. 그동안 자네가 이 땅의 지신(地神) 앞에 그만큼 정성을 묻고 마음을 묻었으니, 이건 틀림없이 자네가 차지하고 누울 자네 땅이 백번 마땅할 일일 게니 말일세……"

하고 보니 나도 그간 아버지나 두 어른 사이의 일에 비로소 얼마쯤 짐작이 가는 듯싶었다. 그리고 그 아버지가 새삼 다시 보이지 않을 수 없었다. 어른이 되는 것은 그저 나이를 먹어가는 것만으로는 쉬운 일이 아니라는, 어딘지 썩 훈훈하고 범연찮은 느낌 때문이었다.

(1991)

도시에서 온 신부

"할아버지네서 아랫방을 내놓으셨다고 해서 찾아왔습니다만……"

겨울철 바닷바람이 유난히 드센 데다 눈발까지 어지러운 소한 추위 속의 어느 날 저녁 어스름 녘. 몰골들이 허름한 젊은 내외 한 쌍이 모처럼 황 영감네의 빈 방을 보러 왔다.

육순을 갓 넘긴 동갑내기 할망구가 저승길을 앞장 선 지 5년, 혼자 고단스런 노후를 의탁코자 성례를 서둘러댄 아들 만득이놈 내외마저 나 몰라라 매정하게 대처로 나간 지는 거의 이태 만의 사람 발길이었다.

아들 내외가 비우고 간 아랫방에 사람들 들이면 집 꼴도 좀 살아나고 말이웃도 될 성싶어 골목 앞 구멍가게에 말을 건네놓았던 것인데, 인적이 한적한 해변 읍골 변두리라 그간엔 도통 방을 묻는 사람 그림자 한 번 스쳐간 일이 없더니, 이젠 황 영감 자신도

망단을 하고 있던 참에, 가게에서 아직 그 일을 잊지 않고 사람을 만나 보낸 모양이었다.

황 영감은 물론 상대를 가리거나 결정을 망설일 건덕지가 없었다. 상대를 가리자면 황 영감 형편엔 더욱 안성맞춤 격이었다.

"지도 원래는 고향이 강원도 저쪽 해변 고을이었답니다. 헌데 가진 것 없이 서울로 올라가 한 5년 죽자사자 피땀을 쏟아부어 겨우 삼륜화물차 한 대를 끌게 됐지만, 도회지란 원래 사람이 길게는 못 살 데더구만요. 지 같은 처지에 여기서나 저기서나 길짐꾼 노릇으로 살아가기는 마찬가지, 그래 차라리 사람 인심이라도 좀 온전한 곳에다 새 정처를 잡아보려 이곳저곳 차를 끌고 길을 나서봤지만, 차마 다시 고향골 쪽으로는 마음이 내키질 않아 거꾸로 이 서쪽 해변골까지 찾아들게 되었구먼요."

젊은이가 털어놓은 제 형편 그대로 입성이나 안색들이 똑같이 곤궁해 보이면서도 말씨나 마음씀새에서만은 어딘지 기특하고 따스한 데가 엿보이는 내외였다. 눈빛엔 제법 사려 깊고 영민스런 총기가 감돌아 흔찮은 믿음성까지 자아내고 있었다.

한데다 그 젊은것들에게 황 영감의 마음이 더욱 쏠리게 된 것은 내외가 뜻밖에 홀 노모를 함께 모신다는 사실이었다. 그렇잖아도 이미 작정이 선 황 영감이

"알고 왔는지 모르지만 집안엔 이 늙은이 혼자뿐인데, 젊은 사람들이 늙은 홀아비 곁에 지내자면 괴로운 대목이 적지가 않을 테여……"

지레 양해를 구하는 소리에, 젊은이는 외려 제 쪽에서 먼저 말

을 꺼낼 참이었던 듯,

"그거야 지한테도 노모가 계신걸요 뭐. 미리 말씀을 못 드려 죄송스럽습니다만, 이번 일로 실상은 젊은 지들보다 어머님이 더 대처살이를 못 견뎌 하시다 당신이 앞장 서 등을 밀어대신 일이구요. 그러니 양쪽 다 적적하신 처지에 서로 이야기 벗도 하실 겸 잘된 일 아니겠습니꺼."

얼렁뚱땅 마지막으로 늙은 식구 하나를 더 껴얹은 것이었다. 하지만 그건 물론 황 영감이 허물을 삼을 일이 아니었다. 허물커녕 내외가 그 늙은 어머의 뜻을 받듦이 자신의 일처럼 고맙기만 하였다. 여우 같은 계집년 잠자리송사 하날 못 이겨 늙어 혼자 된 제 아비를 팽개치고 제들끼리 훌쩍 대처로 나가버린 자식놈 일에 비하면 젊은 내외는 가위 인륜지행의 모범을 보이고 있는 쪽이었다. 불감청이언정 고소원이라. 내외가 그새 행여 생각이 달라져 방을 마다하고 돌아서지나 않을까 은근히 조바심이 일기까지 하였다.

하여 황 영감은 소개인 입회도 없는 초대면의 내외에게 방세 이야기 따윈 아예 내비쳐보지도 않은 채 서둘러 이삿일부터 채근을 하고 들었다. 그리고 기왕 입주가 결정된 마당에 마땅한 곳이 생기면 마음을 심어두기 겸해(며칠째 제 차에 떠싣고 다닌다는) 새 냉장고 하나를 미리 들여놓고 가겠다는 젊은것들의 소청엔 그걸로 계약의 증표라도 맡게 된 듯 다행스러워하였다.

하여 아직 그 포장도 풀지 않은 큰 냉장고 박스를 아랫방에 들여다 놓은 젊은 내외가 이튿날이라도 바로 서울 쪽에 남은 짐거리를 정리해 오겠다며 서둘러 밤길을 되돌아간 다음이었다. 황 영감은 공연히 혼자 이런저런 생각에 이날 밤을 거의 뜬눈으로 지새웠다. 홀아비살이 3년에 이가 서 말이더라고, 아닌 게 아니라 늙어 혼자 지내기가 궁상스러워 때로는 어디 말벗이나 삼고 지낼 만한 늙은이가 없을까, 실없는 생각을 품어볼 때가 없지 않았던 처지였다. 하다 보니 부질없는 망상인 줄 알면서도 내외의 그 늙은 홀어미 일이 적지 않이 궁금해지면서 주책없이 자꾸 가슴까지 두근거려지곤 하였다.

……그 연치가 얼마나 된 노친넬고. 자식농사철로 봐선 이제 겨우 육순 길이나 넘어선 참일는구. 그나저나, 자기 한 몸 건사해 내갈 강단이나 좋이 지닌 여편네라야 할 터인디…… 그러다 때로는 젊은것들이 노인네를 정성껏 잘 공양해나가는 즐거운 상상 속에 자기 일이듯 가슴이 뿌듯해지기도 하였고, 당찮은 지레 걱정, 야릇한 설렘에 혼자서 문득 얼굴이 붉어지기도 하였다.

그런데 그렇듯 어수선한 망념 속에 밤을 밝히다시피 하고 난 이튿날 아침. 황 영감은 공연히 조급스런 마음에 해도 오르기 전부터 이삿짐 맞이 준비를 서두르고 나섰다. 아직도 찬 눈발과 갯바람이 설쳐대고 있어 오래 묵혀둔 아궁이에 군불도 미리 넣어두고, 곰팡내 찌든 방바닥과 찢어진 창문 구멍들도 새 종이로 정성껏 손질을 봐나갔다.

하지만 그리저리 사람맞이 준비를 대충 다 끝내놓고 해가 한창 중천까지 치솟아 오를 때까지도 사람이 들려는 기척이 좀체 없었다. 그리고 황 영감의 초조한 눈길이 하릴없이 자꾸 그 빈 사립쪽만 좇고 있던 오정 녘쯤이었다.

"……방 안이 왜 이리…… 어둡고 답답하냐…… 어서…… 어서 이 문 좀 열거라……"

몇 번째나 되짚어 마당가를 서성이고 있던 황 영감의 등 뒤로 아랫방 쪽에서 문득 그런 소리가 들려왔다. 황 영감은 일순 잘못 들은 소리가 아닌가 자기 귀를 의심했으나, 뒤 이어 방 안에서 흘러나온 소리는 의심할 바 없는 여인네의 힘없는 호소였다.

"내 무신 잠이 이리 깊었는지…… 어서 이 문부터 좀……"

황 영감은 이제 더 지체하지 않고 황급히 그 방 안으로 뛰어 들어갔다. 그리고 그 소리와 함께 들썩들썩 요동을 치고 있는 냉장고의 포장을 단숨에 풀어헤쳤다. 하고 보니 그 포장 속에서 모습을 드러내고 나타난 것은 젊은것들의 1호 재산 목록이라던 새 냉장고가 아니라, 빈 포장곽 속에 시체처럼 잠들어 누워 있던 쪼그랑망태기 늙은 할망구였다. 황 영감은 비로소 차츰 짐작이 떠올랐다. 필시 약물로 억지잠이 재워진 노인네가 분명했다. 한데도 늙은이는 아직 사정을 알아차리지 못한 듯 잠꼬대 같은 헛소리만 계속 시부렁대고 있었다.

"……괜찮다는디도 그리 한사코 종주먹을 대쌓더니…… 무신 놈의 몸살약이 이리 사람까지 잡으려 든단 말이고……"

(1991)

나이의 짐

ㅂ씨의 나이 57세가 되던 어느 추운 겨울날이었다. 이제 서서히 노년기로 접어들기 시작한 초로의 ㅂ씨는 이날 아침 모처럼 만의 나들이 채비를 서두르다 문득 어안이 벙벙해졌다. 평생 밥줄을 이어오던 직물회사를 물러나와 두어 해 동안 집에서 놀고 있는 그에게 얼마 전에 고향 친구가 제 딸아이의 혼인주례를 부탁해와 이날 그 예식을 집전하러 나가려던 참이었다. 그런데 모처럼 만의 나들이가 되어 그런지 몸에 찾아 걸치거나 챙겨 지녀야 할 일용행장거지에 제물에 어이가 없어지고 만 것이다. 겉복색에서부터 속셔츠, 격에 맞는 넥타이와 손수건, 양말에 이르기까지의 착의류 일습은 늘 제 몸처럼 절차가 익숙해 있어 새삼 마음이 쓰일 건덕지도 없었지만, 그런 입성거리 말고도 그가 몸에 지녀야 할 지참물은 시계야 안경이야 비상약봉지들이야 단시간엔 목록을 다 찾아 챙기기 어려울 지경이었다.

하지만 ㅂ씨는 이날 결국 그 모든 소지품목을 빠짐없이 다 챙겨 지니고 집을 나설 수밖에 없었는데 예식장으로 가는 길에 ㅂ씨는 심심풀이 삼아 그 지참물들의 목록을 하나하나 헤아려보다가 다시 한 번 기분이 씁쓸해지고 말았다. 질 나쁜 머릿결 때문에 필요할 때 바로 손을 쓸 수 있도록 20대 때부터 늘상 몸에 지니고 다니는 작은 머리빗, 30대 후반 경부터 시작된 원시증세 때문에 필수용품이 되고 있는 돋보기 안경집, 대문만 나서려면 늘 불안해지는 부실한 소화기 사정으로 불시의 변고에 대비키 위한 장기 계통 약 일습과, 50대에 들어 갑자기 느낌이 거북해진 호흡기와 밭은기침을 다스리기 위한 진해 거담제들이 상비된 두툼한 약봉지, 휴지말이, 담배와 라이터, 필기구와 메모지, 예기찮은 연락의 필요에 대비키 위한 전화번호 수첩과 교통비, 찻값 따위 용돈을— 그것도 용처에 따라 각기 천 원짜리 지폐와 백 원짜리 십 원짜리 동전들로 미리 준비해 넣는— 간수하는 지갑에, 규모 있는 시간 관리를 위한 문자판 큰 회중시계, 그리고 회사 근무 시절부터 버릇이 되어 제 수족처럼 아직도 늘 몸에 지니고 있어야 안심이 되는 소형 계산기와 이날의 의식을 집전하기 위한 주례사와 축의금을 따로 구분해 넣은 봉투들……

사진을 찍어놓은 것도 없고, 기억에 남아 있을 수도 없었지만 어렸을 땐 보나 마나 궁색한 집안 형편에 벌거숭이 시절이 누구보다 길었을 그였다. 그런데 언젯적부터 길이 들여져온 일인지, 그에겐 이제 그 숱한 지참물들이 거동에 필요한 소용물 목록이기보다 자신이 그것들을 짊어지고 다니는 짐꾼 같은 생각이 들

지경이었다. 그리고 한번 거기 생각이 미치고 보니, ㅂ씨는 이후로도 집을 나설 때마다 자신이 그 움직이는 잡동사니더미 같은 느낌, 그의 지나간 삶의 여정 역시도 그 잡동사니들을 하나하나 더해온 과정에 다름 아니었던 듯한 느낌을 지울 수가 없었다. 그래 때로는 벽에 걸린 헌 저고리 한 짝만 훌쩍 떼어 걸치고 대문을 나서곤 했던 옛 한 시절이 새삼스레 그리워질 때가 허다했다. 그렇다고 ㅂ씨는 그것들을 몸에서 떼어 내칠 수도 물론 없었다. 그것들은 모두가 그가 온전한 사람 구실을 하는 데에 불가결한 것들이었고, 적어도 손 가까이에 지니고 있어야 안심이 되도록 길들여진 것들이었다. 긴 세월을 거치면서 때로는 품목이 바뀐 것도 있었겠지만 그런 점에서도 그가 지금까지 변함없이 지니고 익숙해져온 것들을 섣불리 집어 내치기가 어려운 사정이었다.

뿐만 아니었다. 사정이 그렇다 보니 이후로 ㅂ씨는 나이를 더해감에 따라 새로운 소용품들이 계속해 늘어갔고, 거기에 대한 느낌도 그만큼 체념 조가 되어갈 수밖에 없었다. 머리빗이나 전자계산기 따위 이후로 한두 가지 줄어든 품목을 대신해 새로 늘어난 주요품목으로는 60대 초반 들어 개비가 불가피해진 틀니와 한가할 때면 자주 손톱을 다듬고 콧수염을 손질하는 주머니칼과 족집게 세트, 심장박동에 이상이 오면서부터 기왕의 약봉지에 더해 지니고 다니기 시작한 심장용 비상약과 위급시 긴급연락용의 삐삐 전화 신호기, 60대 후반 무렵 절간엘 다니기 시작하면서부터 염주를 대신해 손놀림거리로 삼아온 호두알들, 겨울철

시린 머리와 목을 싸 가리기 위한 중절모, 목도리에 비 오는 날의 자동우산, 그리고 70줄에 들어서면서 부쩍 더 부실해진 다리 힘을 의지해온 지팡이와 그 무렵부터 별스레 가슴속에 깊이 묻고 다니는 미주 이민 딸아이의 낡은 항공엽서 몇 장…… 대충 간추려봐도 그렇듯 수가 많고 종류가 다양했다.

그러나 이제 ㅂ씨는 그런 걸 그리 귀찮거나 짐스러워하지 않았다. 사람의 나이 먹음이 원래 그런 것이거니— 일생을 한하고 끝없이 늘어가는 짐을 힘겹게 감당해 지고 가는 것이 사람의 삶이거니— 그쯤 편하게 마음을 다독이며 그런대로 의연히 노년을 잘 지탱해갔다. 그리고 그가 생애를 통해 짊어져온 그 삶의 무게에 짓눌려 허리가 점점 더 주저앉아 내리다 그것을 더 이상 지탱해갈 수가 없어진 듯, 어느 하루 또 한번의 무심한 나들이길이 바로 그의 저승길이 되고서야 ㅂ씨는 비로소 그 숙명의 짐무게에서 간신히 벗어날 수 있었다.

그럴 것이, ㅂ씨가 마지막으로 북망산 길을 갈 때는 더도 말고 오직 가벼운 수의 한 벌에 누가 일부러 품속에 끼워 넣어준 것인지 미주 이민 딸아이의 그 낡은 엽서 몇 장이 몸에 지니고 간 것의 전부였으니까.

그런데 그는 그렇듯 생전의 짐을 져오면서 그 육신의 무게를 거꾸로 다 빼앗겨버린 것이었을까.

"이 양반 시신이 또 어디로 나들이를 나간 거 아니여? 글쎄, 이렇게 종잇장같이 가벼운 혼백을 메보기는 내 생전 처음이네그려."

ㅂ씨의 버거웠던 생전과는 동떨어진 그의 운구인들의 실없는

지껄임이었다.

(1991)

흉터

승준의 나이 대여섯 살 되었을 무렵. 그해 겨울 승준은 모처럼 어머니를 따라 시골 마을의 큰댁엘 내려갔다 우연찮게 할아버지와의 그 재미있는 흉터찾기 놀이를 시작하게 되었다.

"할아버지, 이 손등에 있는 상처 자국들이 무어예요?"

놀이의 시작은 바로 그 노인의 왼쪽 손등 복판에 못자국처럼 쌍나란히 찍혀 박힌 두 개의 흉터로 해서였다.

"응? 이 개이빨 자국 말이냐."

무릎 위에 올라앉아 이런저런 재롱을 피우다 말고 문득 묻고 드는 손주아이에게 노인은 처음 대수롭잖아 하는 어조로 무심히 되물었다가, 아이가 그 개이빨 자국이라는 소리에 놀라 계속 그 사연을 졸라대는 바람에, 그 역시 비로소 기억이 새로워진 모양으로 자신의 어렸을 적 일 한 가지를 재미있게 회상해준 것이다.

"이건 할애비가 우리 승준이만 했을 때 집에서 기르던 개한테 물려 생긴 상처 자국이란다. 그때 할애빈 갓 초등학교엘 들어간 1학년 꼬마였는데, 학교를 들어간 지 얼마 되지 않아서 학교에선 첫 봄소풍을 가게 되었어……"

그 소풍을 가기 바로 전날의 일이었댔다.

"그날 할애빈 이튿날 소풍을 갈 일로 마음이 잔뜩 들뜬 채 학교에서 돌아와보니, 집에는 그 일을 자랑할 어른들이 모두 들일을 나가시고, 몇 년간 함께 살아온 누렁이 녀석 혼자서 집을 지키고 있는 게야. 그래 할애빈 제 들뜬 기분을 참지 못해 그 누렁이 녀석에게라도 소풍 갈 일 자랑을 늘어놓지 않을 수가 없었지 뭐냐. 너 알어? 나는 내일 소풍을 간단다. 학교 친구들이 모두 맛있는 점심을 싸갖고 큰 산께로 봄소풍을 가는 거란 말이야…… 허지만 그걸 어떻게 누렁이란 녀석이 알아들을 수가 있었겠니. 놈은 그저 영문도 모른 채 꼬리만 살랑살랑 흔들어대고 있을 뿐이었지. 그래 할애빈 녀석의 그 멀뚱한 눈빛이 답답하고 안타깝다 못해 발작을 일으키듯 불시에 녀석의 목을 끌어안고 힘껏 졸라대기 시작했구나. 순전한 할애비의 기분풀이였던 셈이지. 허지만 누렁인 어린 주인에게 졸지에 목이 졸려 죽을 지경이 된 게야. 평소엔 그처럼 온순하기만 하던 녀석이 그 순간 갑자기 깨갱 소리를 내지르며 제 어린 주인의 작은 손을 덥썩 물어버리지 않았겠니. 순식간의 일이었지만, 그 꼴을 해놓고 녀석이 제물에 놀라 도망을 치고 난 뒤에 보니 이 왼손등 한가운데에 피우물처럼 뻘건 이빨 자국이 두 개씩이나 깊이 패어들어 있지 뭐냐……"

일이 그리 되고 보니 꼬마 주인에겐 그 일순간에 그토록 마음을 들뜨게 했던 이튿날의 소풍 길마저 가망이 없게 되고 만 꼴이었다. 하지만 노인은, 그런 손 꼴을 해가지고도 소풍 길만은 기어코 줄을 함께 따라갔다 왔다 하였다.

"소식을 듣고 달려오신 할애비의 어머님께서 누렁이의 등털을 잘라 태운 잿가루를 된장과 참기름에 개어서 상처를 싸바르고, 다시 그 위에 헌 신문지를 얻어다 둘둘 말아 맨 한 손을 덜렁대면서 말이다. 그때 우리 시골에선 개에게 물리면 그 개의 털을 태운 재를 된장과 참기름에 개어 바르는 것이 미친개 병과 상처를 다스리는 치료방법이었거든. 할애비의 어머니께선 내게 그렇게 해주시고도 물론 소풍은 못 가게 말리셨지. 할애빈 실상 그렇게 약을 발라 처매고도 그쪽 손이나 팔뚝이 아리고 절절거리는 통증이 사라지질 않았거든. 허지만 그 시절 시골 학교에선 운동회나 소풍날처럼 신명이 나는 날이 없는데, 이 할애비가 어떻게 그날의 찐 달걀과 흰 이밥 도시락을 포기헐 수가 있었겠니, 허허……덕분에 이 왼손등 위의 상처는 네 증조모께서 겁에 질려 누런 털을 욕심껏 한 줌이나 잘라내신 그 누렁이놈의 허연 등덜미가 다시 제 색깔로 메워질 때까지 한 달 너머나 길게 애를 먹게 됐지만…… 그런데 그 흉터가 이 할애비와 평생을 함께해오더니, 그도 세월이 흐르다 보니 이제는 흔적이 많이 희미해져가고 있구나."

노인은 그 손등의 흉터 자국이 차츰 희미해져가는 것이 아쉽기라도 하듯 이야기를 끝내고서도 그 흔적을 한참이나 곰곰 들여다보고 있었다.

노인의 이야기를 듣고 나자, 아이는 그 할아버지의 나이만큼이나 긴 세월을 함께하며 아직도 또렷한 흔적을 남기고 있는 흉 자국이 새삼 더 신기해 보였다. 게다가 흉터는 그 할아버지에게 옛날의 아픈 상처 자국으로서만 남아 있는 것이 아니었다. 그것은 지나간 노인의 생애 중에 썩 소중스런 추억과 모험담을 담고 있는 재미있는 이야기의 비밀 열쇠구멍과도 같은 것이었다. 그래 그런지 아이에게 이야기를 들려줄 때의 노인의 목소리엔 어딘지 은근한 자랑기 같은 것이 섞이고 있기도 하였다. 무엇보다 그 이야기의 비밀 열쇠구멍들이 노인의 몸 곳곳에 무늬져 숨어 있는 것이 아이의 호기심을 계속 부추기고 들었다. 하여 아이는 그 왼손등 위의 개이빨 자국 흉터를 시작으로 이후 한참이나 그 노인의 몸 곳곳에서 새 흉터들을 찾아내어, 그 흉 자국들이 간직하고 있는 노인의 옛날이야기를 끌어내는 보물찾기식 놀이를 계속해 나가게 되었다.

"할아버지, 그럼 이 오른쪽 손등의 칼자국 같은 흉터는 어떻게 생긴 거예요?"

아이는 먼저 그 흉 자국들을 쉽게 찾아낼 수 있는 노인의 손에서부터 팔목과 얼굴께로, 그리고 다시 양쪽 발과 다리께로 이야기의 저장소를 샅샅이 들춰나갔다.

— 할아버지, 이 왼쪽 눈썹 위에도 조그만 흉 자국이 하나 있어요. 이건 무슨 상처 자국이에요?

— 그럼 이 어깨 위에 나란히 마주 보고 있는 네 개의 흉터들은요?

— 할아버지, 여기 왼쪽 발목께에도 큰 흉터가 있어요……

지칠 줄 모르는 아이의 호기심에 노인 역시도 그 어린 손주 앞에 마치 몰래 숨겨온 알사탕을 하나씩 꺼내주듯, 아이가 새 흉터를 찾아낼 때마다 거기 얽힌 사연을 차례차례 하나씩 재미있게 들려주었다.

—그래, 이 오른손의 칼자국 같은 흉터는 할애비가 승준이보다 조금 더 나이를 먹었을 때 뒷산으로 나무를 하러 갔다 쓰러지는 나뭇가지에 얻어맞아 할퀸 자국이란다. 함께 나무를 하러 간 이웃집 친구가 할애비 곁에서 큰 나무를 도끼로 찍어 넘어뜨리는 걸 보고 재빨리 몸을 비켜 달아나는데, 그 나무가 하필 할애비 쪽으로 넘어지는 바람에 그만 그 가지 끝에 손등을 얻어맞고 만 게야…… 할애비가 어렸을 때 산으로 나무를 하러 다니는 게 힘이 들지 않았느냐구? 힘이야 들었겠지. 허지만 그 시절 이런 시골에선 나이가 좀 어려도 산엘 다니는 걸 싫어하진 않았단다. 산으로 나무나 풀을 베러 다니는 건 일보다도 즐거운 놀이에 가까웠으니까. 어른들께선 늘 힘들고 위험하다고 말리는데도 우리는 기를 쓰고 산으로만 나돌아 다녔는걸.

—그 눈썹 위의 흉 자국은 할애비가 도회에서 중학교엘 다니던 시절, 어느 해 여름방학이 되어 이 고향 동네로 와 지내다가 얻게 된 선물이지…… 윗학교엘 가지 못한 동네 친구들이 방학을 맞아 돌아온 이 할애빌 환영해주기 위해 함께 닭서리를 나선 밤이었구나. 그 친구들이 낮에 미리 점을 찍어둔 집 닭장을 뒤지러 들어가면서 할애비더러는 그 집 주인이 쉽사리 쫓아 나오지 못하도록 안방문을 두 손으로 힘껏 밀어붙여 버티고 서 있으라지

않겠느냐. 할애빈 그저 친구들이 시키는 대로 그 집 오지 오줌받이통을 문 앞에 들어다 막아놓고 두 손으로 힘껏 문짝을 밀어붙이고 서 있었제. 허지만 그걸로 어디 다급하게 튀어나오는 그 집 어른의 뚝심을 이겨낼 수가 있었겠니. 사람의 기척에 놀라 꼬꼬댁거리는 닭장 쪽 소리에 벼락같이 문을 박차고 뛰쳐나오는 주인의 힘에 밀려 할애빈 그만 그 문틀에 이마를 얻어맞고 마루 아래로 벌렁 나가떨어지고 말았어. 그땐 워낙 경황이 없어 이마를 다친 것도 모르고 그 집을 빠져나오는 데만 정신이 없었지. 문 앞에 놓아둔 오줌통이 박살나고 그 바람에 주인이 좀 멈칫거리는 틈을 타서 사립을 빠져나와 한참 더 정신없이 뛰다 보니 이마에서 뜨뜻한 것이 흘러내리고 있는게 느껴지더구나…… 그 시절 마을에선 그런 남의 집 닭장이나 참외밭 수박밭 밤서리질이 끊일 새가 없었지.

—이 어깻죽지 위의 별자리 모양 흉터들 말이냐? 이건 천연두라는 돌림병을 예방하기 위한 우두앓이 자국이란다. 옛날엔 손님이나 마마라고 부르는 돌림병을 무척들 두려워했으니까. 그 왜, 어른이 되어서도 얼굴에 작은 콩알 자국 같은 흉터들이 남는 고약한 열병 말이다. 옛날엔 그 돌림병 때문에 학교가 문을 닫고 쉬게 되는 날까지 많았었지…… 그리고 그 무릎께의 세모꼴 모양 흉터는 할애비가 동네 팽나무에 올라갔다가 거기에서 떨어지면서 땅바닥에 박혀 있던 돌멩이에 찍혀 생긴 상처 자국이구…… 할애빈 어릴 적 동네 아이들과 대나무 딱총놀이를 무척 좋아했는데, 여름철이 되면 팽나무엔 그 딱총알로 쓰기 좋은 팽

열매가 알맞게 여물기 시작했거든. 게다 할애빈 어릴 적 나무를 잘 탄다고 '염소'라는 별명까지 얻었을 정도였으니, 친구들의 딱총알까지 온통 도맡다시피 이 할애비가 늘 팽나무에 기어오르곤 했었지. 그런데 하루는 제 재주만 믿고 너무 가는 가지 끝까지 몸을 싣고 올라갔다가 그 가지가 그만 꺾이는 바람에 몸뚱이가 공중제비를 하며 떨어지게 됐지 뭐냐……

노인은 아이에게 그 왼쪽 발목께의 흉터 하나를 빼고는 모든 사연을 숨김없이 다 들려줬다. 그것도 한결같이 그 시절의 일들이 무척이나 그립고 자랑스러운 목소리로.

하지만 노인도 그 왼쪽 발목께의 긴 흉터 자국에 대해서만은 웬일인지 얼핏 그 사연을 털어놓으려질 않았다. 아이가 마지막으로 그 흉터에 담긴 이야기를 조르고 들었을 때는 노인의 표정이 어딘지 좀 언짢게 어두워지고 있는 것 같기도 하였다. 그리고 슬그머니 그쪽 이야기는 피한 채 아이 앞에 자신의 옷섶까지 걷어 올려 보이며, 거기 숨겨진 또 다른 흉터의 이야기로 아이의 질긴 호기심을 대신 달래주려 하였다.

"이 할애비 배를 봐라. 배꼽이 두 개씩이나 되질 않느냐. 하나는 태어날 적에 생긴 진짜 배꼽이고, 이 오른쪽 작은 새끼배꼽은 나중에 할애비가 거기 종기를 앓을 때 할애비의 어머님이신 네 증조모께서 생지황을 잘못 찧어 발라 상처가 크게 덧쳐 생긴 흉터 자국이란다……"

노인은 우선 그 오른쪽 복부에 또렷하게 패어들어간 흉터 자국으로 어린 손주의 주의를 유인한 다음, 거기에 얽힌 이야기를 한

참 더 길게 덧붙여나갔다.

"그런데 할애비의 맏형님이 되시는 네 돌아가신 큰조부님께선 우리가 어렸을 적 이 새끼배꼽을 가지고 아우인 나를 얼마나 놀려대셨는 줄 아느냐. 집안의 벽이나 문창지 같은 데다 여기저기 돌아가며 배꼽이 두 개 달린 사람 모양을 그려놓고, 이게 누구겠느냐고 나를 늘 못살게 놀려대셨구나. 그러면서 내가 골을 내고 덤비면, 배꼽이 둘인 사람은 고추도 두 개 달린다더라고 더 한층 약을 올리면서 도망질을 쳐대시구……"

자청해 털어놓은 노인의 새끼배꼽 이야기는 그런대로 제법 아이의 흥미를 끄는 것 같았다.

하지만 그 이야기까지 덤으로 얻어듣고 나서도 영악스런 아이는 그 먼젓번 발목께의 흉터를 아직 잊지 않고 있었다. 노인의 새끼배꼽 이야기가 끝났을 때 아이는 할아버지에게 그 왼쪽 발목께의 긴 흉터에 대한 이야기를 다시 꺼내들고 나섰다.

"할아버지, 그럼 이번에는 이 발목 흉터 이야기요……"

노인은 그러나 이번에도 그 어린 손자의 주문을 쉽게 들어줄 기색이 아니었다.

"오늘은 이쯤 이야기를 끝내는 게 좋겠구나. 한꺼번에 이야기를 너무 많이 해서 오늘은 할애비가 좀 피곤해진 것 같으니, 이 흉터 이야기는 다음 날로 아껴놓고……"

노인은 노골적으로 이야기를 회피했다.

그리고 그것으로 이해 겨울의 그 정다운 조손간 흉터 이야기 찾기 놀이는 끝이 나게 되었다. 이야기를 다음날로 아껴두자던 약속도 아랑곳없이 노인은 며칠 뒤 아이가 제 어미를 따라 다시 서울로 큰댁을 떠나갈 때까지 왼쪽 발목께의 긴 흉터에 대한 이야기는 끝내 모른 척 넘어가고 만 것이다.

아이가 그 노인의 발목께 흉터의 비밀을 알게 된 것은 그로부터 한참 더 세월이 흐른 뒤, 그가 중학생으로 첫 여름방학을 맞아 오랜만에 다시 큰댁을 찾아 내려갔을 때였다. 아이는 그 큰댁의 할아버지를 뵙게 되자 전날에 노인이 이야기를 피해버린 그 흉터의 사연이 오래 묵혀온 수수께끼처럼 새삼 궁금해진 것이었다. 그래 아이는 틈을 보아 다시 노인에게 그 사연을 조르고 들었다.

노인은 처음 그런 아이의 끈질긴 호기심에 잠시 동안 어디 아픈 곳이라도 스친 듯 불편스런 얼굴색이 되었다.

"저게 버릇없이…… 왜 이것저것 쓸데없는 소리로 할아버님을 자꾸 귀찮게 해드리고 있니……"

눈치를 알아차린 아이의 어머니까지 어딘지 당황스러워하는 목소리로 아이의 채근을 나무라고 들었다.

하지만 노인은 이제 더 이야기를 미룰 수가 없어진 듯 이내 다시 너그러운 표정으로 아이의 어미를 제지했다.

"이건 우리들끼리의 이야기니 에미는 상관할 것 없다. 나가 네 일이나 보거라."

노인은 그 젊은 며느리의 조심스런 참견을 물리치고 나서 어린 손주를 향해 비로소 조용조용 입을 열기 시작했다.

"이건 할애비로선 별로 들추고 싶지 않은 이야기다만……그래, 이제는 승준이도 제 가까이서 아끼던 사람과 영영 헤어지는 슬픔을 배워둘 만한 나이가 되었을 테니 오늘은 이야길 해주마. 이건 이 할애비의 젊었을 적 첫 딸아이, 그러니 아직 살아 있다면 네 아범의 누이가 되고, 승준이의 고모가 되었을, 그 두 살짜리 어린 딸아이를 돌림병으로 잃게 되었을 때, 이 할애비가 손수 어린 자식의 시신을 묻어주러 가서 생긴 상처 자국이란다……"

노인이 그 죽은 딸아이의 시신을 묻은 산자락엔 크고 작은 돌자갈이 유난히 많았댔다. 그가 아무리 괭이질을 해대도 구덩이는 파이지 않고 그럴수록 눈물만 자꾸 더 앞을 가리더랬다. 그래 그는 어서 구덩이를 만들어야 한다는 생각도 잊은 채 자꾸만 돌자갈에 되받혀 튀어오르는 헛괭이질만 하염없이 되풀이하다가, 끝내는 그 맥이 빠질 대로 빠져나간 헛괭이질 시늉이 자신의 발목께를 내려찍고 만 것이었다고—

아이가 듣기에도 할아버지가 기분 좋게 들려줄 만한 이야기가 아니었다. 아니, 노인의 그 오랜 흉터 자국에선 이제 아이에게도 어떤 음산스런 죽음의 그림자 같은 것이 느껴지기 시작했다. 그 발목께의 긴 흉터뿐만 아니라 노인의 몸에 새겨진 모든 흉터 자국들이, 아이에겐 하나같이 죽음이 할아버지를 덮치려들었거나 그를 위태롭게 스쳐간 흔적들처럼 보이기 시작한 것이다. 그 흉터들이 숨기고 있는 갖가지 이야기도 할아버지가 그 죽음을 운 좋게 비켜나간 아슬아슬하고 끔찍스런 사연들인 셈이었다. 아이는 새삼 그 노인과 노인의 흉터들에서 그때마다 용케 잘 할아버지를 비켜 지나가준 죽음의 그림자를 느끼며 제물에 진저리가 쳐

지기까지 하였다.

그런데 알고 보니 그런 아슬아슬한 죽음의 그림자가 스쳐간 흉자국들은 노인의 몸 곳곳에 아직도 몇 군데나 더 깊이 숨어 있었다. 노인은 일단 작정이 선 때문인지 그 흉터들의 슬프고 아픈 곡절들에는 아랑곳을 않은 채, 오히려 손주아이의 성장을 대견스러워하듯, 그 여름 아이 앞에 자신의 몸을 자꾸 더 깊이 열어 보여준 것이다. 노인이 스스로 자기 몸의 깊은 곳을 열어 보여준 그 숨은 흉터들 가운데는, 우선 저 6·25전란 때 대처에서 중학교를 다니다 고향집으로 내려와 피신해 있다가 부엌 나무청 속에 숨은 그를 잡으러 몰려온 사람들의 죽창에 스쳐 찔린 오른쪽 겨드랑이께의 상처 자국과, 나중에 군인이 되어 전투를 치르던 중 수류탄 파편이 찢고 지나간 자국이라는 허벅지와 엉덩짝 간의 보라색 흉터덩이, 그리고 뒷날 마흔 살쯤 되었을 때 마을 뒤켠 산골짝을 틀어막는 저수지 축방공사의 책임을 맡았다가, 어느 날 예상치 못한 엄청난 폭우로 반 넘어나 쌓아 올라가던 방둑이 무너져 내리는 것을 보다 못해 무모하게도 그 넘치는 물속으로 뛰어들어 둑을 안고 발버둥을 쳐대다, 끝내는 정신을 잃고 세찬 물살에 휩쓸려 내리면서 바윗돌과 나무뿌리들에 할퀴어 생겼다는 옆구리와 갈비뼈께의 빗살무늬 흉터 자국 같은 것들이 있었다.

"돌이켜보면 지금도 오금이 저리는 고비들이었지. 어찌 보면 이 할애비가 지금까지 살아 있는 건 순전한 우연이나 행운의 덕이었을 수도 있겠고……"

그런 새 흉터 자국을 하나씩 들춰 보여줄 때마다 노인 역시도 아직 그때의 아슬아슬한 느낌을 떨쳐버릴 수가 없는 듯 아이 앞에 새삼 진저리를 치는 시늉을 해 보이곤 하였다. 하지만 그 아슬아슬하고 소름 끼치는 사연들에 비해 아이에게 하나하나 이야기를 털어놓는 노인의 표정이나 목소리는 아직도 썩 담담하고 범연스런 편이었다. 보다는 전날과 같은 그 자랑스러움과 그리움기 같은 것이 점점 더 깊어져가는 기미였다. 게다가 이제는 그 손주아이에게 보여줄 흉터들마저도 그걸로 밑천이 다하고 만 때문이었을까. 노인은 그 몸 위의 흉터들이 세월 따라 차츰 흔적을 잃어가고 있는 것을 어딘지 퍽 아쉽고 서운해하는 눈치이기까지 하였다.

"허지만 그 다 이제는 지나간 옛날 일들이구나. 나이를 먹다 보니 이제는 이 흉터 자국들마저 많이 희미해져가고 있으니……"

그런데 실상 이제는 아이에게도 그것이 무엇보다 아쉽게 여겨지고 있었다. 언제부턴가 그 노인의 옛날 흉터들은 아이에게 그 할아버지의 생애가 거두어온 가장 분명하고 자랑스런 훈장처럼 보이기 시작한 때문이었다. 노인의 몸은 이를테면 그 수많은 죽음들을 이겨낸 불사신이나 거인의 살아 있는 동상과도 같은 것이었다. 노인의 몸에서 그 흉터 자국들이 지워져가는 것은 바로 그 노인의 자랑스런 삶의 역사가 지워지고 그의 거인 같은 모습이 사라져가는 것 한가지였다. 그러나 아이는 그것을 어찌할 수가 없었다. 아이로서도 할아버지에게서 그 자랑스런 흉터 자국들이 지워져가는 것을 막아드릴 재주나 방법이 없었다. 그것을 막아낼 방법이 없으니, 노인의 아쉬운 마음을 달래드릴 방도도 있을 수가 없었다.

아이는 결국 그런 식으로 다시 그 큰댁의 할아버지 곁을 떠나고 말았다. 무엇보다 이젠 그가 더 노인에게서 찾아낼 흉터도 없었기 때문이었다. 하지만 아직은 그런대로 제 흔적을 남기고 있는 수많은 흉터들과 그 노인의 거인 같은 모습을 마음속 깊이 지니고서였다.

부질없는 부연에 불과한 소리겠지만, 노인이 그토록 자기 몸의 흉터를 아끼고 그것이 사라져가는 것을 아쉬워한 것은 그러니까 그 자신 실제로 그 쓰라린 상처의 흔적들을 자기 나름의 생애와 삶의 값인 양 마음속 깊이 사랑해오고 있었던 때문이었다. 아이는 이후로도 종종 그 큰댁의 할아버지를 찾아가 뵙곤 했는데, 노인은 그때마다 그 손주 아이가 위로 삼아 짐짓 채근을 하고 드는 바람에 그 흉터 자국들을 마지못해 다시 내보여주면서도, 그 목소리엔 갈수록 힘이 떨어져가고 있었다.

"나이를 먹어가니 이젠 흉 자국을 잘 알아볼 수조차 없게 됐구나……"

어느 땐 그 아쉽고 자신 없어 하는 심사를 넘어서, 근자 한동안은 새 흉터 자국을 지어 지니지도 못하고 앞으로는 더더욱 그럴 수가 없게 된 자신을 심히 원망스럽고 한탄스러워하기도 하였다.

"이 흉 자국들은 모두가 할애비 나이 한창일 때의 것들뿐이구나. 할애비가 차츰 나이를 먹으면서 세상을 그만큼 헛살아온 탓인 게야. 이 나이가 되어 이젠 그토록 보잘것없는 늙은이 꼴에 주책없이 그런 꿈을 지녀볼 수도 없는 형편이고……"

그 모두가 노인이 자신의 흉터들을 성한 데 못지않게 귀하게 아끼고 사랑해온 증거였다. 그리고 그것들이 속절없이 사라져가는 데 대한 안타까움과 그의 무력해진 여생에선 더 이루어낼 수 없는 어떤 간절한 소망에 대한 절망감의 토로였다. 그리고 그 흉터들에 대한 노인의 사랑은 보다 더 뒷날 노인 자신이 자기 입으로 직접 비슷한 소리를 토로한 일도 있었다.

아이가 어언 고등학교 3학년이 되어 예의 큰댁으로 다시 할아버지를 뵈러 간 여름방학 때였다. 그때 그 시골의 큰댁 마을은 인근 도회에서 여름철 봉사활동을 들어온 대학생들로 전에 없이 주위가 어수선하였다.

그런 어느 날 저녁. 그 큰댁으로 노인을 찾아온 학생들과 아이의 할아버지 사이에 한동안 농촌생활의 어려움과 농사일에 관한 이야기가 오가다 어느 학생인지가 제법 노인 앞에 어떤 자신에 넘친 소견을 늘어놓고난 뒤였다. 노인은 그에 이어 자신이 대꾸를 해야 할 차례를 맞고서도 한동안 묵묵히 침묵만 지키고 있더니, 그 학생들 앞으로 천천히 자신의 왼쪽 손등을 펴 내밀었다. 그리곤 마치 무슨 수수께끼 놀음이라도 시작하듯 학생들에게 그 왼손 손가락들 위에 무슨 흉터 흔적 같은 게 없느냐, 그걸 찾아보라고 하였다. 학생들은 잠시 노인의 표정을 살피다가 여러 사람이 한꺼번에 그 노인의 손을 받아 쥐고 그가 말한 흉터를 찾기 시작했다. 그리곤 한참 세심한 조사 끝에 몇 줄기 그물 모양의 흉터 자국을 찾아냈다.

"여기 있어요. 이 검지손가락 위쪽에 지렁이가 여러 마리 덩어리로 얽혀 있는 것처럼요. 그리고 이 장지 쪽 손가락 위에두요."

어찌나 희미한지 그토록 온몸을 샅샅이 살펴온 손주아이조차도 끝내 알아보지 못한 흉터였다. 그러나 아이가 뒤에 확인해보니 노인의 두 손가락은 정말로 그 얽힌 실타래처럼 어지러운 상처 자국들로 가득했던 게 사실이었다.

"그래, 많이 흐려지긴 했지만, 그 두 손가락엔 아직도 수많은 흉터 자국들로 흉한 그물금이 쳐진 흔적이 역력할 게야. 그것도 중지 쪽보단 검지 쪽이 더 심할 게구…… 헌데 젊은이들은 그 흉 자국들이 어떻게 해서 생긴 건지 짐작할 수 있을까……"

학생들이 어렵잖게 흉 자국들을 찾아내자 노인은 그 손가락들을 계속 학생들에게 내맡겨둔 채 조심스럽게 다음 질문을 내놓았다.

이번에는 학생들이 얼핏 대답을 하지 못했다. 이 사람 저 사람 서로 번갈아가면서 손가락을 들여다보았지만, 끝내는 자신 없이 고개를 갸웃거리며 뒤로 물러서곤 할 뿐이었다. 그러자 노인은 그 학생들에게 해답의 실마리라도 내주듯 자신의 오른손까질 마저 펴 내어 보이며 다시 물음을 이었다.

"이 오른손을 보아. 이 오른손 쪽 손가락에는 흉터가 없지. 그렇담 이 흉터들은 어째서 왼손 쪽에만 생기게 되었을꼬. 그것도 하필이면 검지와 장지 두 개 위에만 집중적으로 몰켜서? 그걸 알 수 있으면 흉터의 내력도 알아낼 수가 있을 게야."

그러나 학생들은 이번에도 해답을 못 찾았다. 노인의 겹친 물음에 생각이 더 감감해진 듯 자기들끼리 서로 얼굴만 바라볼 뿐이었다. 그러나 노인은 역시 그럴 줄 알았다는 듯 이윽고 해답을 스스로 털어놓았다.

"이건 뭐 조금도 어려운 일이 아니지. 이런 시골에서 조금만 일을 해본 사람이면 누구나 금세 알 수가 있을 게야. 이건 다름 아니라 낫질을 할 때 낫날이 풀포기에 미끄러지거나 바윗돌 같은 거에 부딪쳐 튀어 올라 손을 찍어 생긴 상처 자국이거든. 보통 사람들은 오른손으로 낫질을 하고 왼손으로 곡식이나 풀포기를 거머쥐니 그런 때 상처를 입게 되는 건 단연 왼손 쪽일 수밖에. 그 중에서도 특히 낫날을 맞기 쉬운 게 이 검지나 중지들일 테고. 그러니 만약 왼손잡이가 낫질을 한다면 이런 흉터들은 물론 오른쪽에 생기게 마련이겠고……이 흉 자국들은 그래 그런 낫날 상처들이 세월 따라 계속 겹쳐 생기다 보니, 그것들이 이렇게 서로 실낱처럼 길게 이어지고 얽힌 꼴을 이루게 된 게야."

학생들은 그제야 고개를 깊이 끄덕이며 알 수 없는 탄성들을 발했다. 그리고 더러는 심각하고 엄숙한 표정이 되기도 하였고, 더러는 끔찍스러운 듯 소름이 끼치는 시늉을 해 보이기도 하였다. 아니 어떤 학생들은 그런 흉터들을 만들며 한평생을 지내온 노인이 안됐다는 듯 노골적으로 동정적인 표정을 지어 보이기까지 하였다.

그러나 노인은 으레 그럴 줄 알았다는 듯 학생들의 그런 반응엔 아랑곳을 않은 채 그 왼쪽 손의 흉터들을 더 바짝 학생들 앞으로 들이대 보이며 비로소 그 생기가 좀 되살아난 목소리로 다짐을 하고 나섰다.

"어때들? 알고 보니 참 징그럽기도 하고 딱하기도 한 몰골이지? 하지만 그 내력을 아무도 알아맞히질 못했으니 이 늙은이도 그 대가로 젊은이들한테 몇 마디 들려줌 직한 소리가 있을 법하제?"

부드러운 농기 같은 것이 섞이고 있었지만, 은근한 충고와 당부의 뜻이 담긴 다짐이었다. 학생들도 벌써 그걸 알아차린 듯 더욱 진중하고 예의 바른 표정으로 노인의 다음 말을 묵묵히 기다리고 있었다. 노인은 비로소 학생들에게 맡겨뒀던 자기 손을 거둬들이며 차분한 목소리로 말을 이어나갔다.

"그야 젊은이들 쪽으로 말하면 이까짓 흉터의 내력 따위를 알아내지 못한 건 뭐 대수로운 일이 아닐 게야. 그보다 정말로 예사롭게 여겨 넘길 수가 없는 건, 그 내력을 모르니 흉터의 뜻을 제대로 이해하지 못하게 될 위험이지. 무슨 소리냐 하면……이 늙은인 이 흉헌 상처 자국들을 내 생애에서 얻은 것들 가운데서 어느 무엇 못지않게 사랑해오고 있거든. 그런데 젊은이들은 그걸 거꾸로 곡해하고 있을 수도 있다는 이 얘기야. 일테면 그저, 고난스럽고 참담하고 동정 받아야 할 것 쪽으로만……"

어조는 부드러웠지만, 그 속엔 역시 그 흉터에 대한 노인 특유의 만만찮은 애정과 자부심이 서려 있었다. 그 노인 앞에 학생들은 그저 묵묵히 귀를 기울이고만 있었다.

"이 늙은이 자신도 한때는 그걸 무척 남루하고 창피스러운 것으로 부끄럽게 여긴 때가 있었지. 어리고 철없을 때 도회지 윗학교로 공부를 나갔을 때…… 그러나 그 희고 말끔한 도회 아이들의 손발이나 얼굴, 영악스런 행동과 마음새들을 겪어가면서, 그리고 그런 가운데에 차츰 나이를 먹어가면서 생각이 바뀌게 되었어. 이건 어쩔 수 없는 내 운명의 인각이다, 내가 내 몸뚱이로 일구고 살아온 내 삶의 가장 정직하고 분명한 기록이다…… 부끄러움보다는 오히려 자랑스러움이 앞서게 된 게야. 그리고 그런 자랑스러움과 보람 속에 내 딴엔 그걸 이날까지 아끼고 사랑해온 게야. 그러니 부끄러운 건 그 흉터들이 아니라, 나이를 먹어가면서는 더 많은 흉터를 지어 지닐 수가 없게 된 일이었지. 지금도 물론 아쉬운 일이 있다면 내 생애에선 다시 그럴 만한 시절이 다시 올 수 없으리라는 것이랄까……"

혼잣말처럼 조용조용 말을 이어가던 노인은 거기서 잠시 동안 학생들의 표정을 살피고 나서 마지막 결론을 말하기 시작했다.

"하고 보면 사람은 누구나 자신의 삶을 사랑하는 길을 지니고 살아가고 있는 셈이지. 이 늙은인 그 남루한 흉터 자국들까지 자신이 살아온 삶의 소중한 모습으로 아껴온 참이니까. 이 손가락의 상처들뿐만 아니라 나는 내 몸에 지닌 모든 상처 자국들을 그렇게 아끼고 사랑해왔거든. ……그러니 누구도 남의 삶의 길이나 방법을 함부로 넘겨짚거나 일방적으로 이끌어낼 수만은 없는 일인 셈이지. ……이 농사를 짓는 일만 하여도, 시쳇말로 소득이 크게 떨어지는 일에 어쩔 수 없이 얽매여 그저 늘 억울한 수탈만 당하고 사는 고역으로 본다면 그것은 농사일을 반밖에 못 보고 덤비는 소릴 게야. 농사짓는 사람에겐 소득도 물론 중요하지만, 그 농사일 속에 제 삶의 값과 보람을 가꾸어나가고 있는 셈이거든. 논밭의 곡식이 가뭄에 타들어가면 자신의 가슴도 함께 타고, 단비를 맞고 싱그럽게 자라 익으면 자신도 거기 함께 어우러지고 익어가는 기쁨과 보람…… 이 늙은이가 그 흙터들을 제 생명처럼 사랑해왔듯이 농사꾼은 그 농사일을 제 삶의 가장 소중스런 과정이나 기록으로 사랑하고 있다는 것, 농사일을 알고 그것을 말하려면 그런 농사꾼의 길과 깊은 마음, 그런 농사일의 은밀스런 이치부터 먼저 헤아리고 그걸 지켜나갈 길을 함께 마련해나가야 한다는 얘긴 게야. 그런데 근본이 농사꾼인 농사꾼의 자식들이 그 농사일의 눈앞의 소득만 따지면서 그 농사일과 농사꾼을 딱하게만 여기려 든다면 그건 농사꾼의 땀에 대한 애정과 삶의 믿음을 빼앗는 일 한가지라……그야 한때나마 농사일 고생을 직접 겪어보고 농사꾼의 속마음도 함께해보려는 건 기특한 일이지만, 그러다가 때가 되면 훌쩍 손을 털고 떠나갈 자리가 따로 마련돼 있는 사람들이 그 농사일을 제 몸의 흙터처럼 필생의 운명으로 받아들여 그 일에 제 생애를 의지해 살아가는 사람들의 심중을 헤아리기란 그리 쉬운 노릇이 아닐 게지만…… 어때? 젊은이들헌텐 이 늙은이 말이 좀 지나쳤을까. 허긴 나도 여태꺼지 이렇듯 주책을 떨어댄 일이 없었는데, 근자엔 이런저런 농사일에 대한 시비가 분분한 판인 데다, 그런 논의들이 늘 근본을 놓치고 있는 것 같은 느낌이 들어 몇 마디 망발을 떨어본 것뿐인 거여. 허허."

그날의 그 노인의 이야기는 이미 자기 몸의 흉 자국들에 대한 자랑이 아니었다. 그것은 그 젊은 학생들에 대한 나이 먹은 농사꾼으로서의 어떤 절실한 소망과 충고를 담고 있는 고백이자 푸념이었다. 그러나 그 고백이나 충고의 깊은 내용은 그의 손주인 승준에겐 그리 중요한 것이 아니었다. 그리고 그것을 젊은 학생들이 얼마나 마음 깊이 새겨 받아들였는지도 큰 관심거리가 못 되었다. 그보다 승준에게 더욱 마음이 끌린 것은 할아버지가 자신의 입으로 그 자기 몸의 흉한 상처 자국들을 더없이 아끼고 사랑해왔노라 분명하게 밝혀준 사실이었다. 노인은 스스로도 그 자기 몸의 흉터 자국들을 마음 깊이 사랑해온 것이었다. 그 상처 자국들에 대한 노인의 은밀스런 애정과 자부심은 그 왼손 손가락들 위의 희미한 흉터 자국들의 비밀을 승준 앞에서까지 그렇듯 혼자서 숨기고 아껴온 사실로도 확연해지고 있었다. 승준은 처음 노인이 그 학생들 앞에 자기 왼손의 숨은 흉 자국들을 내보였을 때 자신이 어찌 그걸 여태까지 찾아내지 못했는지 민망스럽고 부끄러운 마음이 앞을 섰다. 오랜 세월 동안 흔적이 너무 희미해져 그것을 알아보기가 그리 쉬울 수가 없었다 치더라도, 할아버지는 어찌하여 그걸 여태까지 손주인 자신에게까지 묵묵히 숨겨두고 있었는지, 그 속마음이 심히 의아스럽고 원망스럽기도 하였다. 하지만 오래잖아 손주는 그것이 할아버지의 그 흉터에 대한 은밀하고 지극한 사랑 때문이었음을 알았다. 그 오랜 흉터와 흉터의 사연들을 자신의 손주에게까지 비밀로 아껴둔 채, 그것을 혼자서 그 생애의 마지막 수확과 사랑의 자기 신표로 은밀히 간직해온 심회라니—

그러니까 노인은 이후로도 승준 앞에 자주 그 흉 자국들에 대한 추억 어린 집착과, 그것들이 사라져가는 데 대한 회한 깊은 아쉬움을 어쩌지 못해하곤 하였다. 그리고 그만큼 새로운 상처 자국에 대한 때늦은 소망도 끝내 단념을 못해 했다.

하지만 노인에겐 이제 그럴 만한 여력도 시간도 없었다. 그는 속절없이 나이만 더해갔고, 드디어는 그 이룰 수 없는 소망과 미련 속에 허무하게 이승의 생애를 끝맺어가고 말았다. 승준이 고등학교를 졸업하고 난 이듬해 여름이었다.

그런데 승준은 그 큰댁의 고향 마을로 노인의 장례를 모시러 갔다가, 할아버지가 끝내 그 죽음으로 해서나마 당신 생시의 그 간절한 소망을 이루어갔음을 보았다. 노인의 무덤은 생시에 그가 늘 자기 몸처럼 돌보고 함께 살아가는 생명체처럼 애정 어린 손길과 마음을 아끼지 않아오던 뒷산 숲자락에 한 커다란 생채기를 만들고 있었다. 손등과 발목과 복부와 얼굴과 등허리와 엉덩이의 그 모든 흉터 자국들을 당신의 죽음 속에 하나로 모아 묶어, 노인은 그 울창하고 활원한 숲자락에 자신의 육신과 생애 전체로 또 하나의 큰 상처 자국이 되어 누운 것이었다. 물론 미구에 그 스스로 흔적을 지워 사라져갈망정, 그동안이라도 어떤 이름 없는 농사꾼의 삶에 대한 비밀이야기를 묻고 있는 또 하나의 새 열쇠 구멍처럼.

(『현대문학』 1992년 2월호)

가해자의 얼굴

1

1950년 6월 하순에서 9월까지―, 당시에 ㄱ중학교 2학년 학생이던 아이가 더부살이로 얹혀 지내던 혜화동의 누님 집으로 그 석 달 남짓 간에 아이의 자형을 찾아온 사람은 모두 세 파수였다. 몸을 피하려 했대도 아이의 자형은 어차피 그중의 누구에겐가 붙잡혀 끌려가고 말 처지였다. 세 번 다 모두 아이의 자형과는 한동안 ㅂ연맹이란 단체에 소속을 함께해온 사람들이어서 그의 주변사를 빤히 다 알고 있는 처지들인 데다, 마지막 세번째는 경우나 목적이 달랐지만, 첫 번과 두번째는 각기 서로 다른 편을 위해서 옛 동지를 붙잡으러 온 위인들이었던 때문이다.

그러고 보면 차라리 아이의 자형이 첫 번 연행자들에게 일찍

덜미를 붙들려가버린 것이 어차피 치러야 할 뒷날의 난국을 얼마쯤 앞당겨 겪어버린 격이었달까. 하지만 아이나 아이의 누님은 그것이 자형이나 남편의 마지막 길이라는 것을 알지 못했다.

아이의 자형은 그 무렵 몇 년간 그 ㅂ연맹이란 신생 우익 단체의 보호를 받아오던 신분이었다. 일제 말기에 ㅇ전문학교를 졸업하고 바로 ㅈ중학교 교직 생활을 해오던 아이의 자형은 그동안 좌익 사상에 꽤 마음이 기울어온 탓으로, 8·15해방 이후엔 전국적인 규모의 한 좌경 교원 단체의 일원으로 학교 일보다 그 일에 더 열성을 쏟은 적이 있었다. 그러다 1948년 정부 수립 이후부터는 돌아가는 정세나 활동 여건이 좋지 못한 데다 그간의 젊은 열정도 많이 시들해져가고 하여, 끝내는 불가피한 호신책을 겸하여 '전과(前過)를 뉘우치고 새 민주 조국 건설에 몸바쳐 매진할 것'을 공개 서약한 뒤, 유사한 전력(前歷)을 지닌 사람들의 보호교도 단체인 ㅂ연맹에의 가입을 단행하게끔 되었다. 그리고 그쯤 다시 옛 일자리로 돌아가 다른 큰 풍파 없이 두어 해 조심스런 연명을 기해오다 마침내 그 6월의 일을 맞게 된 것이었다.

그러니 그 느닷없는 소동 앞에 이럴까 저럴까 갈피를 못 잡고 아연해 있던 참에, 그날 아침 ㅂ연맹 사람들이 자형을 데리러 와준 것은 본인에게는 물론 가족들에게도 차라리 다행스런 호신책이자 피신 길로만 여겨졌다. 게다가, 전황까지 많이 불리하다는 뒤숭숭한 소문이 나돌기 시작한 그 26일 이른 새벽녘, 아이의 자형을 데리러 온 ㅂ연맹 사람들도 단언하듯 말했었다.

—김 동지. 나라가 이렇듯 위난을 당하고 있는 판에 우리가 가

만히 앉아 보고만 있을 수 있겠소. 후방의 일이나마 우리도 일어서서 함께 싸우기로 했으니, 지금 바로 우리와 같이 집결지로 나갑시다.

— 우리는 사실 전향(轉向)의 전력자들 아니오. 우리의 전향이 저들에게 용서할 수 없는 반역이 되는 것은 김 동지도 잘 알고 있는 일일 게요. 만에 하나 전세가 불리하게 기우는 날엔, 우리가 살길은 오직 이 길뿐 아니겠소. 자, 그러니 기회를 놓치지 마시오.

조금도 틀리거나 의심할 데가 없는, 동지로서의 충정과 결의에 찬 권유였다. 아이의 자형도 그렇게 생각했음이 분명했고, 그래서 그는 곧 동료들을 선선히 뒤좇아 나섰을 터였다.

뿐만이 아니었다. 나중에 또 다른 ㅂ연맹 사람들이 이번에는 '배신자' 옛 동지를 처단하려 아이의 자형을 연행하러 왔을 때 아이의 누님은 남편이 미리 남쪽 편으로 몸을 비켜서게 된 것을 얼마나 큰 다행으로 여겼는지 모른다.

그 두번째 ㅂ연맹 사람들이 아이의 자형을 끌어가려 온 것은 그러니까 북쪽 군대가 아직 미아리고개를 넘기 전인 27일의 저녁 어스름 녘이었다. 먼젓번 사람들과 달리, 그 무렵 서울에는 형식적인 전향으로 연맹의 보호를 받아오다, 일이 터지면서부터는 제 본색으로 돌아가 북쪽 군대의 입성을 숨어 기다린 사람들이 아직 꽤 되었던 모양이었다. 아니면 예상외로 빨라진 침공군의 기세에 어찌할 바를 모르다가 그런 식으로 또 한 번의 구명책을 좇아 나선 것이었을까. 위인들은 국군이 아직 한강 다리도 넘기 전인 그날 저녁, 미아리 쪽으로 다가오는 그 북쪽 군대의 포성 속에 자신들의 전날의 전과를 벌충하려는 듯 몇 사람씩 미리 작반, '반역자' 색출에 열을 올리고 나선 것이었다.

— 여기가 반역자 김×의 집이 틀림없지!

위인들은 서울이 이미 자기들 천지가 된 듯이 은밀스런 회유나 유인책 따위를 쓰려지도 않았다. 처음부터 살기등등 '죄인'을 색출하러 온 형세였다. 그리고 그 죄인이 이미 남쪽 편으로 몸을 비켜가버린 것을 알고는 이들을 갈아붙였다.

— 이 새끼는 보신이나 잠복을 위해서가 아니라 진짜 마음으로 사상 전향을 했던 게야.

— 그래서 옛 교원 자리를 다시 나갈 수 있었잖아. 인민의 반역자 같으니라구! 헌다고 이제 와서 제가 몇 발자국이나 살아 내뺄 라구!

그 위인들이 허탕을 치고 돌아간 뒤 아이의 누님이 몸서리를 쳐대며 남편의 선택을 다행스러워한 것은 아이에게도 백 번 천 번 당연한 일처럼 보였다.

그러나 미구엔 그런 위태로운 안도감이나 소망 또한 별 근거가 없는 것이었음이 밝혀졌다.

서울이 마침내 적 치하에 놓이게 되고서였다. 그날 이른 새벽 연맹 사람들을 따라나간 자형에게선 다시 아무런 소식이 없었고, 이제는 어떻게 소식을 전해올 길도 없었으므로, 그것으로 아이나 아이의 누님은 그가 그저 무사히 남쪽으로 살아 내려가기나 했기를 빌었고, 또 그렇게 믿고 싶어 하였다. 그러던 중 하루는 그와 전혀 반대의 절망적인 소문이 전해져왔다

—남쪽을 위해 나섰던 ㅂ연맹 사람들은 한강도 건너지 못하고 모두 떼죽음을 당했다는구나.

거리 낌새를 살피러 마을을 나갔다가 어찌어찌 용케 같은 처지에 이른 옛 연맹 사람의 가족을 만나 얻어들은 소리라며, 아이의 누님은 대문을 들어서는 길로 맥을 놓고 늘어졌다.

—그 뭐냐. 예비 검속이라더냐 뭐냐. 매형을 데려간 건 알고 보니 그런 것이었다는구나. 세가 불리한 쪽이 후퇴를 하면서 진지나 전쟁물자를 상대편에게 넘겨주지 않기 위해 불태워 없애고 가는…… 그런 식으로다 사람까지…… 창졸간에 사람들을 다 데려갈 수 없는 위난 중에, 네 매형은 더구나 뒤를 믿을 수 없는 전향자 성분이었으니……

하지만 그 붉은 완장패들의 매서운 눈길과 반동 가족으로서의 절박한 위기감 때문이었을까. 아이의 누님은 며칠이 지나지 않아 그 남편의 액운에 대해 뜻밖에 간단히 체념 조가 되었다.

—네 매형은 아무래도 이미 이 세상 사람이 아닌 듯싶구나. 저쪽 사람들 입에서 나온 소리들이라 다 곧이들을 수는 없지만, 한강 다리가 끊어질 무렵 해서 네 매형 같은 사람들이 많이 상한 건 사실인가 보더라. 서대문 쪽으론 형무소나 경찰서만이 아니라 학교나 예배당 등지에서까지 그렇게 당한 사람들의 시신이 지천으로 널려 있었다니까……

한 며칠 남편의 종적이나 시신을 찾아보려 서울의 서쪽 지역을 헤매 돌아다니던 누님이 어느 날인가는 갑자기 사람이 아예 달라진 것처럼 차분한 목소리로 말했다.

—그게 다 그런저런 물정을 모르고 어정어정 뒤를 따라나선 네 매형의 운명 아니었겠니. 이쪽이나 저쪽이나 죽음밖에 기다리는 게 없는 터에 그대로 그냥 집에서 주저앉아 기다렸대도 어차피 같은 일을 당하고 말 운명이었겠고…… 그러니 이제부턴 목숨이 붙어 남은 사람들이라도 어떻게 이 고비를 살아 넘어갈 궁리를 짜보는 게 좋겠구나.

그리고 나서부터 아이의 누님은 그 남편의 종적이나 시신을 찾는 일을 중단한 채 그 무렵 부쩍 더 설쳐나기 시작한 완장패들의 독려에 따라 이곳저곳 전시 사업 동원장을 좇아다니기 시작했다. 마치 그 남편의 전향이나 연맹에의 합류가 전혀 불가피한 구명 놀음이요 강제 연행이었던 것처럼 줄기찬 소원(訴願)을 되풀이하며, 그 억울한 남편의 희생에 대한 앙갚음으로 더욱더 열성적인 노력 봉사를 결의하고 나선 한 갸륵한 여전사처럼.

그런데 그 기구한 한 생령의 운명은 그것으로 결말이 다 지어진 것이 아니었다. 그 아이의 자형의 운명은 거기서도 한번 더 놀라운 반전을 거듭한 것이다.

겨우겨우 7, 8월 두 달이 지나고 9월도 하순 고비를 넘어설 무렵의 어느 날. 이번에는 반대로 서대문 쪽에서부터 며칠 포성이 들려오고, 수복군에 쫓긴 침공군이 지리멸렬 미아리 쪽으로 다시 퇴각을 서두르고 있다는 그날 이른 새벽녘— 아이의 누님은 야간 노역 동원을 나가고 아이 혼자 떨고 있던 그 혜화동 집 창문을 조심스러우면서도 조급하게 두드리는 사람이 있었다. 전란이 시작되고부터 그의 집을 찾아온 ㅂ연맹 전력의 세번째 사람이었다. 이번에는 아이의 자형을 찾거나 끌어가려 온 사람이 아니라, 자신도 쫓기면서 그 자형의 소식을 전하러 온 같은 처지의 청년단이었다.

—난 너의 매형과 같이 있다 온 사람이다. 너의 매형은 입때까지 계속 나하고 같이 있었다. 물론 아직까지는 살아서 말이다.

아이가 엉겁결에 대문을 따주자 불안과 공포에 쫓긴 얼굴로 급히 문간을 들어선 청년이 집 안에 아이밖에 다른 사람이 없는 것을 알고는 급한 대로 그에게 자신의 신분과 자형의 소식을 알려온 소리였다. 하고 나서 청년은 구원이라도 청하듯 아이의 자형과 함께 자신이 겪고 처해온 그 위급하기 그지없는 상황을 두서없이 늘어놨다.

—하지만 너의 매형 일은 앞으로 어떻게 될지 모른다. 지금까지는 물론 나도 마찬가지 사정이었지만, 그래서 내가 이렇게 먼저 도망을 쳐 나온 거다. 너의 매형과 나는 그간 북쪽 편 사람들에게 붙잡혀 서울 변두리 여기저기서 함께 강제 노역을 해왔는데, 요즘 들어 전세가 이 꼴이 되고 보니까 이젠 또 북쪽으로 죽음 길을 끌려가거나 여차하면 아예 여기서 학살을 당하게 될 판이었으니까…… 우린 그저 그걸 기다리고만 있을 수가 없었던 게다.

엉거주춤한 자세로 들도 나도 못한 채 두서없이 늘어놓은 그 설명의 요지인즉, 아이의 자형은 그간 어떤 곡절을 거쳐선지 용케 아직 그 서울 안에 북쪽 사람들의 죄수 꼴로 목숨을 부지해오고 있었다는 것, 그리고 전세가 다시 뒤바뀌게 된 이즈음에는 그로

하여 다시 또 죽음의 북행 길과 학살의 위험에 처하게 됐노라는 것이었다.

—그래 너의 매형과 나는 미리 약속을 하고 서로 연락처를 나눠 가지고 있었지. 언제 어디서든 기회를 잡는 사람이 먼저 놈들의 손아귀를 빠져나가면 뒤엣사람의 집에다 반드시 그 소식을 전해주기로 말이다. 그래 내가 먼저 이렇게 기회를 붙잡아 죽음을 무릅쓰고 도망을 쳐 나온 거다. 놈들의 눈을 피해 수용소를 빠져나올 때는 물론 여기까지 오는 동안에도 아슬아슬한 고비를 몇 차례나 만났다.

청년은 일단 거기까지 말을 하고 나서 그의 탈출 경위가 새삼 전율스러운 듯, 그리고 집 안에 정말 다른 사람이 없는지 진위가 미심스러운 듯 대문 밖 골목과 안쪽의 기척을 다시 한 번 유심히 살피고 있었다.

아이로서도 이젠 대충 사태를 짐작할 수 있었다. 하지만 아이는 그 난경에 처한 자형을 위해 그가 해야 할 일이 무엇인지를 알 수가 없었다. 청년은 다만 그 자형의 생존 사실과 위급한 처지를 알려주었을 뿐 아이가 할 일에 대해선 말을 해주지 않았다. 그는 뭔가 아직 할 말이 남아 있는 사람처럼 머뭇머뭇하면서도 아이가 그 자형을 위해 해야 할 일에 대해선 그쪽에서 오히려 부질없어 할 뿐이었다.

—너의 매형이 지금 어디 있는지 그런 건 네가 알 필요 없다. 이젠 알아도 소용이 없을 일인지 모르구. 우린 잠시도 한 곳에 머물러 있을 적이 없었으니까. 하긴 아직 움직이고 있기라도 한다

면 네 매형한텐 더없이 다행한 일이겠지만.

왠지 한번 그래 봐야 할 듯싶어 꺼내본 아이의 물음에, 웬 짜증기 섞인 청년의 대꾸였다. 그야 더 자세한 정황을 알았대도 아이로선 별로 그 자형을 위해 자신이 할 수 있는 일이 있을 것 같지가 않았지만, 청년도 아이에게 그런 걸 주문하러 온 것이 아니었다. 아이로선 다만 자형도 그 청년의 뒤를 이어 운 좋게 탈출에 성공해 나오기를 기다리는 것밖에 다른 할 일이 없는 것 같았다. 그리고 청년 역시 아이에게 그런 희망을 전해주는 것으로 그가 할 일을 다한 셈이었다.

이젠 청년이 제 갈 길을 서둘러야 할 차례였다. 아이는 이제 초조하게 그것을 기다렸다. 바로 그 때문에 더욱 가슴이 조여들어 청년의 속마음을 미처 다 알아차릴 여유가 없었겠지만, 그러지 않아도 아이네는 반동자 가족으로 끊임없는 감시의 눈길을 받아온 처지에, 문밖에선 밤새 쫓고 쫓기는 사람들의 발소리가 끊일 새가 없었다. 그런 와중에 사람이 다치고 죽는 일까지 허다한 판국이었다. 그 통에 도망꾼 청년을 집 안에 들여놓은 건 바로 제 죽음을 불러들여 놓고 있는 것 한가지였다. 게다가 이제는 아침 날까지 부옇게 밝아오고 있었다. 남의 눈에 띄기 전에 청년이 얼른 집을 나가줘야 하였다.

그러나 청년은 아직도 뭔가 할 말이 남아 있는 낌새였다.

—그러니까 그때…… 그 6월 하순께 연맹을 찾아가서 말야……

아이의 조급스런 속마음은 아랑곳없이 청년은 새삼 다른 집안

사람의 기척을 기다리기라도 하듯이 그 불안스럽고 초조한 눈길을 줄곧 안쪽으로 향한 채 중언부언 설명을 덧붙이고 있었다.

— 우리는 금방 서울 후퇴가 불가피해져서 마포 쪽 한강가로 집결지를 이동해 갔지. 확실한 건 모르지만, 처음엔 우리를 강 건너 남쪽으로 소개시킬 계획이랬어. 우린 물론 모두 그렇게 믿었고 말야. 알겠어? 그런데 그때— 나중에 안 일이지만, 미아리와 동대문 쪽에서 뒤에 남아 숨어 있던 ㅂ연맹 녀석들이 북쪽 군대의 진입을 맞으러 함부로 준동을 하고 나섰던 모양이야. 우리는 그런저런 사정을 모른 채 다시 오륙 명씩 소단위로 조를 나눠 임시 대기소로 분산 수용을 당해 갔어. 더러는 형무소나 관공서 건물 같은 데로, 더러는 교회나 학교 교실 같은 데로…… 알겠어? 그리고 거기서부터는 앞서 끌려와 있던 다른 수용자들 사이에 섞여 우리도 같은 죄수 취급을 당하기 시작했던 거야. 그게 다 미리부터 계획된 일이었는지, 어떤 착오로 그리 됐는진 모르지만, 그런저런 과정에서 ㅂ연맹 사람들이 상당수 희생을 보았다는 소문도 있었고 말야. 알겠어?"

아이에게 무엇인가 오금을 박아오듯 자꾸만 '알겠어'를 되풀이해가며 청년은 거기서도 아직 한참 더 장황한 이야기로 시간을 끌고 있었다.

— 내가 너의 매형을 만난 건 그러니까 그때 우리가 한 조로 나뉘어져 어떤 예배당 지하실로 함께 수용되어가게 되면서부터였지. 그리고 우린 그때부터 줄곧 행동을 같이 해오게 됐는데, 그때 우리가 함께 수용됐던 예배당 지하실에서도 우리 연맹 사람 두엇

이 멋모르고 냉큼 호명에 응해 나갔다가 뒷소식이 영 사라지고 만 일이 있었어. 알겠어? 말하자면 우리는 그런 식으로 자신들의 차례나 기다리고 있는 신세였는데, 그러던 중 어디선가 천지가 진동하는 큰 폭음이 들리고부터는 더 이상 우리를 불러 데려가는 사람이 없어졌어. 나중에 알고 보니 그 폭음 때 한강 다리가 끊어져 저마다 제 살 길들이 다급해진 때문이었어. 알겠어? 한데도 우리는 그런 사정을 모르고…… 하긴 그걸 알았대도 이젠 어디 마땅히 몸을 피해 갈 곳이 없었겠지만— 마냥 두려움에 떨고 앉아 있기만 하다가 북쪽 사람들이 서울을 거의 점령한 뒤에 그 사람들 손으로 다시 햇빛을 보게 됐던 거야. 알겠어, 알겠어?

어정쩡한 자세로 침묵만 지키고 있는 아이의 태도에 청년은 이제 더욱 마음이 조급하고 답답한 듯 예의 그 호소기 섞인 '알겠어'를 두 번씩이나 거푸 되풀이하고 있었다. 하지만 아이는 그 자형을 위해 아무 도움도 될 수 없는 두 사람의 지난 일 따위가 귀에 제대로 들어올 리 없었다. 한데도 청년이 이젠 자신의 위험한 처지를 아예 잊어버리고 있는 것 같아 갈수록 오금이 저려왔다. 갈 길을 잊어버린 듯한 그 장황한 이야기와 요령부득의 다짐질에 아이는 불쑥불쑥 짜증기마저 일었다. 그렇다고 청년의 말을 중단시키거나, 이젠 집을 나가달라고 등을 떠밀어댈 수도 없었다. 어쨌거나 그의 말이 끝나기를 기다려야 하였다. 그가 자신의 위험과 절급한 처지를 깨닫고 스스로 집을 나가주기를 기다려야 하였다. 아이는 계속 초조한 침묵 속에 혼자서 조바심만 치고 있었다.

하니까 청년도 드디어 아이의 그런 기미를 알아차린 듯 목소리에 차츰 기운이 빠져가는 눈치였다.

—하지만 우리는 그 배신적인 전향의 전력에다 연맹의 소집에 응해 나간 남다른 전과가 드러나, 저들에게도 쉽게 용서받을 수 없는 반인민적 반동 신세 아니었겠어…… 다행히 아직은 쓸모가 남아 있어 교화니 노력 비판이니 하는 명목의 노역장으로 보내져 아직까진 이렇게 목숨을 부지해오게 됐지만 말야. 한데 이젠 다시 전세가 뒤바뀌니까 우린 또 새로운 죽음의 올가미에 엮이게 됐던 거야…… 알겠어?

청년은 이번에도 그 '알겠어'를 되풀이했지만, 그것은 이미 아이에게 무엇을 다그치고 있는 소리가 아니었다. 그는 이제 아이의 반응을 단념한 듯 그를 좇던 눈길마저 슬그머니 외면을 해버리고 있었다. 그리고 마지막으로 한번 더 집 안 기척을 확인하듯 그 힘없는 눈길을 천천히 휘둘러대고 나서는, 자기 물음에 자신이 자답을 하고 있었다.

—그래, 알겠다…… 지금까지 내 말 기억했다가 너의 누님께 잘 말씀드려라. 그럼 이제 난 너만 믿고 가겠다. 잘 있거라. 정말 잘 있어야 해. 너. 알았어?

도리어 작별의 인사를 건네온 것이었다. 그리고 아이에겐 역시 그 뜻이 석연치 않은 몇 마디 다짐을 마지막으로 그는 바야흐로 막 인적이 잦아지기 시작한 새벽 여명 속으로 황급히 몸을 던져 나갔다.

2

아이가 성장하여 교직 생활을 시작할 무렵에 그의 아내가 된 손 여사는 결혼 당시부터 남편에게 이따금 그때의 일을 이야기 듣곤 하였다. 더욱이 남편은 그 어렸을 적 전란 시의 어려움을 회상할 때면 반드시 그 이야기로 결론을 맺곤 하였다.

—자형은 그러니까 양쪽에서 서로 잡아 죽이려 쫓아다녔던 셈이지. 그런 기막힌 상황이 거꾸로 자형을 잠시나마 더 살아 있게 한 거구. 처음엔 연맹 쪽에서 먼저 덮쳐가준 것이 나중 사람들의 치명타를 비켜서게 해준 격이 됐고, 뒤 참에 다시 죽음의 함정에 갇히게 됐을 때는 다른 쪽이 때맞춰 뒤를 쫓아와 위기를 넘겨준 꼴이었으니. 한 마리의 토끼를 두 마리 독수리가 함께 노리고 든 바람에 그 다툼의 혼란 덕에 일단은 목숨을 건지게 됐다 할까……

하지만 남편은 대개 그 두 사람의 생존은 처음부터 단념을 하고 있었다. 새벽길로 다시 위험하고 지향 없는 도피행을 나선 젊은이는 말할 것도 없었고, 북행과 학살의 절망적인 갈림길 속에 그날 밤까진 아직 목숨이 부지되고 있었다는 자형에 대해서도 뒷날까지의 생존은 거의 바라고 있질 않았다.

—나중 추측이었지만, 이 서울에선 달리 몸을 피해 갈 막힌 곳이 없이 그 살기 가득한 새벽 거리로 나간 청년이나, 죽음의 사슬에 매여 끌려다닌 자형이나 어느 쪽도 무사히 살아남았기는 힘들

어. 그 후론 어느 쪽도 더 소식이 없었으니까. 그리고 그때 사정이 다 그랬어요. 자형도 뒤따라 탈출을 시도하다가 죽임을 당했거나 저들의 손아귀에 그대로 잡혀 앉아 있다가 학살을 당했거나 했을 게야. 어떻게 용케 현장 학살을 면하고 북행 길을 나섰대도 폭격이야 굶주림이야 결과는 마찬가지였을 테구. 두 사람 중 한쪽이라도 살아난 사람이 있었다면 수복 후나 국군 북진 때 무슨 종적이 나타났을 거 아냐. 헌데 그 후론 전혀 아무 소식도 없었어요. 나중에 누님은 유골이라도 찾게 될까 온 장안을 뒤지고 다닌 끝에, 자형의 시신이 나타나지 않은 것만이라도 큰 다행으로 여기며 행여 무슨 소식이 전해올까 하염없는 세월만 기다리고 있었지만……

그러면서 그는 한동안 그 끔찍스런 회상에 진저리를 치면서도 자신만은 그 아수라 속에 큰 변 당하지 않고 새 세상을 살게 된 것을 은근히 다행스러워하기까지 하였다.

—계급 좋아하고 이념 좋아하는 사람들은 그때 일을 말할 때 흔히 이쪽이 어떻고 저쪽이 어떻고 편을 갈라 세우길 좋아하지. 하지만 자형이나 그 청년에겐 그런 게 있을 수가 없었어요. 이쪽이나 저쪽이나 죽음 길뿐이었거든. 편을 말하려면 무슨 선택이 가능해얄 텐데, 그 사람들 일에는 그런 게 있을 수가 없었으니까. 죽음에서 도망을 칠 길은 처음부터 마련이 없었지만, 적어도 총을 들고 맞선 전쟁이라면 어느 편이든 제 죽음의 자리라도 정해 죽을 기회가 주어져야 하는데, 그런 게 아니었어요. 사방이 죽음의 함정뿐인 속에서 눈을 감고 마냥 허둥대기만 한 꼴이었달까.

그래 나같이 그 참극의 마당을 멋모르고 무사히 스쳐 지내온 사람들은 우정 더 몸서리를 쳐대면서 제 고마운 행운을 두고두고 더 소중스러워하게 되는지도 모르지만.

그런데 그리 엉겁결에(본인은 아직 그렇게 말한 일이 없었지만, 혹은 제법 영악하게—) 별다른 큰 변고 없이 그 시절을 겪어 넘긴 자신의 행운에 대해 남편은 차츰 그 감회가 달라져가고 있었다. 신혼 시절도 채 끝나기 전인 30대 중반 무렵부터 남편의 주위에서 이상하게 요절을 해가는 친구들이 자주 생기면서부터였다. 그런 일이 생길 때마다 남편은 자기 일처럼 맥을 놓고 비감 어린 탄식을 내뱉곤 했다.

—그 전쟁은 죽은 자들만의 삶을 빼앗아간 게 아니었어. 제대로 철이 들 나이는 못 되었지만, 나모양 그땐 운 좋게 명을 부지해 나온 사람들도 영혼에 치명적인 타격을 입고 있었던 거예요. 일테면 그 인생에 회복 불능의 큰 얼이 가고 만 거지. 전란을 겪고 난 우리 연배들 중에서 요즘 들어 시들시들 요절이 잦은 것은 그 보이지 않는 영혼의 얼을 이겨낼 수가 없었던 탓인 게요. 삶의 신명기나 기를 잃어버렸다고 할까, 난 까닭 없이 이따금 그런 막막한 절망감 같은 것이 느껴져올 때가 많아요.

4·19혁명이 일어나고, 학생들이 판문점으로 '북쪽 학생들과 얼싸안고 통곡이라도 하러 가자'고 외치고 나섰을 무렵엔, 집으로 찾아온 옛 제자들을 앉혀놓고 전날의 그답지 않게 이편 저편을 갈라 세우며 학생들의 생각에 지극히 부정적인 태도를 취하기도 하였다.

—자네들이 저쪽 체제나 그 체제의 속성을 겪어보지 못해서 그래. 저쪽 사람들의 생각은 민족의 화해나 합의 통일이 아니라, 오직 남한의 적화 투쟁과 정복 통일뿐이야. 6·25의 경험이 그걸 잘 증명해주었지 않아. 민족의 화해나 통일을 말하려면 6·25를 일으킨 저들 북쪽이 먼저 그 죄과를 사죄하고 진심에서 그것을 원해올 때라야 가능해. 이런 식으로 조급하게 이쪽에서 먼저 그것을 외쳐대고 나서는 건 저들의 교활한 전략 전술을 도와주고 또 한번의 재난을 자초하는 길밖에 안 된다는 얘기야.

이편도 저편도 선택이 불가능했다던 그 혼란기의 와중에서 그는 이제 분명히 한쪽으로 자리를 골라 선 것이었다. 그리고 그럼으로써 그도 그 치유 불능의 피해자의 자리에서 가해자와는 영영 등을 돌리고 살아야 할 요지부동의 신념을 쌓아가고 있었다.

남편의 그런 피해 의식과 투철한 대공 시각은 이후부터 빈번해진 대남 간첩 침투 사건으로 갈수록 민감한 반응을 일으켰고, 그것은 말할 것도 없이 저 1968년 1월의 김신조 일당 내습 사건으로 그 절정을 이뤄가고 있었다.

—그 호전배들. 그새 그 잔학스런 본성이 어디로 갔을라구. 이젠 어느 정도 전란의 피해가 복구되어 힘이 자란 징조지. 앞으로 야차처럼 계속 엉겨 들어올 텐데 골칫거리겠구만.

그 1·21에 이어 그의 예견대로 무장 부대의 남파가 빈번했던 그해 겨울의 그 울진·삼척 지역 공비 침투 사건까지를 당해서는 차라리 할 말 잃은 채 그저 입술만 푸들푸들 떨어댔을 정도였다.

그러나 세월은 그를 언제까지나 그 피해자로서의 당당한 반격성 권리만을 누리게 해두질 않았다. 혹은 그는 어쩌면 이전부터도 자신 속의 다른 무엇으로부터 눈을 돌리기 위해 부러 그 피해의식을 더 과장해오고 있었는지도 모른다.

1970년대 들어서 몇 차례 적십자회담 끝에 그 남북 간 사람들 간에 마음의 길을 트고 살자는 7·4공동성명이 나오고부터였다. 그는 이때부터 서서히 다시 태도가 달라지기 시작했다. 아니, 그 공동성명 자체에 대해선 여전히 다른 사람들과 유다르게 이렇다 할 감흥이 없어 보이던 그였다.

— 뜻이야 더할 바 없이 좋지. 언젠가는 결국 그런 식의 시도나마 꾀해봐야 할 과젤 테구. 하지만 성명서 한 장으로 문제가 해결되기엔 그간의 골이 너무 깊어. 공연히 흥분하고 서둘러 나설 일이 아니에요.

긴가 민가 싶어 하는 구석이 없어 보이진 않았지만, 대체로 그는 과분하고 신중한 반응 속에 주변의 들뜬 기대를 나무라거나 어이없어한 편이었다. 그러면서도 그때부터 그의 태도엔 전날과는 어딘지 다른 변화가 나타났다. 공동성명이 나오고 나서 한동안은 적십자회담이야 조절위원회의야 남북에 제법 사람이 자주 오가고 있었다. 그런데 그런 어느 날, 남편은 전에 없이 손 여사에게 지나가는 소리처럼 좀 엉뚱한 소리를 해왔다.

— 자형이 혹시 아직 이북 땅에 살아 계실 수도 있을까. 그러기는 어렵겠지만, 그때 혹시 운 좋게 이북 땅까지 무사히 살아 끌려가기만 했다면 말요.

그 무렵 이산(離散)의 사연을 지닌 사람들이라면 으레껏 한번쯤 지녀봄 직한 소망이었다. 조금도 가망이 없는 일로만 여겨오던 그 남편의 때늦은 희망을 손 여사도 처음엔 그쯤 대수롭잖게 이해하고 넘어갔다.

그러나 남편은 그게 아니었다. 남편의 마음속에선 언제부턴가 그 죽은 자형이 서서히 되살아나고 있었다.

— 요즘 TV에 나타나는 북쪽 사람들 가운데에 남쪽에서 얼굴을 알아보고 친척이나 연고자가 나타나는 사람들이 있다잖소. 자기들끼린 은밀히 상대 쪽에 남겨둔 인척의 소식을 서로 수소문해주는 일도 있는 모양이고.

북쪽으로 끌려가기 전에 미리 탈출을 해 나온 젊은이는 이쪽에고 저쪽에고 이미 그럴 가망이 없지만, 그의 자형의 경우엔 만에 하나 북쪽에 살아남아 있을 가능성을 무시할 수 없다는 것이었다. 그러면서 남편은 그럴 경우를 혼자서 많이 상상해온 듯 지레 엉뚱한 조바심에 싸여들기까지 하였다.

— 그런데 만약에 그 자형이 살아 나타나거나 누구를 몰래 보내어 돌아가신 누님이나 우리 소식을 물어오면 어떡하지?

그리고 그는 그런 식으로 북쪽 사람들이 회의차 남쪽으로 오기만 하면 TV세트 앞에 시종 전을 잡고 붙어 앉아 불안스레 혼자 조바심을 쳐대곤 하였다.

하지만 그가 자형이 나타나거나 사람을 보내어 이쪽 소식을 물어올 경우를 가상하여 부심한 대응사는 그의 말마따나 그 전란의 충격으로 역시 마혼을 넘기지 못하고 요서(夭逝)해간 그의 누님의 불행한 죽음 때문이 아니었다.

— 그 청년은 내게 숨을 곳을 찾아왔던 게야.

어느 날 남편은 다시 참회자처럼 참담하고 허심탄회한 어조 속에 스스로 괴로운 심중을 털어놨다.

— 뒤늦게 집으로 돌아온 누님의 탄식과 호된 꾸중 앞에 나는 곧 그걸 깨달았어. 아니 보다 솔직히 말하면, 난 누님이 오기 전부터도 이미 그걸 알고 있었어요. 그가 자형의 소식을 전하고 나서도 돌아갈 생각을 하지 않고 계속 뒷소리를 이어대면서 '알겠어? ……알겠어' 하고 나를 채근해온 것은…… 쫓기는 사람의 마지막 자존심이었달까…… 뭔가 아직 할 말이 남아 있는 듯하면서도 겁에 질린 아이 앞에 차마 터놓고 말을 못하고 돌아섰던 그 청년의 마지막 다짐은 내게 그 마음으로 숨을 곳을 호소한 소리였어요. 네 자형과 서로 상대방의 집을 찾아가 소식을 전해주고 도움을 받기로, 두 사람 사이에 사전 약속이 있었던 터에 나는 지금 이 서울엔 갈 곳이 없는 사람이다— 그 청년의 눈길과 미적거리는 태도에서 나는 당시에도 이미 그것을 충분히 읽고 있었던 거란 말이오. 한데도 나는 그때 너무 겁에 질린 나머지 그걸 끝끝내 모른 척한 거예요. 그를 숨겨줘야 한다는 마음속 소리에조차 짐짓 귀를 틀어막은 채…… 그리고 그를 그 죽음의 새벽 거리로 내몰고 만 거예요.

그러니까 그가 그 무렵 자형의 일로 하여 고심을 한 것은 정작에 그 자형이나 누님의 때이른 죽음으로 해서가 아니라, 그날 새벽 비정하게 다시 등을 떠밀어 보내던 그 이름 모를 젊은이의 일로 해서였다.

다름 아니라, 그는 마침내 그 무고한 수난자의 자리에서 스스로 가해자의 괴로운 자리로 돌아간 것이었다. 그리고 오랜 세월 완전범죄를 확신해온 범인이 뜻밖에 결정적인 목격자의 출현을 맞게 된 것처럼 두려움과 회오 속에 자형의 소식을 불안스럽게 기다리고 있었다. 전화벨 소리만 울려도 공연히 깜짝깜짝 놀라고, 밤늦게 때 없이 대문 두드리는 소리라도 들려올 때면 자기도 모르게 금방 얼굴색이 변하며 긴장을 하곤 하였다. 더욱이 그로부터 얼마 되지 않아서부터는 그가 미리 예상했던 대로 이북 쪽 함정의 서해 영해 침범에다 땅굴 발견 사건 등등 남북간의 대립과 갈등이 오히려 더 격화되어갔고, 그에 따라 북쪽의 간첩 남파 사건도 유례없이 더욱 빈도가 자심해지고 있었다.

겉으론 애써 내색을 않으려 했지만, 그런 보도들이 나올 때마다 남편은 좀처럼 그 TV세트 앞을 쉽게 떠나지 못했다. 그리고 그때마다 그의 신경은 온통 늘 대문 앞 골목 쪽으로 쏠려 있곤 하였다.

그 대문간 밖에 남편은 언제부턴가 다시 그 옛날의 어린 중학생 아이로 누군가를 하염없이 기다리고 있었다— 손 여사는 이제 그 남편의 표정에서 그걸 읽고 있었다. 그 불안하고 초조한 아이의 기다림— 그가 기다리는 것은 그 자형의 출현일 수도 있었고 그의 소식을 가져오는 사람일 수도 있었다. 심지어는 이미 저세상 사람이 되어갔을 젊은이나 그의 사후의 소식 같은 것일 수도 있었다. 어쩌면 그는 또 그것을 기다리기보다 그런 일이 없기를 거꾸로 빌고 있을 수도 있었다…… 남편의 초조롭고 착잡한 표정 속에 손 여사는 때때로 그런 느낌이 들기까지 하였다.

—어느 한때 세상이 조용한 시절이 있었다고, 이만 사단쯤으로 저이가 이제 새삼 저리 되어가고 있을꼬……

하지만 알고 보니, 남편이 그 어린아이로 대문 앞을 불안하게 서성댄 것은 실상 그 무렵부터 새로 갑자기 시작된 일도 아니었다. 성장을 멈춘 채 마냥 문밖에 떨고 서 있는 그 아이를 위해 손 여사는 그 무렵부터 남편에게 집을 한번 옮겨보고 싶다는 의향을 내비쳐본 일이 있었다.

—요즈음 이쪽 집값이 많이 올랐나 봐요. 모두들 새 건물을 올린 지가 오랜데 우리만 너무 그동안 집이 헐어왔어요. 그렇다고 우리 형편에 새 성주를 할 처지도 못 되고, 이참에 이 땅 팔아서 변두리 쪽으로 좀 넓게 옮겨가면 어때요?

그런데 그에 대한 남편의 대답 속에 전에 들을 수 없었던 사연이 불쑥 흘러나왔다.

—그간 손해보고 눌러앉아온 것이 그걸 몰라서 그런 줄 알아요. 이 집은 내 손으로 팔 수 없는 집이에요. 누님이 돌아가실 때 이 집을 내게 넘겨주시면서 당부한 일이 있었어요. 너 매형의 소식은 이 집으로밖에 올 데가 없으니, 매형 소식을 알 때까지는 이 집을 그냥 지키거라……

다시 말하자면 아이가 그 문밖을 서성대기 시작한 것은 남북공동성명 따위로부터의 일이 아니라, 그 누님이 세상을 뜨고부터, 아니 그보다 그 젊은이가 그의 자형의 소식을 전하고부터, 그리고 그 청년이 죽음의 벌판으로 위험한 새벽길을 떠나간 그때부터였음이 분명했다. 무서운 전란을 겪고 난 사람들이 대개 그렇듯 남편도 외견상 억눌리고 상처 입는 수난자의 입장을 내세워왔을 뿐, 그 실은 어릴 적부터 그 자형과 젊은이에 대한 은밀스런 죄책감 속에 거기 줄곧 그렇게 불안감에 쫓기며 조그만 아이로 서 있어온 것이었다. 그것이 그 남북 간 공동성명을 계기로 너무나 급격히 무너져 내리면서 끝내는 그 당당한 피해자의 자리와 반격성의 권리를 잃게 된 것뿐이었다.

한마디로, 손 여사는 이제 남편이 그 전란의 충격으로 하여 주위 동년배들의 요사가 많다고 한 수난자로서의 탄식이나 그즈음 들어 갑자기 괴로운 가해자로서의 죄책감과 두려움을 외면할 수 없게 된 속마음을 어렴풋이나마 두루 다 헤아릴 수 있을 것 같았다.

사정이 그렇고 보니 그 남편 속의 아이는 이후로도 이 혜화동의 낡은 한옥 앞 골목께를 여전히 떠나갈 수가 없었다. 손 여사의 어떤 회유나 애소에도 아랑곳없이 그는 언제까지나 거기 그 자리에 그냥 불안스런 서성거림을 계속하고 있었다. 그것은 저 1980년대 초반의 남북 간 총리 회담 교섭과 이후 여러 경로의 당국자 간 접촉 과정들, 그리고 무엇보다 그 KBS의 이산가족찾기 사업의 열기를 함께 지켜보아오면서도 전혀 어떤 변화의 기미를 보이지 않고 있었다. 변화의 기미커녕 그도 금명간에 그 자형이나 그에 대한 소식을 접하게 될 것처럼, 이제는 그게 이미 눈앞의 기정사실로 불가피해진 일이듯 자신의 처지를 달래고 부추겨대기까지 하였다.

—쓸 만한 친구들이 앞을 서가는 마당에 하필 쭉정이 같은 내가 아직 이날까지 이런 삶을 부지해오게 된 숨은 섭리가 무어게…… 난 자형의 소식을 들을 때까지는 살아 있어야 했던 거예요. 게다가 이젠 어쩌면 그것이 전혀 불가능한 노릇이 아닌 것 같거든.

그러나 그 같은 남편의 거듭된 다짐에도 불구하고 그의 반려자인 손 여사의 느낌 속엔 아무래도 그 남편 속의 아이가 제 자형을 간절히 기다리고 있는 형상만은 아니었다. 아이는 오히려 두려움과 불안감 속에 등을 돌려 제 종적을 감추고 싶은 충동에 끝없이 시달리면서도, 다른 한편으론 이제나마 지난날의 부끄러운 허물과 맞서 나서 그날의 아픈 빚과 죄책감에서 벗어나고 싶어 하는 자신과의 힘든 싸움(동년배의 죽음을 빌려 자신의 죽음을 꿈꾼 것도 실상은 그런 자기 가책의 표현이 아니었을지)에 파리하게 지쳐가는 형상이었다. 그리고 그런 남편의 초조하고 불안스런 자기 견딤 속의 기다림은 이후로도 그냥 몇 년이나 더 계속되어 나가고 있었다.

3

그러던 어느 해, 그러니까 그해 봄 갓 대학을 들어간 그 김사일(金仕日) 씨의 외동딸아이 수진(秀眞)이 입학 첫 학기부터 운동권 일에 뛰어들었다가 종당엔 학교도 제대로 못 나가고 집에만 숨어 박혀 지낼 때였으니, 바로 1987년의 초여름 무렵이었다.

사일 씨는 물론 이때까지도 그 자형의 소식을 접하지 못한 채 괴로운 기다림만 계속되고 있던 중이었다. 그 사일 씨에게 이 무렵 또 한 가지 딸아이와의 심한 갈등과 불화가 겹쳐들고 있었다. 그 딸아이의 운동권 활동에 대한 시비와 거기에서 파생된 민족의 화합과 나라의 통일 문제에 대한 부녀간의 의견 차이가 그 불화의 사단이었다. 한마디로 딸아이는 조건 없이 통일부터 이뤄놓고 봐야 한다는 급진적 주장인 데 반해, 아버지인 사일 씨는 좌우(左右)나 남북 간 사람들 간에 서로 이해와 믿음이 앞서야 한다는 점진적 통일의 전제와 절차를 고집했다. 그 대립이 얼마나 심했던지 언제부턴가는 두 부녀간에 일상의 대화마저 끊어진 채 서로 소 닭 보듯 상대방을 무시하고 지내게끔까지 되었다. 도대체 말이 통하지 않는다는 극단적인 불신감 속에 식탁에서까지 서로 얼굴을 마주하려지 않을 정도였다.

손 여사로선 두 사람의 소상한 속생각까지는 다 알 수가 없었지만, 어쨌거나 그런 부녀간의 어색한 불화와 백안시는 더 두고 볼 수가 없었다. 어느 날 저녁 그녀는, 이번에도 혼자서 늦은 저녁을 끝내는 길로 먼저 거실로 나앉아 있는 제 아버지를 피해 얼핏 방으로 비켜 들어가려는 딸아이를 곁으로 함께 불러앉혔다. 그리고 다짜고짜 먼저 그 딸아이 년을 상대로 두 사람 간의 갈등과 불화의 뿌리를 캐고 들었다.

—도대체 무엇 때문이냐. 나도 좀 속사정을 알자꾸나. 다른 일이라면 몰라도 갈라진 백성과 나라를 다시 합해보자는 생각을 가

진 사람들이, 부녀간에서까지 서로 이렇게 속 주장을 따로따로 등을 돌리고 지내는 게 답답하고 우습구나. 듣자 하니 아버지는 통일이 되어야 한다는 덴 한마음이신 모양이던데, 너하고는 무엇이 어떻게 달라서 그러냐.

일테면 졸지에 삼자대면식 말가름판이 벌어진 셈이었다. 하지만 그쯤으로 딸아이가 금세 입을 열어올 리는 만무였다. 손 여사의 추궁이 너무 갑작스러웠던 데다, 못 들은 척 신문만 들여다보고 있었지만 제 적수 격인 아버지를 바로 곁에 한 자리였다. 딸아인 처음 그런 이야기라면 아버지한테나 알아보라는 듯 그쪽으로 시큰둥한 눈길을 보내고는 냉큼 자리를 다시 일어서려 하였다. 그 딸아이를 손 여사가 다시 완강하게 팔소매를 붙들어 앉혔다. 그리고 그 손 여사의 반강압적인 다그침 앞에 딸아이도 결국엔 마지못해 하는 목소리로, 그리고 여전히 시큰둥한 어조로 간단히 대꾸했다.

—뭐 별거 아니에요. 통일이나 화합을 위해서 저는 서로가 부당한 피해를 본 수난자의 처지로 만나야 한다는 데 반해 아버지께선 거꾸로 가해자의 마음가짐이나 자세로 임해야 한다는 차이뿐이에요.

—그런데 그게 어찌 그리 중요한 일이냐. 그 피해자와 가해자의 자세가 민족의 화합이나 통일의 길에 어떻게 다른 차이가 지길래 부녀간에까지 서로 삐걱삐걱 틈이 벌어지느냐 말이다.

그 '가해자'와 '수난자'라는 소리에 손 여사는 얼핏 머릿속을 스쳐가는 것이 있었지만, 실마리가 나선 김에 그 이견의 핵심을 겨냥하여 딸아이를 계속 추궁해 들어갔다.

딸아이도 이젠 어차피 내친김이라는 듯 어른들에 대한 제 주장의 내용이 훨씬 당돌스러워지고 있었다.

—제가 서로 수난자의 자리에서 상대방을 만나야 한다는 건 그것으로 서로 상대방과 같은 민족으로서의 일체감을 형성해나가기가 쉽게 본 때문이에요. 좌우익이나 남북으로 갈라져 분단 상황을 살아온 우리의 역사적 사실이 실제로 그랬구요. 제국주의 외세로 인한 우리 민족과 국토의 분단, 자본주의 지배 이데올로기 아래서의 인민에 대한 일방적인 억압과 수탈상, 반민중적 독재 권력으로부터의 기본 생존권과 인간성 말살 현상…… 우리 모두가 그런 모순 상황의 피해자들 아니었어요. 그러니 그 민족 분단과 같은 이 시대의 근원적 모순 상황을 타파해나가는 데는 우리 민중 전체가 공유한 그 동질성의 수난자 의식으로 한데 뭉쳐 나아가는 것이 불가피할 뿐 아니라, 그것이 결정적으로 유리한 길이라는 것이지요. 그런데 거기에 아버지가 굳이 이상한 가해자의 자세 같은 걸 앞세우고 나서시는 이유가 저에겐 아무래도 아직 알쏭달쏭이란 말이에요. ……어쩌면 또 모르지요. 아버진 지나간 역사 속에서까지 그 데데한 가해자의 자리를 승자의 그것으로 착각하고 계시는지두요.

그새 여러 차례 아버지와 맞서왔음에 분명한 그 딸아이의 일사천리식 주장은 손 여사가 새삼 놀랄 만큼 논리가 정연하고 당당했다.

하지만 이제 손 여사는 거기서 더 이상 딸아이를 채근하고 들

필요가 없었다.

—별거 아니라, 모르겠다? 게다가 이 애비가 착각을 하고 있다? 너 계집아이가 선머슴아들처럼 얼렁뚱땅 비약으로 뭉쳐 넘기려 들지 마라.

그때까지 계속 신문만 보는 척하고 있던 사일 씨가 마침내 그 딸아이의 비아냥 투를 못 참고 불시에 이야기로 뛰어들었다.

—허지만 네가 정 그걸 모르겠다면 내 다시 한 번 똑똑히 말해주마…… 네 어머니 말대로 나 역시 누구 못지않게 민족의 화합과 통일을 소망하고 있다는 건 너도 잘 아는 일일 게다. 하지만 나는 그 통일이 아무리 이 나라 이 민족의 지상의 과제라도 어느 한쪽이 다른 한쪽에 상처를 입히거나 희생을 강요하는 방법이 되어서는 안 된다는 생각이다.

아내와 딸아이 앞에 모양새가 좀 안 좋아 보였던지, 사일 씨는 벌떡 보던 신문까지 내던지고 덤벼들던 처음 기세와는 달리, 이내 스스로 흥분기를 가라앉히며 목소리를 침착하게 낮춰가고 있었다.

—너는 그 수난 의식의 공유화로 나라의 통일을 앞당길 수가 있다지만, 설령 그것이 그리 될 수 있는 일이더라도 가해자 없는 피해자가 있을 수 없는 터에 거기엔 필연코 제물로서의 가해자가 필요해지게 마련인 게다. 화해와 통합을 위한 일에 또 다른 가해자가 필요하게 되고, 한쪽이 다른 쪽에 원한과 복수의 새 빚 구실을 쌓아가는 가해자와 수난자 관계의 악순환이 되풀이된다면 그것이 과연 옳은 길이랄 수는 없을 게다. 내가 너의 그 일방적인

피해나 수난 의식의 합의론을 경계하는 것은 그것이 그런 악순환의 위험을 불러올 게 자명하기 때문이다. 그래서 실은 너도 그 가해의 장본을 외세니 이데올로기니 될수록 바깥이나 먼 데서만 찾아 헤매고 있는 건지 모르지만, 그 숱한 실제의 대립이나 다툼은 현실의 우리 삶 가운데서 빚어지고 있고, 게다가 중요한 것은 또 우리들 개개인의 현실적인 삶인 거다. 전에도 몇 번씩 되풀이한 말이지만, 그야 어찌 보면 우리들 모두가 가해자이면서 동시에 피해자일 수도 있을 게다. 그리고 그런 뜻에서 우리는 너나없이 모두 네가 말한 수난자일 수밖에 없는지도 모른다. 하지만 내가 이 일엔 수난자로서보다도 가해자의 자세로 임해야 한다는 이유가 그거다.

딸아이를 차근차근 달래고 있는 듯한 사일 씨의 어조는 어찌 들으면 그 딸아이보다 아내인 손 여사를 향한 간곡한 해명처럼 들리기도 하였다. 게다가, 사일 씨는 과연 거기서 두 사람의 반응을 알고 싶은 듯 뒷말에 잠시 뜸을 들이고 있었다.

하지만 손 여사는 이번에도 그 남편의 말뜻이 아직 확연치를 못했다. 아이 앞에선 별로 내색을 보인 일이 없어 딸아이로선 이해가 어려울지 몰라도, 자형의 일로 오랫동안 마음의 괴로움을 겪어온 남편으로선 그 분단의 문제에 누구보다 생각이 깊고 반응이 민감할 수밖에 없으리라는 건 진작부터 이해를 하고 있던 일이었다. 그리고 그 통일이란 걸 실현해나가는 데에 굳이 가해자와 수난자의 처지를 따로 나누고 나선 데까지도 어느 정도 짐작이 가능했다. 하지만 남편이 굳이 가해자 쪽을 내세우는 것이나,

그 가해자의 자세로서만이 또 다른 새로운 수난자를 낳는 악순환을 빚게 되지 않는다는 주장까지는, 그 속뜻을 확연히 다 짚어낼 수가 없었다. 하지만 손 여사는 그 역시 남편에게 다시 물을 필요가 없었다. 잠시 동안 혼자서 말뜸을 들이고 난 사일 씨가 그걸 스스로 말하기 시작한 때문이었다.

—내가 겪어온 경험으로 말하더라도, 처음엔 누가 가해자고 누가 피해자인지 구분이 안 갈 정도로, 한동안은 서로가 가해자이면서 피해자였고 피해자이면서 동시에 가해자였던 꼴이었다.

그가 다시 자신의 말을 쉽게 풀어나가기 시작했다.

—그런데 한동안 세월이 흐르다 보니, 처음에 피해자의 자리에 있던 사람들은 그간에 피해자로서의 과도한 자위권과 반격권을 누림으로 하여 어느덧 새 가해자의 딱지를 얻게 되고, 이들 앞에 가해자로 억압을 받아온 사람들은 그간의 수난과 자기 회복의 갈망 속에 목소리가 서서히 드높아가면서 새로운 수난자로서의 요구를 내세우고 나서는 형편이었다. 수난자 의식은 그런 식으로 일정한 시간대를 거치면서 항상 새 가해자로 변신해가는 과정을 좇게 되고 그 수난자와 가해자의 자리를 번갈아가면서 복수와 보상, 억압과 수난의 악순환을 되풀이하게 되더란 말이다. 하지만 가해자 의식은 다른 가해자를 용납하려지도 않으려니와 더욱이 새로운 수난자를 요구하지도 않는다. 그것은 용서와 화해를 구하는 자기 속죄 의식을 덕목으로 하고 있기 때문이다. 그래서 그 같은 가해자 의식으로 해서는 가해자와 피해자, 억압과 수난의 악순환의 고리를 끊고 너와 나 사이에 진정한 화해와 이해

를 지향하고 만남의 문이 열리게 될 수도 있으리라는 것이다. 세월의 힘을 빌려 가해자와 수난자의 자리가 바뀌는 것도 우스운 일이지만, 그래서 나는 너나없이 늘 가해 당시의 자기 자리에 서서 그때의 제 허물을 생각하고 그 빚을 갚으려는 자세로 임해야 한다는 것이다. 저 6·25전쟁 당시의 좌익이나 우익, 남쪽이나 북쪽, 심지어는 억울하게 남과 북으로 헤어진 천만 이산가족들까지도 포함해서 모든 사람들이 서로 말이다…… 민족의 화합이나 통일 운동에는 당국자 간의 합의서나 성명서, 거기다 너희 같은 젊은 학생들의 몰아붙임도 중요하겠지만, 거기에는 사람과 사람 간에 그런 이해나 화해 속의 만남이 우선 가능해져야 하는 거구. 무엇보다 그래야 서로 이쪽저쪽 간에 새로 또 상처를 입는 일도 덜할 것 아니냐……

사일 씨는 그쯤 해서 겨우 말을 다 끝냈다. 손 여사로서도 이제는 그 남편의 심중을 분명히 이해할 수가 있었다. 남편은 바로 그 자신의 이야기를 털어놓은 셈이었다. 두려움과 당황결에 자신도 모르게 그 피신처를 찾아온 청년을 쫓아보낸 오랜 자책감, 그 부끄럽고 참담스런 허물의 값을 끝내 가해자의 자리에서 치르고 싶어 하는 질긴 속죄 의식, 그 자형의 출현이나 소식에 대한 두려움을 억누르며 언제까지나 조그만 아이로 불안하게 기다려온 괴로운 자기 견딤— 그의 그 가열찬 가해자 의식이나 속죄 의식, 그리고 사람과 사람 간의 화해스런 만남을 우선시키려는 그의 점진적 통일 과정의 주장들은 바로 그런 자신의 심중에서 비롯된 것들이었다. 그만큼 손 여사는 그 남편의 마음을 깊이 수긍하고 있기도 하였다.

그러나 딸아이는 그런 아버지를 이해하기가 어려웠다. 전란의 혼란 중에 그저 애꿎은 죽음으로 시신도 못 찾은 그 형식상의 '6·25실종자' 정도로 되어 있는 제 고모부의 일을 소상하게 들은 일이 없는 데다, 그 아수라 통을 직접 겪어보지 못한 딸아이로선 그런 아버지의 깊은 심중이나 거기서 빚어 나온 그 가해자 의식의 진의를 잘 헤아릴 수 없는 것이 오히려 당연했다.

—결국 아버진 이 나라의 통일을 두려워하고 그 통일을 가로막을 구실을 찾고 계신 거예요. 아버지 말씀대로라면 그런 식으로 어느 하세월에 통일이 가능하겠어요. 사람들 간의 화해부터 이루기 위해서라는 아버지의 그 가해자 의식이라는 것도 사실은 얼마 동안이나마 그걸로 통일을 미뤄보자는 구실에 불과한 것 아니에요?

사일 씨가 침묵 속에 반응을 기다리는 낌새를 보고 딸아이는 역시 간단히 결론지어버렸다. 그 딸아이의 비아냥기 어린 단정에 사일 씨는 이제 더 말을 이어나갈 기력도 없어진 듯 갑자기 체념기가 밴 어조로 뒷걸음질을 치기 시작했다.

—그래. 이젠 너 좋을 대로 생각하려무나. 하긴 남을 가해한 일이 없는 세대가 굳이 거짓 가해자 의식까지 억지로 지어 지닐 필요는 없을 테니까. 그게 너희들 젊은 미체험 세대의 권리이자 늙은 체험 세대와의 차이일 테구.

그러나 딸아이는 이제 그런 아버지의 물러섬조차도 쉽게 용납하지 않을 기세였다.

—젊은 세대, 어린 세대, 미체험 세대, 그런 식으로 간단히 몰아붙이려 들지 마세요. 아버진 그럼 체험 세대로서 무엇을 어떻게 보고 겪으셨단 말씀이세요. 누구에게 어떤 몹쓸 노릇을 하셨다고 죄인처럼 그리 늘 가해자 타령만 되뇌고 계시냔 말씀이에요. 제가 잘못 알고 있는지 모르지만, 그 난리 통을 무사히 겪어 나오고 지금까지 이런 무난한 세월을 누려오셨다면 아버진 도대체 가해자는 고사하고 내세울 만한 피해자도 못 되시지 않아요.

—가만 좀 있어봐라…… 그건 외려 아버지가 너한테 묻고 싶어 하실 소리 같구나.

사일 씨가 이젠 아예 입을 다물어버릴 낌새를 보고 이번에는 결국 손 여사가 딸아이를 가로막고 나섰다. 자신이 애초에 자리를 벌여놓은 처지에 그녀로서도 이젠 그 모지락스런 딸아이 앞에 무언가 분명히 해둬야 할 일이 있는 듯싶어서였다.

—어디, 너부터 한번 말을 해봐라. 너는 대체 어디서 무슨 피해를 보았더냐. 통일이 안 되어 손해 보고 상처를 입은 게 무어길래 너는 그리 한사코 분단의 피해자 자리를 고집하고, 통일이라면 죽자사자 수난자 처지를 앞세워 기세등등 목소리를 높이고 드느냔 말이다.

—그야 물론 아까 말씀드린 그 민족 분단의 모순 상황이 초래한 왜곡된 역사와 현실의 피해들이지요. 하지만 지금 제가 드린 말씀은 아버지가 피해를 당하신 게 없다는 뜻이 아니었어요. 제가 보기에 아버진 가해자보다 피해자 쪽에 훨씬 가까운 분이셨으니까요. 그런데 그 피해자로서나 아버지가 내세우시는 가해자로

서나 어른들은 도대체 그 왜곡과 모순 상황의 극복을 위해 어떤 노력을 기울여오셨느냐는 뜻이었어요. 그저 늘 혼자서 가해자연하시는 비생산적이고 무기력한 지난날의 자책밖에…… 저나 우리 젊은 세대가 그 어른들에 앞장서 통일을 서두르고 나서는 이유도 바로 거기 있을 거예요. 제가 어떤 피해를 입었느냐고 물으시지만, 그 왜곡과 모순 상황의 피해는 아버지나 어머니의 세대뿐 아니라 저의 젊은 세대들의 삶까지 부당하게 억눌러대고 있으니까요. 통일로 해서만이 이 모든 왜곡과 모순 상황, 오늘의 반역사·반민족적 장애물들을 일거에 극복·제거해나갈 수 있는 근본 과제거든요…… 하지만 어머닌 그런 건 모르세요. 모르시면 그냥 가만히 계세요.

딸아이는 불쑥 질책기부터 돋우고 드는 손 여사쯤은 더 이상 상대도 않으려는 식이었다. 딸아이는 일방적으로 제 할 말만 늘어놓고 이내 제 아버지 쪽으로 다시 말길을 돌리려 하였다. 하지만 손 여사는 그냥 물러서지 않았다. 그녀는 무언가 다시 말을 이어받으려는 남편을 저지하며 다부지게 딸과 맞서 나섰다.

―그래, 이 에미는 너처럼 깊은 데까지는 모르는 게 사실이다. 네 말대로 분단의 모순이나 피해가 얼마나 심각한 건질 알지도 못하고…… 하지만 그 대신 이것 한 가지만은 나도 분명히 말할 수 있다. 네가 말한 그 분단의 모순이나 역사의 왜곡이 빚어낸 폐해라는 건 지금 네 아버지나 내겐 그리 절실한 것이 못 된다는 걸 말이다. ……네 아버지 말씀마따나 우리의 삶은 현실 속의 과제다. 그리고 그 분단이나 통일 문제 역시 우리에겐 그 현실 속의

삶의 문제여야 한다. 그런데 네가 말한 그 모순 상황과 왜곡된 역사의 폐해라는 건 말이 너무 크고 고급스러워 그런지 아무래도 그런 것과는 거리가 떨어진 것 같단 말이다. 그 대신 네 아버지가 당신의 삶 속에서 실제로 짊어져오신 그 괴로운 가해자 의식은 그리 명분이 크거나 이념적인 것은 못 되더라도 당신의 일생 동안 매우 구체적이고 일관된 지향성을 지녀왔고, 당신의 삶을 거기에 실천적으로 순응시켜오신 것으로 알고 있다.

— 이를테면 그런 구체적인 지향성과 실천적 순응의 사례가 어떤 것이었게요? 그리고 그게 아버지나 우리 가족, 나아가 우리 민족 공동체나 이 사회에 어떤 창조적 역할이나 역동적 역사성을 더해나갈 수가 있는 것이었던가요?

— 거기 그렇게 요란스런 명분을 달아 큰 목소리로 말할 수는 없을지 모르겠다. 하지만 아버지는 너의 고모부 일로 해서 이날 이때까지 이 집을 떠나지 못하고 계시다. 나는 그저 한 평범한 아낙으로 살고 싶어 그러는지 모르겠다만, 그 악몽이 깃든 이 집, 너도 알고 있고 그걸 원해 왔다시피 이걸 팔아 옮겼으면 물심양면으로 몇십 배 편안한 안식처를 마련할 수도 있었을 거다. 하지만 그런 호시절을 눈 꾹 감고 외면한 채 지금까지 끝내 이 어려운 처지를 참아오셨다. 그리고 이날까지 네 아버지 속에선 그때에서 한 치도 더 자라지 못한 어린 중학생 아이가 저 문밖에서 초조하게 불안 속에 떨면서 네 실종된 고숙의 소식을 기다려온 거다. 큰 눈길로 보면 그건 하찮은 개인사에 불과할지도 모르지만, 한 개인이나 집안일로 말하면 그보다 힘들고 통절한 삶도 없을 거

다. 그리고 네가 말한 수난자 의식을 내세운다면 그보다 한갓되고 철저한 수난자…… 역설적으로 말해서 그런 피해자의 덕성도 그리는 쉽지가 않을 거다. 이 어미의 눈에는 네 아버지가 때론 그런 수난자의 모습으로 보이는 게다. 그런 뼈아픈 가해자 의식을 통해서만이 참으로 진정한 수난자의 얼굴이나 또 다른 시대에서의 어떤 도덕적 정당성이 드러날 수 있을 것 같아 보여 한번 해본 소리다만.

같은 체험 세대의 공감대에서랄까. 남편 사일 씨의 심중 그대로를 대신하고 있는 손 여사의 어조에는 그 딸아이에 대한 일방적인 공박기가 갈수록 가팔라지고 있었다.

그러나 그 예기치 못한 손 여사의 공세에 오히려 입맛이 쓰거워진 듯 이번에는 사일 씨가 오랜만에 다시 아내를 가로막고 나섰다.

—이제는 그만들 해두는 게 좋겠구만. 공연한 엄살로 쓸데없이 일을 너무 과장하려 들지 말고……

그는 그 손 여사의 참견을 부질없는 과장이나 엄살기쯤으로 치부해버린 다음 이제는 이미 진력을 내고 있는 듯한 딸아이에 대해서도 논쟁을 일방적으로 결론지어나갔다.

—그리고 너도 이제는 이런 일로 이 애비하고 굳이 승부를 다투려 들지 않는 게 좋겠다. 오늘 이 언쟁이 어떤 식으로 끝나든 승리는 어차피 네 것으로 정해져 있는 것이니까. 앞으로의 세상은 결국 너희 젊은 세대의 것이니 그런 뜻에서 너는 애당초 이 애비에 대해 승자로 태어난 것 아니냐…… 통일 문제만이 아니라

인생사엔 언제나 뒤에 오는 자가 진정한 승자가 되어야 하겠기에 하는 소리다.

사일 씨는 일단 그런 식으로 아이를 다독이고 나서, 그러나 어딘지 신음기 같은 것을 숨긴 허허한 목소리로 딸아이에 대한 당부를 덧붙이고 있었다.

—네 어머니 말대로 그런 뜻에서 나 역시 어쩔 수 없는 피해자의 한 사람이 될 수밖에 없는 건지 모르겠다. 허지만 네가 이 애비에게 진정한 승리를 거두려면 아직은 조금 더 기다리는 참을성도 지녀야 할 게다. 지나간 일을 묻지 마라, 과거의 잘잘못 따위는 깨끗이 씻어 잊고 우선 서로 맘을 합해 통일로 나아가자…… 너의 생각은 대개 그런 쪽인 줄로 알고 있다. 하긴 우리 세대가 그런 식으로 너무 부질없이 지나간 일에만 얽매여 살아온 건지도 모른다. 그래 요즘들은 그런 태도나 현상에 반성의 바람이 일고 있는 것 같기도 하고…… 하지만 앞만 보고 함부로 그 과거라는 걸 훌훌 벗어던져버릴 수 없는 것이 나 같은 체험 세대의 어쩔 수 없는 운명인 듯싶다. 그러나 그런 세대는 이제 점점 사라져가고 있다. 불완전하나마 체험 세대에 낄 수밖에 없는 애비도 그런 자의식이 좀 끈질긴 편이지만, 나 역시 그리 오래잖아 사라져가게 될 것이고, 나 자신 늘 그럴 각오를 지니고 살고 있다. 더욱이 오늘이라도 통일이 이루어진다면 나는 그걸로 곧 세상의 뒷마당으로 물러가야 할 사람이다. 그러니 그때까진 좀 기다려주는 게 좋겠구나. 그리고 너는 그 애비의 자기 승복과 패배, 그 부끄럽지 않은 물러섬의 뜻을 거두는 지혜를 통해서 너의 승리를 더욱 값

진 것으로 만들 수 있음을 알아야 할 것이다.

딸아이는 이제 그 사일 씨의 충고를 어떻게 받아들어야 할지 얼른 작정이 안 서는 듯 얼마간 곤혹스러운 표정 속에 어정쩡하게 침묵을 지키고 있었다. 그러나 손 여사는 새삼 더 참담스런 심사 속에, 오랜 세월 조그맣게 한 자리에만 맴돌고 있던 그 남편 속의 아이가 성장기도 없이 별안간 그대로 하얗게 늙어버리고 있는 것을 보았다. 그리고 그녀는 그걸 더 두고 볼 수가 없어서 서둘러 그 남편을 대신해 나섰다.

—그래요. 통일 이야기는 전에도 오래 끌수록 공소하고 감정에 흐르기 쉽던데, 오늘은 이만해둬요. 이러다가 하필이면 그 좋은 통일 이야기로 한집안 부녀간에서 엉뚱한 이산가족이 생겨날 것 같아 우습고 걱정스러워요.

이날 밤 사일 씨와 딸아이와의 대립은 그 손 여사의 희망대로 그쯤에서 일단 끝이 났다.

그러나 그것은 일의 마무리가 아니라, 보다 큰 분란을 불러올 서막에 불과했다.

손 여사가 이날 밤 농담 삼아 흘린 소리 그대로, 한 이틀 내내 얼굴을 내보이지 않고 방 안에만 틀어박혀 지내던 수진이 끝내는 집을 나가 종적을 감추고 만 것이다.

……죄송해요. 아버지. 전 이제 아버지나 아버지의 세대를 충분히 이해할 수 있게 됐어요. 아니, 그건 아마 아버지나 어머니의

말씀을 듣기 이전부터도 다 알고 있었던 일이었을 거예요…… 하지만 전 아버지를 이해할 수는 있어도 그 아버지 곁에 아버지와 함께할 수는 없다는 걸 깨달았어요. 아버지의 삶엔 모든 것이 너무 완벽하게 체험되고 완성되어 있어요. 그러나 그것은 아버지나 어머니의 삶이지 저나 제 또래의 체험, 삶이 될 수는 없지 않겠어요…… 그 피해와 수난의 체험까지도 자신의 삶 속에 더없이 알뜰한 의미로 꽃피우고 열매 맺어나가는 아버지의 빈틈없는 치밀성, 그리고 아버지께서 '패배'라고까지 말씀하신 그 부끄럽지 않은 물러섬에마저 어떤 떳떳한 명분이 필요하신 완벽성, 그것들이 제 자신의 삶과는 아직 거리가 먼 점들이라는 생각에 저는 두렵고 견딜 수가 없어요. 게다가 아버지는 그 '물러서심'을 아시면서도 제 아픈 몸짓과 삶의 마당을 앞당겨 열어주기 위해 스스로 물러서실 생각은 없으시지 않아요…… 결국엔 제가 이렇게 떠나가는 수밖에 없었어요. 저는 아직 모자라고 빈 데가 많으니까요. 오직 그 빈 곳만이 제 몫인 듯싶구요. 그런 그곳은 아버지나 어머니처럼 모두가 이루어진 분들 곁에서보다 비슷하게 모자라고 어린 데를 지닌 사람들 곁에서 그들과 함께 스스로 찾아 채워나가야지 않겠어요. 저는 아버지 앞에 빈틈없이 이루어진 생애가 어떤 아름다운 슬픔 속에 서서히 물러감을 기다림에서보다도 그런 헤매임과 열어나감을 통해서 제 삶을 더 값진 것으로 만들 수 있다고 믿고 있으니까요……

저를 기다리지 말아주세요. 그리고 용서해주세요. 아버지께서도 아시겠지만, 그 열어나감이나 구하고 채우는 일이 쉽고 간단할 수는 없을 테니까요—

그날 해 질 녘 수진이 집을 나가면서 제 아버지 앞으로 남긴 하직의 글이었다.

그러나 사일 씨는 이제 그 딸아이의 글을 보고서도 새삼스레 놀라거나 실망을 하는 기색이 없었다. 시야비야 말이 없이 하룻밤을 지내고 나서는, 이튿날 아침 딸아이가 빠진 식탁을 앞에 하게 되고서야 탄식을 깨물듯 혼잣소리로 중얼거렸을 뿐이었다

—그것 참…… 내 이 나이가 되어 또 하나 기약도 없이 기다릴 사람만 늘게 된 셈인가—

그래 손 여사도 차마 그 대꾸를 바로 받지 못하다가 다시 하루가 다 간 이날 늦은 저녁상 앞에서 조심조심 몇 마디 망연스런 소리를 덧붙였을 뿐이었다.

—그러게요…… 그 망할 것이 그래 우리들을 그저 기다리기만 하다가 가는 사람으로 만들려는지…… 그게 제 일방적으로 당신을 한번 더 괴로운 죄인 꼴로 만드는 노릇인지도 모르고 말이에요.

(『월간중앙』 1992년 5월호)

돌아온 풍금 소리

같은 서울 하늘 밑을 기고 살면서도 제 바쁜 입벌이에 쫓겨 서로 몇 년씩 소식을 잊고 지내오던 한 고향 친구로부터 오랜만에 전화가 걸려왔다.

"……우리가 그 선유리 해변가의 분교 시절을 보낸 것이 어언 40년을 넘었지? 그런데…… 자네도 고향 가본 것이 20년이 넘는다고? ……그렇겠지. 허긴 나도 거길 언제 다녀왔는지 기억조차 없으니까. 그러니 이번 동창회 땐 오랜만에 한번 같이 내려가보자고. 거기서도 해마다 동창명부에 이름이 지워진 빈자리가 늘어가는 참이라니 더 늦기 전에 남은 얼굴들이라도 한번씩 만나볼 겸해서……"

어떤 경로로 소식을 알았는지, 올봄 현지 모교에서 치러지는 옛 초등학교 동창회 모임엘 함께 내려가자는 간곡한 권유의 전화였다. 워낙 궁벽스런 시골 벽지 학교, 그것도 정식 학교가 아닌 임시분교 수업으로 근근이 초등학교 6년 과정을 채우고 나온 처지니, 시골에도 서울에도 기억에 남을 만한 동창생이 많을 리 없었다. 애초에 머리수가 적었던 데다가, 더욱이 서울 쪽엔 그와 나 두 사람뿐이었다. 무슨 심회가 동해서였든 일방적으로 혼자 그 동창회 참석을 작심한 친구가 나의 동행을 권해온 것은 지극히 당연한 일이었다.

하지만 나는 처음엔 썩 마음이 내켜오질 않았다. 얻을 것은 없어도 이리저리 걸린 일이 그만한 틈을 내기도 쉽지 않거니와 그동안 너무 멀리만 잊고 지내온 고향길이 왠지 새삼스럽고 부질없게 느껴진 때문이었다.

그러나 나는 곧 생각이 달라졌다.

"헌데다 그 선유리 어업조합 창고에서 맨 처음 분교 문을 열고 일을 도맡아 하셨던 양진모 선생님 기억하지? 그분이 아직도 선유리에 생존해 계시는데 올해는 그 어른도 꼭 자리를 함께하고 싶으시다는 게여. 그러니 이번이 그 시절 얼굴들과 함께할 마지막 기회로 알고……"

협박기 섞인 친구의 다짐에 못 이겨서가 아니라, 그 양 선생의 생존 소식에 불현듯 또 다른 한 선생님, 그 시절 그런 궁벽스런 시골 학교에선 좀처럼 보기 힘들던 멋쟁이 여선생님의 얼굴이 떠오르고, 그녀의 비극적인 종말에 대한 뒷날의 소식과 궁금증이 내 메마른 가슴을 새삼 애틋하게 적셔왔기 때문이다.

나는 결국 친구에게 동행을 다짐하고 나서도 한동안 일을 손에 잡지 못한 채 하염없는 상념만 좇아 헤매고 있었다.

……1948년 초여름 녘. 우리가 그 선유리 해변가의 임시분교 1학년에 입학해 들어갔을 때, 학교엔 오직 그 동네 태생의 양진모 선생 한 분이 모든 일을 이끌어나가고 계셨다. 그는 마을 초입 바닷가에 세워진 관내 어업조합의 김 보관 창고를 빌려 혼자서 학생들을 가르치고 돌보아나갔는데, 그 창고 학교에는 물론 걸상이나 책상, 아이 들이 뛰어놀 운동장이나 용변소 같은 것이 아무것도 없었다. 모래가 서걱거리는 맨시멘트 바닥 교실에 교과서도 없이 진행되는 수업 시설이라고는 맞은편 벽에 걸린 낡은 칠판 하나와 교탁이 전부였다. 운동장은 바다 쪽 모래밭이 대신했고 용변소는 가까운 동네 집 변소칸을 쫓아다닐 수밖에 없었다.

교과서나 시간표가 따로 없는 수업은 물론 더 뒤죽박죽 엉망이었다. 교실 수업에서는 몇 달이 가도록 홀소리 닿소리와 가갸거겨 외우기, 1, 2, 3, 4 쓰기와 단 자리 숫자의 덧셈 뺄셈 익히기만 지겹게 되풀이되었다. 그러다 다른 윗 학년이 교실을 쓸 차례가 되면 우리는 바다 쪽 모래밭으로 쫓겨나가 씨름이나 말타기 달리기 따위로 보건 시간을 보내거나, 동요와 창가 심지어는 유행가나 애국가까지 등장하는 편 노래 시합으로 음악 시간을 채우거나 하였다. 양 선생은 그동안 세 학년의 수업을 한꺼번에 돌보느라 교실로 모래판으로, 때로는 당신의 교무실로 쓰이는 동네 집 숙소로 번갈아 뛰어다녀야 했는데, 어쩌다 날이 궂어 비라도 내리는 날이면 그처럼 힘든 분리 수업의 수고를 덜 수는 있었지만, 그 대신 세 학년을 한 교실에 몰아넣으니 아이들의 악다구니로 귀청과 목청이 다 상해나갈 지경이 되곤 하였다.

그런데 그해 늦가을 녘, 읍내 학교에서 한 젊은 여선생이 뜻밖에 그 궁색스런 벽지 분교로 새로 부임해 왔다. 긴 파마머리에 늘 상냥한 웃음기를 띠고 다니는 조그만 체구의 여자였다. 게다가 목소리까지 유달리 고와서 그녀의 말소리는 무슨 노랫가락처럼 무척이나 듣기에 좋았다.

우리는 그 여선생의 부임이 고맙고 자랑스럽고 신기하기까지 했다. 그러나 그 고마움이나 자랑스러움을 겉에 나타내거나 호기심에 이끌려 감히 그녀에게 가까이 해볼 엄두를 낼 수는 없었다. 그저 먼발치로 호기심을 억누르며 혼자서 자랑스러워하고 고마워할 수 있을 뿐인, 우리에겐 그런 무슨 조심스런 구경거리와도 같은 그녀의 존재였다.

그 여선생의 부임으로 하여 우리를 즐겁고 신기롭게 한 것이 또 하나 있었다. 그녀가 부임해 오면서 함께 가지고 온 풍금과 그녀의 능숙한 연주 솜씨였다. 뒤에 알게 된 일이지만, 그녀는 무슨 곡절로 해선지 읍내의 큰 학교에서부터 그 초라한 시골 분교로 자원해 온 터였는데, 그때 그녀가 가지고 온 보라색 풍금도 사실은 그녀가 전부터 집에 두고 써오던 개인 소유물로, 새로 부임해 갈 분교의 어려운 형편을 듣고는 일부러 이삿짐에 덧끼워 온 물건이었다. 그러니 이 풍금은 처음부터 학교의 물건처럼 창고 교실의 한쪽에 소중하게 보관됐고, 그녀의 능숙하고 보기 좋은 연주 모습과 고운 풍금소리는 예상했던 대로의 그 아름다운 목소리와 함께 우리를 늘 즐거운 황홀경으로 몰아넣곤 하였다.

그 또한 자랑스럽고 신기한 노릇이 아닐 수 없었다. 뿐더러 이젠 그 자랑스럽고 신기한 느낌 속에 그녀와 서로 허물없이 마음을 함께해갈 수도 있었다. 그 풍금으로 노래를 가르치고 배우는 것은 선생님과 아이들이 서로 그 목소리와 마음을 함께하는 시간이기 때문이었다.

거기다 우리에겐 또 한 가지 예상찮았던 행운이 안겨졌다. 여선생이 부임해 온 지 한 달쯤 지나고 나서 그녀가 바로 우리 1학년 공부만을 따로 맡아 돌보는 담임선생으로 정해진 것이었다. 그리고 그로부터 저 1950년 초여름 6·25사변이 터지고 그해 가을 그녀가 그 비극적인 자신의 종말을 향해 그곳을 떠나기까지 우리는 그녀로 하여 길지는 못하나마 적지 않이 행복하고 자랑스런 소년기의 한 시절을 보내게 된 것이었다.

"우리가 그 선유리 창고학교 1학년 시절 가을께에 학교 문을 처음 여신 그 동네 양 선생님을 도우러 읍내에서 부임해 온 정식교사 자격의 여선생님이 한 분 계셨던 거 기억하제? 전영옥 선생님이라고. 자네 혹시 그 여선생의 뒷날 소식을 들은 일 있는가?"

"기억하지. 그 여자 나중에 6·25가 끝나면서 유치 쪽 어디 산속에서 죽었다던 사람 아닌가. 그때 죽은 사람이 다시 무슨 뒷소식이 있었겠어."

"죽은 사람의 뒷소식이 있기는 쉽지 않겠지만, 언젠가 들으니 그 여자 죽음에 좀 석연찮은 이야기가 따랐던 것 같아…… 뒤에라도 혹시 또 다른 소식이 있었는가 해서지."

"그 여자 그때 이 지역 공비들과 함께 쫓겨 입산을 했다가 그 유치산 굴속에서 빨갱이로 죽었던 거 아닌가."

"그건 나중 이야기고 처음엔 마음에 없이 강제로 끌려갔다 억울한 죽음을 당했다고들 가슴 아파했었제."

"앞선 말이 틀리니까 뒷말로 사실이 바로잡혀진 거 아닌가. 빨갱이로 죽었다는 게 사실이었으니 그 뒤론 더 다른 뒷말이 덧붙여진 게 없었겠고……"

친구와 함께 동창회엘 가는 차 안. 나는 이날도 오랜만의 고향길에 대한 가슴 설레는 기대보다 그 곡절 모를 여선생의 짧은 생애에 대한 의구심으로 갈수록 기분이 무거워지고 있었다.

……여선생이 새로 오고 그 전 선생과 양 선생이 학년별로 따로 담임을 나눠 맡고부터는 학교 일이 모든 면에서 전보다 나아졌다. 창고 안팎 환경이 말끔하게 가꿔지고 수업 시간이 서로 이리저리 뒤얽히는 일도 줄어갔다. 국어나 산수는 물론 두 선생이 과목별로 전 학년을 나누어 맡아 가르친 보건이나 음악, 미술 시간 같은 것도 그 내용이나 짜임새가 훨씬 충실해져갔다. 학교 문을 처음 연 양 선생이나 자기 사용의 풍금까지 짊어지고 먼 벽지 분교를 지원해 온 전 선생이나 있는 힘을 다해 서로 학교 일에 열성을 다한 결과였다. 그중에도 전 선생은 특히 그 풍금 연주와 노래를 좋아해서 음악 시간마다 아이들에게 새 노래를 가르쳐 학교가 늘 화창한 합창 소리에 파묻혔다. 기껏 옛 창가나 유행가류나 흥얼거리고 다니던 우리는 「고향의 봄」이나 「3월」 「뱃노래」 「기러기」 같은 아름답고 씩씩한 새 노래들의 선율로 어슴푸레나마 새 세상과 새로운 삶의 꿈을 목청껏 노래했다. 그런 우리들의 화

창한 한 시절은 그 1950년 여름 6·25가 일어나고 붉은 세상 천지가 되어서도 큰 변함이 없었다. 세상이 바뀌고 나서도 양 선생과 전 선생은 그 해변가 분교를 변함없이 지켰고, 이번에는 옛날의 애국가나 고운 동요곡들 대신 새 세상을 위한 힘찬 '혁명가'와 '행진곡' 들을 더 열성적으로 가르쳐 부르게 했기 때문이었다.

그런데 그해 늦여름, 서늘한 가을 기운이 돌기 시작한 계절의 변화와 함께 세상이 다시 한차례 뒤바뀔 무렵의 어느 날 여선생은 돌연 학교나 동네에서 자취가 사라지고 말았다. 그녀가 부임해 올 때 가지고 온 그 소중한 풍금과 함께였다. 그리고 다시 그해 겨울 어느 날 뜻하지 않게도 그 사라졌던 풍금이 주인을 잃은 채 옛 학교로 되돌아왔다. 그 무렵 지리산 줄기의 하나인 읍내 너머의 유치산 골짜기엔 이 지역 부역자들이 공비로 입산하여 저항이 심했는데, 군경토벌대가 진지를 점령하고 보니 군가 선동사업소쯤으로 쓰인 듯한 어느 동굴 속에 그 풍금이 용케 파손을 면한 채 옛 여주인의 시신을 지키고 남아 있었다는 것이다. 그것을 분대장이 옛 연고지를 찾아 선유리 분교로 되돌려 보내온 것이었다.

그래 그 풍금을 보고 학교 안팎 사람들은 처음 무척 가슴들을 아파했다.

—못된 인종들 같으니라고. 그 꽃봉오리 같은 젊은 여자를 끌고 가서 그리 비명에 가게 하다니.

여선생의 죽음을 억지로 끌려가 당한 재앙으로 치부한 것이었다. 그러나 차츰 시일이 지나면서 그녀의 행적과 종말에 대해 다른 소리들이 뒤따랐다.

— 그 여자 보기하곤 다르게 첨서부터 순 왼쪽 통속이었대여, 산으로 들어간 것도 억지로 끌려서가 아니라 제 발로 들어간 거고.

— 어지러운 세상을 살아나가자면 그럴 수도 있겠지만, 그 여자 해온 일이 어디 억지로나 마지못해 순 눈속임으로만 될 수 있는 노릇이여? 이 학교에서나 산에서나 제 맘에 당긴 데가 있었으니 혁명가 놀음에 그리 열성이었지. 빨갱이로 죽은 거여, 진짜 빨갱이로……

동네 사람들만이 아니라 경찰지서 사람들은 그보다 한술을 더 떴다. 경찰에서는 그녀가 애초 이 궁벽스런 시골 분교를 자원해 온 것까지도 자신의 정체를 숨기며 때를 기다리려 했던 것으로 단정했다. 하여 그녀와 함께 한동안 학교일을 돌봐온 양진모 선생을 여러 차례 지서로 불러다 끝내는 그런 사실을 시인하게 한 것이었다.

여선생의 일은 그러니까 사실이 어쨌든 그 양 선생의 증언으로 일단락이 지어진 셈이었다. 그리고 그때부터 그녀는 누구에게나 진짜 빨갱이로 치부되고 진짜 빨갱이의 죽음 속에 기억이 잊혀져 갔다. 그리고 어언 40여 년.

그러나 나는 그때나 지금이나 그런 여선생의 행적이나 죽음을 좀처럼 믿을 수가 없었다. 그녀가 어딘지 잘못 알려지고 있는 것 같았다. 양 선생도 뭔가 사실을 잘못 알았거나 잘못 말한 것 같았다. 내가 유독 그 여선생의 본색과 죽음에 대한 사람들의 생각을 따르려 하지 않은 것은 언젠가 그녀가 내게 베푼 그 따스한 온정의 손길 때문만이 아니었다. 집에서도 손을 대지 않고 그냥저냥 지내오던 내 버짐투성이 머리통을 자신의 비상약으로 손수 세심하게 치료해준 일, 어느 바람 추운 겨울날 늦은 청소를 끝내고 혼자 하굣길을 나서던 나를 불러 그녀의 부드러운 목수건을 풀어 내 두 귀와 목을 따뜻하게 감싸 보내준 일, 나로선 특별히 잊을 수 없는 일이지만, 그런 그녀의 인정미 깊은 보살핌은 그 시절 다른 아이들도 수없이 겪은 일이었다. 나는 그녀가 내게 베푼 관심이 특별해서가 아니라 그녀의 고운 마음씨와 따스한 인간미 때문에 그 비밀스런 행적과 불행한 죽음을 그렇듯 간단히 생각해버릴 수가 없어온 것이다. 도대체 그 맑은 목소리와 고운 노랫소리 속에 어떻게 그런 깊은 비밀을 숨길 수 있었단 말인가. 그 부드러운 미소와 따스한 인간미 속에 어떻게 그런 참혹스런 죽음의 결의를 품을 수 있었단 말인가. 나로선 아무래도 이해할 수가 없었다. 양 선생의 증언을 믿을 수가 없었고, 종당엔 그녀의 죽음 자체도 의심이 되기 시작했다.

그 여자가 정말로 죽었다면 차라리 그 노래 때문이기나 했을까. 노래를 너무 좋아해서 노래를 쫓아다니다 노래를 부르면서……

나는 아직도 그녀의 죽음이 그런 식으로밖에는 생각되지 않았다. 그래 이날의 고향 동창회도 우선은 그런 궁금증을 풀어보고 싶어서였다. 그녀의 죽음이 헛소문이었다면 양 선생은 나중에라도 무슨 소식을 들을 수 있었겠지. 그리고 당시엔 어떻게 말을 했든 양 선생만은 진실을 알고 계실 테지.

그런데 그렇듯 조심스런 내 심사에 친구가 또 다른 파문을 더해왔다.

"허긴 당시 그 여선생의 신상사나 죽음에 대해선 나도 별로 확연히 들은 바가 없었지만, 요즘 와서들은 더욱 그 여자가 그렇게 죽어간 것을 확신하고들 있더구만, 확신뿐 아니라 그걸 이젠 미화하고 칭송하려 들기까지 한다니까."

"누가 말인가. 이제 와서 누가 다시 그걸 미화하고 칭송하려 들어?"

어리둥절해져 되묻는 내 추궁 투에 친구는 쓴웃음을 지으며 짐짓 심상한 어조로 설명을 이어갔다.

"요즘 들어 그 무슨 주체적 민족사니 민중적 역사니 하는 소리들을 자주 앞세우는 젊은이들 있지 않아. 지금 그곳 교사 중에 그런 친구 하나가 옛날 분교 시절의 교지(校誌) 정리 사업을 하고 있다지, 아마. 그 친구가 일을 하다가 그 여선생의 일을 듣고 홀딱 반해빠진 모양이야. 그 여잔 참 민족교육의 선구자요, 주체적 민족사의 숨은 불씨였다고…… 그래 그녀의 개인용 풍금을 다시 찾아와 그녀의 기념관까지 세울 계획이라던가……"

"그 여자의 풍금을? 그 풍금이 아직도 남아 있었단 말인가?"

"낡아 못쓰게 된 풍금을 교내 창고에 처박아둔 것을 알고 양진모 선생이 그 시절 기념 삼아 집으로 옮겨다 간수해오셨는데, 그걸 그 젊은 친구가 간곡한 청을 드려 다시 학교로 옮겨다 놓은 모양이야."

그 풍금이 아직까지 부서져 없어지지 않고 남아 있었던 사실은 놀랍고 감회 깊은 일이 아닐 수 없었다. 더욱이 그것을 양진모 선생이 이날까지 추억거리로 간직해온 것은 전혀 뜻밖의 일로 쉽게 납득이 가질 않았다. 그 풍금은 옛 전영옥 선생의 젊은 숨결과 고운 손길 그리고 그 비극적인 죽음의 사연이 깃든 그녀의 유품이었다. 그리고 양 선생은 그녀의 행적과 죽음이 어쨌든 옛 동료애를 저버린 배신의 빚을 진 사람이었다. 그런데 그 양 선생이 그녀의 분신과도 같은 풍금을 집으로 옮겨 보관해온 것은 무슨 심사에서였을까? 그것은 그녀의 명백한 좌경성과 부역 사실에도 불구하고 그것을 넘어서 그녀와 그 시절에 대한 순수한 정회 때문이었을까, 아니면 무고한 그녀를 애꿎게 배신한 데 대한 자기 속죄의 깊은 회한 때문이었을까. 어느 쪽이든 모든 것은 그 양 선생을 만나서야 회답을 구해볼 수 있는 일이었다. 그 여선생의 정체나 행적, 죽음의 비밀 역시도.

그러나 먼저 결론부터 말하자면 그 모든 의구심들은 한낱 내 부질없는 호삿거리에나 불과한 것이었다. 진실을 알아야 할 필요가 없거나 사실이 쉽게 밝혀진 때문이 아니었다. 그렇다고 그것이 아주 오리무중의 수수께끼로 남아버린 것도 아니었다. 사실은 제대로 밝혀지지 않았지만, 진실은 대개 감득할 수 있었달까. 아니 그 확연하고 뜨거운 진실 앞에 내 모든 의문들이 스스로 입을 다물어버렸다는 것이 옳은 말일 것이다.

큰 산의 높은 봉에 푸른 저 솔은
자라나는 우리들의 굳센 힘이며—

이튿날. 정식 인가를 얻어 이웃 회진포 쪽으로 옮겨 지은 모교에서였다. 회장으로 마련된 한 교실에 각지에서 모여든 30여 명의 동창회 석상엔 그 병색 깊은 얼굴의 늙은 양 선생님도 자리를 함께하고 계셨고, 예의 옛 전영옥 선생의 낡은 보라색 풍금도 이날의 참석자들과의 특별한 인연 때문에 한자리에 옮겨와 있었다.

그리고 이런저런 의례 절차가 끝나고 바야흐로 허물없는 담소와 유흥 순서가 무르익어갈 무렵이었다. 누구의 청에 의해선지, 그리고 언제 손을 익혔던지, 양 선생이 이윽고 그 풍금을 마주하고 앉아 어떤 노래의 선율을 가만가만 짚어나가기 시작했다.

비단물결 넘실거린 넓은 바다는
장할 손 우리들의 마음이로세—

노래는 더없이 귀에 익은 것으로, 그 선유리 분교 시절, 양 선생 자신이 가사를 짓고 전영옥 선생이 곡조를 만들었다는 교가 겸 응원가였다.

"자 우리 교가 시이작!"

전영옥 선생의 선창을 따라서 큰 산아 무너져라, 바닷물아 물러가라, 고래고래 악을 쓰며 목청을 돋워대던 노래.

무궁화 삼천리에 꽃은 피어서
새 역사 밝혀나갈 겨레의 등대—

양 선생은 교가의 1절을 끝내고 2절까지 묵묵히 연주를 이어나갔다. 그리고 이번에는 그 노래의 가사와 사연을 기억하고 있는 초로의 제자들이 그 그리운 선율을 따라 하나씩 입을 모으기 시작했다.

스승의 가르침을 몸에 삭이어
정의의 쇠북소리 힘껏 울리자
깨끗하고 씩씩하게 크는 동무들—

늙은 제자들은 모두 그 노래에 마음을 실어 옛날로 돌아간 듯 합창 소리가 갈수록 크게 어우러져 올랐다. 늙은 선생과 제자들의 때 없는 합창은 교가를 거푸 두 번씩이나 되돌아 부르고 나서야 간신히 끝이 났다.

빛내자 선유 분교 영원무궁히—

합창이 끝나고 난 그 풍금 소리의 여운 속에 옛 선유리 시절의 정경들과 여선생의 그리운 모습이 한동안 선하게 꽃피어 떠올랐다. 그 가슴 뜨거운 노래의 여운과 애틋한 환영 앞에 나는 내 모든 물음의 말을 잃고 만 것이다.

(1993)

뚫어

"저런 나이에 무슨 중국 구경씩이나……"

아홉 명 일행 중 막내 격인 강준호 원장은 이제 막 본격적인 관광 일정이 시작된 상해에서의 둘째 날부터 후회가 되기 시작했다.

"나 오늘은 몸이 좀 불편해 그냥 호텔에서 쉴 테니 자네들이나 좋은 구경 많이 하고 왔으면 좋겠구만."

아침 식사가 끝나고 방으로 올라와 둘째 날 일정을 서두르는 강 원장에게 70대의 늙은 룸메이트 이종선 원장이 벌써부터 꽁무니를 빼려 들었다. 불과 10여 일 동안에 상해로, 북경으로 연변 쪽 백두산까지 욕심껏 늘려 잡아놓은 멀고 빠듯한 여정이 70대 중반 고령의 이종선 원장에겐 첫날 일정부터가 꽤 힘에 겨웠을 터였다. 여권이야 항공표야 쫓기듯 서둘러댄 출발 준비 과정과 결코 친숙하다고 할 수 없는 이곳 중국의 상해행 비행기를 타고 오기까지의 지속적인 긴장감, 그리고 숙소 도착 즉시 시장으로, 부두로, 시내 구경길에 돌입했던 전날 저녁녘 강행군의 피로가 이 칠십객 노구를 초장부터 지쳐 나자빠지게 한 것이다.

젊은 강준호는 낭패가 아닐 수 없었다. 연만한 노인을 일행에 끼워 온 것이 아무래도 무모한 짓 같았다. 그렇다고 그를 호텔 방에 혼자 남겨두고 자신들만 구경을 다녀온다 할 수도 없었다. 이번 여행길에 대한 그의 동참 요청에 다른 원장들은 은근히 탐탁지 않아 하는 태도들이었는데도 그를 결국 일행에 끼워 넣어 여행 수속을 밟아주고, 그로 하여 첫 기착지인 이 상해의 호텔 방에서 룸메이트를 정할 때도 다른 원장들의 얼굴이 다시 시무룩해지는 바람에 강 원장 자신이 그의 한방 짝이 될 수밖에 없었던 것.

그것으로 강 원장은 이를테면 이 노쇠한 연장자의 보호자 겸 잔시중꾼의 처지가 불가피해진 사정이었다. 속마음이야 어쨌든 노인을 그냥 혼자 남겨두고 구경을 떠날 수가 없었다. 게다가 이날은 상해에서의 주목적인 옛 임시정부 청사와 윤봉길 의사의 의거 유적지 홍구공원을 찾아보기로 되어 있었다.

"여기까지 오셔서 벌써부터 무슨 말씀이세요. 제가 업고라도 모시고 다닐 테니 어서 일어나 행장을 서두르세요……"

강 원장의 일방적 강요에 못 이겨서였든지, 아니면 상해까지 쫓아와 옛 임시정부 건물이나 유서 깊은 홍구공원을 그냥 지나치기가 민망스러워서였든지 이 원장은 이날 결국 자리를 털고 일어나 그럭저럭 다른 일행과 일정을 함께했다.

그러나 이튿날 상해를 떠나 경승지 항주를 거치면서부터는 옆 사람의 눈치도 체면도 다 소용없었다.

"구경이고 뭐고 오늘은 다 생각 없으니 자네들끼리 재미있게 다녀와."

항주에서는 그 소문난 서호 관광도 마다하고 막무가내식으로 그 혼자 호텔 방에 처져 남아 시들시들 긴 낮잠으로 헛시간을 보내고 말았다. 고령에 일정을 서둘러 다닌 데서 온 피로 탓만은 아니었다. 지레 긴장을 해선지 엎친 데 덮친 격으로 이 원장은 알고 보니 여행을 떠나기 전 집에서부터 혼자 심한 변비증에 시달리고 있었다.

"오늘로 벌써 닷새째가 되난뵈어. 이놈의 배 속이 도대체 웬 조홧속인지 무질근하고 불안해서 도무지 마음을 놓을 수가 있어야지."

그 거북스런 변비증 때문에 그는 육신의 기력이 더욱 처져 내려앉고 마음까지 그렇듯 의욕을 잃어가고 있는 꼴이었다. 그 항주에서의 1박이 끝나고 일행이 다음 방문지인 먼 북경 쪽을 향하면서부터는 그를 두고 알게 모르게 비아냥과 추궁들이 오가기 시작했다.

"그 몸을 해가지고 무슨 외국 여행 욕심은. 저 나이에 기를 쓰고 중국 구경 한번 안 하면 그새 저승사자가 쫓아오나…… 그래 처음부터 공연한 짐거리 만들지 말라고 했었잖아."

"변비에나 시달리며 저리 호텔 잠만 자고 따라다닐 양이면 지금이라도 혼자 길을 꺾어 돌아가게 하는 게 어떨까…… 결자해지라니 처음부터 저 양반 일을 도맡아 주선해 온 강 원장이 좀 나서서……"

그런 불평이나 후회스러움으로 말하면 노인의 룸메이트이자 괴로운 시중꾼 격인 강 원장 쪽도 물론 누구 못지않은 처지였다. 사실 그는 날이 갈수록 후회가 더해가고 있었다. 다른 일행들의 불평처럼 그것도 처음부터 그런 사정이 어느 정도 예상되던 일이고 보니 그걸 알면서도 어물어물 노인을 끼고 나선 것이 못내 더 아쉬웠다.

중국엘 가면 무슨 팔자 고칠 일이 생기고, 연변을 둘러보고 백두산을 올라가면 애국 유지라도 되는 양 이런저런 명분을 내세워 몇 사람씩 패를 짜서 대륙 유람길을 나서곤 하던, 그 돌연스런 중국 관광 바람이 한창이던 지난해 초가을.

강준호가 실무이사로 있는 ○○기술학원장협회에서도 비슷한 여행 계획이 의논되기 시작했다. 한민족이 많이 사는 연변 지역에 동업의 학원 사업이 진출할 수 있는지 직접 현지 사정을 살피러 간다는 명분이었지만, 그것은 물론 일을 성사시키기 위한 겉구실에 가까웠고 여행의 숨은 목적은 차제에 서호나 만리장성 같은 대륙의 명승지를 둘러보고 남 앞서 연변이나 백두산도 가보자는 단순한 유람 관광 쪽에 있었다.

그러면서 이름난 중국 요리들도 맛보고 백두산에 올라가선 현지 등정을 기릴 만한 기념사진도 찍어오고…… 한마디로 대개 다른 사람들과 별 차이 없는 유람 여행 계획이었다.

그러나 그나마도 이 원장의 경우에 비하면 동기나 목적이 제법 분명한 편이었다. 이 원장은 이미 그런 걸 탐해 나설 나이를 넘어 있었다. 그런데도 이 원장은 여행 계획이 알려지자 누구의 권고도 있기 전에 남 앞서 동행을 자원하고 나섰다. 그리고 그의 고령을 마음에 걸려 하는 옆 사람들의 눈치가 완연하자 이번에는 막바로 실무를 진행해온 젊은 강준호를 바짝 물고 늘어졌다.

"늙은이라고 이번 길에 나를 빼고 가면 절대 안 돼. 할 일이나 보고 싶은 건 별반 없지만 이번 길엔 꼭 한번 따라가고 싶으니께. 노탐이라 하듯이 나이 들어갈수록 공연한 아쉬움이 더 늘거든."

강 원장으로선 도저히 매정하게 뿌리칠 수 없는 강압이요, 애원이었다. 그렇다고 무슨 남다른 숨은 용건 같은 것이 있어 보이지도 않았다. 남이 간다니 기회를 놓치기 싫어 무작정 함께 따라나서고 보자는 식 같았다. 그러니 그 첫 대목에서 결연스럽게 일찍 단념시키는 것이 차라리 나았을 일을, 사단이 이미 여기에 이르고 보니 강 원장은 새삼 앞일이 난감하고 낭패스럽기만 하였다.

그렇다고 이제 와서 노인 혼자 길을 꺾어 돌아서랄 수는 더더욱 없는 노릇. 한번은 실제로 강준호가 농담 삼아 그런 쪽으로 넌지시 속을 떠보기도 했지만 노인에겐 애시당초 어림없는 수작이었다. 이 원장은 그런 불편스런 주위의 분위기 따위엔 아예 괘념을 않으려는 태도였다. 자신은 그저 일행과 여정을 함께해가고 있는 것만으로 모든 게 만족스럽다는 듯 쇼핑이나 관광 같은 다른 일정들을 거의 다 포기한 채 기껏해야 가까운 시내 구경 정도로, 대개는 그 무료스런 호텔 방 잠만으로, 그 무료스럽고 긴 여정을 끈질기게 쫓아다니고 있었다. 그렇다고 그런 노인의 태연스러움 속에 어떤 아쉬움이나 민망스러움, 일행이 자신을 떨쳐내지나 않을까 싶은 은근한 두려움, 그래 일행을 놓치거나 길을 뒤처지지 않으려는 안간힘이나 긴장기 같은 것이 없을 리 없었다.

하여 그는 그만큼 일정을 더해갈수록 기력이 떨어져갔고 그 답답한 변비증의 괴로움도 속수무책으로 덧쌓여가게 마련이었다.

"꽉 막혀버렸어. 아주 콱!"

그는 아침저녁으로 부지런히 화장실을 드나들면서도 그때마다 허망하고 난감스런 얼굴로 문을 되돌아 나오면서 중얼거리곤 하였다. 여정이 계속되면서 장춘에서도 그랬고, 연길에서도 그랬다. 한족들이 많이 사는 연길에서만은 제법 낯익은 풍물에 심기가 꽤 편했던지 얼마간 생기가 되살아난 듯도 싶었지만, 그의 저주스런 변비증의 괴로움은 숫제 이제 절망의 단계로까지 접어든 느낌이었다.

"참말로 귀신이 곡을 할 노릇이로구만. 그동안 먹은 게 어디로 다 갔는지 이제는 아예 배 속이 무거운 줄도 모르겠다구."

그러면서 이 원장은 그 연길에서의 1박 중 그동안 겁을 먹고 피해오던 음식들을 한 끼나마 나 몰라라 마음껏 포식해버렸을 정도였다.

그러니 그런 이 원장에게 언제 무슨 일이 일어날지 강 원장이나 일행은 늘 가슴이 조마조마해 마음을 놓을 수가 없었다. 더구나 이튿날은 털털거리는 버스길로 여섯 시간이나 걸리는 백두산 등정 길이었다. 일행은 아무래도 이날의 일정이 이 원장에겐 무리로 여겨져 그까짓 백두산 안 가보면 어떠냐, 이날은 그냥 연길에서 쉬어 기다리고 있으면 다른 사람들이 대신 다 구경해주고 오겠다, 이런저런 소리로 노골적인 설득전을 펴보았다.

그러나 그도 결국엔 다 소용없었다.

"여기까지 와 백두산도 못 올라가보고 가서야……"

주위 사람들의 걱정은 도대체 아랑곳하지 않았다. 그리고 행여 자기를 떼어놓을까 염려스러운 듯 이날따라 더욱 앞장서 행장을 서두르고 나섰다.

결국 그 하는 대로 모른 체 내버려두는 수밖에 없었다. 그리고 그런 식으로 그 단조롭고 힘든 버스길을 여섯 시간가량 달린 끝에 일행은 백두산에 도착했다.

차가 닿은 곳이 바로 산 정상께의 천지 아래였다. 1백 미터 남짓한 경사 길을 걸어 올라가면 거기서 바로 천지를 굽어 바라볼 수 있는 곳이었다.

일행은 다투어 천지를 향해 올라갔다. 이 원장도 질세라 걸음을 재촉해 일행을 뒤쫓았다. 1백 미터 남짓한 거리에 가쁜 숨을 가라앉히느라 서너 차례나 한참씩 발길을 멈춰 쉬곤 했지만 그 역시 그럭저럭 그런 식으로 별일 없이 그 성산(聖山)의 정상을 밟게 된 것이다. 다른 일행들이 워낙 모른 체하는 바람에 젊은 강 원장조차 그럴 수 없어 그와 쉬엄쉬엄 길을 뒤로 함께해 올라갔지만 그 밖에 다른 거듦이나 부축은 필요 없는 채였다.

그런데 그렇게 정상까지 올라가 일행이 한동안 눈앞에 펼쳐진 천지의 장관에 취해 들뜬 환호와 감탄, 기념사진 찍느라 법석을 떨고 난 다음이었다. 강준호가 얼핏 보니 이 원장은 웬일인지 혼자 일행에서 떨어져나가 저만큼 바위 끝에 산정의 맑은 석양빛을 뒤로한 채 적막스럽게 굽어 앉아 있었다. 호면 너머 멀리 산봉우리들 쪽으로 눈길을 붙박고 있는 것이 마치 무얼 열심히 찾고 있거나 어떤 가없는 생각에 골몰해 있는 모습이었다.

"저 양반 고향이 아마 이쪽 어디였지."

그 이 원장의 망연스런 모습을 보고 누군가가 문득 생각이 떠오른 듯 혼잣말처럼 말했다.

"그래 그 심한 변비까지 견디면서 한사코 여기까지 따라오려 한 거였구먼."

다른 또 누군가가 비로소 이해가 간다는 듯 동정 섞어 말했다.

"그야 저 나이에 여기까지 오고 보니 갈 수 없는 땅 생각이 더 간절해지기도 하겠지."

그런데 그때 일행이 아예 입을 다물고 말게 한 의외의 일이 벌어졌다.

"두만강 푸른 물에 노 젓는 뱃사공……"

이 원장이 느닷없이 그 먼 호면과 맞은편 산줄기를 향해 목청껏 노래를 불러 보내기 시작한 것이다.

"흘러간 그 옛날에 내 님을 싣고 떠나간 그 배는……"

어딘지 좀 서투르고 청승스럽기까지 한 음조였으나 노래가 계속될수록 늙은이 나이답지 않은 뜨거운 무엇이 가슴속 깊은 곳에 끓어오르고 있는 듯한 소리였다.

"그리운 내 님이여 그리운 내 님이여 언제나 오려나……"

막막하고 애절한 호소가 담긴 소리. 한편으로 이상하게 가슴속이 서늘해오는 노여움기마저 서린 소리. 그 이 원장의 절절하고

투박스런 노랫소리가 끝났을 때 일행은 아무도 더 입을 열려고 하지 않았다.

"고향이…… 여기서 가까운 곳입니까?"

잠시 뒤에 다만 강준호 원장만이 조심조심 다가가서 위로 삼아 한마디 물었을 뿐이었다. 그리고 아직 눈가에 가는 이슬기가 어려 맺힌 이 원장의 창연스런 대꾸에 이번에는 그 강준호마저 더 무슨 말을 건넬 수가 없게 되고 말았다.

"여기서라 해도 그리 가까운 곳은 아니지. 하지만 저 천지수는 두만강으로 흘러흘러 지나갈 수 있는 곳이제. 난 원래가 무산골 태생이거든."

그런데 그로부터 아무도 예상을 못한 기이한 일이 잇따랐다. 일행이 이윽고 천지 구경을 마치고 내려와 장백폭포 근처에서 온천 목욕까지 다 끝내고 났을 때였다. 다른 사람들은 모두 먼저 옷을 입고 기다리는데 이 원장만이 웬일인지 좀처럼 탕에서 나오지 않고 있었다. 기다리다 못한 강준호가 무슨 변이라도 생겼나 싶어 탕 안으로 되돌아가 보니 이 원장은 과연 뜻밖에 희한한 행사를 벌이고 있었다. 탕 안에 남은 이 원장은 혼자 그 탕 구석 배수구 앞에 누런 플라스틱 바가지로 겨우 앞가랑이만 가린 채 벗은 몸을 쭈그리고 앉아 지금 막 벌겋게 용을 써대고 있는 중이었다. 그리고 강 원장이 미처 사태를 알아차리기도 전에 자기 쪽에서 먼저 어색스런 손사래를 쳐대며 모처럼 후련스런 기분을 참지 못해 하는 것이었다.

"뚫렸어! 이놈의 빌어먹을 칠대롱 속이 이제사. 아까 산에서부터 배 속이 이상하게 움찔거리기 시작하더니."

(1993)

아우 쌍둥이 철만 씨

대수 씨가 애초에 만나고 싶어 한 것은 그 유명한 재담가 배길만 씨였다. 대수 씨는 처음 운 좋게 바로 그를 만난 줄 알았었다. 그러나 그가 퇴근길에 아파트 현관께에서 만난 것은 길만 씨가 아닌 그의 쌍둥이 아우 배철만 씨였다.

'럭키금성'과 '돌고래' 팀 간에 1994년도 한국 야구의 자웅을 겨루는 잠실야구장 쪽은 밤공기가 썩 차가워진 이 가을 저녁 10시가 넘어서까지 그 휘황한 조명과 우렁찬 함성 속에 뜨거운 열기를 뿜고 있었다.

귀가 멍멍해지는 소란기를 뒤로하고 먼저 사무실을 빠져나온 매표관리원 대수 씨는 운동장 건너편 주공아파트 4단지 7동의 자기 집 근처에 이르러 잠시 발길을 멈추고 그 운동장 쪽의 환한 하늘을 바라다보았다. 그리곤 공연히 자신도 알 수 없는 막막한 심사 속에 막 아파트 현관 쪽으로 발길을 옮기려던 참이었다. 그

때 그 행운의 발자국 소리가 등 뒤쪽에서 들려왔다. 조금 전 자신이 어깨를 늘어뜨리고 터벅터벅 헤쳐온 어둠 속으로 그를 뒤따라오는 차분한 발자국 소리.

대수 씨는 지레 어떤 설레는 예감 속에 문득 다시 발길을 멈춰 선 채 그 발자국 소리를 기다렸다. 그의 예감대로 어둠 속을 빠져나와 아파트 현관 불빛 속으로 들어선 발자국 소리의 주인은 대수 씨가 TV에서 자주 얼굴이 익어온 재담가 배길만 씨가 분명했다. 이 며칠 전, 가노라는 인사 한마디 없이 낮 동안에 살짝 짐을 옮겨버린 젊은 세무공무원 부부와 이웃을 바꾸어 들어온 배길만 씨. 예상치도 않게 이사를 들어온 지 며칠 만에 그를 이렇듯 쉽게 면대할 수 있게 되다니…… 더욱이 배길만 씨는 다른 이웃들과 달리 그의 만만찮은 유명도로 하여 대수 씨가 이미 상당량 신상사를 알고 있는 처지가 아닌가. 대수 씨는 모처럼 만의 기대와 무관스런 친근감 속에 그의 앞을 무심히 스쳐 지나가려는 배길만 씨 앞으로 불쑥 발길을 가로막고 나섰다.

"저 배길만 선생님이시죠? 이렇게 뵙게 되니 반갑고 영광스럽습니다. 저는 선생님 댁과 바로 이웃 102호에 살고 있는 허대수라고……"

자신도 모르게 길만 씨의 그 두툼한 손아귀를 낚아 쥐려는 시늉까지 곁들여가면서였다.

그런데 웬지 그런 대수 씨의 호의 어린 알은체 인사에 상대방은 늘상 그 호인풍으로 익어온 얼굴빛은 온데간데없이 그저 묵연하고 오연스럽기만 한 표정으로 대수 씨가 내민 손길을 얼른 피해서버렸다. 하더니 그는 또 이내 사정을 짐작하고 자신의 행동이 좀 지나쳤다 싶었던지 불쑥 대수 씨의 말꼬리를 자르고 들었다.

"아, 사람을 잘못 보신 것 같군요. 전 배길만이가 아니고요. 그 양반 아우 되는 배철만이란 사람입니다."

그리고는 이쪽이 미처 당황해할 틈도 없이 그대로 현관 쪽으로 발길을 옮기려다 말고 그 실수의 무고함을 한번 더 확인해주듯 덧붙여오는 것이었다.

"그런 혼동을 하시는 분들이 많지요. 우리는 쌍둥이 형제간이 되어놔서요."

몇 순간에 금세 사람이 달라진 듯 농기 띤 목소리에다 얼굴엔 잠시나마 그 친숙한 배길만 씨의 호인풍 웃음기까지 흉내 지어 보이던가.

쌍둥이 형제간이라……!

졸지에 어안이 벙벙해 있던 대수 씨는 그러니까 그 철만 씨가 먼저 아파트 현관 안으로 사라져 들어간 뒤에서야 사정을 제대로 이해하게 된 격이었다.

— 그러면 그렇지. 처음부터 어쩐지 길만 씨답지 않게 성깔이 데데한 인상이더라니. 제아무리 유명인이래도 길만 씨 본인이라면 초대면의 이웃에게 그렇게 나왔을 리가 없겠지. 그런데 길만 씨에게 저런 쌍둥이 아우가 있었다니. 얼굴은 고사하고 손모양새까지 저렇게 한판에 찍어낸 것 같은 위인을 한집에 데리고 살고 있으니 이런 낭패가 생길 수밖에……

하지만 대수 씨는 이날의 실수가 그다지 언짢게 생각되지만은 않았다. 그 실수가 자신의 경망스러움 탓만이 아님이 분명해진 데다, 그 동생 철만 씨가 뒤에나마 금세로 태도를 바꾸어 농기 섞인 해명의 소리를 남기고 간 때문이었다. 이를테면 그로 하여 대수 씨의 그 오랜 이웃사람 관심에 대한 자기 신뢰와 자신감이 회복된 것이랄까. 잠시 예기치 못한 상황으로 맥없이 움츠러들 뻔하던 그의 이웃에 대한 사심 없는 관심이 그로부터 서서히 되살아 움직이기 시작한 것이다. 무엇보다도 길만 씨에게 그런 쌍둥이 아우가 있다는 사실, 더욱이 그가 그 쌍둥이 아우와 한집에 기거하고 있다는 사실은 그가 이미 낯익은 유명인임으로 하여 지금까지 공개돼온 몇 가지 신상사에 더하여 대수 씨에게는 참으로 새롭고 소중한 정보가 아닐 수 없었다. 그것은 그 아우 철만 씨를 만난 덕이었고, 그에게서 얻게 된 망외의 선물인 셈이었다. 그런 점에서 대수 씨는 그 철만 씨와의 일이 언짢기보다 오히려 고맙고 다행스럽기까지 하였다.

하여 대수 씨는 새삼 심사가 느긋해져 자신도 천천히 아파트 현관 쪽으로 발길을 옮겨 들어갔다. 그리고 이번에야말로 새 이웃과의 일이 잘 풀려나가리라는 부푼 기대 속에 그의 집 문 앞, 길만 씨네와 출입구를 마주한 102호 앞에 이르러 모처럼 의기양양 그의 늦은 귀가를 알렸다.

"당신 한동안 잠잠하더니 그 괴벽 고질병이 또 도진 모양이구랴."

문을 들어서면서부터 늦은 저녁을 끝낼 때까지 내내 목소리가 들뜨고 있는 허대수 씨의 새 이웃 이야기에 그의 아내는 시종 시답잖아하는 얼굴을 하고 있다가 그렇게 간단히 결론을 짓고 말았다. 그 아내의 비아냥기 어린 말을 듣는 순간 대수 씨의 눈앞에선 늘상 그래 왔듯 그 비좁은 매표구를 끊임없이 들락이던 수많은 손들의 환영이 잠시 어지럽게 지나갔다.

"고질병이라니?"

대수 씨는 아내의 심사가 뻔해 보였으나 반사적으로 그 눈앞의 환영을 쫓아 지우려듯 핀잔기 섞어 되물었다. 그러나 아내 또한 그쯤 간단히 물러서주지 않았다.

"이웃집 일에 공연히 신경을 곤두세우는 당신의 점잖지 못한 호기심 말예요. 새 이웃이 바뀌어 들어오기만 하면 남의 일에 이것저것 알은척을 하고 들다가 무안을 당한 것이 한두 번이었어요? 그러고도 아직 칙칙하게 남의 집 일 엿보려는 버릇을 못 버렸다면 그 점잖지 못한 취미가 이젠 아예 고질병으로 자리 잡고 만 거 아니냔 말예요."

이웃이 바뀔 때마다 되풀이되어온 아내의 질책이었다. 자연히 부질없고 비슷한 말다툼이나 한참 더 이어져나갈밖에 없었다.

"그것이 그냥 호기심이나 취미로 남의 일을 엿보자는 노릇인가. 내 집 가까이로 살러 온 사람들이니 이웃으로 한번 의좋게 지내보자는 노릇이지. 이웃하고 격의 없이 어울리며 지내려니 그 사람들 집안 형편이나 신상사들을 미리 좀 알아봐두자는 거고…… 그런 걸 무슨 점잖지 못한 호기심이나 괴벽스런 취미로 보다니. 이런 게 외려 정말로 사람 사는 일인 게여. 사람답게 살아가는 일!"

"그래 그 이웃들이 한번이나 당신의 그 갸륵한 이웃사랑 정신을 고마워한 적이 있었어요? 고마워하기커녕은 되레 귀찮고 실없어하거나 수상쩍어하는 눈길 속에 경계나 하기 일쑤였지요. 심지어 전번에 살던 세금쟁이네한테는 출신이 의심스럽다고 모욕 섞인 면박까지 당하지 않았어요."

"그것이 어디 이쪽 허물 탓인가. 사람의 참뜻을 못 알아보고 이웃 간에 공연히 고슴도치처럼 제 속으로만 웅크러들며 남을 의심하고 경계나 할 줄밖에 모르는 덜된 인간들의 잘못이지. 하다 보니 이쪽에선 더 궁금증이 동할 수밖에 없고, 그래저래 당신한테까지 그 노릇이 썩 점잖지 못한 괴벽 취미로나 보이게 된 거고…… 하지만 이번엔 꽤 희망이 있어 보여. 아직은 직접 본인을 만나보지 못했지만 이번에는 배길만 씨가 제법 유명인으로 신상사가 알려져온 터인 데다 그 쌍둥이 아우까지 상당한 도움을 주고 있거든. 그 아우로 보아 사람들의 됨됨이나 경우들이 다른 때하곤 확실히 달라……"

대수 씨는 거기서 다시 자신의 속마음을 점검하듯 일방적인 희망을 길게 늘어놓았다. 그러면서 재삼 그 길만 씨네에 대한 신뢰를 스스로 다짐하고 확인해나갔다. 이번 배길만 씨네에 대한 기대가 그만큼 크고 깊었기 때문이다.

배길만 씨는 원래 TV방송국의 재담 전문가가 아니었다. TV 방송 출연 초기에는 남도 판소리를 하다가, 진짜 소리보다도 중간중간의 만담조 사설 아니리로 시청자를 많이 웃겨, 나중에는 아예 그 헐찍하고 구수한 사설조 재담으로 이런저런 대화 프로그램의 곁이야기를 거드는 단골 출연 인사로 자리 잡아온 인물이었다. 세상사를 온통 다 꿰뚫고 있는 듯한 그의 걸판진 이야기풍은 그가 어떤 심한 말을 지껄여도 그다지 허물을 사거나 밉보이는 데가 없는 데다, 출연 프로그램의 흐름이나 분위기와는 상관없는 엉뚱한 헛소리로 자주 실수를 저지르고 드는 데서까지도 거꾸로 성가가 더해온 덕이었다. 그러니 그의 그런 실수는 물론 허튼 부주의나 모자람에서가 아님이 분명했다. 놀부의 욕심이나 뺑덕어멈의 못된 심성, 매품거리를 가로채인 흥부의 넋두리나 사위 이도령의 본색을 알고 나서 일순간에 마음이 달라진 춘향모의 얕은 심지 따위, 길만 씨가 이따금씩 이야기 중에 뛰어들어 엉뚱하게 늘어놓는 소리판 사설들은 그 해학적인 내용 자체로 좌중의 분위기를 크게 일신시켜나가는 효과가 많았지만, 그런저런 사설에 빗대어 실수인 듯 고의인 듯 임의대로 세상사를 재단하고 그 혼자 독단으로 좌중의 막힌 이야기 물꼬를 새로 터 열거나 자기 식으로 흐름을 바로잡아나가는 솜씨는 아무래도 그저 무심스런 우스갯짓 놀음기로만 볼 수가 없었다. 그것이 그가 요량한 계산된 화술의 결과는 아니더라도 그의 그런 행투는 때로 세상일의 어려운 매듭들을 자유자재 맺고 풀어나가는 가위 달인의 풍모에까지 버금가 보일 때가 있었다. 그런 달인의 깊은 인간미와 거리낌 없는 처세행의 자연스런 넘쳐남이 아닐 수 없어 보였다.

그런 배길만 씨가 먼젓번 위인들처럼 공연히 제 얼굴을 숨기며 살려 할 리가 없었다.

그러나 남편의 거듭된 낭패로 사람을 대하는 철학이 달라진 것인지 아내는 이제 그런 대수 씨뿐 아니라 유명인 새 이웃 배길만 씨까지 싸잡아 불신을 하고 나섰다.

"그래 봐야 다르긴 뭐가 달라요. 전번 사람들은 뭐 첨서부터 그런 식으로 인색하게 대해왔어요? 당신 말대로 그 사람들도 처음엔 우릴 허물없이 잘 대해왔었잖아요. 슈퍼 거리나 교회 같은 데서 만나면 그 여편네들도 첨엔 다른 사람 한가지로 이쪽을 친절하게 대해줬구요. 그러다 그 사람들이 우리를 의심하고 경계하게 된 것은 그 사람들 개인 일에 당신이 불편스레 늘 곁눈질을 일삼는 걸 알아차리고부터였다구요. 슈퍼 거리나 교회, 그런 데서 만난 그대로 그 사람이 그냥 그 사람이거니 지내잖고 거기서 무얼 더 알아볼 일이 있다고 자꾸 귀찮게 치근덕거리고 드니, 그런 이웃을 누가 계속 좋아하겠어요…… 이번 사람들도 분명 마찬가질 거예요. 우리가 TV에서 보고 알고 있는 배길만 씨 그 사람이 우리 이웃집 배길만 씨 바로 그 사람일 거예요. 그 말고 우리 이웃에 살고 있는 다른 배길만 씨가 어디 또 있겠어요."

아내는 애저녁에 남편의 부푼 기대를 꺾어버릴 결심인 모양이었다.

하지만 그게 대수 씨에게는 물론 어림도 없는 일이었다.

"아니 그렇지 않아. 지금까지 그 사람들에게 다른 얼굴이 없었다면 내가 이웃으로 좀 그렇게 나간대서 이쪽을 새삼스레 꺼려할 까닭이 없었겠지. 이쪽의 호의와 관심을 그렇게 불편해할 것도 없었을 테고. 바깥에서와 안에서의 사람이 달랐던 거야. 바깥에서의 얼굴이 가짜였거나 적어도 그것이 전부는 아니었어. 어느 쪽이 진짜였든 집 안에선 밖에서와 다른 얼굴을 지니고 살고 있는 게 분명했어. 나는 아무래도 한쪽만으론 부족해. 그래 이웃으로 그 다른 한쪽을 마저 알고 싶었던 거야. 그래야 그 사람을 제대로 아는 거고, 화목한 참이웃이 될 수도 있었을 테니까. 그야 이번에는 물론 경우가 다르지. 나는 이미 TV의 배길만 씨를 알고 있어. 그리고 그를 믿어. 오늘 밤 그의 아우를 만나보고 나서 그것을 다시 확신했어…… TV에서 익어온 사람의 성품으로 해서나 인상으로 해서나 그에겐 물론 다른 얼굴이 없겠지. 하지만 그렇더라도 나는 그것을 확실히 해두고 싶은 거야. 이번의 길만 씨에게 알고 싶은 것은 다만 그것뿐이야……"

그는 아내의 만류를 뿌리치고 길게 자신의 초지를 관철해나갈 결의를 재다짐했다. 그리고 그간 아내가 잠잠해 있는 것을 보고 웬만하면 거기 더해 그 밴댕이 속 같은 아녀자의 비좁은 속을 나무라서 동네 반상회 때나 무슨 기회가 닿으면 그녀에게도 새 이웃의 동정을 좀 살펴오랄 참이었다. 그런데 한동안 입을 다물고 있던 아내는 그런 남정의 속내를 미리 알고 만사를 단념한 듯 그쯤에서 얼핏 자리를 피해 일어나 거실 쪽으로 옮겨나가고 말았다. 그러면서 대수 씨가 알아듣거나 말거나 혼잣말 비슷이 오금을 박아왔다.

"난 모르겠으니 당신 알아서 하시구랴. 하지만 당신이 굳이 그러지 않아도 그 TV의 배길만 씨가 우리 이웃 배길만 씨인 것은 틀림이 없을 테니 공연히 똑같은 망신은 되풀이하지 마요. 당신 말마따나 이번에도 당신의 괴벽 탓에 그 반쪽 이웃까지 잃는 일이 없게 하란 말예요. 전엣사람들하고도 그러다 늘 찜찜하게 담을 쌓고 살게 됐지 않았어요."

다행스럽게도 이튿날 대수 씨는 소망하던 배길만 씨, 진짜 유명재담가인 형 쌍둥이 길만 씨를 만났다. 전날에 아우 철만 씨를 만난 것과 비슷한 늦저녁 퇴근길, 역시 전날과 그리 멀지 않은 아파트 앞 놀이터께에서였다.

그런데 그 또한 예언 좋아한 그의 아내도 미처 예상을 못한 어이없는 실수를 통해서였다.

이날도 어쩌면 다시 그를 만나게 될지 모른다는 기대나 예감을 지울 수 없어서였을까. 대수 씨는 퇴근길에 그의 동에 인접한 아파트 놀이터의 벤치에 걸터앉아 잠시 담배를 피우며 쉬고 있었다. 그때 과연 예감을 적중해오듯 등 뒤쪽 어둠 속에서 발자국 소리가 들려오고, 그가 앉아 있는 놀이터 불빛 속으로 전날의 아우 쌍둥이 철만 씨가 나타났다. 대수 씨가 그를 아우로 본 것은 일방적이나마 이미 전날에 인사를 건넨 일이 있었고, 그 차림이나 걸음새가 전날의 그하고 똑같아 보인 때문이었다. 게다가 처음 얼굴을 드러냈을 때의 그 묵연하고 오연스런 표정의 첫 분위기까지 똑같았다.

"아, 오늘도 역시 귀가가 늦으시는군요. 저도 지금 막 퇴근을 해 오는 길입니다만…… 어제는 참 실례가 많았습니다!"

대수 씨는 거리낌 없이 자리를 털고 일어서며 전날의 실수도 사과할 겸 허물없는 어조로 알은체 소리를 건넸다. 그런데 그 순간 바로 전날과 똑같은 일이 벌어졌다.

"누구신지……?"

그는 졸지에 일면식도 없는 사람에게 길을 가로막힌 것처럼 그 묵연스럽던 얼굴색이 더욱 무겁게 굳어지며 그를 빤히 쳐다보았다. 그러더니 이번에도 금세 사정을 알아차린 듯, 그러나 자기 쪽 실수가 아닌 터에 새삼 안색을 바꿀 일이 없다는 듯 그저 좀 정중하고 방심스런 어조 속에 대수 씨의 거듭된 실수를 일깨워왔다.

"아, 알겠습니다. 어제 제 아우가 뵌 일이 있다더니, 이웃집분이시군요. 전 배길만이라고 그 쌍둥이 아우의 형 되는 사람입니다. 그럼……"

그러니 그가 바로 진짜 새 이웃 유명인 배길만 씨였던 것이다.

하지만 길만 씨 역시도 그런 식으로 전날의 아우처럼, 이쪽에서 미처 그 손모양새를 살펴서 자신의 실수를 확인해볼 겨를이 없이, 그래 새삼 반가운 응대를 보낼 만한 여유를 주지 않은 채 곧바로 제 할 말만 던져놓고 자리를 비켜 가버리는 것이었다. 전날의 아우와 다른 점이 있었다면 철만 씨 쪽은 나중 퍽 부드러워진 얼굴로 이쪽의 민망한 기분을 달래주고 간 데 반해, 이날의 형 길만 씨 쪽은 어딘지 좀 방심스러우면서 정중한 말투처럼이나 굳어 있던 얼굴 표정 그대로 그냥 발길을 재촉해 가버린 것이었다. 그리고 그 점은 대수 씨가 TV에서 보고 익어온 배길만 씨의 그 구수한 인간미나 호인풍 분위기와도 매우 어울려 보이지가 않았다.

—그 참! 아무리 쌍둥이간이라지만 얼굴 생김새들은 그리 똑

닮아가지고…… 진짜 배길만 씨는 어째 그 아우 쪽이 더 배길만 씨다운 꼴인가……

허대수 씨는 어쨌거나 허깨비에라도 홀린 듯 혼란스러워진 머릿속을 잠시 침착하게 가다듬고 나서 자신도 이젠 그 길만 씨의 발자국 소리를 따라 천천히 집을 향해 걷기 시작했다.

이날도 모양새가 그리 좋은 편이 못 됐지만 기분은 또 그런대로 나쁜 것 같지가 않았다. 이제는 어쨌거나 진짜 배길만 씨 본인을 만나본 것이다. 그리고 그의 겹치기 실수에도 불구하고 길만 씨의 응대에는 그래도 전 사람들하고는 썩 다른 데가 있었다.

대수 씨가 이 잠실지구 주공아파트 단지 7동 터줏대감으로 102호 한 집에 18년이란 짧지 않은 세월을 묻고 사는 동안 이웃 101호 집을 거쳐 지나간 사람은 셀 수도 없이 많았다. 식육점 가게를 하는 중년 부부에서부터 동네 아이들의 과외공부를 가르치는 퇴직 여교사, 바로 얼마 전에 배길만 씨네와 바꿔 들고 나간 8급 세무공무원, 나라의 중요한 안보정보를 다루는 기관 사람, 무슨 환경보호단체의 일을 한다는 독신녀, 심지어는 여자의 벗은 몸만을 전문으로 그린다는 나체화가에 이르기까지, 갖가지 직업과 계층의 사람들이 대수 씨네 이웃으로 몇 달씩 혹은 몇 년씩 101호 집을 거쳐갔다.

하지만 대수 씨는 그 이웃들과 늘 우애롭게 지내고 싶은 천성의 소망을 지녀왔음에도 그 소박하고 간절한 소망이 한 번도 이루어진 적이 없었다. 이웃과 우애로우려면 이웃을 알아야 하고 역으로 그 이웃을 알아가는 것 자체가 바로 화목과 교유의 길이랄 수도 있는데, 그 이웃을 아는 일이 도대체 불가능했다. 아내의 말마따나 처음 동네 거리나 알뜰시장, 교회 나들이길 같은 데선 별 까다로운 데가 없다가도, 무슨 개인 일이나 생업 따위에 대해 이웃으로서의 우의 어린 관심을 보일라치면 예외 없이 금방들 얼굴색이 변하며 벙어리 꼴이 되어버렸다. 거기다 더 이쪽의 호의를 얹으려다간 아내의 말처럼 그저 귀찮아하거나 경우가 없어하는 면박 정도가 아니라, 이쪽을 의심하고 경계하기를 서슴지 않으며 때로는 노골적인 적의를 드러내기까지 하였다.

— 요즘 식육점에선 진짜 한우고기만 팔아선 수지가 안 맞는다면서요?

— 과외공부하는 아이들, 돈 많은 집 아이들만 하는 게 아니라죠?

식육점을 한다는 여자에게, 과외공부 선생에게 이웃으로 허물없는 말길을 트고자 웃음 지으며 물었을 때, 그가 당한 면박이 그런 경우들이었다. 정보일을 한다는 관리에게 고향이 어디냐고 물었을 때, 나체 그림 전문화가에게 여자의 맨몸을 그리려면 정말로 여자를 발가벗기느냐고 물었을 때, 그 경멸기 어린 침묵과 섬뜩한 경계의 눈초리는 더욱 잊혀지지가 않았다.

대수 씨는 그것을 이해할 수가 없었다. 그리고 그것을 늘 안타깝게 여겼다. 그나마 늘 이웃이 새로 바뀌어 드는 바람에 한 상대에 대한 실망감이나 그걸 회복하려는 노력이 길게 갈 수는 없었지만, 그런 만큼 새 이웃이 바뀌어 들어올 때의 기대는 더욱 크고 간절할 수밖에 없었다.

그러니까 이번의 배길만 씨의 경우는 그의 기대처럼 그런대로 시작이 꽤 괜찮은 편이었다. 그는 첫 대목서부터 입을 막고 벽을 쌓으려 들던 먼젓사람들과는 달리, 그의 실수를 바로잡아주는 성의를 보였고, 그 몇 마디 대응 속에서나마 별다른 경계의 빛 없이 자기 신상사의 일면을 내보여준 것이다. 그것은 그의 성품처럼 바깥세상에 알려진 얼굴 외에 집에서 따로 지니고 지낼 다른 얼굴이 없음을 말해주는 것일 수 있었다. 그야 물론 길만 씨도 처음 본 인상이 TV에서 익어온 것과는 많이 달랐던 게 사실이었다. 그런 그가 금방 안색을 풀고 나섰던 전날의 아우와 달리 그 무겁게 웅크린 표정 그대로 자리를 떠나고 만 것도 좋은 인상은 아니었다. 그러나 그것은 그가 바깥일로 그만큼 피곤해 있었거나 대수 씨의 느닷없는 알은체에 미처 자신을 가다듬을 틈이 없었던 탓일 수 있었다. 허대수 씨로선 그렇게 이해하고 싶었다.

한데다 길만 씨에겐 그 당자보다 더 길만 씨다워 보이던 아우 철만 씨가 있었다. 경우에 따라선 제법 친숙한 융통성을 보여온 그 아우의 도움을 구할 수도 있었고, 어쩌면 그 아우 철만 씨와의 우의만으로 해서도 이웃으로서의 오랜 숙원이 풀릴 수 있을 것 같았다.

이래저래 이번엔 어느 때보다 희망이 많았다. 아직은 형과 아우의 손 모양새조차 확연히 구별을 못 지을 형편이었지만, 조짐들이 그렇듯 희망적일 수 없었다. 그래 그는 이미 새 이웃과의 화목한 이해와 교유의 길을 활짝 열어나가고 있는 듯한 흔찮은 자신감 속에 그리고 그 물색없는 잔소리꾼 아내가 기다리고 있을 집을 향한 발걸음이 전에 없이 조급해지며 그 혼자 한 번 더 속마음을 다짐했다.

—글쎄, 이번에도 일을 제대로 이루지 못한다면 그 무슨 낭패며 이웃의 도릴 것인가 말여!

이후 한 주일 동안 허대수 씨는 그 한국시리즈가 끝날 때까지의 늦은 퇴근시각을 전후하여 배길만 씨 형제를 세 번 더 만났다. 이쪽 저쪽의 귀갓길이나 시간이 반드시 일정하지가 않았지만, 그 한 주일 동안 대수 씨는 아우인 철만 씨를 두 번이나 더 마주친 데 비해 101호의 주인 격인 형 길만 씨와는 그를 처음 본 바로 이튿날 단 한 차례밖에 그런 기회를 더 못 가진 것이다. 그리고 그 세 번의 만남에서도 아우 철만 씨는 여전히 이웃다운 얼굴과 말씨 속에 썩 기분 좋은 알은체 인사를 나누고 간 데 반해 형 길만 씨 쪽은 그 두번째의 마주침에서조차 전날의 그 무겁고 오연스런 표정 속에, 더욱이 그 밖에서의 배길만 씨답지 않게 여전히 점잖고 방심스런 응대 속에 간단히 그를 비켜가버린 것이다. 하기야 전후 다섯 번의 마주침 중에 대수 씨가 사람을 옳게 알아본 것은 겨우 나중의 아우 철만 씨 한 번뿐이었으니, 그런 대수 씨가 누구에게도 유쾌해 보일 리는 없었겠지만, 같은 실수의 경우에도 철만 씨의 경우엔 응대가 달랐던 것이다.

동네에선 아직 그 TV에서의 배길만 씨는 만나보질 못했달까.

하고 보면 역시 그 TV 속의 길만 씨처럼 격의가 좀 덜하고 인간미가 더한 것은 아무래도 형 쪽보다 철만 씨 쪽인 듯만 싶었다.

그리고 그것은 대수 씨의 불퇴전의 의지와 거듭된 기다림으로 결국 사실로 판명됐다.

"슈퍼에서나 어디서나 그 집 여편네 매양 그렇고 그런 아낙이던걸요. 뭘. 무슨 얘기에나 조잘대기 좋아하고. 글쎄, 그 집 쌍둥이 남편과 시동생 간 이야기에도 거북해하는 기색이 없이 그저 샐샐 웃기만 하더라구요…… 그런데 그 사람들한테서 뭘 더 알겠다고 날마다 그 망신 살 웃음거리냔 말예요. 내일부턴 제발 그 푼수 노릇 그만하고 곧장곧장 집으로 들어오시라구요."

말이야 어찌했든 아내도 그 쌍둥이 길만 씨 형제 사이의 일에는 은근히 호기심이 동했던 것일까. 그래 그간에 어떤 기회를 얻어 그쪽 안식구의 속내를 집적이고 들어본 것인가. 대수 씨가 그 아우 철만 씨와의 세번째 마지막 면대에서 다시 사람을 잘못 알아보고 제풀에 웃음거리가 되어 돌아오던 날 아내는 전에 없이 그를 더 난감하고 한심스러워하였다.

하지만 대수 씨는 그런 아내의 공박과 호소에도 그의 뜻을 호락호락 굽힐 생각이 없었다.

그래도 그 이튿날도 아내의 충고를 무시한 채 계속 그 이웃사촌을 기다렸다가, 그 끝에 또 네번째로 형 길만 씨 대신 철만 씨를 만난 것이다. 한국시리즈가 끝나고 모처럼 만에 이른 저녁 운동장을 빠져나와 예의 그 4단지 집 근처 놀이터에 이르러 이날은 별 기대도 없이 버릇대로 담배 한 대를 피워 물고 앉아 있을 때였다. 이날따라 그쪽도 다른 날보다 바깥일이 일찍 끝났던지 그 비슷한 시각에 모습을 따라 나타냈다.

물론 이번에도 그 상대방이 어느 쪽인지 처음엔 그리 확연치가 않았다. 하지만 이날은 곧 사실이 밝혀졌다.

"허, 이거 오늘도 여기서 다시 뵙게 되는군요."

놀이터 불빛 속으로 모습을 드러내고 들어서는 그를 보고 잠시 긴가민가하다가 인사부터 건네고 난 대수 씨는 그의 그런 알은체에 그 얼굴빛과는 달리, 그리고 그 형 길만 씨와도 완연히 달리, 별 경계의 빛을 띠지 않는 편한 손 모양새로 하여 이내 그 상대방이 아우 철만 씨 쪽임을 확신하게 된 것이다. 전날의 실수들과 그것을 더 되풀이하지 않으려는 그의 세심한 관찰력 덕분이었다.

하지만 대수 씨는 그것을 확인하고 나자 그 연거푼 아우 쪽과의 면대에 잠시 자신도 모르게 맥이 풀린 느낌이었다. 그러면서도 한편으로는 형 쪽보다 수더분하고 허물이 덜한 그를 만난 것이 오히려 반갑게도 여겨져, 어쩌면 이날 그가 맘속에 기다리고 있었던 것은 형 길만 씨가 아닌 철만 씨 쪽이 아니었던가 스스로 심사가 아리송해지기도 하였다.

그런데 처음 어이가 없고 맥이 풀린 느낌은 아우 철만 씨 쪽도 역시 마찬가지였던 모양.

"아, 오늘은 또 웬일로 이렇게? 오늘은 다른 날보다 퇴근이 많이 빠르시군요……"

무심히 길을 걸어오다 먼저 그를 알아보고 불쑥 알은체 소리를 건네고 나서는 대수 씨의 출현에 그도 퍽 의외였던 듯 심히 당황스런 안색에 어정쩡한 어조였다. 그의 그답지 않은 그런 태도는 금세 그 텁텁한 '아우' 쪽으로 돌아갔지만, 당황스러움 대신 이

읏고 맥이 풀린 듯한 웃음기가 번져나는 그 얼굴 한구석엔 분명 어떤 체념이나 낭패의 빛 같은 것이 스쳐 지나간 것이다.

하지만 그런 건 이날 허대수 씨에게 별 문제가 될 게 없었다.

"어떻습니까, 우리 오늘 모처럼 이렇게 일찍 만난 김에 어디 가서 술 한잔 안 하시겠어요?"

도대체 무슨 대책이 안 서는 듯한 얼굴로 잠시 머뭇거리고 있던 철만 씨가 갑자기 작심을 내린 듯 선뜻 예기찮은 제의를 하고 나선 것이다. 대수 씨로서야 일테면 불감청이언정 고소원 격이라 거기 더 무슨 망설임이나 경우 따윌 가릴 여지가 없는 일이었다. 길만 씨 그 사람이 아니면 어떠냐. 길만 씨가 아니더라도 대신 그 아우와의 돈독한 교의로 이웃으로서의 우의를 도모해나갈 수 있는 일 아니냐…… 대수 씨는 그 아우 철만 씨의 호의와 사람됨에 새삼 더 흥미와 관심이 끌리기 시작한 것이다.

하여 이날 밤 대수 씨들은 다시 그 아파트 단지를 빠져나가 맞은 편 새마을시장 쪽의 먹자골목께로 건너갔다. 그리고 거기 그 아우 쪽과 이웃 간의 우의를 다질 만한 조촐한 주점을 찾아 들어가 꽤나 긴 시간 술잔과 이야기를 함께 나눴다.

그런데 바로 그런 경우의 만남을 행운이라 말하는 것인지. 그와 한동안 이야기를 나누다 보니 대수 씨가 그 아우를 통해 새 이웃 간의 우의를 도모해나가기로 한 것. 그걸 위해 길만 씨보다 아우 철만 씨 쪽에 새로운 관심을 기울이기 시작한 것이 새삼 참으로 잘한 일로 생각됐다. 철만 씨는 예상대로 자신에 대해서나 형 길만 씨에 대해서나 별로 이야기에 인색함이 없었고, 나아가 이쪽 대수 씨의 일이나 이야기에 대해서도 이웃으로서의 충분한 관심을 기울여왔다. 사람의 됨됨이가 그간에 대수 씨가 잠깐씩 마주쳐 느끼고 짐작해온 바보다도 훨씬 더 신선하고 정의로워 보인 것이다.

"아무리 쌍둥이 형제분이시라지만 어떻게 손 모양까지 그리 꼭 닮으실 수가 없군요. 전 아직도 그 손 모양새나 표정으론 두 분을 구별할 수가 없어요."

손님이 뜸한 간이주점의 구석 자리를 차지하고 앉아 일차 서로 상대 쪽 술잔을 채워 반만큼씩 목을 축이고 난 두 사람의 이야기는 처음 그 대수 씨의 감탄 섞인 남의 손살핌 버릇에서부터 풀려 나갔다.

"아까부터 계속 제 손을 살피고 계시던데 혹시 취미로 수상을 보십니까? 사람들은 대개 손보다 얼굴로 사람을 알아보고 구별하는 편이라서 말입니다."

대수 씨의 흔치 않은 손살핌 버릇에 철만 씨는 처음부터 의아스런 속내를 매우 솔직하게 드러내 보였다. 그런 철만 씨 앞에 허대수 씨 또한 한껏 허심탄회해지지 않을 수 없었다.

"수상을 본다기보다 남의 손 모양을 좀 유심히 살피는 버릇이 있어서요. 제 일자리가 워낙 그런 곳이거든요. 아시는지 모르지만, 전 이 건너 야구장 매표 관리일을 맡고 있어요."

대수 씨의 어조에는 말의 내용과는 달리 은근한 신명기가 실리기 시작했고, 그런 만큼 첫 대목부터 이야기가 꽤 길어졌다.

"뭐랄까…… 그러니까 하루 종일 비좁은 매표구 뒤에 갇혀 앉아 간단없이 구멍을 드나드는 손을 세고 상대하는 일…… 그런 세월이 어언 십수 년을 흐르다 보니 자연 그 손들을 사람의 꼴로 여기게 되고, 손 모양새로 사람을 짐작해보는 버릇이 붙게 된 것이지요. 그것이 어떤 땐 손 모양새나 그 표정으로 사람의 용모 성격 신분까지 알아맞히는 점쟁이 취미로까지 발전하게 된 거랄까요. 이거 다 사람을 제 모습대로 못 보고 살아온 위인의 기벽 같은 거겠지요."

"그거 참 재미있는 취미시군요. 사람의 손 모양에도 표정이 있다니…… 그런데 그런 재주로도 우리 형제의 손 모양을 구별할 수가 없으시다면 그럼 무엇으로 우릴 구분해왔습니까. 오늘도 그러셨지만, 선생께선 차츰 저하고 형 사이를 구별해 알아보시는 것 같던데요."

대수 씨의 솔직하고 격의 없는 고백 투에 철만 씨도 기대 밖의 진지한 관심을 표하고 나서, 이번에는 우연찮이 그 자신들 일 쪽으로 화제를 이어갔다. 대수 씨로서도 내심 기회를 노리고 있던 터라 제풀에 더욱 요긴하고 본격적인 대화가 길게 이어져나갔다.

"오늘은 그냥 대충 짐작으로 그리된 것뿐입니다. 두 분은 얼굴도 함께 볼 수가 있었으니까요. 하지만 손으로 해서 분별할 수 없는 두 분 간의 차이를 얼굴이라고 제대로 구분해볼 수 있겠습니까. 제가 두 분을 구별해볼 대목이 있다면 손 모양새나 얼굴보다 두 분의 성품이나 표정의 움직임 같은 걸로 해서일 겁니다."

"성미나 표정의 움직임이 어떻게 다릅니까?"

"바깥일들이 고단해서들 그러는지 두 분의 귀갓길 표정은 늘 무겁게 움츠러들어 있었지요. 동생분은 그만두고 형님 쪽으로 말하더라도 TV에서 보아온 그 수더분한 배길만 선생하고는 전혀 딴사람처럼 보였으니까요. 하지만 두 분이 저를 마주치고 나선 곧 그런 분위기나 표정, 말씨들에 차이가 생기데요. 형님 쪽은 여전히 무겁고 좀 방심스런 표정 그대로 저를 알아본 듯 만 듯 간단히 지나쳐 가버리시는데, 아우분 쪽은 번번이 그 분위기나 저를 대하시는 태도가 금세 달라지셨지요. 그저 한두 마디 인사말 가운데에도 표정이나 말씨들이 그리 선선하고 친숙하게 말입니다."

"형님하고 저 사이에 그런 차이점이 있었구먼요. 하긴 형님은 아시는 대로 늘 바깥일에 시달리고 지쳐 돌아오는 길이니까요. 형님의 바깥일이 그런 식 아닙니까. 형님은 이를테면 그 바깥일에서 벗어나 귀갓길에 오르면서부터서야 겨우 자신을 되찾아 휴식을 취하는 격이지요."

철만 씨는 어딘지 좀 자신이 없어하는 투로, 그리고 왠지 처음의 호기심기가 많이 식어든 목소리로 자신과 길만 씨 간의 차이를 담담하게 시인했다.

대수 씨는 왠지 문득 그런 철만 씨의 형에 대한 변호 조 뒷소리가 마음에 걸려왔다. 하지만 그 아우 쪽은 어쨌든 자기 쌍둥이 형제간의 일에 무엇을 감추려 하거나 이야기를 꺼려 하는 기미 같은 건 없었다. 기왕 이야기가 나온 김에 대수 씨는 그런 철만 씨를 통해 형 길만 씨의 집안에서의 일들을 좀더 깊이 알아보고 싶었다.

"그럼 형님께선 댁엘 돌아오시면 늘 그런 식으로 휴식만 취하고 지내십니까? 무슨 다른 일거리나 취미 같은 건 없으십니까?"

대수 씨는 짐짓 좀 지나친 듯한 어조로 집안에서의 길만 씨의 동정을 물었다.

그런데 두 사람 간의 성정의 차이처럼 형 아우 사이의 관계가 그리 부드럽지가 못한 것인가. 물음에 대한 철만 씨의 반응이 의외로 부정적이었다.

"취민지 뭔지…… 일요일이면 교회를 나가는 것 외엔 혼자 몽상을 하는 것이 유일한 취미지요. 몽상을 하는 것이 그 양반 휴식 방법이기도 하고요."

"몽상이라면…… 무얼 어떻게 말입니까?"

"바깥에서의 자기 일이 늘 사람들을 실없이 웃기는 노릇이니, 집 안에서는 좀 생산적인 일을 해보고 싶어서라나요. 그 양반 그런 식으로 항상 발명을 꿈꾸는 거랍니다."

"발명이라면 일테면 전기나 전화기 같은 그런 거 말입니까?"

대수 씨는 새삼 야릇한 호기심을 느끼며 계속해서 다그치고 들었다.

그런데 그에 대한 철만 씨의 설명은 싱거운 듯하면서도 갈수록 신랄했다.

"그런 것은 정말로 발명해낼 수가 있는 것들이지요. 형님의 경우는 진짜로 발명할 수가 없는 것뿐입니다. 연기 안 나는 담배, 무동력 선풍기 따위…… 그런 게 도대체 어디 가당키나 한 일인가요. 그래 그저 몽상이나 망상이라는 거지요. 좋게 보아주어서

유별난 휴식법이랄 수도 있고요. 하지만 본인은 그 노릇에 어떻게 열을 내고 덤비는지 곁에 함부로 웃을 수도 없었어요. 보셨는지 모르지만 언젠가는 TV에서까지 말하는 밤친구라는 요술 술잔 이야기를 꺼냈다가 얼마나 실없는 웃음거리가 되었어요. 한데도 본인은 통 아랑곳이 없었지요."

말하는 요술 술잔 건은 대수 씨도 직접 시청하여 아직까지 기억하고 있는 일이었다. 당시 길만 씨의 진지하기 그지없는 어조에도 불구, 그것이 어쩌면 배길만 씨가 예의 그 의식적인 실수의 차원에서 연출한 가벼운 우스개쯤으로 여겨 넘겼던 일이다. 그런데 새삼 그 일을 들춰내고 있는 철만 씨의 어조는 그것이 아니었다. 그의 어조에는 갈수록 형에 대한 심한 경멸기가 섞이고 있었다.

"귀갓길에 집 앞에서 보신 일이 있으시니 말씀입니다만, 그 얼굴이 어디 제정신 지니고 사람이나 알아보는 꼴입디까. 사람을 제대로 알아보지 못하니 뒤에라도 그 얼굴이 바뀔 리가 없구요. 그 위인 그때부터 이미 혼잣 망상에 빠져든 중인 겁니다. 그런 얼굴 꼴을 하고 집으로 돌아와선 또 어쩐지 아십니까? 그 노릇이 무슨 대단한 사업거리나 되는 양 집안사람들까지 자기 곁엔 얼씬을 못하게 한다니까요. 일테면 그 알량한 발명의 시간을 방해받지 않으려는 거지요. 바깥일을 끝내고 돌아오면 그런 식이니 어디 이웃을 이웃으로나 대하려 했겠어요. 한 집안사람으로 서로 정말 꼴 같지 않아서 참고 넘어가기가 힘들 때가 많아요. 웬 위인이 워낙에 그리 곁엣사람을 싫어하는 성깔이니……"

끝내는 형에 대한 존칭까지 잊어먹을 정도로 느닷없이 흥분을 하고 만 아우 철만 씨, 그의 형에 대한 그런 비방 조 하소연은 이제 더 이상 이쪽의 부추김이 없이도 제풀에 한동안 더 계속되어 나갈 것 같았다. 하지만 철만 씨는 예상과 달리 그쯤 혼자서 노기를 삭여 삼키려는 듯 잠시 자신의 술잔을 자신이 채워 마시고 나서 어조가 다시 갑자기 체념 조로 바뀌었다.

"하지만 보기 싫고 답답하다고 어떡합니까. 사람 태생이 원래 그러려니, 바깥에서 하는 일이 늘 남의 눈치 보기뿐이라니 집 안에서라도 그렇게 혼잣 망상 속에 쉬는 시간을 갖게 해줄밖에요. 그게 정 못 견디겠으면 그 집이야 자기 집이니 다른 사람이 곁에서 떠나주는 수밖에 없고요. 그래서 전 그 꼴이 보기 싫어서라도 일간에 시골로나 내려가버릴 참입니다만……"

말을 끝내고 나선 그런 자신의 처지가 얼마나 곤욕스럽겠느냐, 동정이라도 구하듯 이윽히 대수 씨를 바라다보았다.

구체적인 정황이나 사례들을 말해온 바는 없었지만, 대수 씨도 이젠 그쯤 형 길만 씨의 사람됨이나 집에서의 동정에 어느 정도 확연한 짐작이 갔다. 그 정도가 어느 만큼이든 대수 씨는 그전 사람들 한가지로 그 형 길만 씨 역시도 이웃으로서의 접근이나 교의가 거의 불가능할 것으로 여겨졌다. 한집 식구들마저 저리 머리를 내젓는 판국에…… 한마디로 TV에서 보아온 배길만 씨는 그의 이웃엔 살고 있지 않은 셈이었다. 그 형이란 위인 자체에 정나미가 떨어져졌다.

그런 데다 대수 씨가 철만 씨의 이야기로 이해를 얻은 것은 그 형에 대해서만이 아니었다. 철만 씨의 이야기로 대수 씨는 형 길만 씨뿐 아니라 철만 씨 자신의 사람됨이나 처세 태도, 일상생활의 분위기 따위를 함께 다 엿볼 수가 있었다. 형의 이야기로 철만 씨 자신까지를 이야기해준 셈이었다. 형하곤 완연히 다른 허물없는 인간미와 선선한 처신, 전부터도 이미 짐작해온 일이지만, 아우 철만 씨의 그 방송인 배길만 씨다운 점을 이날 밤 다시 한 번 확인하게 된 것이었다. 그리고 바로 그 점이 이날 밤의 만남을 대수 씨에게 무엇보다 큰 행운으로 여기게 하였고, 형 길만 씨에 대한 실망감에도 불구하고 새 이웃에 대한 친목과 교의의 희망이 꺾이지 않게 해준 것이었다. 희망이 꺾이기보다 그 아우를 통하여 그것을 기어코 이룩해나가기로 초지를 더욱 굳건히 다짐하게 한 것이다.

그런데 그게 실은 과욕이었을까. 그조차 일이 바로 이상하게 꼬여갔다.

―헌데 그 아우가 어디 시골로 내려간다고?

대수 씨는 한동안 철만 씨와 얼굴을 지그시 마주하고 있다가 뒤늦게 그 마지막 소리가 떠오른 것이다. 그리고 느닷없이 불길한 생각이 새삼 앞을 서왔다.

하고 보니 그는 여태 철만 씨를 마주하고서도 내내 그 형 이야기뿐 본인의 일이나 처지에 대한 관심이 너무 인색해 보였을 수도 있었을 듯싶었다. 그는 뒤늦게나마 그의 불편한 처지와 심기를 위로하고 용기를 북돋아줄 겸 우정 더 진지해진 목소리로 물었다.

“아니 그 형님분 때문에 동생께서 이 서울을 떠나시겠단 말입니까. 그런 따위 형님의 기벽에 쫓겨서……?”

하지만 술맛 돌기 시작하자 황혼이더라고 아우 철만 씨의 일은 이미 용기를 북돋고 말고 할 건덕지가 없을 만큼 상황이 글러 있었다.

“제가 서울을 쫓겨 떠나가는 것이 아니라 이제는 내 시골집으로 돌아가야겠다는 것이지요. 제 집이나 식구들은 원래 시골에 있으니까요. 이번에 서울을 온 것은 형님네 이사 일을 손봐드리려는 것뿐이었고요. 이제 이사 일도 웬만큼 끝났으니 내려가 봐야지요.”

성인 쌍둥이 형제가 함께 한지붕 아래로 얽혀들어 사는 것을 예사롭게 보아온 것은 그동안 그 쌍둥이 형제를 분별해보는 일에 너무 깊이 매달려온 대수 씨 자신의 부주의 탓이었을 수 있었다. 하지만 그 아우가 시골 쪽에 따로 자기 집을 지니고 살고 있고, 미구에 다시 그리로 돌아가게 되리라는 사실은 정말 전혀 예상조차 할 수 없던 일이었다. 그것은 아무도 예상할 수 없었던 일인 만큼 그 철만 씨와의 불가피한 헤어짐은 대수 씨나 그 누구의 허물도 될 수 없는 일종의 섭리나 운명 같은 것이었다. 그 방정맞게 불길스럽던 예감이 잠시의 여유도 주지 않고 곧바로 적중해오고 만 것이다. 그리고 그 예상찮던 헤어짐의 예정이 대수 씨에겐 그만큼 속수무책의 절망으로 다가왔다.

그는 그저 난감하고 아쉬운 심사 속에 한동안 자기 술잔만 지키고 앉아 있었다. 하지만 그런 대수 씨의 막막하고 애틋한 심사를 아는지 모르는지 철만 씨는 자신의 귀향길 생각에 다소간 기분이 홀가분해진 듯 갑자기 그를 재촉하고 나섰다.

"자, 드십시다. 만나자 이별 식으로, 그러니까 오늘 이것이 우리 간에 첫 만남의 술잔 겸 이별주 자리가 되어버린 꼴이군요. 형님은 애시당초 이웃으로 여길 사람도 못 되는 마당에 저하고나 가끔 이렇게 마음의 벽을 트고 지내는 건데, 시골구석에 한번 들어가 박히고 보면 서울나들이 기회가 좀체 쉬워야지요. 자, 그러니 이것을 인연으로 서로 마음으로나 지니고……"

배철만 씨는 이후 바로 예정대로 시골로 내려간 모양이었다. 허대수 씨는 이튿날부터 퇴근길에 그 아우 쌍둥이 철만 씨를 다시 볼 수 없었다. 퇴근 시각을 좀 앞당기거나 늦춰봐도 소용이 없었다. 그 며칠 동안 우연히 퇴근길에 마주친 것은 꼭 한 차례 형 쌍둥이 길만 씨뿐이었다. 하지만 이미 아우 철만 씨 편에 들은 바도 있거니와 길만 씨는 여전히 그 사람을 꺼리는 듯한 묵연스런 표정 그대로 덤덤히 길을 지나쳐 가버리는 바람에 그를 상대론 섣불리 아우의 일을 물을 수가 없었다.

하지만 대수 씨는 이후로도 한동안 행여나 하는 마음으로 아우 철만 씨의 뒷소식을 기다렸다. 이제 대수 씨에게는 그 수더분한 붙임성이나 아량기라곤 전혀 찾아볼 수 없는 길만 씨보다도 다시 볼 수도 없고 소식조차 들을 수 없는 철만 씨 쪽의 기억이 훨씬 더 생생하고 간절했기 때문이다.

그런 대수 씨를 두고 그의 아내는 여전히 실없어하기만 하였다.

"그 사람 소식이 정 그리 궁금하면 형이란 사람한테 시골 주소를 물어서 직접 한번 찾아가보시지 그래요. 내 보기에 그 사람 집에선 어쩐지 몰라도 교회 같은 데서 지나다 보면 늘 말씨가 점잖고 진중해 보이는 것이 TV에서 본 싱겁쟁이 배길만 씨보다 훨씬 맘에 듭디다만, 아무리 본바탕이 그리 진중한 사람이기로 당신이 자기 동생의 시골 주솔 알고 싶다면 무슨 일이 난다고 그것까지 모른 척할라구요."

아우 철만 씨가 사라지고 나서 한 보름쯤이 지난 정례 반상회 다음 날의 아내의 푸념이었다.

"하긴 또 모르겠네요. 어젯밤 반상회 때 그 집 여잘 만나 우연히 시동생 소식을 물었더니 왠지 전하곤 달리 지겨운 사람 일을 피하듯 고개를 절레절레 흔들고 말던데, 형 아우 사이에 시골 아우네 주소나 제대로 알고 있는지……"

그것이 아내의 진심에서의 권유가 아님은 물론이었다. 그것이 말처럼 쉽지 않을 줄을 뻔히 다 알면서도 대수 씨의 마음속 기대를 실없어하다 못해 아예 반얼간이 취급을 하고 드는 비아냥질에 불과했다. 대수 씨도 그것을 익히 알고 있었다. 그리고 때로 그런 아내의 비아냥 투 공박에 자신이 무언가를 속고 있는 것 같은 생각이 들기도 했다.

하지만 대수 씨는 그럼에도 불구하고 아직 한동안 더 자신의 기다림을 단념할 수가 없었다. 그저 무언가를 속고 있는 듯싶은 느낌뿐. 정작에 무엇을 속고 있는지를 알 수 없었기 때문이다.

하지만 한번 시골로 내려간 아우 쌍둥이 철만 씨는 이후 자신의 말대로 형 길만 씨네를 찾아 서울엔 나타난 일이 없었다. 다만, 그 솔직하고 수더분한 인간미의 기억만이 허대수 씨에겐 이웃 길만 씨 대신 진짜 유명 방송인 배길만 씨의 모습 속에 오래 기억되고 있었을 뿐.

(『문학동네』 1994년 겨울호)

날개의 집

"너는 장차 자라서 어떤 사람이 되고 싶으냐?"

8·15해방 서너 해 뒤, 새 독립정부가 세워진 1948년 이듬해 초여름께. 세민이 모처럼 아버지와 함께 새로 문을 연 10리 밖 회진마을의 임시 분교로 초등학교 입학식을 치르러 갔을 때, 그의 담임 겸 분교장 일을 맡은 젊은 곱슬머리 총각 선생님은 새 아이들과의 첫 면접 절차로 차례차례 미래의 꿈을 물었다. 선생님이 될랍니다. 대통령이 될랍니다. 큰 부자가 될랍니다…… 세민의 앞엣아이들은 마치 제가 되고 싶은 사람이 될 수 있는 확실한 기회라도 만난 듯 그 선생님 앞에 씩씩하게 자신의 포부들을 말했다.

그러나 세민은 그때 다른 아이들처럼 선생님이나 면직원, 대통령이나 높은 장군 혹은 큰 부자 따위는 되고 싶다고 하지 않았다.

"그래, 너는 장차 커서 무슨 일을 하고 싶으냐?"

드디어 세민의 차례가 되어 담임 선생님이 그에게 기대에 찬 눈길로 물었을 때, 세민은 그러나 망설이지 않고 대답했다.

"예, 지는 엿장수가 될람다."

교실 안에선 한바탕 웃음소리가 진동했다. 새 반 아이들은 물론이고 뒤쪽에 둘러선 학부모 어른들까지 모두 큰 소리로 웃어젖혔다. 소리를 내진 않았지만 곱슬머리 담임 선생님까지 잠시 입가에 뜻 모를 미소를 지으며 혼자 고갯짓을 보내다간 슬그머니 다음 아이에게로 눈길을 돌려버리는 것이었다. 그 바람에 세민은 무언가 일이 잘못된 듯싶어 자신도 모르게 뒤켠 어른들 사이에 끼어 서 있는 아버지 쪽을 얼핏 돌아다보기까지 했지만, 그는 자신의 대답에 사람들이 왜 갑자기 웃음을 터뜨리는지, 그게 무엇이 잘못되었는지를 알 수가 없었다. 그의 말을 잘 귀담아듣지 못한 듯, 아니면 알아듣고도 짐짓 딴청을 부리는지 아버지가 고개를 잔뜩 뒤로 꺾은 채 교실 천장만 쳐다보고 있는 것이 다행스러울 뿐이었다.

하지만 알고 보니 아버지는 그때 세민의 대답을 흘려들은 것이 아니었다. 세민이 그럭저럭 입학 절차를 치르고 아버지와 함께 다시 참나무골로 돌아오던 길이었다. 다른 사람들처럼 웃을 일도, 그렇다고 혼잣속으로 화를 낼 일도 없는 것처럼 여느 때의 무표정한 얼굴 그대로 계속 말없이 길을 앞장서 걸어가던 아버지가 어언 그 참나무골로 넘어가는 고갯길목으로 들어서던 참이었다.

"그래, 그 갱엿이 정말 그렇게 먹고 싶더냐?"

아버지가 갑자기 발길을 멈춰서며 앞뒷소리 제하고 등 뒤로 물어왔다. 아까 아침 녘에 고개를 넘어올 때 초여름 산바람이 시원한 소나무 언덕길 아래켠에 엿판을 받쳐놓고 끄덕끄덕 한가로운 졸음기에 젖어 앉아 있던 한 엿장수 위인을 만났던 곳이었다. 그리고 그 엿장수들이 마을을 지나갈 때마다 헌 고무신짝이나 찌그러져 못쓰게 된 냄비 따위가 몹시도 아쉬웠던 생각이 되살아나 아버지 몰래 몇 번이나 뒷눈길질을 흘리다가 종당엔 잡풀 속에 숨겨진 허방을 딛고 만 곳이었다.

세민은 이내 그 아버지의 말뜻을 짐작했다. 아버지가 무엇을 묻고 있는지를 알아차릴 수 있었다.

그러나 세민은 그 아버지 앞에 얼핏 대답을 하지 못했다. 그가 그때 갱엿을 먹고 싶었던 것은 사실이고, 처음 본 학교 선생님 앞에서 장차 엿장수가 되고 싶다고 한 것도 거기서 우연히 엿장수와 갱엿판을 만난 때문이기는 하였다. 하지만 그게 반드시 아버지의 짐작처럼 두고두고 엿을 맘대로 먹고 싶어서만은 아니었다. 보다는 어디 한구석 매인 데가 전혀 없이 가고 싶으면 가고 쉬고 싶으면 어디서나 쉬어가는 그 유유자적 한가로운 엿장수의 행로에 문득 마음이 끌린 탓이었다. 더욱이 그 느긋한 엿장수의 모습에선 그가 이따금 아버지의 눈을 피해 그 아버지나 동네 또래 아이들을 흉내내온 들길 소먹이기나 꼴 베기, 푸나무 등짐질에서와 같이 은밀스럽고 편안한 기분이 느껴져, 왠지 아침부터 마음이 편치 않은 그 학교 입학길 대신 위인의 엿장사길이라도 따라나서버리고 싶었던 충동을 되새긴 때문이었다. 게다가 그 엿장사길은 원체 아버지가 그렇듯 가까이하지 못하게 해온 들밭일이나 푸나무 지게질과는 다른 일이 아닌가.

하지만 세민은 아버지 앞에 그런 속마음을 설명할 수가 없었다. 그는 발길을 멈추고 서서 묵묵히 제 발부리만 내려다보고 있었다. 그러자 아버지는 그 세민의 속셈쯤 듣지 않아도 뻔하다는 듯, 이번에는 바로 그의 남다른 포부에 대해 물었다.

"그래, 정녕 지금도 그 엿장수가 소원이냐?"

세민은 이번에도 할 말이 없었다. 내력이야 어찌 됐든 그가 엿장수가 되고 싶다는 건 거짓말이 아니었고, 소를 몰고 다니거나 푸나무 지겟짐을 지는 일이 아닌 이상 아버지에게도 그것이 그리 나빠 보이지는 않을 것 같았기 때문이다.

그런 세민이 아버지라고 탐탁스러울 리 없었다. 하지만 아버지는 당신의 그런 속마음조차 쉽게 드러내 보이지 않았다.

"상관없다. ……어쨌거나 내 언제 한번 너한테 볼따구가 메어지도록 실컷 엿을 사 멕여줄 모양이니, 허허."

아버지는 이번에도 세민을 길게 기다리지 않은 채 한마디를 보태고는 다시 터벅터벅 발길을 떼어놓기 시작했다. 그 울림이 어딘지 허방스럽기는 했지만, 당신에겐 흔치 않은 너털웃음까지 흘리는 것이 아버지는 세민이 엿장수가 되든 무엇이 되든 상관을 않겠다는 것 같았다. 하지만 어느 편이냐 하면 세민은 그때 말없이 아버지를 뒤따르며 자신이 엿장수가 되는 것을 좀더 두고 생각해보거나 아예 일찌감치 포기하고 마는 것이 낫겠다는 느낌이 앞을 서고 있었다. 확실한 건 아니지만, 그 아버지의 허방진 웃음소리나 어딘지 무겁고 피곤한 기운이 감도는 당신의 걸음걸이, 게다가 그 쓸쓸한 뒷모습이 분명코 엿장수 아들을 바라고 있는 것은 아닌 것 같았기 때문이다.

하긴 그러잖아도 엿장수를 길게 고집할 수 없는 사정이었다. 엿장수가 되려던 꿈이 바뀔 수밖에 없게 된 것은 그러니까 그로부터 채 반년도 지나지 않아서였다.

참나무골에서 회진 분교까지 10리 가까운 학교길을 오가다 보면 도중에 큼지막한 편지 가방을 짊어진 우체부 아저씨를 만나는 일이 많았다. 그 우편 배달 아저씨는 회진 포구의 경찰 파출소 순경들을 빼고 나면 시골길에선 보기 드물게 번듯한 제모를 쓰고 마을과 마을 사이의 길들을 오가며 번쩍번쩍 잘 손질된 가죽 가방 속에다 갖가지 먼 데로 떠나간 사람들의 소식을 담아 날라다 전해주는 일을 했다. 그리고 그가 그 가방 속에서 차례차례 한 장씩 찾아 꺼내어 나누어주는 편지의 소식들은 대개 마을 사람들을 더없이 기쁘게 하였고, 그런 경우 사람들은 그것이 그 우체부 자신이 마련해다 준 선물처럼 그를 반기고 고마워하였다. 그런 땐 물론 우체부 자신도 그 편지가 가득한 자신의 우편 가죽 가방이 퍽 자랑스럽고, 그런 자신의 일을 적지 않이 흡족해하는 눈치였다. 그는 짐짓 더 그런 자신의 일을 즐기듯 마을로 들어서면 골목골목 제각기 편지의 주인을 찾아가서 자신의 손으로 직접 소식을 전해주고 그 기쁨도 함께하곤 해온 것이었다.

하지만 그가 전하는 소식들이 마을 사람들에게 언제나 반갑고 즐거운 것만은 아니었다. 그의 편지를 전해 받고 어떤 사람들은 눈물을 글썽이기도 했고, 더러는 한숨을 짓는 사람도 있었다. 느닷없이 큰 소리로 울음을 터뜨리거나 졸지에 정신을 잃고 쓰러지는 사람까지 있었다. 그는 이를테면 그 가죽 가방 속의 편지들로 마을 사람들을 기쁘게 해주기도 하고 더없이 슬프거나 놀라게 하기도 하였다. 가죽 가방 하나로 사람들의 일을 자기 마음 내키는 대로 할 수 있는 사람 같았다. 반가운 소식을 주고 싶은 사람에게는 반가운 사연의 편지를 꺼내주고, 슬픈 소식을 주고 싶은 사람에겐 슬픈 사연의 편지를 꺼내주고……

세민은 이번엔 그 우체부의 일이 부러웠다. 그리고 그 가죽 가방이 늘 요술 단지처럼 궁금하고 신기했다.

—느네 동네에 이런 사람 살고 있냐?

가방 속의 편지들은 대개 이런저런 사연으로 세민이 알지 못한 사람들의 이름으로 보내진 것들이 많았지만, 때로 그 아저씨가 꺼내 보이는 편지에서 한동네 아는 사람의 이름을 만날 때면 그 신기함이나 반가움이 훨씬 더했다. 나한테도 언젠가는 어디 먼 데서 그런 편지를 한 번쯤 보내줄 사람이 있으려나— 막연한 기다림을 지녀보기까지 했다.

그런데다 우체부는 성격이 명랑해서 이미 스무 살을 넘었을 나이답지 않게 늘 세민들을 친구처럼 허물없이 대해줬다. 세민들을 만나면 혼자서 길을 앞서 가버리지 않고 걸음을 천천히 함께 해 가면서, 때로는 가방 속의 편지들을 꺼내어 한 장 한 장 그것들이 가는 곳과 받을 사람의 이름을 말해주기도 했고, 때로는 자신의 우편 가방을 아이들의 책보자기와 한곳에 벗어놓고 공놀이 따위를 한참씩 함께하기도 하였다. 마을엘 들어서면 골목길까지 함께 따라 들어간 세민들에게 둘러싸여 자신이 전해준 편지의 사연을 자랑스런 목소리로 대신 읽어주기도 하였다. 그래저래 세민은 그의 엿장수에 대한 꿈을 슬그머니 뒤켠으로 밀쳐두게끔 되었고, 그 우체부 아저씨를 만나 귀갓길을 함께하기 시작한 지 두어 달쯤 되던 어느 날, 그는 그 우체부의 반들반들 윤이 나는 가죽 가방을 매만지고 따라가다 거두절미 느닷없이 묻고 나서기에 이른 것이다.

"아저씨, 아저씨 같은 우체부가 될라면 어떻게 해야 혀요? 아저씨는 어떻게 해서 우체부가 되었어요?"

그때 그 우체부가 세민에게 무어라고 대답을 했는지, 지금은 잘 알 수가 없다. 하지만 그로부터 세민이 그 우체부만 만나면 그를 매번 혼자서 독차지하다시피 하고서, 때로는 그의 우편 가방을 대신 메어다주기도 하고 때로는 아는 동네 사람의 편지를 대신 맡아 전해주기도 함으로써 그 우체부에 대한 그의 꿈이 날이 갈수록 확고해져가고 있었음은 전혀 의심의 여지가 없는 일이었다. 그리고 그의 그런 노골적인 기미는 곧 한동네 아이들을 통해 학교 아이들뿐 아니라 미구엔 그의 아버지에게까지 알려졌다.

"허허, 우리 세민이가 이번엔 우체부가 되련다고?"

어느 날 아버지가 세민에게 불쑥 물었다. 어딘지 무관스런 농기가 어린 목소리에 여전히 웃음기를 띤 얼굴이었지만, 이번에도 세민에게는 무언지 썩 만만찮은 추궁기 같은 것이 느껴지는 말투였다.

"전번엔 우리 집에서 웬 엿공장 사장님이라도 하나 나올라는

가 했더니, 이번엔 또 우체부라……! 왜냐? 전번에 말한 엿장수는 어찌하고!"

그러나 세민은 이날도 왠지 그 아버지를 납득시킬 자신이 없었다. 먼 데 소식으로 사람들을 늘 기다리게 하고 반기게 하는 우체부 노릇. 때로는 웃기고 때로는 눈물짓고 한숨을 짓게 하는 그 요술 주머니 같은 편지 가방. 그 가방 속 비밀스런 사연들의 보이지 않는 마력…… 자신 속에 움츠려 있는 어떤 주체할 수 없는 기다림…… 아버지에겐 그것들을 조리 있게 설명할 길이 없었다.

"그냥요."

세민은 그 아버지의 눈길을 피한 채 그렇듯 짧은 한마디로 우체부 노릇에 대한 자신의 희망을 요령껏 분명히 했을 뿐이었다.

"그래애…… 그것 참 사내놈의 포부치고는 남 넘보기 장히 어렵겠구나."

아버지는 다행히 이번에도 그를 더 추궁하지 않았다. 격려인지 실망인지 한마디를 하다 말곤 이내 혼잣소리처럼 말끝이 낮게 가라앉고 말았다.

"하기야 아무런들, 엿장수든 우체부든 네 생각이 정 그렇고 그 노릇으로 해서라도 이 애비하고 다른 세상을 살 수만 있다면야…… 분수 없이 무턱대고 큰 욕심만 쫓다가 제 신세 망치는 건 고사하고 옆엣사람까지 못살게 하는 헛똑똑이들이 많은 세상이라…… 차라리 크게 부러운 게 없고, 제 속에 품은 꿈도 그리 하찮은 편이 외려 나을는지도 모르겠다."

그 어조나 표정으로 보아선 아들의 새 포부를 하찮고 탐탁잖게 여기고 있음이 분명했다. 하지만, 이유를 잘 알 수 없어도 세민이 제가 좋아 스스로 손발을 익히고 싶어 한 그 들밭일이나 푸나무 지겟일들을 한사코 막고 금해온 고집스런 아버지였다. 아버지는 세민이 그것으로 해서나마 그 농사일을 떠나 당신과 다른 세상을 살게 되리라는 체념 섞인 기대 속에 그 우체부에 대한 아들의 꿈을 넌지시 용인해준 것이었다.

그런데 유감스러운 것은 그 우체부 노릇이나마 세민이 초지일관 자신의 꿈을 뜻대로 밀어붙이고 나가지 못하게 된 일이었다. 주위 사정이나 그의 생각이 차츰 그렇게 돌아갔다.

우체부 노릇에 대한 포부를 아버지 앞에 드러내 보이고부터 세민은 한동안 더 열심히 그 우체부의 뒤를 좇아다녔다. 하지만 그 이듬해 1950년 여름철, 6·25전란이 시작되고부터 그는 차츰 그 편지들을 전해주는 일에도 매력과 흥미를 잃어갔다. 전쟁의 소식이 전해지고 동네 청년들이 줄줄이 군인 노릇을 나가면서부터는 마을로 들어오는 편지도 그만큼 많아졌다. 그리고 그 군인 아저씨들의 안부를 전해오는 편지들 가운데는 뜻하지 않게 슬픈 소식을 담고 있는 것들도 많았다. 우표딱지 대신 '군사우편'이란 멋대가리 없는 네모 글씨 도장이 찍혀 오는 노란 봉투 속에는 이따금 다시는 고향 마을로 돌아올 수 없게 된 사람의 마지막 딱한 소식이 담겨 있을 때도 있었다. 그런 편지를 받은 집들은 으레 울음바다가 되게 마련이었고, 그것을 전해준 우체부 아저씨까지 공연히 그 노란 봉투 속의 몹쓸 사연이 자신의 허물 탓인 것처럼 쩔쩔매곤 하였다.

하지만 마을 사람들이나 세민은 어떤 봉투 속에 그런 나쁜 소식이 담겨 있는지를 알 수 없었다. 경험이 많은 우체부 아저씨만이 용케 그것을 알아볼 수 있는 것 같았다. 우체부 아저씨는 차츰 기쁘고 반가운 소식이 들어 있는 편지들만 손수 전했다.

"이 편지는 네가 좀 대신 전해줄래?"

그가 이따금 세민에게 대신 전하게 한 편지들에는 대개 사람이 크게 다쳤거나 아예 다시는 모습을 볼 수 없게 된 사람의 나쁜 소식이 들어 있기 일쑤였다. 그리고 그렇듯 아저씨가 세민에게 헛선심을 써준 군사우편 편지는 날이 갈수록 횟수가 빈번해졌다.

세민은 이제 그 군사우편 편지를 대신 전해주는 일에 진력이 나기 시작했다. 무소식이 희소식이다! 마을 사람들도 언제부턴가 그 군사우편을 그다지 반기지 않는 눈치였다. 반가워하기보다 은근히 겁들을 먹는 기미였다. 누구보다도 우체부 자신이 그 노릇에 진저리를 내고 있는 낌새였다. 게다가 세민에겐 노란색 봉투의 군사우편이든 하얀 봉투에 정식 우표딱지가 붙은 것이든 어느 누구 하나 편지를 보내주는 사람이 없었다. 좋은 소식이건 나쁜 소식이건 처음부터 그에겐 편지를 보내줄 사람도 없었지만, 이제는 그 자신 그것을 기다리지도 않았다.

그러던 어느 추운 겨울날 오후. 언제부턴가 그 우체부 아저씨와 자주 길이 엇갈려온 세민이 이날도 학교가 끝나고 참나무골 아이들과 곧장 집으로 돌아오던 길이었다. 그런데 일행이 참나무골 고갯길을 절반쯤 올라섰을 때 세민들은 한 가지 희한한 광경을 목격하게 되었다.

그 무렵 마을에는 군대엘 나갔다가 싸움터에서 뛰쳐나와 몰래 집으로 돌아와 숨어 지내는 사람이 있었다. 그 사이 몇 차례 그를 잡으러 온 푸른 군복내기나 회진 파출소 순경들이 있었지만 마을 사람들이 모른 척 입을 다물어준 덕분에 그냥저냥 몇 달을 탈 없이 지내오던 도망병 청년이었다. 그런데 늘상 바깥사람의 눈을 피해 모습을 숨기고 지내오던 위인이 이날은 웬 낯선 점퍼 차림의 사내와 나란히 나들이라도 나서듯 고갯길을 넘어오고 있었다. 두 사람이 한가로이 담배를 피워 문 채 도란도란 앞서거니 뒤서거니 이야기까지 주고받으며 길을 지나가는 모습이 영락없이 전부터 아는 사람들 사이 형국이었다.

"어, 니네들 지금 학교 갔다 오는 길이구나. 어서들 가봐라. 날씨가 몹시 춥다."

세민들 곁을 지나쳐 가면서는 아무렇지 않게 그런 알은체 소리까지 주고 갔을 정도였다. 그런데 그게 알고 보니 그 도망병 청년이 졸지에 읍내 서(署) 형사에게 몸이 붙잡혀 가던 참이었다.

"느그들 지금 읍내 형사 놈이 이 길로 우리 아들 삼식이를 잡아 끌고 가는 것 못 봤냐?"

미처 그 아들이 붙잡혀가는 것을 알지 못하고 있었던지 세민들이 고갯길을 올라서기 무섭게 마을 쪽에서 뒤늦게 도망병 청년의 어머니가 헐레벌떡 길을 마주 쫓아 올라오며 다급하게 물었다. 그리고는 미처 아직 영문을 알 수 없어 어정쩡해 있는 세민들의 대꾸 따위는 기다릴 겨를이 없는 듯 잠시 가쁜 숨을 몰아쉬다 말고 금세 다시 혼자 넋두리를 내뱉으며 이미 자취가 사라져간 두 사람을 뒤쫓아 황급히 길을 달려 내려가는 것이었다.

"워메, 그런께, 파출소 사람들은 아직까장 흔적도 모르든디, 이참엔 그 오살 살쾡이 여시 같은 놈이 어치케 귀신같이 냄새를 맡고 와서 담방 그 아그를 채갔을꼬잉?"

도망병 청년은 그렇게 바람이라도 쐬러 나선 듯 태평스런 행색이었지만, 그 실은 놀라움과 분통이 뒤섞인 그의 어머니 넋두리 그대로 '살쾡이 같고 여시 같은' 그 읍내 서 형사에게 '귀신같이' 덜미가 잡혀 끌려가는 꼴이었던 것이다.

하고 보니 그 읍내 서 형사의 날쌘 솜씨에 놀란 것은 분을 못 참은 청년의 어머니나 한동안 벌어진 입을 못 다문 채 고개를 갸웃거리던 세민들뿐만이 아니었다. 일의 전말을 지켜본 동네 어른들 역시도 청년을 붙잡아간 일을 두고 그를 못마땅해하거나 원망하기보다는 위인의 날래고 감쪽같은 솜씨에 그저 혀를 내두르며 감탄을 금치 못했을 뿐이다.

"화따, 대처 서 형사들은 여기 주재소 순경들하고는 워낙에 솜씨가 다르든디. 누구헌티 무얼 묻거나 어물정대는 구석이 도통 없어. 숨어 있는 곳을 뻔히 다 알고 찾아온 야차처럼 삼식이네 집 사립을 들어서자마자 담방 뒤 텃밭 쪽으로 돌아가더니, 거기 한 쪽에 나뭇단으로 가려놓은 방공호 입구를 들추고 불러내드키 사람을 끌어내버리잖겄어. 꼭 연기 먹은 너구리를 굴에서 끌어내드키 말여! 그럼시로도 무신 돈 따고 달아난 노름판 패거리라도 찾아 달래 데려가듯 입가에 실실 웃음기까지 흘림서 여유를 부리는 것이 더 징허드라니께."

"그 판에서는 아주 도사여, 도사! 그런 도사 귀신헌티 걸려놨으니 삼식이 그 사람도 영락없이 뱀 만난 개구락지 꼴 아니던가베. 그런께 그 사람도 무신 이웃 친구라도 만난 것맹이로 금세 맘이 편해짐시로 고분고분해졌제. 하여튼 세상엔 참 놀랄 인간들이 많혀!"

세민이 불가피 포부를 한번 더 바꿔 먹게 된 곡절이었다. 하지만 세민은 이번 역시 그 형사 노릇의 깊은 속내를 알거나 그 위세를 소망해서가 아니었다. 사실 세민이 그 형사라는 사람들을 만난 것은 그것이 처음 일이 아니었다. 나라가 온통 전쟁을 치르는 중이라곤 했지만, 그 무렵엔 유난히 푸른색 군복 차림이나 순경들, 형사라는 사람들이 그 학교 길로 이런저런 죄인들을 잡아끌고 지나가는 일이 잦았다. 죄를 짓고 끌려가는 사람들은 대개 도둑질을 하다 들통이 났거나 큰 노름판을 들킨 사람, 싸움질을 하다가 상대를 많이 다치게 한 사람들이기 일쑤였다. 아니면 삼식이 청년처럼 군대엘 나갔다가 못 견디고 도망쳐 나왔거나 군대엔 아예 처음부터 나가질 않으려 동네나 집에서 몰래 숨어 지내는 사람들이기 십상이었다. 그리고 그런 죄인들을 찾아 붙잡아 끌고 가는 사람은 거의가 파출소의 순경이나 형사들이 대부분이었고, 이따금은 푸른색 군복 차림에 총까지 걸어멘 군인 아저씨일 적도 있었다. 그러니 죄인을 붙잡아 끌고 가는 쪽은 대개 위세가 등등했고, 죄를 짓고 붙잡혀 끌려가는 쪽은 늘 풀이 죽어 기를 펴지 못하는 꼴들이었다. 그중에서도 형사라는 사람들은 반드시 죄인의 손목에다 쇠수갑을 채우거나 포승줄을 묶은 채 길을 앞세우고 다녀서 두 사람 간의 처지를 더욱 확연하게 해주었다.

어쨌거나 형사라는 사람들은 그렇듯 죄를 지은 사람을 찾아내고, 그런 사람을 붙잡아다 벌을 받게 하는 일을 하는 사람들이었다. 그리고 그것은 떳떳하고 당당하고 더없이 옳은 일이었다. 세민도 학교나 동네 어른들에게 들어서 그쯤은 다 알고 있었다.

하지만 세민은 그것이 멋있다고 생각하거나 부러워한 적은 없었다. 옳은 일을 하는 사람들인 줄은 알면서도 형사라는 사람들은 왠지 늘 마음이 서먹하고 불편했다. 제물에 은근히 눈치를 살피게 되고 알 수 없는 두려움이 솟아오를 때도 있었다. 언젠가는 자신도 졸지에 어떤 죄인이 되어 위인들의 포승줄에 묶인 채 기가 죽어 끌려가는 일이 생길 것 같아 공연히 가슴속이 떨려올 적도 있었다.

그런데 이번 일은 경우가 전혀 달랐다. 마을 사람들이 모두 감탄한 대로 아무 힘들이지 않고 귀신같이 간단히 죄인을 찾아 데려간 솜씨도 놀라웠거니와, 그보다 죄인을 친구처럼 조용조용 안심시켜 탈 없이 잘 데려간 솜씨가 신기할 만큼 멋있었다. 다른 형사나 순경들이었다면 상상도 못해볼 일이었다. 형사질도 그쯤이면 썩 해볼 만한 노릇 같았다. 동네 조무래기들에게 엿을 팔고 골목골목 편지를 나눠주고 다니는 일 대신 사람들의 감탄과 부러움을 살 만한 멋있는 형사가 되는 것은 아버지도 그다지 싫어할 것 같지가 않았다. 형사가 된다면 그는 누구보다 숨은 죄인들이나 허물을 속속들이 다 찾아낼 자신이 있었고, 그것도 부질없이 상대를 윽박질러 겁을 주거나 기를 죽일 필요 없이 이웃 간처럼 친구처럼 조용조용 부드럽게 일을 잘 처리해갈 수 있을 것 같았다.

그는 이를테면 누구도 함부로 넘보거나 섣불리 대항할 수 없는 지극히 인간적이고 유능한 형사가 되기로 한 것이다. 그리고 그래서 이번에는 아버지 쪽에서 먼저 낌새를 채고 물어오기 전에 자신이 미리 아버지 앞에 당당하게 새 포부를 털어놓았다.

"아부지, 지는 인자 우체부 같은 거 안 하고 경찰서 형사가 될라요. 죄인 잘 잡고 마음씨도 좋은 멋진 형사 아저씨 말에요."

그런데 그런 세민의 새 미래의 설계를 듣고 난 아버지의 반응은 이번에도 기대만큼 신통치가 못했다.

"허허 이번엔 또 형사 나리시냐? 게다가 마음씨까지 고운 형사님이시라고?"

아버지는 처음 으레 또 그럴 줄 알았다는 듯 싱거운 너털웃음과 함께 장난 투로 물었다. 그러나 잠시 후 뭔가 깊은 속내를 참으려는 듯 허공을 한번 쳐다보고 나서 혼잣소리처럼 내뱉어온 말들은, 전에도 늘 비슷한 식이었지만, 이번엔 훨씬 더 노골적인 걱정기가 서려 있었다.

"그 참, 세상은 이리 시끄럽고 인심은 탁탁헌디 하고 싶은 일일이 역마살을 타야 할 노릇들이니…… 나라 상전까지 아침저녁으로 달라지는 판에 니가 대관절 그 형사질이라는 것이 어떤 일인지나 알고? 허기사 세상 흐름이야 늘상 그래 왔으니 니가 이 판에 그 형사질 노릇을 해서라도 저는 늘 한자리에 앉아 남의 상전만 모시는 팔자를 한번 뒤집어볼 수만 있다면 좋겄다만, 그도 어디 쉽게 장담할 수가 있는 일이겄냐. 그나마도 지 하고 싶은 노릇 하고 살기가 워낙에 어려운 게 우리 인간사고 세상일이라…… 우체부고 형사질이고 공연히 이것저것 마음을 뺏기고 헤매다가 종당엔 그도저도 다 뜻을 잃고 이 알량한 애비 꼴 신세로나 주저앉고 말까 걱정이다."

아버지는 이번에도 대놓고 세민의 새 앞길을 막아서려지는 않았다. 네가 정 원하는 일이라면 네 알아 하라는 투의 반체념기에, 그마저 오히려 뜻을 이루지 못하고 주저앉을까, 어느 때보다 의구심과 걱정기가 역력했다.

그러니 그건 물론 아들의 새 입지(立志)가 대견하거나 흡족해서가 아니었다. 그러면서도 세민의 뜻을 꺾으려 들지 않은 것은 그에 대한 당신의 은밀스런 기대와 소망 때문이었다.

아버지는 늘 세민이 여느 사람들과는 무언가 다른 사람이 되어서 그 여느 사람들과는 다른 세상을 살아가기를 바랐다. 누구보다 아버지인 당신과 다른 사람이 되어서 농사꾼인 당신과는 다른 일을 하고 살게 되기를 바랐다.

어린 세민은 물론 그 아버지가 무엇 때문에 그러는지를 잘 알 수 없었다. 그리고 아버지 자신도 그래 보였지만, 농사꾼인 당신과 '다른 사람'이나 '다른 세상'이 어떤 사람, 어떤 세상을 말하는지도 분명하게 집어 말할 수 없었다. 그야 세민도 아버지가 농사일을 몹시 힘들어하고 지겨워한다는 것쯤은 익히 짐작하고 있었다. 그러나 그는 아직 그 농사일의 어려움이나 지겨움을 알지 못했다. 오히려 그것을 손쉬운 놀이쯤으로 여기고 자주 흉내를 내어보고 싶어 했다. 그런 만큼 아버지가 자신에게 그 노릇을 한사코 막아서고 걱정스러워하는 속내까지는 좀체 이해할 수가 없었다. 하지만 그런 세민으로서도 아버지가 그에게 당신과는 무엇인가 다른 사람으로 다른 세상을 살아가기를 깊이 바라고 있다는 것만은 어쨌든 확실해 보였다. 아버지는 그래서 마음에 차지 않으면서도 그 세번째 형사에의 꿈을 그럭저럭 용인해준 것이었다.

세민은 그런대로 우선 다행한 일이 아닐 수 없었다. 그리고 그만큼 조심스럽고 굳건한 마음으로 그 형사에의 꿈을 한동안 열심히 키워나갔다.

그러나 결과부터 말하자면 세민은 끝내 그 형사 나리도 될 수 없었다. 형사뿐만 아니라 그 먼저 소망했던 엿장수나 우체부도 되지 못했다. 그렇다고 다른 아이들이 겁 없이 꿈꿨던 대통령이나 장군은 물론, 초등학교 선생님이나 면직원도 되지 않았다. 세민으로선 어쩔 수 없는 운명의 조화 탓이었다. 그는 나중 생각지도 않았던 그림쟁이, 화가의 길을 가게 된 것이다. 그것도 따지고 보면 그 아버지의 세민에 대한 은근하면서도 줄기찬 소망 때문이라고 할 수 있었는데, 여기서 잠시 그 경위를 돌아보면 이러했다.

앞에서도 잠깐 말했듯 세민은 어릴 적부터 아버지의 들일을 따라다니기를 좋아했다. 아버지가 논밭일을 나설 때는 쇠고삐를 쥐고 길을 앞장서 걸었고, 산으로 풀베기나 땔나무를 하러 갈 때도 힘든 줄 모르고 늘 아버지를 뒤좇아 산길을 따라다녔다. 그뿐 아니라 그 아버지 곁에서 소를 먹이기도 하고 꼴을 베어 나르기도 하면서 이런저런 아버지의 들밭일이나 낫질 솜씨 따위를 흉내 내기를 좋아했다. 아버지도 처음엔 그런 세민을 퍽 대견해 하였다.

"허어, 우리 세민이 벌써 철이 들어 제 밥그릇 구실을 하기 시작하는구나."

알이 미처 여물지 않은 수수모개도 꺾어주고 산열매도 따주고, 때로는 길 옆 도랑가에서 함께 가재나 물고기까지 잡아주면서 흐뭇한 얼굴로 칭찬을 아끼지 않곤 하였다. 그리고 그런 날은 세민과 마주한 저녁상 앞에서 짐짓 더 놀라워하는 시늉을 해보이곤 하였다.

"허허, 우리 세민이 밥그릇이 이제는 상머슴이 다 됐구나. 아암 그래야지! 사내놈이란 밥그릇이 실해야 힘을 쓰제."

그 바람에 세민은 더한층 신이 나서 들길 산길 가리지 않고 아버지를 좇아다니며 그 아버지의 일손 흉내를 부지런히 익혀간 셈이었다.

그런데 그 아버지가 어느 날부터 그런 세민의 일나들이길을 갑자기 금지시켜버렸다. 그것도 그날의 산행따라 기분이 유난히 좋아진 아버지가 세민에게 난생처음으로 제가 짊어질 지게까지 만들어준 날이었다.

아버지는 그날 당신의 땔나무 일을 일찍 끝내놓고 남은 틈을 이용하여 뜻밖에 나뭇가지를 잘라 깎고 풀멜빵을 엮고 하여 장난감처럼 자그맣고 앙증스런 세민의 지게를 하나 만들었다. 그리고 그 위에 한 대여섯 줌쯤 풀을 베어 묶어 얹은 애기 지겟짐을 지운 채 의기양양 자랑스러워하는 세민을 앞세우고 마을길을 들어서던 참이었다. 아버지를 앞장서 쇠고삐까지 끌어쥔 세민이 그 마을 어귀의 동각께를 지나가려는데, 거기 미리 나와 앉아 있던 마을 과수원집 어른이 큰소리로 아버지를 부추겼다.

"거, 어린놈이 일찌감치부터 새끼 농사꾼 노릇을 해주니 자네는 참 뒤가 든든허겄네. 허기사 장차에 쓸 만한 농사꾼을 만들자면 뼛속이 말랑말랑한 어릴 적부터 일고뻬를 단단히 채워줘야겄제."

아버지가 이따금 그 집 과수원 품일을 얻어 다니고 급전도 돌려쓰고 해오던 상전 같은 영감이었다.

그런데 아버지는 그 소리의 어느 대목에선가 전에 없이 비위짱이 많이 상한 모양이었다. 세민도 그것이 칭찬인지 비웃음인지 짐작이 안 갔지만 아버지는 짐짓 영감의 소리를 못 들은 척 묵묵부답으로 길을 지나쳐버렸다. 그리고 이날 저녁 밥상머리 앞에서까지 내내 혼자 생각에만 골똘해 있다간 느닷없이 세민을 단속하고 나섰다.

"내일서부텀은 일체 산이고 들이고 이 애비를 따라다닐 생각 마라. 내일 아침 내가 부숴내버릴 테니 다시는 등짝에다 지게를 대고 다닐 생각도 말고. 그랬다간 네 다리몽댕이까지 부러질 줄 알어!"

그저 들밭 나들이길을 못 따라다니게 하고 지게질 흉내를 못 내게 한 것만이 아니었다. 지나가는 말엄포로 그런 것도 아니었다. 이튿날 아침 일찍 새 지게를 흔적도 없이 없애버린 아버지는 이후부터 세민에겐 그 지게질 놀음이나 일나들이길은 물론 일체의 일 시늉을 금했다. 소를 먹이러 나가지도 못하게 하고 혼자서 꼴이나 푸나무를 해오는 일도 못하게 했다. 집안에서조차도 손쉬운 잔심부름질 이외에 힘이 드는 일거리엔 도통 손길을 가까이하지 못하게 했다. 일손이 늘 쫓기게 마련인 그의 어머니는 때로 그것을 못마땅해하며 그의 손길을 아쉬워했지만, 아버지는 그 어머니마저 함부로 세민을 불러대거나 선부른 내색을 못하게 했다.

"그 아인 내버려둬. 아예 녀석헌틴 일손이라는 게 없는 것으로 해두란 말여."

"저 좋아서 하고 싶어 하는 애기 일손은 그리 애지중지 아껴뒀다 뭣에다 쓸라고요?"

어머니가 한마디쯤 시큰둥해하는 소리를 달아붙일라치면,

"쯧쯧, 어린것이 농투사니 노릇 무서운 줄을 어떻게 알어! 철이 없다 보니께 멋모르고 재밌어하고 시늉을 해보고 싶은 것이겄제."

아녀자의 소견머리 얕은 것을 나무라버리곤 하였다.

세민은 물론 그 아버지를 함부로 거역할 수가 없었다. 하지만 그는 어느 편이냐 하면, 아버지의 처분이 기쁘고 고맙기보다 오히려 답답하고 이해하기 힘들었다. 아버지는 일거리를 가까이하지 못하게 했을 뿐, 세민에겐 따로 어떻게 지내라 말을 일러주지도 않았고, 더욱이 다른 무엇을 바라지도 않았기 때문이다. 아버지는 그저 네 마음대로 알아서 실컷 놀기만 하라는 식이었다. 그러나 세민은 그 일거리들 곁에서밖에는 달리 노는 법을 알지 못했다. 재미있는 놀음은 늘 산이나 들밭의 일거리들과 함께였다. 그러나 이제는 아버지의 일나들이를 따라다닐 수도 없었고, 집안에서조차도 맘에 씌는 일은 가까이할 수가 없었다.

그는 마음에 썩 내키지 않았지만 아버지의 눈을 속일 수밖에 없었다. 그는 이제 한동안 그 아버지 대신 들일 산일을 마음대로 나다닐 수 있는 동네 아이들의 일길을 쫓아다니기 시작했다. 그러면서 남의 소를 먹여주기도 하고 꼴이나 푸나무를 베어주기도 했다. 때로는 힘겨운 푸나무짐을 대신 져 날라주기도 하면서, 그 사이로 틈틈이 산새알 둥지 찾기며 여우 굴에 불 놓기, 어린 노루나 산돼지 새끼 쫓기, 개울가 천렵이나 헤엄 시합, 남의 참외밭 고구마밭 뒤지기 따위, 갖가지 장난질과 놀이들을 함께 어울려 지냈다. 어쩌다 아이들의 일나들이길에 함께 어울려들지 못한 날은 그 혼자 집을 빠져나가 마을 밖 넓은 들판을 짐짓 숨이 차게 내달리기도 하고, 망연히 푸르른 산봉우리 너머 하늘로 큰 소리를 외쳐대곤 자신의 메아리 소리에 한참씩 귀를 기울이기도 하면서 해를 보내고 올 때도 있었다.

하지만 그런 노릇마저 언제까지 계속해나갈 수가 없었다. 그는 이윽고 그 고개 너머 회진으로 초등학교를 다녀야 했고, 그 무렵부터 아버지는 세민이 학교에서 돌아오면 그 아이들과 어울려 들길 산길을 헤매고 다니는 것조차 말끔 금했기 때문이었다. 세민에게 무슨 학교 공부를 열심히 시키려서가 아니었다.

"애비가 일단 학교 문에는 넣어주었으니 공부를 잘하고 못하고는 니 분수에 매인 일이다만, 명색이 공부를 일삼아야 헐 놈이 다른 놈들하고 공연히 들밭 산밭으로 농투사니 짓거리나 넘보고 다니지 마라."

세민이 학교를 어떻게 다니고 무엇을 배우든 그런 데엔 별 관심도 없었고 상관도 안 했다. 그저 일거리 근처에만 못 나다니게 했다.

하지만 세민이 그 아이들과의 어울림질을 더 이어나갈 수 없게 된 진짜 이유는 학교를 다니게 된 일이나 아버지의 새로운 단속보다 그 자신 전에는 전혀 느낄 수 없었던 생퉁스런 느낌 때문이었다.

그가 늘 아버지 몰래 아이들을 대신해주는 일은 실상 진짜 일이 아니었다. 그리고 자신의 일이 아닌 일에선 진짜 즐거움이나 보람 같은 걸 누릴 수가 없었다. 무엇보다 그는 일손을 놓고 싶을 때도 절대로 그럴 수가 없는 다른 아이들 같은 진짜 일꾼이 아니었다.

세민은 차츰 그런 자신이 싱겁고 신명도 덜했다. 아이들도 그것을 그리 달가워하지 않거나 괴이해하기 시작했다. 그러면서 저희끼리 더욱 힘이 늘고 일솜씨가 어엿한 진짜 일꾼이 되어갔다. 힘으로나 일솜씨로나 이제는 그가 섣불리 시늉질을 하고 들 수가 없었다. 그와 학교엘 함께 다니게 된 아이들이거나 계속해서 농사일만 하고 지내는 아이들이거나, 세민이 초등학교엘 입학해 다니면서부터는 그런 느낌이나 처지가 더욱 현격해지고 있었다. 나는 저 아이들과 다르다. 무엇인가 달라져가고 있다! 다름 아니라 세민은 이 무렵 비로소 그의 일손을 묶어놓고 그저 놀려대기만 하려는 아버지의 숨은 소망을 어슴푸레 알아차리기 시작한 것이다. 그리고 아직도 아쉬움이 많은 세민을 끌고 떠밀다시피 학교에 떠맡겨놓고 들나들이까지 금하고 나선 아버지의 뜻을 좇아 자신도 필경은 그렇게 되어가야 하리라 여기게 된 것인지 모른다. 그야 그저 막연히 그렇게 느꼈을 뿐 세민은 아직도 아버지가 자신에게 무엇을 바라는지는 알 수가 없었다. 그가 무엇이 되기를 바라고 무슨 일을 하기를 바라는지 전혀 대중을 잡을 수 없었다. 그런 중에도 다만 그 아버지가 그에게 당신 같은 농사꾼이 되는 것을 바라지 않는다는 것만은 더없이 확연했다. 그래 당신 같은 시골 농사꾼 노릇만 아니면 다른 어떤 일도 대개 무방해하리라는 생각에서 그 무렵 그 엿장수나 우체부 따위 이런저런 다른 일들을 꿈꿔보게 됐을 터였다.

그래저래 세민은 이제 학교에서 돌아오면 차츰 동네 아이들을 멀리한 채 그 혼자 집에 박혀 지내는 일이 많았다. 귀갓길에선 아직 그 학교 아이들과의 어울림이 계속되고 있어 별 문제가 없었지만, 아버지나 어머니가 대개 들밭일을 나가고 없는 집으로 돌아오면 그는 이제 정말로 막막하기 그지없는 시간을 혼자서 무료하게 보내곤 한 것이다.

엿장수에의 꿈은 이미 물 건너간 것이 되고 그 우체부에 대한 야망이 새록새록 새로 깃들여올 무렵의 일이었다.

하다 보니 세민은 어느덧 그 망연한 시간들을 혼자서 견뎌갈 수 있는 괴상한 버릇 한 가지를 새로 익혀가고 있었다. 마을 뒷길가 언덕배기에 서 있는 늙은 검팽나무를 기어올라 다니는 버릇이었다.

학교엘 다니기 시작한 지 1년쯤이 지난 이듬해, 나라 북쪽 먼 곳에서는 아직 전쟁이 한창이던 그해 초가을 녘의 어느 날 오후.

세민이 학교에서 돌아와 보니 이날도 집에는 여느 때처럼 어른들이 아무도 없었다. 이날따라 허기를 달랠 만한 식은 밥덩이나 삶은 고구마 따위의 군입거리 마련도 없었다. 빈 부엌과 장독대 근처를 몇 차례씩 오가다 말고 세민은 한동안 망연히 배 속의 허기를 달래고 앉았다가 불현듯 사립을 빠져나갔다. 그가 학교에서 돌아오면서 마을 뒷길 옆 언덕배기에 서 있는 덩치 큰 검팽나무에 봄철부터 알이 맺혀 밥콩알만큼씩 여물어온 짙푸른 팽열매가 바야흐로 검붉은 단물빛으로 익어가는 것을 눈여겨보아둔 때문이었다. 그는 단숨에 언덕길을 뛰어올라가 어른 팔 길이로 둘레가 세 아름쯤이나 되는 그 팽나무 고목 둥치를 잽싸게 타고 올라갔다. 그리고 그 한나절 날다람쥐처럼 날렵하게 이 가지 저 가지로 몸을 옮겨다니며 달콤한 팽열매를 따 먹었다.

그런데 그렇게 한동안 나무 위에서 지내다 보니 세민은 그 팽나무를 오른 것이 그것이 처음이 아닌데도 이날따라 이상하게 눈 아래 풍경들이 낯설고 아득하게 느껴졌다. 밑에서와는 달리 마을 골목길도 조그맣고 지붕들도 조그맣고, 지나가는 사람들의 몸짓이나 말소리들까지도 조그맣고 아득하게만 들려왔다. 아래서 볼 때와는 완연히 다른 세상이 거기 있었다. 눈앞을 바투 가로막고 앉은 안산 너머 바다까지, 아래서는 볼 수 없던 마을 밖 풍경들이 끝없이 멀리 펼쳐져 나간 것도 신기한 광경이었다.

세민은 이후부터 자연히 그 팽나무를 자주 찾아 오르게 되었다. 팽열매로 허기를 달래기 위해서만이 아니었다. 나무 위에서의 그 별스럽게 조그맣고 아득한 풍경 때문이었다. 나무 위에선 이상하게 모든 것이 조용하고 마음이 편해진 때문이기도 했다. 때로는 나무 아래로 길을 지나가던 어른들이 그의 위태로운 놀이를 나무라기도 했지만, 세민은 그도 거의 아랑곳을 안 했다. 아래에서는 대개 그가 누군지를 잘 알아보지 못하는 기색이었고, 그도 그 눈 아래 사람의 모습이나 목소리가 낯을 모르는 사람의 그것처럼 까마득하게 느껴졌기 때문이다. 한번은 바로 그의 아버지마저 다른 어른들처럼 건성기 걱정 속에 그를 알아보지 못한 채 그냥 길을 지나쳐갔을 정도였다.

어쨌거나 세민은 그 가을 한철 그렇게 학교에서 돌아오면 거의 그 늙은 검팽나무 위에서 혼자 지내다시피 했다. 그리고 가을이 기울고 겨울로 접어들면서 잠시 발길을 참았다가 이듬해 봄 팽나무가 다시 잎을 피우고 열매를 맺기 시작하자마자 이번에는 그것이 여물어 익기를 기다릴 참도 없이 일찍부터 가지를 오르내리기 시작했다.

그러니 이제 그것은 전혀 팽열매를 따 먹기 위해서가 아니었다. 그저 나무를 오르기 위해서였고, 마을과 주위 풍경을 더 멀리 보기 위해서였다. 그것을 더 멀리 보고 넓게 보려면 나무를 될수록 더 높이까지 올라가야 했다. 그는 나날이 더 나무를 높이까지 올라갔다. 뿐더러 그때마다 더욱더 멀어지고 넓어져가는 눈앞의 풍경에 자신도 모르게 가슴을 두근거리곤 하였다.

그러면서 서서히 깨닫기 시작했다. 다름 아니라 그동안 아버지가 그에게 그토록 바라온 소망의 정체가 비로소 어느 정도 확연하게 떠오르기 시작한 것이다. 아니 아직도 아버지가 그에게 무엇이 되기를 바라는지, 이 무렵엔 세민의 꿈이 이미 엿장수도 우체부도 아닌 형사 아저씨 쪽으로 기울고 있었지만, 그중에 아버지가 정작 무엇을 바라는지 구체적인 것까지는 밝혀지지 않고 있었다. 어쩌면 아버지는 그 마지막 형사 노릇까지를 포함해서 어느 것도 썩 탐탁스럽게 여기지 않았는지 모르지만 그러나 그 아버지에게는 한 가지 분명한 데가 있었다. 세민이 세 가지 중 어느 것이 되든 안 되든, 그 세 가지를 다 버리고 또 다른 무엇이 되려 하든, 그가 우선 당신 곁을 떠나기를 바라고 있다는 것이었다. 세민은 어느 날 그 나무 위에서 자꾸만 조그맣게 작아진 마을, 더욱이 끝간 데 없이 아득해져가는 마을 밖 풍경들에서 차츰 그것을 깨닫기 시작했다. 그리고 자신도 필경은 그럴 수밖에 없고 그래야만 할 것 같은 야릇한 충동 속에 하루하루 그 아버지의 숨겨진 소망에 대한 확신을 더해갔다.

하지만 그는 실제로 그 아버지의 곁이나 마을을 떠날 수는 없었다. 그럴 엄두조차도 내볼 수 없었다. 공연히 지레 겁을 먹고 마음이 움츠러든 탓이었지만, 그럴수록 세민은 학교에서만 돌아오면 버릇처럼 자주 그 팽나무를 찾아갔다. 그리고 그 야릇한 마음속 충동을 좇아서 하루하루 더 높은 곳까지 둥치와 가지를 타고 올라갔다. 끝내 그 나무의 가장 높은 곳, 열 길이 족히 넘을 그 수봉의 정상까지 올라가 더욱더 작아진 마을과 더욱더 드넓어져 간 풍경의 마지막— 그 정체 모를 충동과 욕망의 절정을 보고 말 듯. 그렇듯 위태위태 가는 가지 끝까지 작은 몸을 의지한 채.

그러나 행인지 불행인지 세민은 끝내 그 팽나무의 정상까지는 오를 수 없었다. 나무의 정상을 오를 수도 없었고 그의 충동과 욕망의 끝자락을 볼 수도 없었다. 무엇보다 다시는 그 팽나무를 오를 수가 없게 되고 말았다. 팽열매가 아직 익기도 전인 그해 한여름철 어느 날, 세민이 드디어 그 팽나무의 가장 높은 쪽 가지를 휘어잡고 겨우겨우 몸을 실어 올린 순간, 그를 더 지탱해내지 못한 가느다란 가지가 그와 함께 우지직 꺾여 떨어져 내리고 만 것이다.

더 긴말 할 것 없이 그는 그것으로 결국 형사 노릇은 물론 엿장수나 우체부 노릇도 할 수 없는 어려운 불구의 처지가 되고 만 것이다.

병 주고 약 준다는 식으로 아버지는 그에게 그런저런 꿈을 꾸게 하고 그 꿈을 다시 몽땅 빼앗아가버린 셈이었다. 일의 시말이 그렇게 된 사단은 그 아버지의 세민에 대한 남다른 기대와 소망에 있었으니까.

그렇듯 불행스런 결과를 두고 아버지가 병을 주고 약도 준 격이라 한 것이 거기까지만 해서는 아직 앞뒤가 잘 안 맞는 소리가 되겠지만, 이후의 세민의 인생행로를 두고 볼라치면 그것이 그다지 틀린 비유는 아니었다.

앞서 미리 말한 대로, 그로 하여 아버지는 이후 세민에게 생각지도 않았던 화가의 길을 가게 한 것이다.

그러나 그림을 그리는 일 역시 세민 앞에 그 당장 길이 열린 것은 물론 아니었다. 일이 그리 되기까지에는 아직도 이런저런 괴로운 우여곡절이 많았다. 여름철 나무라 잎이 무성하고 가지에 도 탄력이 제법 많기는 했지만, 열 길 나무 높이를 이리저리 부딪히고 튕겨져나가며 곤두박질쳐 떨어져 내린 세민은 처음 목숨을 건질 희망도 걸 수 없을 만큼 상처가 극심했다. 숨도 제대로 쉬지 못한 데다 머리통이 깨지고 갈비뼈가 부러지고, 온전히 움직일 수 있는 팔다리가 하나도 없었다. 하지만 다행스럽게도 그는 그 여름부터 깊은 겨울 녘까지 꼬박 반년 넘어나 읍내 병원의 좁은 병실에 누워 지내고 나선 대부분의 상처를 이기고 몸을 회복해 일어났다. 그리고 이듬해 봄철과 함께 병원을 나와서는 양의술론 더 이상 손을 쓸 수가 없다는 나머지 병태들을 마저 한방으로 다스려나갔다.

하여 그 봄철이 끝나고 다시 여름철로 들어설 무렵쯤엔 그의 오른쪽 무릎관절 한 곳을 제외하곤 불편스런 몸놀림들도 다시 학교를 나다닐 수 있을 만큼 거의 정상으로 돌아왔다. 변을 당한 그 즉시 읍내 양(洋)의원까지 곧장 먼 길을 잘 서둘러대고, 병원을 나와서도 한약이야 침질이야 원근의 한의원들을 두루 찾아다니며 있는 힘과 정성을 다 쏟은 아버지의 끈질긴 노력 덕분이었다.

그런데 문제는 마지막까지 바로잡히지 않는 무릎관절의 병태였다. 다른 상처들이 다 아물고 나서도 뼈가 부스러진 그 무릎관절 한 곳은 아무래도 움직임이 제대로 되살아나질 않았다. 깨지고 끊어진 곳을 수술로 다스리고, 양약과 한약을 다 동원하여 깊은 뼛속의 화농기까지 말끔히 가라앉히고 나서도, 겉으로는 거의 멀쩡하게 된 무릎이 구부리고 내뻗는 움직임을 제대로 감당하지 못했다. 무릎 아래쪽으로 뻗어내린 신경의 한 줄기가 끊어지고 만 것이었다. 움직임이나 감각이 온전할 수 없었다. 다리가 뻣뻣하게 끌리고, 몸이 기우뚱거리고, 그 걸음걸이가 보기 좋을 수 없었다.

하지만 이제는 약방 의원들조차도 별 뾰족한 방도를 못 내고 고개를 가로젓는 마당에 아무리 혼자 아쉽고 안타까워한들 아버지로서도 어떻게 더 손을 쓸 수 없게 된 일이었다. 아버지도 종당엔 그걸 알아차리고 그 세민의 무릎—이라기보다 그의 무릎에 대한 자신의 희망—을 단념하게 된 것 같았다.

"그래, 저렇게 박복헌 놈이 있는가. 형사가 되든 무엇이 되든 내 지놈헌티는 어떻게 하든지 이 애비의 멍에만은 넘겨주지 않으려 했더니만. 그것도 팔자에 겨워 저 지경이 되고 말아?"

마지막까지 매달리던 한의원까지 끝내 고개를 가로젓고 돌아가버린 날, 아버지는 어디선지 술에 흠뻑 취한 채 밤늦게 돌아와 어둠 속에 혼자 앉아 장탄식을 하였다.

세민이 나무에서 떨어졌을 당시보다도, 어쩌면 두 살 아래 터울로 태어난 그의 네 살배기 계집아이 동생이 유난히 심한 홍역 앓이를 못 이기고 숨을 거두어 갔을 때 이웃 친구분과 함께 새벽녘 아이의 시신을 어디에다 몰래 묻고 돌아왔을 때보다도 그 목소리나 분위기가 훨씬 더 침통하고 무거운 것 같았다. 그 바람에 진작부터 방 윗목 쪽에 잠이 든 척 이불자락을 뒤집어쓴 채 기척을 죽이고 있던 어머니까지 부스스 자리를 털고 일어나 푸념을 보탰다.

"그러니 인자부텀은 다 포기하고 삽시다, 그만. 당신 말대로 그도 다 지 팔자가 그뿐이라서 안 그렇게 됐겠소. 그 무신 엿장사고 형사질이고…… 당신도 정작에 저 아가 원한 것은 한번도 탐탁스러워한 적이 없이 하찮애하기만 해왔음서……"

어머니는 일이 끝내 그리 되고 만 것이 아버지의 허물 탓 아니냐는 듯 은근한 타박기까지 섞고 있었다. 제풀에 잔뜩 숨결을 죽이고 있는 세민이 듣든 말든 아랑곳을 않은 채 아버지는 이제 그 어머니를 상대로 한동안 더 푸념을 계속했다.

"이 사람아, 내가 언제 그 노릇을 하찮아하고 탐탁해하지 않았단 말인가. 어디 좀 탐탁스러워하지 않아 보인 데가 있었더라도 그거야 내가 그런 노릇을 하찮게 여겨서가 아니라, 녀석의 바람이 이것저것 너무 깊은 것 같아 그랬겠제. 사람의 일이란— 더구나 요새같이 칼바람기가 하심한 시절엔 제가 하고 싶고 되고 싶어 한다고 마음같이 되는 일이 좀체 드문 법이라…… 일을 그르쳤을 때를 생각해서 저를 미리 좀 단속해두재서 그랬겠제."

"해필이믄 자식 일로 몹쓸 앞일을 내다보기는 잘했는갑소. 헌다고 이제 와서 저렇게 된 아이헌티 그런 아배 속을 내보여 무신 득이 되겠소. 지 애린 속만 더 곯아터지제."

"지가 알았든지 몰랐든지 간에 내 본심은 하여튼지 지가 정작엔 그 어느 것도 못 될까 그게 걱정이었다는 소리여. 엿장사가 되든지 형사 노릇을 하든지, 저만은 이 애비 같은 붙박이 농사꾼 팔자만 면하게 되기를 바랬은께."

"아배 자식간 내림인디, 저라고 그 팔자를 벗어나기가 그리 쉬웠을랍디여. 그나저나 이제는 다 부질없는 일이제."

"그래, 인제는 다 부질없는 노릇이제. 지 타고난 팔자가 그 길이 아니었다면…… 지금서부터라도 당장 지 길을 가게 해줘야 할 테고. 허지만 이놈에 질긴 멍에는 어찌 이리 벗어나기가 힘드는지, 지 앞날을 생각하면…… 후우."

세민의 일을 두고 오간 이날 밤 두 사람간의 푸념은 아버지의 그 마지막 한숨 소리를 끝으로 간신히 끝이 났다. 어머니 쪽에서 더 이상 대꾸를 보내지 않은 채 자리를 돌아누워버렸기 때문이다.

그러나 세민은 이제 그 아버지의 마음속을 똑똑히 알 수 있었다. 세민이 짐작해온 대로 아버지는 자신의 농사꾼 처지를 벗어나려는 깊은 소망을 세민에게서 대신 이루고 싶어 해온 것이었다. 그래서 한사코 흙일거리를 멀리하게 하고, 그걸 물려주지 않으려 엿장수고 무엇이고 세민의 꿈을 묵인해주고, 그나마도 일이 잘못 빗나갈까 조바심쳐온 것이었다.

세민으로서도 이미 다 짐작하고 각오를 해온 일을 아버지는 이날 밤 낙담과 푸념 투 속에 다시 한 번 똑똑히 확인시켜준 셈이었다. 그리고 그 아버지의 괴로운 체념을 통하여 세민은 자신의 불운한 좌절을 한번 더 뼈저리게 실감해야 하였다. 다만 한 가지 아직도 분명치가 않은 것은 그의 앞날의 일에 대한 아버지의 지나친 낙망기였다. 이제부터라도 당장 '제 길'을 가게 해줄 수밖에 없노라 한 그의 새 앞길의 진짜 정체였다. 그것은 어쩌면 아버지가 그렇듯 진절머리를 내오고 세민에게까지 물리기를 그토록 경계해온 농사일살이기가 쉬웠다. 하지만 세민은 무엇 때문에 아버지가 그 농사일을 그렇게 한사코 지겨운 멍에로 여기고 머리를 저어대는지를 알 수 없었다. 그리고 그 농사일살이가 정말 그렇듯 고약스런 멍에를 지게 되는 일이라면, 처지가 그리 됐다고 사지까지 성치 못한 자식을 하필 그 길로 가게 할까 심히 의심이 되기도 하였다. 행여 그 농사꾼살이가 아니라면 아버지가 맘속에 미리 점지해두고 있는 그의 새 앞길은 어떤 것이 될 것인가.

하지만 바로 이튿날 학교를 파하고 돌아와서부터 세민은 모든 걸 깨달아가기 시작했다.

"자 오늘부터는 네가 이 쇠고삐를 맡거라."

아버지는 그날따라 일부러 세민이 학교에서 돌아오기를 기다렸다가 그때까지 컴컴한 쇠마구간에 매여 있던 점백이(얼굴에 흰 점이 박힌 그의 집 황소의 이름) 놈을 끌어내다 세민에게 긴 고삐를 건네주며 다짐 주듯 말했다.

"쇠새끼가 너를 시뻐 보면 안 되니께 고삐 끝을 항상 단단히 붙들고 다녀. 그리고 그 점백일 먹이는 일뿐 아니라, 인제서부터는 곧장곧장 집으로 돌아와서 안팎 일을 함께 거들어. 그 다리를 해갖고 팽나무를 기어오르는 따위로 전처럼 아까운 시간 죽이고 지낼 생각 말고."

아버지의 그 결연스런 다짐 소리 몇 마디에 세민은 이날부터 그의 오랜 특권, 여느 집 아이들처럼 일거리에 쫓기지 않고 마음대로 놀 수 있는 그만의 귀한 특권을 잃고 만 것이다. 뿐만이 아니었다. 그는 여태 그 놀이처럼 여겨왔던 이런저런 일거리들을 싫으나 좋으나 새로 온몸으로 익혀가야 하는 진짜 농사꾼 신세가 된 것이다. 말할 것도 없이 아버지가 그에게 그 쇠고삐만을 넘겨준 것이 아니기 때문이었다. 아버지는 이후부터 세민이 학교에서 돌아오면 그 불편스런 걸음걸이로 소를 끌고 다니며 풀을 뜯기는 일뿐 아니라, 크고 작은 집안일 심부름질이나 들밭 일거리들을 그의 몫으로 남겨두어 다른 여가를 통 못 갖게 하였다. 그러던 어느 하루는 세민이 어릴 적 당신의 손으로 직접 부숴 없앴던 지게까지 새로 꾸며 지워주며 집에서 소를 먹일 풀여물거리나 곡물단, 푸나무거리까지 제 손으로 베어 져 나르게 하였다. 그러면서 다시 한 번 다짐을 잊지 않았다.

"인제 너는 농사꾼이다. 농사꾼의 손발이나 등짝에는 쇠고삐하고 지게가 항상 편해야 헌다. 너는 한짝 다리까지 남같이 성치가 못허니 그걸 더욱 부지런히 익혀야 한다."

세민의 학교 쪽 일엔 아직도 무엇이 어떻게 돌아가는지 전혀 관심이 없었다. 세민이 학교 공부를 해가든지 말든지, 숙제 따위를 해가든지 말든지, 아예 학교엘 오가든지 말든지, 그의 공부 쪽에는 갈수록 상관을 안 했다.

그러니 이제 그 엿장수나 형사 따위 세민의 빛이 바랜 지난날의 꿈에 대한 말은 더더욱 입에 올린 일이 없었다. 하기야 이젠 세민도 그 아버지 앞에 그걸 입에 올리고 싶거나, 언감생심 내심으로나마 그것을 아쉬워해본 일이 없었으니까.

하고 보면 세민은 정작 그 노릇들이 진심에서 사무치게 소망한 것은 아니었는지도 모른다. 뒷날의 그의 시큰둥한 감회를 들춰볼라치면 그랬을 공산이 더욱 농후했다.

세민은 훨씬 뒷날 나이가 좀 들고 나서 신문에선지 라디오에선지 한 희한한 시골 우체부에 대한 일화를 접한 일이 있었다. 그 우체부는 시골 마을들로 우편물을 배달하고 다니다가 다리가 피곤해지면 시원한 강물가나 나무 그늘 아래 쉬어 앉아 한가로이 남의 편지를 한 장 한 장 꺼내어 읽는 취미가 있었는데, 위인이 봉투를 뜯어 편지를 읽고 나선 늘 강물이나 바람결에 꽃잎처럼 찢어 띄워 보내버리는 버릇을 참지 못한 바람에 나중에는 쇠고랑까지 차는 신세가 되고 말았다는 이야기였다. 세민은 그때 그 턱없이 낭만적인 우체부의 이야기에 느닷없이 옛날 그 한적한 학교길의 엿장수나 우체부들에 겹쳐 자신의 모습을 떠올리며 쓰거운 실소를 금치 못했었다. 다른 한번은 분수없이 드높기만 한 자기 신념에 살다가 한 몇 년 벽돌집에서 나랏밥을 먹고 나온 친구가, 그가 살고 나온 벽돌집 바람벽들엔 '악질 검사 아무개를 처단하자'는 낙서가 자주 띄었다면서, 어릴 적부터 머리가 좋기로 소문났던 같은 고을 출신의 그 검사는 좋은 머리에 인간미까지 가장한 신문 방법이 하도 교묘하여 그 앞에선 아무도 지은 죄를 숨길 수 없게 하여, 전국 방방곡곡 교도소 감방 벽마다 그에 대한 저주와 복수를 다짐하는 낙서들이 숱하다는 것이었다.

"그 친구 아마 그 원망과 저주의 독기만 쐬어서도 제 명에 죽기 어렵지. 사람이 머리가 너무 좋아도 신상에 해롭다니까……"

자신도 은근히 포원을 숨기지 못한 그 친구의 말을 듣고, 세민은 이번에도 제물에 설레설레 머리를 가로저었던 것—

하지만 그것은 훨씬 세월이 지나고 난 뒷날의 일들이고, 당시로선 세민이 좋았건 싫었건 간에 그런 꿈 자체를 더 지녀나갈 수도 없었고, 제 뜻으로 그것을 버리고 말고 할 처지도 못 되었다.

모든 일은 아버지가 결정을 내려갔고, 그는 그 아버지의 뜻에 따라야 했다. 그는 이제 정말로 새끼 농사꾼이 되어야 했다. 세민 자신도 그럴 수밖에 없어 보였다.

그런데, 지나다 보니 그 시골살이 농사일이라는 것이 정작엔 그가 전날에 알고 있었던 것 같지가 않았다. 들논에 며루약 치기와 피 뽑기며 논둑 베기, 산밭에 거름 내기와 배수로 파기, 방천 쌓기 따위, 이제는 다시 아버지와 일손을 따라 같이하게 된 때는 물론이거니와, 점백이를 혼자 몰고 나가 풀을 뜯기고 꼴을 베오는 일만 하여도 새삼 손길이 설고 힘이 몹시 부쳤다. 온전치 못한 걸음걸이에 거칠고 고집 센 쇠짐승을 허둥지둥 뒤쫓아 다니다 보면 그가 늘 거꾸로 놈의 고삐 끝에 매달려 끌려다니는 꼴이었다. 익숙지 못한 낫질엔 손을 베이기 일쑤였고, 발걸음을 늘 위태위태 기우뚱거리게 만드는 서투른 지게질은 그의 목덜미와 어깻죽지, 엉치받이께들을 고루 짓무르고 멍이 들게 하였다. 게다가 안팎으로 집을 들거나 나거나 일거리는 끝이 없었고, 그것도 마음대로 미루거나 쉬어가며 할 수 있는 일이 아니었다. 나름대로 속다짐을 하고 나선 터인데도 모든 것이 생각보다 혹심하고 절박하고 막막했다. 그는 이제 갈 데 없이 자신의 고삐에 매여 끌려다니는 한 마리 짐승의 형국이었고, 벗을 수 없는 굴레에 힘든 멍에를 짊어진 가엾은 가축 신세 한가지였다.

세민은 비로소 아버지가 그토록 물려주기를 꺼렸던, 그러나 결국엔 당신 스스로 그를 길들여주기로 결심한 쇠고삐와 지게의 운명, 그 운명의 실상을 어슴푸레 깨닫기 시작했다. 그 쇠고삐나 지게의 멍에에 얽매여 길이 길이 들여져온 것은 세민보다 아버지가 훨씬 더 먼저였다. 그것은 세민이 아직 태어나기도 전부터의 일이었을 터였다. 아버지 또한 그만큼 그 쇠고삐와 지게의 멍에에 얽매이고 부대껴온, 한 마리 짐승의 삶을 닮고 있었다. 세민이 아버지에게서 그것을 느낀 것이 이때가 처음 일은 물론 아니었다. 전부터도 아버지가 어느 하루 빠지는 날이 없이 앞을 볼 수 없을 만큼 높다란 곡물단이나 푸나뭇짐에 머리가 깊이 파묻힌 채 육중한 쇠짐승까지 앞세우고 사립을 들어설 때면, 세민은 그 아버지가 점백이를 몰고 들어오는 것이 아니라 당신의 등짐과 함께 그 쇠짐승의 고삐 끝에 몸이 매달려 끌려다니고 있는 듯한 느낌이 자주 들곤 했었다. 그 아버지가 어딘가 늘 안 되고 지겹고, 속으로 은근히 두려워지곤 했었다. 그래 그도 그 아버지를 떠나려 이것저것 그 역마살 꿈들을 꾸게 되었는지도 모른다.

하지만 그때 그런 삶의 고삐나 멍에의 아픔은 세민 자신의 것이 아니었다. 자신과는 큰 상관이 없는 아버지 혼자의 것이거니만 했다. 그저 그런 막연한 느낌뿐이었던 탓에 그때는 그 아픔을 제대로 느낄 수 없었고 고삐나 멍에도 확연히 알아볼 수 없었을 뿐이었다.

그러나 이제 세민은 자신의 아픔을 통하여 아버지에게서 그것을 분명하게 보게 된 것이다. 그리고 다시 그 아버지의 모습을 통하여 자신의 모습과 새 인생행로의 본색을 확인하게 된 것이다.

세민은 이제 차라리 그 아버지가 부러웠다. 아버지는 그간 이미 그 고삐나 멍에에 충분히 길이 들여지고 익숙해져 있었다. 어찌 보면 이젠 외려 그 쇠고삐나 지게들이 아니면 당신의 삶을 살아갈 수조차 없어 보였다. 그것을 힘들고 지겨워하기보다 그것들과 온통 하나가 된 것처럼 편안하고 어엿해 보이기까지 했다.

하지만 세민은 아버지처럼 그것들에 좀처럼 익숙해질 수가 없었다. 어쨌거나 이제는 그 노릇에 심신이 빨리 익어지기를 바랐지만, 그것이 생각처럼 쉬운 일이 아니었다. 그만큼 서툰 지게질이 아프고 힘들었고, 쇠고삐는 갈수록 버겁고 지겨웠다. 전날과는 딴판으로 매사에 깐깐하고 매정스러워진 아버지의 등 뒤에서 어머니가 이따금 눈짓을 흘겨 보이거나 말없이 콧물을 훔치고 돌아서는 모습에도 공연히 속이 더 막막해지기만 하였다.

그런 가운데에 또 그해 봄 세민이 겨우 걸음걸이 연습 나들이를 시작했을 때부터 그를 무엇보다 못 견디게 해온 일이 있었다.

삐리리리 삐리리 삣삐리리리……

세민이 들길만 나서면 까맣게 드높은 봄하늘 위에서 작은 종다리들이 자주 즐거운 공중제비 놀이를 일삼고 있었다. 그리고 찔레꽃잎이라도 흩날려내리듯 한 그 낭자한 지저귐 소리는 세민에게 늘 알 수 없는 신열기와 막막한 열패감을 앓게 하였다.

"저 빌어묵을 종다리 새끼들…… 저것들만 없어졌으면!"

소리를 질러 쫓으려 해도 하늘이 드높아 소용이 없었고, 눈과 귀를 틀어막고 듣지 않으려 해도 들판이 너무 드넓어 피해낼 길이 없었다. 새들의 공중 놀이와 지저귐 소리는 늘 끝이 없었고,

세민은 그 봄 한철 내내 그 알 수 없는 신열기의 시달림을 견뎌낼 수밖에 없었다.

그런데 겨우 종다리가 사라지고 세민이 소와 함께 새 농사꾼으로 그 들판길을 나다니기 시작한 그해 늦봄 녘, 한동안 비어 있던 적막스런 하늘에 이번에는 종다리들보다 훨씬 더 높은 창공을 맴도는 새가 나타났다. 소리개 놈이었다. 놈은 어디에선지 한번 머리 위에 나타나면 소리 없이 계속 하늘을 맴돌았다. 그것도 하필이면 매번 세민의 머리 위 근처였다. 마치 눈 아래로 세민을 알아보기라도 한 것처럼 한 식경씩 오래오래 그의 위를 맴돌았다. 그 까마득히 높고 오랜 솔개의 떠돎. 그것은 작은 종다리들보다도 세민의 심사를 더 아득하고 창연스럽게 하였다. 때로는 쇠고삐와 지게를 내던지고 약 먹은 강아지처럼 절뚝절뚝 제풀에 풀섶을 맴돌기도 하였고, 때로는 맨흙바닥에 등을 대고 늘어져 누워 놈을 향해 바락바락 악을 써대기도 했다.

"저놈의 새, 저리 좀 썩 꺼져버려! 제발 나를 좀 내버려두란 말여!"

그러나 그것으론 물론 새를 쫓을 수 없었고, 마음속에서도 지워질 수가 없을 것 같았다. 쫓거나 지워지기커녕 맘속 깊은 원망으로 아프게 스며들었다 하릴없는 부러움으로 다시 살아나게 된 것인지도 모른다.

그 초여름께의 어느 날 세민은 그 새를 문득 그의 한 권뿐인 공책장에다 그림으로 그려낸 것이다. 학교에서 다른 아이들과 함께 그림 숙제를 받아 오던 날, 이날도 그 혼자 들일을 나갔다 그의 머리 위를 끊임없이 떠도는 새로 하여 유독 더 심한 신열기를 앓고 돌아와서의 일이었다. 학교 공부에선 그가 어느 시간보다 그림 공부를 좋아해온 때문이기도 하였다. 그리고 그것이 이를 테면 그가 이후 오랜 세월 그 새의 형상을 마음속에 지니고 그것을 그리게 된 첫 계기가 된 셈이었다.

하지만 이번에도 오직 그 한 번으로 세민이 곧장 화가의 길로 들어서게 된 것은 아니었다. 그것은 세민이 정할 수 있는 일도 아니려니와, 아직 더 결정적인 운명의 조화가 필요했다.

이튿날 아침 아버지는 세민의 공책장에서 담배말이 종이를 찾다가 거기에 세민이 밤새 정성들여 그려놓은 들판과 하늘과 솔개의 그림을 유심히 들여다보다간 왠지 썩 마땅찮아하는 어조로 말했다.

"그 웬…… 쓰잘데없는 환쟁이 흉내질이냐!"

그림이 마음에 차지 않아서거나 부질없는 장난짓거리쯤으로 여겨서가 아니라 역력한 금지의 뜻이 밴 목소리였다.

"그림 숙제를 해가는 거라요."

세민은 그 아버지 앞에 간단히 해명했다. 그리고 이후로도 아버지의 심사를 모른 척 계속 그 솔개의 그림들을 그렸다. 학교만 다녀오면 그는 늘 들판으로 나가야 했고, 그때마다 빠짐없이 머리 위를 떠도는 녀석을 만나야 했기 때문이었다. 세민은 거의 날마다 그 푸른 들판과 하늘과 드높은 새의 비상을 그렸다. 그림 숙제가 있는 날은 물론, 숙제가 없는 날에도 그렸고, 집에서뿐만 아니라 어떤 날은 들일을 나가면서 공책을 들고 나가 단자리에서 그림을 채워오기도 했다. 그것을 그림으로 그리지 않고는 그 들판과 하늘과 새의 높은 비상을 참을 수가 없었고, 무엇보다 자신의 뜨거운 신열기를 이길 수가 없었기 때문이었다.

아버지도 그런 세민을 더 아랑곳하지 않았다. 내심으론 여전히 마땅찮아하는 기색이 역력한데도 그걸 굳이 금하려거나 상관하고 드는 일이 없었다. — 저러다 또 제풀에 물리는 날이 있겠지. 스스로 진력이 나서 손을 털게 되기를 기다리는 낌새였다.

그러니 거기서 더 다른 일만 없었다면 세민도 그럭저럭 그러다 그 그림질에서 손을 거두고 말았을지 모른다. 철이 차츰 바뀌다 보면 새는 결국 사라지게 마련이었고, 거기 따라 그의 신열기도 저절로 사라져가게 마련이기 때문이었다. 그리고 이듬해 봄쯤에는 그가 다시 그런 몹쓸 신열기 따위를 겁내지 않아도 좋을 만큼 마음과 일손이 두루 익숙해져 있었을지도 몰랐다.

그러나 일은 그 아버지의 예상을 훨씬 빗나가고 말았다. 저녁녘 햇살이 유난히 눈부시던 그 여름 어느 오후 한나절, 세민은 전에 없이 그 주황빛 햇살이 까마득한 솔개의 날갯짓 위로 사라질 때까지 많은 그림을 그렸다. 심신이 그만큼 지칠 수밖에 없었고, 점백이를 앞세우고 집으로 돌아오던 어스름 녘 길눈도 온전했을 수가 없었다. 점백이의 걸음걸이가 다른 날보다 유독 더 빠른 것도 아닌데 기우뚱거리는 꼴짐에 놈의 고삐를 붙들고 쫓아가기가 어느 때보다 버거웠다. 그런데도 녀석은 허겁지겁 뒤따라오는 어린 주인 따위는 아랑곳을 않은 채 저 혼자 고집스럽게 보조를 일정하게 유지해가고 있었다.

결국엔 세민이 놈의 고삐를 놓아주고 빈손으로 녀석을 뒤따라가기 시작했다. 고삐를 놓아줘도 녀석은 저 혼자 집까지 길을 잘 찾아가곤 했기 때문이다. 자신만 공연히 고삐 끝에 매달려 애를 먹고 갈 필요가 없었기 때문이다.

그런데 세민은 그 쇠고삐를 놓고 채 몇 걸음도 못 가서 길 옆 개골창으로 꼴짐째 나동그라져 처박히고 말았다. 불편스럽지도 않은 그의 건강한 왼쪽 발이 어스름 속으로 길바닥을 쓸고 가는 녀석의 고삐 끝을 밟아버린 탓이었다. 한데도 이미 중심을 잃은 그의 두 다리는 보조를 전혀 늦추지 않는 완강한 짐승의 힘을 당할 수 없었던 것이다.

그야 물론 그 사고 자체는 별 걱정스러울 것이 아니었다. 세민은 곧 넘어진 꼴짐 밑을 빠져나왔고, 길바닥으로 올라선 그의 몸에는 걱정될 만한 상처도 없었다. 그런데 하필 그날따라 그의 풀짐을 멀찍이 뒤따라오던 아버지가 우연히 그 꼴을 목도하게 된 것이 사단이었다. 뒤에선 무슨 일이 있거나 말거나 무심한 쇠짐승은 저 혼자 한참이나 길을 앞서 가버린 데다, 개골창으로 쏟아져 박힌 꼴짐을 어떻게 금세 다시 수습해 지고 갈 방도가 없었다. 그래 우선 제 몸만 길바닥으로 올라선 세민이 그냥 한동안 망연해 있으려니, 등 뒤 어스름 속으로 뜻밖에 아버지의 목소리가 들려왔다.

"어서 그냥 쇠새끼나 쫓아가보거라. 꼴짐은 내가 거둬 지고 가마."

뿐만이 아니었다. 흐트러진 꼴짐을 대신 거두어 지고 잠시 뒤 세민을 뒤따라 사립을 들어선 아버지는, 세민이 거기서 깜박 잊고 쏟아진 풀짐더미 속에 그대로 놔두고 온 새 그림공책을 찾아 들고 와선 짐짓 소중스런 물건인 양 그의 손에다 넘겨주며 뜻밖의 핀잔을 주었다.

"네 그림 공부책 여 있다. 애써 그린 그림을 제대로 간수할 줄도 알어야제."

그런데 그것이 그저 무심히 스쳐 흘린 핀잔 소리가 아니었다. 이날 밤 잠자리에서 아버지는 또 늦도록 몸을 뒤채어가며 무슨 일인가를 혼자 골똘히 생각하는 눈치였다. 그리고 그 밤으로 무슨 작정이 내려진 듯 이튿날 아침 일찍 날이 밝아오자마자 긴말 제하고 세민과 어머니에게 일렀다.

"오늘 내 두루마기랑 나들이옷 좀 손봐주어. 세민이 너도 오늘은 학교 고만두고 아침 먹고 나를 따라나설 채비 해두고."

느닷없이 먼 길 나들이 행장을 서두르고 나선 것이었다. 그리고 이날로 세민을 앞세우고 종일을 걸려 찾아간 곳이 3백 리 찻길의 광주 근역 무등산 골짜기였다.

생각지도 못했던 진짜 그림 공부길— 이후 십수 년간의 긴 세월을 매달리고 종당엔 생애까지 걸게 된 그의 화도 수업의 첫 발걸음이었다.

찻길을 오면서 아버지에게서 처음 듣고 안 일이었지만, 세민에게는 일찍부터 '그림질에 미쳐서 고향도 일가친척도 버리고 사는' 낯선 당숙이 한 사람 있었다. 그날 아버지가 무등산 골짜기로 세민을 앞세우고 찾아간 '먹물 그림 화가'로, 이 무렵엔 이름보다 유당이란 아호로 그런대로 꽤 성가를 얻고 지내는 편이긴 했지만, 어릴 적 일찍 집을 나가 그 '먹그림질에 미쳐서' 세상을 오래 떠돌아다닌 데다, 나이 들어 적지 않이 화력을 쌓고 난 다음에도 고향 쪽과는 별 소식이나 왕래가 없어온 터여서 참나무골이나 일가 간에선 거의 잊혀지다시피 한 존재, 이따금 달갑잖은 손가락질이나 당해온 사람이었다. 세민이 여태 일가 중에 그런 사람이 있는 줄을 몰랐던 것이나, 아버지가 그동안 그의 공책장 그림질을 그리 탐탁잖게 여겨온 것이 그런 연유에서였던 것 같았다. 하지만 아버지는 세민의 처지나 앞날을 두고 고심하다 끝내 그의 심상찮은 그림 취미에 불가불 그 유당을 생각하기에 이른 모양이었다. 지 처지가 이 지경에 이른 마당에 그 사람에게 한번 아이를 맡겨서 제 좋아하는 그림 공부를 시켜보는 게 어떨까—

그러나 정작 당사자인 세민은 그것이 그의 새 그림 수업을 위한 오랜 출가길의 첫걸음이 되리라는 사실을 그 당장엔 뚜렷하게 알지를 못했다. 아버지는 차 속에서도 그 집안 아저씨뻘 먹물 그림 화가가 한 사람 계시다는 사실과 세민의 장래를 위해 그를 만나러 간다는 것밖에, 세민이 그에게 그림을 배우게 될 일이나 그의 의사 여부에 대해서는 더 이상 긴말을 안 했기 때문이다.

더욱이 그날 아버지는 그 무등산 골짜기의 오두막 곳간집의 유당을 만나서도 그렇듯 불시에 그를 찾아간 목적이나 세민의 그림 공부에 대한 일은 분명한 말을 자꾸만 미뤄대고 있었다.

"당숙께 인사드려라. 내가 말한 유당 선생이시다. 나하고는 실상 두어 살 손아래뻘 사촌간이시다만 그런 건 따질 것 없고, 어서 마루로 올라와서 큰절로!"

해가 설핏해갈 무렵 텃밭일을 하다가 예상찮은 손님을 맞고 부랴부랴 손을 털고 들어온 그 영락없는 농사꾼 행색의 유당, 더부룩한 머릿결과 긴 턱수염 때문에 오히려 두 사람의 나이가 뒤바뀌어 보이는 먹물 그림 화가 유당, 그 유당과 서로 마루 위로 자리를 마주하고 앉자마자, 아버지는 어려운 부탁을 지니고 온 사람답게 그 손아래뻘 사람에게 우정 선생의 호칭까지 붙여가며 깍듯이 세민의 큰인사절을 당부했을 뿐, 누가 보아도 거동새가 완연히 불편해 보이는 자식의 신상사나 먼 길에 그를 부러 동행하고 찾아온 일에 대해서는 굳이 말을 덧붙이거나 내색을 드러내지 않았다. 세민이 절을 하고 나서 두 어른 간에 한동안 궁금한 이야기들이 오가는 가운데에도 세민의 그림 일은 전혀 내비쳐진 일이 없었다.

아버지가 유당에게 당신의 속내를 어느 정도 분명하게 드러내 비친 것은 이날 밤 세민이 한 칸뿐인 그 곳간방 윗목에 잠자리를 하고 누웠을 때 아랫목의 두 어른 간에 간간이 오간 말 가운데서였다. ……인자서부터 나헌티는 자식이 없는 것으로 치고 저를 잊고 살겄네. ……허, 정녕 저 어린놈한테 저 같은 몹쓸 피가 흐르고 있더란 말씀입니까…… 그렇잖으면 내가 뭣하러 예까지 저를 데려왔겄는가. 그림 공부를 시키든지 산골 농투사니를 만들든지, 하여간에 인자서부텀은 자네 아이니 저를 자네 뜻대로 다스려나가도록 하게. ……글쎄올습니다. 곁에 두고 지내는 거야 상관없지만, 제 집에서 제 인생길 고삐를 놓치고 온 아이에게 저라고 이 산골에서 어떻게 다시 그걸 찾아줄 수 있을지 모르겠습니다. ……내 형편을 다 짐작할 테니, 한 해에 두어 가마니씩 저 먹을 곡량거리나 올려보내기로 하고, 다른 입성가지나 필묵 값 마련은 땔나무야 채전일이야 제 노공(勞功)으로 대신 보태나가게 하시고……

세민은 비로소 거기서 그 아버지의 뜻을 분명하게 읽게 된 것이다. 그리고 이튿날 아침 일찍 끼니도 치른 둥 만 둥 당신 혼자 서둘러 산을 내려가버렸을 때, 세민은 새삼 절박하고 당황스런 심사 속에 졸지에 급변해버린 자신의 막막한 처지와 아무 준비도 없이 내던져진 새 인생길의 두려움을 더욱 뼈아프게 실감했다.

"너는 나설 것 없다. 너는 인자서부터 이 집 사람이 된 거다."

아버지는 밤사이 유당뿐만 아니라 세민 자신과도 모든 의논을 끝낸 사람처럼 아침상을 물리자마자 곧장 당신 혼자서 길채비를 차리고 나서면서 세민에겐 그저 지나치듯 한마디를 했을 뿐이었다. 그리고 당장 할 말을 찾지 못해 머뭇머뭇 두 어른들의 뒤를 좇아 그 오두막 사립문 앞까지 따라나온 세민에게 뒤미처 생각난 듯 당부 겸 몇 마디를 덧붙였을 뿐이었다.

"지금 이날서부텀은 네 전정을 다 이 당숙님께 맡기기로 하였다. 당숙께서도 다행히 너를 당장 내치지는 않으실 모양이니 이 곳을 아주 네 집으로 알고, 모든 일을 이 어른의 뜻에 맡기고 따르도록 하거라. 지금서부터는 집안 당숙님보다 유당 선생님으로 모시고…… 매사 선생님의 뜻을 거스르지 말고, 더욱이 집으론 다시 돌아올 생각을 말고……"

어쨌든 세민은 그렇게 해서 불시에 고향 마을과 집을 떠나 대망의 그림 공부길을 들어서게 된 것이었다.

그런데 얼마 동안 유당과 지내다 보니 그 그림 공부라는 것이 세민의 애초 생각과는 전혀 딴판이었다. 아버지가 그렇게 그를 팽개치듯 산골에 혼자 남겨두고 간 뒤로 세민도 나름대로 그의 앞날에 대한 각오를 새롭게 한 터였다. 일이 기왕지사 이렇게 된 마당에 그림을 한번 제대로 배워보리라. 그것이 자신의 거역할 수 없는 운명으로 여겨졌고, 그림을 배우는 것이 싫지도 않았기 때문이다. 그리고 유당에게 그림을 열심히 배워 그의 마음속 하늘과 들판과 새들을 한번 마음껏 그려보고 싶었기 때문이다.

하지만 유당은 그런 세민을 한동안 알은척도 하지 않았다. 그의 그림 공부에 대해선 전혀 입도 뻥긋하질 않았다.

"촌가에서 자랐으니 흙밭일손이나 푸나뭇짐 등짐질이 그리 설지는 않겠구나. 이 산골에서 나하고 둘이 지내자면 그런 것부터 몸에 익어야 한다."

아버지를 배웅하고 돌아서자마자 시무룩해 있는 세민에게 유당은 오직 그 한마디를 일러왔을 뿐 이후로는 그도 저도 더 다른 말이 없었다. 그리고 세민의 불편스런 걸음걸이 따위는 아랑곳이 없이 연일 텃밭으로 숲 속으로 그가 고향집에서 손을 털고 떠나온 그 힘겨운 농투사니 노릇들만 앞장서 끌고 다녔다. 며칠 뒤 시골집에서 어머니가 더부자리와 옷가지, 곡량자루들을 이고 올라왔다가 그런 세민의 꼴을 보고 가며, 그림 공부를 한다더니 몸도 성치 못한 아이가 제 집에서도 못 당한 일을 여기서까지 웬 산밭 일꾼 노릇일까 보냐고 퍽 걱정스런 얼굴을 해 보였지만, 유당은 그도 전혀 괘념을 않은 채 그날따라 더욱 늦게까지 온종일 비지땀을 흘리게 하였다.

그러니 바라던 그림 공부는 아예 뒷전일 수밖에 없었다. 아니, 그 유당부터가 이미 그림을 그리는 사람과는 거리가 멀어 보였고, 그에게 그림 공부를 시켜줄 선생님은 더욱 아닌 것 같았다. 세민은 처음 여태까지 그가 연필이나 크레용 토막 따위로 제각각의 색깔을 지닌 그림을 그려온 것과는 달리, 유당은 그저 무엇이나 검은 먹물 한 가지의 붓그림만을 그리는 사람이라는 데에 적지 않은 의구심과 걱정이 앞섰지만, 그런 염려 따위는 저만치 접어두어도 좋을 판이었다. 유당 자신도 그 바깥일밖에 그림 일엔 거의 손을 놓다시피 하고 지낸 것이다.

지내다 보니 유당은 그 산골짝 곳간집에서 가까운 시내 변두리 동네에 본 식구들이 살고 있는 살림집이 따로 있었다. 이를테면 유당은 그림을 그리기 위해 식구들과 혼자 떨어져 생홀아비 산골살이를 하고 있는 셈이었다. 그런데도 그는 왠지 그림 공부를 많이 해온 사람답지 않게 그쪽 일에는 거의 마음을 쓰려지 않았다. 그림일을 하는 곳이 따로 없는 그 단칸방 거처의 분위기부터 그랬다. 밤낮없이 늘상 윗목으로 밀쳐둔 널찍한 서탁 하나, 그 위로 비교적 가지런히 정돈해놓은 몇 권의 한문 서책과 크고 작은 붓들이 빽빽한 왕대붓통, 묵중한 벼루와 종이말이 따위가 그 곳간방의 원래의 쓰임새를 일러주고 있을 뿐이었다. 그리고 이따금 유당이 생각난 듯 이른 아침이나 늦은 밤 텃밭에서 손수 길러 얻은 피마자 기름불을 붙여놓고, 그 앞에 자세를 꼿꼿이 하고 앉아 긴 시간 먹을 갈고 있을 때의 그 은은한 먹 향기 정도가 그의 그림 일을 한동안씩 떠올리게 할 뿐이었다.

하지만 유당은 그렇게 긴 시간 먹을 갈고 나서도 정작 붓을 들어 그림을 그리는 일은 거의 없었다. 어쩌다 한번씩은 두루마리째 간수해온 화선지까지 펼쳐놓고 먹을 간 일도 있었지만, 그런 때도 유당은 그림은 제쳐두고 이상스런 형상의 한문 글씨나 몇 자씩 써내려가다 말거나, 그나마도 아예 붓자국도 대보지 않은 채 종이를 밀쳐버리거나 하였다.

그 대신 그는 바깥 농사일에는 그만큼 정성과 노력을 쏟았다. 맑은 날은 거의 대부분 채소나 옥수수, 고구마 등속을 가꾸는 텃밭일, 양지 바른 숲 속에 차 밭을 일궈나가는 일, 땔나무를 마련해 오는 일들로 온종일 밖에서 땀을 쏟고 지냈다.

화가보다는 영락없는 농사꾼이었다. 그것도 누구보다 부지런하고 알뜰하고 고집이 센 농사꾼이었다. 유당의 시내 쪽 본가에서는 그의 입성가지나 끼니거리를 위해 이따금 사람이 다녀가곤 하였다. 그러나 유당은 집안에서나 밖에서나 그 입성이 늘 땀에 찌든 농사꾼의 형색이었다. 먹는 것도 저녁 한 끼에 익힌 음식을 섞을 뿐 아침과 점심 녘은 대개 간단한 자급자족식 생식으로 때워 넘겼다. 그러고도 하루 종일 그 힘든 일들을 거뜬히 잘 감당해 나갔다.

세민은 때로 그런 유당이 무슨 도를 닦고 있는 사람 같기도 했다. 희끗희끗 반백으로 뒤섞인 더부룩한 머릿결과 기다란 턱수염에, 때로는 심상찮은 위엄기 같은 것이 스쳐 지나가곤 하는 깊은 눈빛이 그랬고, 이따금 부질없이 먹물을 갈고 앉아 있을 때의 그 묵연한 분위기가 그랬다.

어쨌거나 세민은 그 본색이 무엇이든 그런 유당에게 실망이 되지 않을 수 없었다. 그는 늘 그 유당을 따라 일을 함께할 수밖에 없었고, 그쯤이야 고향집에서 해본 일이니 감당을 못 해나갈 것도 없었다. 하지만 그는 농사일이 아니라 그림을 배우러 온 처지였다. 그런데 유당은 그를 화가가 아니라 농사꾼으로 만들려는 심산 같았고, 그는 실제로 그림 공부가 아니라 손을 털고 떠나온 농사일을 새로 배워가는 격이었다. 그림 공부를 시키든지, 산골 농투사니를 만들든지— 그게 아버지가 유당에게 그를 맡기고 가며 한 말이니, 하기야 유당이 그림 공부 대신 농사꾼 노릇을 시킨대도 그 아버지와의 처음 약속을 크게 그르친 것은 아니었다.

하지만 세민은 가끔 그날 밤 두 어른끼리 오간 말들이 새삼스럽게 머리에 스치곤 하였다. 아버지는 정말로 그가 무엇이 되든 상관을 안 하려 했던 것일까. 그렇듯 그의 일을 유당에게 통째로 맡겨버린 것인가. 그리고 유당도 그 말을 그대로 곧이듣고 믿어버린 것인가…… 아버지는 어쩌면 정말로 그랬을지도 모른다는 생각도 들었다. 무엇보다 아버지는 한번 그를 맡기고 간 뒤로는 그의 일에 일절 알은척을 해오지 않았다. 이부자리나 옷가지를 갖다주러 단 한 번 어머니를 대신 다녀가게 한 일 이외에, 이후부터는 그도 저도 그가 무엇을 하며 어떻게 지내는지 소식을 알려고 한 일이 없었다. 당신이 직접 발걸음을 해온 일은 물론 사람을 시켜 대신 소식을 물어온 일도 없었다. 그러니 당신은 아마 당시에도 그랬거니와 십수 년 뒤에 당신이 돌아가실 때까지도 세민의 일이 어떻게 되어가고 있는지를 끝끝내 알지 못했을 수 있었다. 이후에도 아버지는 해마다 가을이면 당신이 약속한 세민의 곡량 쌀 한 가마씩을 잊지 않고 편을 얻어 부쳐 올려보냈을 뿐, 다른 소식을 보내거나 물어온 일이 한 번도 없었으니까. 그리고 세민 자신의 처지도 두고두고 그 농사꾼 형세에서 크게 달라지거나 따로 전할 만한 것이 없었으니까.

세민은 처음 그런 유당의 처사나 자신의 처지에 당연히 의구심이 일지 않을 수 없었다. 게다가 그는 갈수록 그 산밭 텃밭 흙일과 두 사람의 끼니 마련하며 옷빨래질 같은 허드렛일들로 한시도 쉴 틈이 없이 지내야 했다. 하루 종일 그 유당과 안팎 일거리들에 허덕허덕 몸이 매여 지내는 신세였다.

그런데 그게 실상은 유당의 별난 그림 공부 방법이었다.

"아버지가 지한테 무얼 시키라 합디꺼?"

어느 날 세민은 참다못해 그렇게 대놓고 유당에게 물었다. 그가 산으로 올라온 지 한 달쯤 뒤, 이날도 유당과 함께 철 지난 텃밭의 옥수수 대를 쳐내던 중이었다.

유당은 처음 들은 척도 않은 채 부지런히 일손만 움직여나가고 있었다.

"지한테 그림 공부는 언제 가르쳐줄랍니꺼. 지는 이런 일보다 그림 공부를 가르쳐주실려는 것인 중 알았는디요. 당숙님은 인자 화가가 아니신 게비라요?"

세민이 내친김에 거푸 다그치고 들었다. 그간에 한두 번 입에 올려본 선생님 소리마저 새삼 쑥스러워 자신도 모르게 다시 집안 어른의 호칭으로 돌아온 당돌스런 채근이었다. 유당이 이번에는 마른 옥수수 대를 묶고 있던 손길을 멈추고 잠시 세민을 올려다보았다. 그러나 그뿐, 그는 그 세민의 마음속 요량을 다 알고 있었던 듯 이내 혼잣소리 나무람 투 속에 다시 일손을 서둘러버렸다.

"그 참 어린 녀석이 무에 그릴 게 있다고 성미가 조급하기는…… 하기야 네깐 놈 주제에 벌써 어떤 것이 참 그림 공부라는 걸 알 턱이 없는 노릇이지. 허니 우선은 네 눈앞의 일에나 성심을 다하랄밖에……"

그러나 세민은 물론 그 유당의 말뜻을 알아들을 수가 없었다. 그래 한 번 더 고집스럽게 그를 다그치고 들었다.

"그림을 가르쳐주실라면 빨리 가르쳐주셔요. 지는 이런 농사꾼이 되자고 여기 와 이러고 있는 게 아니라니께요."

그러자 끝내는 유당 역시도 세민의 기세 앞에 일을 그냥 넘어갈 수가 없어진 모양이었다. 그가 이번엔 아예 일손을 놓아버린 채 조용히 세민을 곁으로 불러 앉혔다. 그리고 전에 없이 부드러운 목소리로 하나하나 타일러갔다.

"정녕 그렇게 그림을 배우고 싶으냐?"

"예."

"그래, 그림을 배우면 무엇을 그릴 테냐. 무엇이 그토록 그리고 싶으냐?"

세민의 머릿속엔 잠시 시골의 푸른 들판과 하늘과 새들이 떠올랐다. 그러나 유당이 그걸 물은 것 같지 않아 그냥 입을 다물고 있었다. 유당이 거 보란 듯 혼자서 다시 말을 이어갔다.

"서두를 것 없다. 그림은 손으로 그리는 것이 아니라, 마음과 몸 전체로 그리는 것이다. 마음속에 그리고 싶은 것이 자라 오르면 손은 그것을 따라 그리는 것뿐이다. 손 공부가 급한 것이 아니라 마음 공부, 사람 공부, 세상일 공부가 더 소중한 것이다. 그러니 너는 지금 손 공부보다도 더 큰 그림 공부를 하고 있는 것이다. 작은 손 공부에 조급하게 마음이 매달릴 것 없다."

한마디로 유당은 그 농사일이 바로 그림 공부이며, 그것이 오히려 손 공부보다 더 바르고 큰 그림 공부라는 것이었다.

하지만 세민은 그것을 납득할 수가 없었다. 시골의 들판과 하늘과 새들을 두고 생각하면 유당이 먼저 마음속에 그리고 싶은 것이 있어야 한다는 데에는 그도 어느 정도 수긍이 갔다. 그러나 그에게는 이미 그 들판과 하늘과 새들이 있었다. 거기에 무슨 마음 공부 따위가 더 필요하단 말인가. 더욱이 그 산밭 들밭의 농사일들이 어떻게 마음 공부가 될 수 있으며, 하물며 그림 공부의 길이 될 수 있단 말인가. 그는 뭐래도 진짜 그림 공부, 실제로 그림을 그리는 손 공부가 필요했고, 그것이 그가 유당을 찾아와 그의 곁에 남아 지내고 있는 목적이었다.

그런데 유당은 이번에도 그런 세민의 속마음을 읽은 듯 조용조용 알기 쉽게 다시 말을 이어갔다.

"기다리거라. 그리고 우선 이 땅과 친하고 흙을 잘 알도록 하거라. 성심을 다해서 이 땅을 가꾸고 흙을 사랑하도록 하거라. 마음 공부, 사람 공부, 세상일 공부가 다른 게 아니다. 이 땅을 알고 흙일을 사랑하고…… 제 마음속에 이 흙에 대한 사랑을 익히고 심어나가는 일이다. 이 땅이나 흙이야말로 우리 사람이나 모든 세상일의 근본이 되는 텃마당인 것이다……"

"……"

"산을 그리자면 그 산이 안고 있는 흙과 돌과 나무와 풀을 알아야 하고, 물을 그리고 싶으면 그 물을 안고 흐를 길을 내어주는 땅속 심성부터 알아야 한다. 사람을 그릴 때도, 들판을 그릴 때도, 하늘을 떠도는 구름이나 새를 그릴 때도…… 세상 모든 것은 그 생명의 근원이 되는 이 땅과 흙의 깊은 이치부터 먼저 알아야 한다. 그리고 그 땅과 흙일을 마음과 온몸으로 사랑할 수 있을 때, 그 사랑으로 그림을 그려야 한다. 그 사랑이 없이는 거짓 그림, 가짜 그림밖에는 그릴 수 없게 된다……"

세월이 한참 더 흐르고 난 뒤에야 세민은 겨우 그 속뜻을 다 깨달을 수 있었지만, 유당은 그렇듯 그림 공부에 손 익힘보다는 마음 공부, 사람 공부, 일 공부를 앞세워 그것을 그림의 큰 법식으로 삼고 있는 사람이었다. 땅과 흙을 가꾸는 일이 곧 그림을 그리는 일 한가지라는 말 그대로, 유당 자신이 연일 그 텃밭 산밭일에 몰두해 지내는 것도 그것으로 그림 일을 대신하고 있는 것이랄까.

그런 유당이 세민의 설익은 주문을 받아들일 리 만무였다. 세민은 이만저만 실망이 아닐 수 없었다. 그림 배우는 일이라는 게 다시 농사꾼이 되는 거라니— 유당의 속마음을 다 헤아릴 수 없는 당시의 세민으로선 그만 그쯤에서 모든 것을 단념하고 다시 시골집으로 내려가버리고 싶기도 했다. 그럴 결심이 아니라면 그의 산골 농사꾼 일은 피할 수 없는 팔자였다.

그러니 돌이켜보면 세민이 그쯤 다시 짐보따리를 싸 챙겨버렸으면, 유당과의 인연은 그것으로 일찍 끝이 나버렸고, 뒷날 혼자서나마 그의 새 그림도 다시 시작할 수 없었을 터였다.

하지만 그는 짐을 싸지 않았다. 그리고 그 유당과의 사제 간의 인연도 처음 생각보다는 훨씬 긴 세월을 이어갔다. 세민이 결국 그 농사꾼 흙손일을 참고 받아들이기로 한 때문이었다. 그가 뒤늦게 그 유당을 이해하고 승복을 해서가 아니었다. 소망이 끈질기고 참을성이 많아서도 아니었다. 그보다는 거의 말투정에 가까운 막무가내식 대항 끝에 운좋게 이끌어낸 묘한 타협의 결과였다.

유당이 뭐랬든, 그의 생각이 무엇이든, 세민은 실제로 그 그림을 그리는 법부터 익히고 싶었다. 유당도 언젠가는 그걸 가르쳐줄 때가 오겠지만, 그걸 기다리느라 무한정 산골 농사꾼 노릇으로 지낼 수는 없었다. 유당에게 마지막으로 그걸 알고 싶었다.

"그럼 지한테 진짜 그림 공부를 시켜주시는 건 언제부턴디요?"

유당이 모처럼 긴말을 일러오던 그날 밤, 세민은 저 혼자 먼저 잠자리로 들다 말고 한껏 당찬 어조로 물었다. 그럴 때가 너무 멀거나 아예 예정을 모르는 일이라면 자신도 짐을 쌀 각오가 되어 있었기 때문이다.

하지만 유당은 대답이 없었다. 세민의 소리를 듣지 못했을 리가 없건만, 저녁상을 물리고부터 이날도 그 어두운 등잔불 아래 묵묵히 먹물만 갈고 앉아 있던 유당은 도대체 이렇다 저렇다 아무 대꾸가 없었다.

그 침묵은 다음 날 아침이 되어서도 마찬가지였다. 세민으로선 무작정 눌러앉아 지낼 수도 짐을 싸 챙길 수도 없는 꼴이었다. 그는 가타부타 대답을 들어야 했다. 그래 그는 이날 아침엔 아예 바깥일을 따라나서지 않았다. 그리고 짐짓 집안에서만 빈둥빈둥 뒹굴고 지내면서 마지막으로 유당의 분명한 대답을 기다렸다.

그러나 유당은 그런 세민의 말 없는 채근조차 전혀 오불관언이었다. 세민이 뒤를 따라나서든 말든 말없이 혼자 산밭으로 올라갔고, 해 질 녘 늦게까지 일을 끝내고 돌아와서도 여느 날과 똑같이 아무 일 없었던 듯 세민의 낌새 따위는 전혀 본 체 만 체였다. —전 인제부터 밭일 나가지 않을 텐께요, 당숙님 혼자 실컷 일 많이 하세요. 은근히 비웃어대도 들은 척 만 척이었고, —아궁지 땔나무가 다 바닥이 나가든디요. 늙은 당숙님 혼자 땔나무까지 다 해 나르자면 땀을 많이 빼시겠어요. 짐짓 버릇없이 협박조를 들이대보아도 반응이 전혀 없었다. 아무 소득도 없이 그렇게 저 혼자 불편스럽기만 한 날들이 며칠씩 지나갔다.

일을 나가지 않고 기다리는 것은 이제 소용이 없었다. 집 안에서만 뒹굴며 비위짱을 건드려대는 것도 성과가 없었다. 세민은 생각다 못해 결국 그가 시험해볼 수 있는 마지막 모험을 감행하기에 이르렀다.

그날도 세민은 유당이 산밭으로 나간 뒤 그 혼자 집 안에 남아 새 작업을 시작했다. 유당의 벼루에 먹물을 잔뜩 갈아놓은 다음 선반 위에 올려놓은 화선지 뭉치를 끌어내려다 서탁 위에 펼쳐놓고 한 장 한 장 붓그림을 그려나갔다. 시골에서 연필이나 크레용 토막으로 연습해온 들판과 산과 나무, 새의 형상들을 마음 내키는 대로 아무렇게나 그려나갔다. 맥없이 뭉툭한 붓질이 손에 익지 않은 데다 화선지에 먹물이 짙게 번져 처음엔 좀처럼 그림 꼴이 되지 않았으나, 그런대로 아직은 시골 적 솜씨가 남아 있어 화선지를 연거푸 몇 장쯤 버리고 나니, 나중엔 제법 알아볼 만한 형상들이 갖추어져갔다.

세민은 그런 그림을 수없이 그렸다. 해거름 녘 유당이 일을 끝내고 돌아왔을 때까지도 그는 방 안 가득 그 그림들을 펼쳐놓은 채 계속 그림을 그리고 있었다.

자칫 못된 행패로나 보이기 십상인 그 짓거리가 무슨 큰 기대를 걸고 한 일은 아니었다. 기대보다는 아예 짐을 싸버릴 구실 삼아 이판사판 마지막 결판을 내버리자는 막다른 심사에서였다.

그런데 그 일이 뜻밖의 결과를 가져왔다.

"허허 그 북데기는 기껏 쥐방울만 한 것이 고집은 진정 황소고집이러니."

밖에서 손발을 씻고 방으로 들어선 유당이 한동안 넋을 잃고 그 세민의 수작을 지켜보고 있다가 느닷없이 큰 소리로 그를 놀라게 했다. 그리고 천천히 세민의 등 뒤로 다가와 그가 마지막으로 그리다 만 들판과 하늘과 새들의 형용을 내려다보고 서서 짐짓 목소리를 바꿔 말했다.

"그래, 그토록 그림이 그리고 싶으냐? 그것이 네 소망이라면, 그 고집을 믿고 한번 그놈에 노릇을 시작해보도록 하자. 당장에라도 네 소망대로 그 손 익힘 법식부터. 그 대신 내일부턴 바깥일도 다시 나가야 한다."

유당은 세민에게 진짜 그림 공부를 시켜주고, 세민은 대신 유당과 다시 농사일을 나가는 식으로— 이를테면 그 작은 그림 공부와 큰 그림 공부, 그림의 작은 법식과 큰 법식을 동시에 익혀가기로 한 것이었다. 세민이 애초 생각하고 온 진짜 그림 공부의 길이 열리게 된 것은 물론, 굳이 짐을 싸 지고 나설 일도 없게 된 셈이었다.

그야 세민의 이후 사정도 당장에 무엇이 크게 달라진 것은 물론 없었다. 유당은 약속대로 바로 이날부터 세민의 그림 공부를 보살펴주기 시작했다. 그러나 그건 아직도 그림 공부라기보다는 붓을 쥐는 법과 손목 가누기, 바른 먹 갈기 따위, 지필연묵을 옳게 다루는 사소한 곁법식에서부터였다.

"그림 공부를 제대로 하려면 우선 지필묵부터 제대로 다룰 줄 알아야 헌다."

붓은 이렇게 쥐어야 자세가 바르게 잡히고, 손목과 팔꿈치는 저렇게 꺾어 뻗어야 붓힘을 제대로 가누어 뻗칠 수 있게 된다…… 유당은 마치 그 하잘것없는 곁가지 법식에도 무슨 소중한 그림 공부의 비결이 담긴 양 하나하나 긴 시간씩 요령을 일러주고, 다시 그 헛시늉 손놀림질 한 가지 한 가지마다 따로 며칠씩 시간을 두고 요령을 익혀나가라는 것이었다.

뿐만이 아니었다. 그로부터 한 사나흘 뒤, 나름대로 틈틈이 정성을 쏟아온 그 헛손놀음질에 세민이 기진맥진 진저리를 낼 때쯤 유당이 처음 화선지에 먹물을 찍어 발라보게 한 것도 제 길로 그림 공부를 들어서려서가 아니었다.

"붓 힘을 얻어 기르자면 글씨부터 익혀야 한다."

그림에 앞서 먼저 글씨 쓰기를 시작한 것이다. 세민에게는 물론 새판잡이 격인 한문 글자에다, 그것도 처음이라 글자도 뭣도 아닌 가로 긋기나 세로 뽑기, 붓끝을 머물고 돌려 펴기 따위 싱겁기 그지없는 붓자국 형상질에서부터였다. 그 싱겁고 지루한 붓자국 형상질 끝에 그가 비로소 글자다운 글자를 처음 만난 것은 그로부터 다시 두어 달쯤이 지나간 그해 초겨울께, 시골집에서 다음 해 곡량거리 쌀가마가 올라왔을 무렵이었다.

"틈나는 대로 한 자 한 자씩 익혀나가거라."

어느 날 유당이 일부러 아랫동네까지 『천자문(千字文)』이란 헌 한문책 한 권을 구해다 건네주며 일렀다.

그러니 그 첫 결판날 이후로도 세민은 이때까지 그림 쪽 붓질은 한 번도 해볼 틈이 없었고, 유당 앞에 감히 그럴 엄두를 내볼 수조차 없었다.

그림 공부에 관한 한 전보다 사정이 크게 달라진 것이 없었다.

하지만 세민은 유당의 가르침대로 그 글씨 공부나 바깥일 모든 것이 그림을 잘 그리기 위한 밑공부려니 여기고 열심히 잘 따랐다. 붓질 연습이나 한문 글자 공부는 물론이고 텃밭 산밭 흙일에도 정성과 몸을 아끼지 않았다. 더욱이 별 보잘것없는 산골밭 농사일이나 푸나뭇짐 지게질 따위는 시골집에서 이미 꽤 손길이 익어온 데다 자신이 목적한 그림 공부를 겸한 노릇이다 보니 이제는 마음이 늘 뿌듯했다. 힘겹고 막막하기만 하던 시골집에서의 마지막 한때에 비해서도 그것은 놀이 삼아 제물에 아이들의 일을 대신 해주곤 하던 때처럼 신명이 솟기도 했다. 말하자면 세민은 유당의 요량대로 붓질 공부에서나 일 공부, 사람 공부에서나 다 그만큼 열성적이었고, 그에 따른 응분의 성과를 거두어간 것이다. 거기에는 물론 유당에게서 새로 배운 그의 끈질긴 참을성과 기다림도 크게 한몫을 하였달까.

다름 아니라 세민이 그 『천자문』 한 권을 익히는 데에도 유당은 꼬박 2년 가까운 세월을 흘려보낸 것이다. 한 자 한 자마다 한 줄 한 줄마다 음과 뜻으로 읽는 법을 일러주고, 획과 형상을 풀어 쓰는 법을 익혀주고…… 거기다 반듯반듯 얌전한 글씨 모양을 익히고 나니 이번에는 뭉툭뭉툭 막대 글씨를 쓰게 하고, 다시 다음에는 획을 줄줄 흘려 쓰게 하고…… 세민 때문에 자연히 붓을 자주 들게 된 유당은 이따금 자신도 글씨를 쓰고 그림도 그리면서 그것을 마음대로 보게 해주기도 하였지만, 그림에 대해선 아직도 장난붓질 흉내조차 못 내게 한 채였다.

하지만 세민은 이제 글씨와 밭일에만 몰두하며 끈질기게 참고 기다렸다. 그리고 그 기다림은 끝내 보람을 거두었다.

세민이 이런저런 글씨들을 익히기 시작한지 근 2년, 그리고 처음 산골로 들어온 지는 세 해째가 되어가던 다음다음 해 늦여름께 어느 날, 유당은 마침내 『천자문』 글씨 공부를 끝내고 첫 그림 붓질 공부를 시작해준 것이었다. 이른바 사군자 입문이었다.

그런데 그것이 세민에겐 그 한문 글씨보다도 더한층 힘이 들고 긴 세월을 끈 과정이었다. 이번에는 무려 5년의 세월이 흘러갔다. 그 5년을 오직 난잎이나 국화 따위 사군자 그림질로만 보낸 것은 아니었다. 그동안에도 그는 여전히 바깥 흙농사일을 겸해야 했고, 글씨 공부도 『명심보감(明心寶鑑)』이나 『동문선(東文選)』 따위의 새 한문책들을 구해다 되풀이 읽어나갔다. 때로는 그 바깥일이나 글씨가 앞을 서고 그림 공부는 틈틈이 뒷일이 되는 경우가 많았다.

사군자를 그리는 데에도 그 푸나무의 형상을 제각각 한 모양씩으로 그리는 것이 아니었다. 가짓수도 오직 그 네 가지에만 한정해 그리는 것이 아니었다. 난 모양 한 가지만 해도 잎이 긴 것과 짧은 것, 꽃을 머금은 것과 활짝 핀 것, 바위에 붙어 자란 것과 땅 위에 혼자 자란 것 따위로 형상들이 각각이었고, 대나무에도 통이 굵은 대와 줄기가 가는 대, 비에 젖고 있는 대와 바람에 잎이 날리는 대 등으로 모양이 각각 달랐다. 세민은 그 한 가지 한 가지마다 때로는 몇 달씩 때로는 몇 해에 걸쳐서 각각의 모양새들을 모두 익혀가야 했다. 그것도 그저 난이면 난 포기의 모양새들, 매화면 매화나무의 여러 모양새들로만 끝이 나는 것이 아니라, 난을 그릴 때에는 수선이나 상사화 따위의 다른 꽃풀들도 함께 비교해 그리게 했고, 대를 그릴 때에는 소나무나 파초를, 봄철의 매화나 가을의 국화를 그릴 때에는 살구나 모란이나 민들레, 동백 따위의 다른 화초목들은 물론 박이며 호박이며 가지, 오이 들에 이르기까지 제각각의 꽃 모양과 잎새 줄기의 형상들을 세심하게 서로 잘 비견해 그리게 하였다.

유당은 손수 그것들을 되풀이해 그려 보이고, 자신의 옛 그림들과 다른 사람의 그림 모음 책들을 찾아 보여주며 그것들을 하나하나 견주어 따라 익혀가게 했다. 그리고 무엇보다 세민 자신이 몇 달 몇 해씩 제철을 기다려가며 그것들을 직접 찾아보고 꼼꼼히 살펴 그리게 하였다.

그러니 유당은 처음 세민을 경계하고 자신도 그리 대수롭잖게 여겼던 것과는 달리 정작에 세민의 그림 공부에선 그 작은 그림 법식, 화선지 위에 실제로 무엇을 형용하는 먹붓질 손 공부에 그렇듯 추호도 소홀함이 없었던 셈이었다. 돌이켜보면 그보다 더 세심하고 엄격했을 수가 없었다. 그리고 세민도 거기에 별 불평 없이 잘 따르고 고향 동네에서부터의 그의 오랜 소망, 유당은 아직 기미를 알아차리지 못한 그 푸른 들판과 새들을 마음껏 즐겁게 그릴 수 있을 나름대로의 성취의 날을 잘 기다린 셈이었다.

하지만 이후로 유당이 세민의 그림 공부를 어떻게 이끌어갔는지 이젠 더 시시콜콜 이야기를 다 늘어놓을 필요가 없을 듯싶다. 유당이 아무리 세민을 꼼꼼히 이끌어주고, 세민이 그것을 아무리 잘 따랐다 하더라도 애초 그 그림 공부의 작은 법식 격인 먹붓질 익힘을 내심 뒷전 일로만 여겨온 선생과 그것을 성심껏 좇아온 나어린 제자 간엔 일찍부터 어쩔 수 없는 파탄의 씨앗이 자라고 있었고, 세월이 훨씬 흘러간 뒷날의 일이기는 하지만, 그런 두 사람간의 사제의 인연은 끝내 허망스런 파국을 맞고 만 때문이다. 더욱이 뒷날 세민이 장성해서까지 두고두고 그려 간직한 새나 소의 그림들은 유당의 곁에서 배우고 익힌 그림들이 아니라, 세민 자신이 혼을 배고 몸을 낳은 그의 그림이었으니까.

그렇다고 그것이 유당과는 전혀 상관없는 세민 자신만의 그림이랄 수 없음도 또한 물론이다. 그 그림의 밑바탕은 갈 데 없이 유당으로부터의 오랜 손 익힘에 덕을 입은 것이었고, 이후로도 4, 5년 넘어까지 유당의 가르침이 이어졌던 터이기 때문이다.

세민은 그러니까 사군자 이후에도 다시 몇 년간은 그 그림의 기본이 되는 이런저런 다른 소재들을 끊임없이 찾아 그렸다. 꽃들에 짝을 하는 벌 나비는 물론이요, 깃털 달린 가금이나 야조들로 닭이나 비둘기 오리들에서 참새와 원앙새, 두루미, 기러기, 백로, 뻐꾸기, 부엉이에 이르기까지, 네 발 달린 짐승으론 개나 고양이, 소, 염소(벌통과 함께 나중 두 사람의 생식거리를 얻기 위해 새로 기르기 시작하면서 세민이 가장 애를 먹은 짐승이었다) 같은 가축들에서 산토끼, 다람쥐, 사슴, 고라니 같은 들짐승과, 눈으로 보지도 못한 원숭이, 호랑이들까지 그렸다. 그중에서도 세민이 이후 그의 소와 함께 두고두고 그리게 된 종다리나 솔개의 본모습은 이 무렵 그림으로나마 처음 가까이에서 살펴보고 형용을 해볼 수도 있었다.

그러다 세민이 이런저런 사람들의 형상까지 익히고, 그 혼잣속으로 오랫동안 소망해온 그 푸른 들판과 평화로운 새의 비상을 향한 산수풍물 그림의 본 공부길로 들어선 것은 그가 산으로 들어온 지 어언 10여 년이 훌쩍 지난 나이 스물두 살 때의 일이었다.

그해 이른 봄 녘 어느 날이었다.

그때쯤엔 유당도 세민의 손 익힘에 어느 만큼 만족하고 있었는지 모른다. 아니면 그 봄 녘 산골의 한적하고 나른한 정취가 문득 그동안 세민이 그의 곁에서 흘려보낸 세월을 떠올리게 했거나, 혹은 그 무렵 세민이 사람과 함께 유난히 골몰해온 솔개의 그림에서 어쩌면 그가 어린 날 당돌한 응석 투로 붓그림질을 해 보였던 그의 새에 대한 소망을 읽어낸 것인지도 모른다. 세민과 함께 텃밭에 봄채소갈이를 하고 있던 유당이 그날따라 왠지 전에 없이 힘이 퍽 부쳐 보였고, 게다가 흔치 않이 망연스런 눈길로 부옇게 빈 봄하늘과 산능선 쪽을 자주 좇고 있었다. 하더니 어느 참인가 그는 손에 쥐었던 괭이자루까지 그냥 그 자리에 세워둔 채 터덕터덕 혼자서 곳간집으로 올라가버렸다. 그리고 뒤늦게 그를 따라 올라간 세민을 한참이나 이윽히 지켜보고 있다가 느닷없이 일러왔다.

"너, 오늘은 저 하늘에다 새를 한 마리 띄워 올려보아라. 수리든지 솔개든지 네가 눈여겨보았거나 맘속에 품어둔 새가 있으면 무슨 새든지 이 화선지 위에다."

그것이 산수풍경의 첫 시작이었다. 그것이 당연한 절차였는지도 모르지만, 그것을 계기로 다음부터는 산을 그리고 숲과 바위를 그리고 계곡과 강물과 논밭 들판을 그리고, 정자와 인간들과 마을길 들길 산길까지 사람 사는 세상 풍정을 두루 다 그려보게 하였다.

그러나 민망스럽게도, 이번에는 그것이 또 유당과의 예기치 못한 새 불화를 빚어가고 있었다. 그리고 그로 하여 그 유당과의 사제 간의 인연에 마지막 파국을 맞은 것이 세민의 나이 스물여섯 때의 일이니, 그렇듯 불편스런 갈등과 불화 속의 그림 공부는 거기서도 다시 4, 5년간이나 더 끌어간 셈이었다.

그간에도 유당이 세민에게 그 수목산수의 바른 필, 묵, 채법과 화면 구성의 요령에 관한 여러 법식들을 끊임없이 새로 일러주고, 전보다도 더 많은 그림과 화집들을 찾아 보여주며, 그것들을 비겨보고 비슷하게 흉내내어 보고, 더러는 나름대로 제 생각을 더하여 자신의 그림을 그려보게 하는 일들이 수없이 되풀이되었음은 물론이다. 산봉우리의 흐름이나 암석의 주름필선은 어떻게 그려야 힘과 멋이 나고, 화조의 묘선과 담묵은 농담이 어떠해야 제 정의가 살아나며, 산과 나무와 초가집과 낚싯배는 각기 어디에 자리하는 것이 정칙이고…… 적묵(積墨)이니 골필(骨筆)이니 철선묘(鐵線描)니 미점묘(米點描)니, 심지어는 게 발톱 형국의 나뭇가지 끝모양 하나, 언덕이나 계곡가에 불거져 나온 흙벼랑 풀자갈턱 정경 하나에 이르기까지 세민을 새삼 일깨우고 다그쳐온 법식들은 이루 다 헤아릴 수가 없었다. 의재필선(意在必先)이니 기운생동(氣運生動)이니 하는 소리들도 아마 이때에 들어 처음 듣기 시작한 말이었을 것이다.

유당의 그런 가르침과 부추김 덕분이든, 그동안 먹붓질이 꽤 익어온 덕분이든, 세민 또한 오랜 기다림 뒤의 일이 되다 보니 처음 한동안은 새 산수화 공부에 진척이 무척 빨랐다. 성심으로 유당의 가르침을 잘 따르고 열성으로 그 법식들을 충실히 익혀가다 보니, 세민의 산수 솜씨는 2, 3년 뒤부터 스승 격인 유당을 위시한 다른 명가들의 임모(臨摸)의 단계를 훌쩍 지나 이제는 이따금 자기식 산수의 구도와 사경(寫景)의 길을 시험해보는 경지로까지 올라섰다. 어쩌다 그 산골 오두막까지 유당을 찾아 올라온 사람 중엔 유당의 진필과 세민의 임모를 쉽게 분별치 못한 경우뿐 아니라, 더러는 은근히 세민의 사경을 탐하는 일까지 심심치 않았을 정도였다. 한마디로 유당의 가르침과 법식을 잘 좇고 익혀, 산을 늘 가까이하고 숲과 나무들을 가까이하고, 무엇보다 그 그림일과 흙농사일을 거리낌 없이 함께하며 마음으로부터 깊이 즐거워하고 사랑해온 결과일 터였다.

그런데 세민이 마침내 마음을 새로 다져먹고 그 그림 속의 하늘 한쪽에 다시 자신의 솔개 한 마리를 띄워 넣기 시작했을 무렵의 어느 날. 그동안엔 늘 세민의 그림 솜씨를 대견스러워하며 고개를 끄덕여주곤 하던 유당이 그날따라 긴 시간 그의 붓질을 지켜보고 있다가 전에 없이 성에 차지 않은 소리를 했다.

"그 참, 너 같은 재질에 알 수가 없는 노릇이구나. 적지 않은 세월 그토록 직성을 다하는데도 고비를 넘기지 못하니……"

처음엔 어조가 심상찮다 싶으면서도 설마 하는 생각에서 무슨 다른 일에 심기가 편치 않아 그러려니 짐작하고 묵묵히 듣고 넘어갔다. 그런데 며칠을 지나다 보니 그게 아니었다.

"어째서 너는 꼭 남의 그림만 그리려 드느냐. 그것이 어디 네 그림이라 할 수 있느냐. 배포(配布)고 붓질이고 저다운 데는 하나도 안 보이고, 하냥 남의 눈, 남의 붓질, 남의 법식에 매달려 흉내질만 일삼고 있으니, 쯧쯧……"

뜻밖에도 유당은 그간 세민의 그림에 대해 실상은 탐탁지 않은 생각을 많이 참아왔다는 듯 그를 다시 나무라고 들었다.

한마디로 세민의 먹붓질 법식에 대한 새삼스런 질책이었다.

그야 유당은 원래부터 그 그림의 법식이라는 것을 그리 대수롭잖게 여기고, 세민에게도 그런 식으로 말해온 것이 사실이기는 하였다. 하지만 오랜 세월 자신이 시시콜콜 그걸 다 익혀주고 나서 이제 와선 그걸 또 나무라는 식이니, 세민으로선 노인의 별스런 변덕으로 보일 수밖에 없었다. 게다가 유당은 그 즈음 세민이 새로 모색해가기 시작한 나름대로의 사경(寫景) 방식이나 그 흔적마저 조금도 눈여겨보아주려질 않았다. 그렇듯 한번 흠집을 들추고 나선 유당은 이후 자신이 익혀준 세민의 그림 법식들을 다시 하나하나 지워가기 시작했고, 나중엔 세민의 그림 자체를 깡그리 부정하려 들기에 이른 것이다.

"바위라고 어째 이리 늘 산이나 계곡을 끼고 앉아 우람하기만 하더냐. 요 아래 길가에 선 바윗돌은 유연하고 편안해 보이기만 하더라. 저녁 달빛 하나도 사람의 마음속에선 노랗게 밝기도 하고 파랗게 빛나기도 하는 법이다."

"이 넓은 지면은 다 무엇에 쓰려느냐. 종이나 먹물을 쓸데없이 아끼지 말고 붓질을 가득가득 채워 버릇해라."

"그림이 무슨 논밭갈이질이더냐. 아직도 여백을 소중히 하고 아낄 줄 모르느냐."

변덕치고는 세민이 경중이나 선후를 종잡을 수 없을 지경으로 매몰찬 나무람이었다.

그러나 그쯤은 세민의 붓질 법식을 짓밟는 데에 불과했다. 유당은 오래잖아 그 붓질 법식과 함께 아예 그의 그림의 모든 것에 고개를 가로젓기 시작했다.

"네 그림들엔 어찌 사람의 마음이나 정의라는 게 안 보이냐. 마음의 눈을 뜨지 않고 그저 붓질 법식에만 매달리다 보니, 산하가 이렇듯 저 혼자 화창할 뿐 숨결을 통 못 지닌 죽은 그림이 되고 말지 않느냐. 능하면서 능하지 말아야 한다는 소리도 있지만, 능하지도 못한 주제에 손재간만 의지하려 드니 필경 죽은 그림을 그릴 수밖에."

"남의 눈만 좇지 말고 네 가슴에서부터 뜨거운 숨결을 불어넣는 그림을 그려! 도대체 너는 이날 이때까지 흙을 파고 밭을 갈고, 무엇하러 이 산골에 네 귀한 땀을 쏟아왔더냐. 우리 두 사람 곡량을 얻기 위해서더냐. 그 알량한 손재간 법식을 사기 위해서더냐. 다 부질없다. 네가 흙을 파고 밭을 갈면서 그 흙과 땅에서 배운 것, 그 흙과 땅, 힘겨운 농사일과 우리 사람살이에 대한 사랑으로 그리거라."

다시 말해 유당은 자신이 세민에게 오랫동안 익혀준 법식을 다시 넘어서라는 것이었다. 작은 손 공부 법식에만 의지해 머물지 말고 이제는 그 땅과 일, 사람과 사람살이의 큰 법식을 취해나가 자신만의 살아 있는 그림을 그리라는 소리였다. 그러지 않고는 그림이 될 수도 없고, 그려봐야 그림으로 쳐줄 수도 없다는 말이었다.

그것은 물론 세민으로서도 오랫동안 가슴속에 명념해온 일이었다. 나름대로 노력도 해온 일이었다. 그런데 유당은 전혀 그것을 인정하지 않았다. 그리고 그의 그림을 가차 없이 부정했다.

세민도 심기일전 자신의 그림에 대한 각오를 새로이 하지 않으면 안 되었다. 그러나 좀처럼 길이 보이지 않았다.

자신의 그림에 만족하고 유당의 허물을 배척하려서가 아니었다.

"너같이 천성으로 흙일을 좋아하고 산을 좋아하는 놈이 그림으로는 어찌 그리 한몸으로 편안하게 껴안을 수가 없는지 모를 일이구나."

유당은 이후로도 두고두고 그를 나무라며 한숨을 짓곤 하였다. 하다 보니 세민도 그 산이나 들판의 그림들이 전날처럼 그다지 편해 보이지가 않았다. 그리고 그 역시 자신의 그림에서 평화로운 행복감을 맛볼 수 없게 된 것이 문제였다. 유당의 말대로 그는 산이나 산밭 일엔 늘 제 몸처럼 눈이나 손발이 익었고 그만큼 마음도 평화로웠다. 그림을 그리는 일도 그만큼 신명스러웠다. 그런데 막상 화선지를 대하고 보면 어느새 산이나 강물들이 저 혼자 꽁꽁 생퉁스런 얼굴을 하고 저만치 물러앉아버렸다. 일터에서나 그림에서나 세민은 더욱 성심껏 열성을 다했지만, 그림은 그럴수록 더 냉랭하게 등을 돌려가는 식이었다. 몸으로 함께하고 마음으로 통한 것을 그림으론 편안하게 껴안을 수가 없었다.

세민도 이젠 갈수록 그런 자신의 그림에서 평화로움이나 성취감을 맛볼 수가 없게 되어갔다.

무엇인가 일이 잘못되어왔음이 분명했다. 그러나 세민은 그간 어디서 무엇이 잘못되었는지를 알 수가 없었다. 뒤늦게나마 옳은 길을 찾아갈 방도가 없었다.

세민은 어느덧 심한 낭패감과 실의에 빠져들기 시작했다.

"병이로구나. 흙을 후벼파고 살을 까발기면서도 이 산하가 깊이 품어온 아픔을 왜 몰라……"

유당이 계속 그를 처잡고 다그쳐댔지만, 이제는 그도 다 소용이 없었다.

"그렇듯 흙을 파고 산을 갈아온 것은 그러면서 그 아픔을 몸으로 배우자는 것 아니냐. 이제부터 다시 이를 악물고 그걸 배우도록 하여라. 그것이 네 몸속 뼛속까지 스며들고 가득 차도록 깊이 안아들이거라. 그 아픔으로 다시 흙을 껴안고 산을 껴안는 것, 그것이 바로 다름 아닌 사랑인 게다. 이 땅이나 산하, 우리들 사람살이에 대한 참된 배움이요 사랑이 되는 게다. 아마도 그런 아픔과 사랑을 배움으로 해서만이 비로소 네가 진심으로 소망하는 그림을 그릴 수 있게 될 게다."

유당은 일찍부터 그가 말해온 땅이나 산에 대한 사랑의 길이 실상은 그 아픔 가운데에 있음을 짐짓 지나쳐왔던 듯 세민을 새롭게 깨우치려 들었다.

하지만 그 역시 세민에겐 그리 먹혀들 여지가 없었다. 아픔이라니? 그 아픔이 사랑에 이르는 길이라니? 천성처럼 애초부터 그 산이나 흙일을 썩 편하고 친숙하게만 여겨온 세민에게 그 새삼스런 아픔 타령은 잠시 그의 옛 시골집에서의 마지막 한때를 떠올리게 했을 뿐 오히려 아리송한 혼란만 더해올 뿐이었다. 세민에겐 그 시골집에서의 막막한 한 시절마저 이제는 썩 달콤한 추억으로 회상되고 있었으니까. 그리고 그 유당이 어느 날,— 사람이 무얼 좋아하다 보면 그 일엔 멀쩡한 청맹과니가 되기 쉽다더니, 네가 혹시 그 짝이 된 거 아닌지 모르겠구나. 산이나 흙일에 그만큼 익으면서도 그 속에 품은 아픔은 통 눈이 가려 못 보는 꼴이니…… 체념 조로 내뱉은 탄식 투가 차라리 가슴을 깊이 울려왔으니까.

세민에겐 처음부터 길이 아니었거나 잘못된 길이었기 십상이었다. 애초에 유당이 길을 잘못 인도했을 수도 있었다. 그래저래 세민은 그 후 끝내 그 유당의 곁을 한 번쯤 떠나보고 싶은 생각까지 품게 됐으니까. 그리고 얼마 뒤 그는 실제로 온다 간다 말없이 홀연 산을 내려가 달포간이나 시내를 헤매다 돌아온 일도 있었으니까.

하지만 이제 그 무등산 골짜기 유당 곁에서의 불편스런 일들도 이쯤에서 대충 마무리를 짓는 것이 좋을 듯싶다. 세민은 어쨌든 다시 그 그림의 길을 가게 됐고, 끝내는 마음속에 원해오던 그림을 그릴 수도 있게 됐으니 말이다.

아니 그렇다고 세민이 그 유당의 길을 다시 열어갔거나 그에게서 다른 새 길을 얻은 것은 아니었다. 그 달포간의 시내 나들이에서 새 그림의 길을 찾아낸 것도 아니었다. 세민이 다시 그림의 길을 가게 되고 그가 원하던 그림을 그리게 된 것은 그 산골짝의 유당 곁에서가 아니라 무등산 골짜기나 유당을 아주 떠나고 난 훨씬 뒷날의 일이었다. 그것은 유당의 큰 그림 법식, 그가 늘 하찮시하여 경계해오던 작은 손붓질 법식뿐 아니라 그 흙일과 사람살이의 일들을 더 소중시해온 큰 그림의 법식까지를 버리고서였다.

그 달포간의 시내 나들이가 첫 계기를 마련해준 셈이기는 했다.

하루는 세민이 아예 될 대로 되라는 식의 망연한 심사 속에 모처럼 마음속의 새들을 맘껏 형사(形寫)해보고 있는 것을 보고 유당이 결연스럽게 말했다.

"당분간 먹물질엔 손을 대지 마라. 손쓸 일이 없으면, 밖에 나가 다른 일거리를 찾아!"

세민이 산을 내려간 것은 유당에게서 그런 소리를 들은 지 며칠 뒤였다. 그간에도 몇 차례 유당의 심부름으로 산을 내려간 일이 있었지만, 말도 없이 그가 자의로 시내로 내려간 것은 그것이 처음이었다.

그만큼 그에겐 산 아래 세상이 낯설었다. 4·19나 5·16 따위는 세민도 산에서 소식을 들어 알고 있었지만, 그동안 연거푸 두 번씩이나 뒤바뀐 산 아래 세상일들은 모든 것이 낯설고 생소하기만 하였다. 그중에서도 그가 가장 낯설고 거리를 느낀 것은 혹시나 하고 찾아가본 한두 곳 전람회와 그곳의 그림들이었다. 유당은 그런 식으로 자신의 그림을 밖으로 내돌린 일이 없었지만, 그래서 여태까지 그 전람회란 것을 가져본 일이 없고 그림들도 쉽게 그려낼 수 없었는지 모르지만, 그가 그 전람회에서 본 그림들은 세민이 지금까지 유당에게서 배우고 그려온 그림은 물론 유당 자신의 그림들과도 완전히 유가 달랐다. 자신감이 넘쳐 보인 그 확실한 필선과 깔끔하게 정제된 화면의 완성감, 각각의 필의나 솜씨의 우열을 다 가려볼 수는 없었지만, 그 도저한 완성도 한 가지만으로 해서도 세민은 제물에 금방 심사가 아득해졌다. 먼 산봉우리나 깊은 골짜기만큼 감당하기 어려운 낯섦이 눈앞을 가려 선 때문이었다. 거기에 비해, 자신은 제쳐두고라도 유당의 그 거칠고 요령부득의 그림들조차 과연 그림의 축에는 들 수가 있는 것인가, 새삼스런 의구심이 솟아오르기도 하였다. 더욱이 근년엔 그 진중한 먹붓질 대신 소중한 화선지에 흙물을 개어 바르거나, 풀잎이며 나무열매, 생숯덩이 따위를 되는대로 문질러대곤 해온 유당, 그것도 모자라 요즈막에 들어선 아예 화선지를 물에 이겨 떡도배질까지 일삼아온 유당에 생각이 이르고 보면, 세민의 그런 의구심은 까마득한 한숨밖에 해답을 얻을 수가 없었다. 그리고 그럴수록 그 산 아래 세상과 그림에 대한 낯섦은 나날이 더 깊어갔고, 그를 더 아득한 허망감에 젖게 했다.

그래 세민은 결국 그 낯섦과 허망스러움을 견디다 못해 한 달쯤 만에 다시 제 발로 산을 찾아들게 되었다.

유당에게서 그림을 계속하려서는 물론 아니었다. 나름대로 그림을 새로 시작해보려서도 아니었다. 고향집이고 어디고 달리 찾아갈 만한 곳도 없으려니와, 그나마 세민에게 아직 낯이 설지 않은 것은 그의 그림일이 아니더라도 그 유당뿐이었고, 그의 체

취라도 제법 몸에 밴 듯 유당의 곁에서나 얼마쯤 마음이 편해질 듯싶었기 때문이다.

그러나 그것은 세민의 오산이었다.

산으로 돌아오고 보니 이번에는 그 유당이 낯설었다. 유당의 그림도 낯설었고 그의 삶도 낯설었다. 그 쓰라린 낯섦으로 다가온 유당 식의 삶과 그림의 법식들이 세민에게 새삼 확연해진 것이었다.

그러니까 유당에게도 물론 나름대로의 그림의 법식이 없었던 게 아니었다. 그의 삶의 법식이 바로 그림의 큰 법식이었다. 법식을 지닌 것을 허물할 일은 못 되었다. 하지만 유당 자신의 말대로 크거나 작거나 자기 법식을 지닌 한 언젠가는 그것을 다시 뛰어넘어야 했다. 그런데 유당 또한 어딘지 아직 그것을 시원스럽게 넘어서지 못하고 있는 느낌이었다. 유당 역시도 오랜 세월 자기 법식에 얽매이고 그 무게에 짓눌려 헐떡헐떡 허덕여온 꼴이었다. 유당은 그래 그토록 붓질이 뜸해온 것이 아닐까. 그렇듯 긴 세월 헛붓질놀음을 일삼으며 마음만 앓아왔을 뿐, 번듯한 그림은 함부로 남의 눈앞에 내보일 엄두를 못 낸 것이 아니었을까…… 그렇다면 여기까지 그 유당만 믿고 따라온 자신은 무엇인가. 유당의 말마따나 그가 다행히 작은 손 법식이라도 넘어서게 된다면, 다음의 큰 그림의 법식, 그 삶의 법식은 또 어찌할 것인가…… 그것들이 유당을 그처럼 낯설어 보이게 하고 그의 그림과 삶의 법식들이 절망스러워 보이게 한 것이었다.

세민은 정녕 그 유당을 다시 떠나야 할 것 같았다. 유당도 이제는 그런 세민을 더 붙잡아둘 생각이 없는 것 같았다. 그의 속마음을 시종 다 꿰뚫어 보아온 듯 산을 다시 찾아 들어온 그를 보고도 별다른 말이 없었다. 그림을 다시 그리든 말든, 바깥일을 돌보든 말든, 오고 가는 일마저 이미 자기 뜻이 아니라는 듯 세민의 일엔 아무것도 상관을 안 했다. 말없이 그저 무엇인가를 기다리는 눈치가 엿보일 때도 있었지만, 그것이 세민이 다시 그림을 시작하기를 바라선지, 당신 곁을 떠나가기를 바라선지도 알 수 없었다. 그러니 세민이 작심만 하면 언제든지 산을 내려가버릴 수가 있었다.

그런데도 그는 한동안이나 더 망설이고 있었다. 유당이 이제는 너무 늙어 있었다. 그만큼 기력도 부쩍부쩍 쇠해갔다. 그런 유당을 떨치고 산을 내려가기가 쉽지가 않았다.

하지만 끝나야 하는 인연은 결국 끝나게 마련이었다. 그의 자의에서라고는 할 수가 없지만, 그렇듯 어정어정 다시 1년쯤이 지난 뒤 그는 끝내 그 유당의 곁을 떠나 산을 내려오고 만 것이다. 예년 같으면 시골집으로부터 새 1년치 곡량 가마가 올라와야 할 그해 늦가을 어느 날, 이번에는 그 곡량 가마 대신 유당보다 두 해 연상인 그의 아버지의 별세 소식이 전해져온 때문이었다.

크거나 작거나 그림의 법식은 물론 그림일 자체를 털털 털고 산을 떠나온 셈이었다. 그러자고 굳이 똑 부러지게 작심을 하고 나선 일은 아니었다. 유당에게 분명한 하직을 고하고 온 것도 아니었다. 우선은 아버지의 장례치레가 하산의 목적이었다. 하지만 세민은 산을 내려오면서 이미 그 유당과의 마지막 결별을 느끼고 있었다. 그리고 그것으로 그의 오랜 그림의 길도 끝장이 나고 있음을 알았다. 유당도 그런 세민의 심중을 익히 짐작한 듯 어른의 장례를 잘 치러 모시라는 당부밖엔 더 오라 가란 말이 없이, 당신으로선 모처럼 그 그림일을 많이 앞세우는 한마디를 덧붙였을 뿐이다.

"언제 어디서나 네 사는 일을 버리지 않으려거든 그림일을 버리지 말거라."

그림에서나 사는 일에서나 세민과의 인연이 이미 다했음을 짐작한 소리였다.

그야 어쨌든, 세민이 다시 시골 마을로 돌아온 뒷날의 일들은 역시 예상한 대로였다.

아버지의 장례를 치르고 나서도 세민은 계속 그냥 그 시골집에 눌러앉아 지냈다. 좋건 싫건 간에 그럴 수밖에 없는 사정이었다. 유당이나 산골 일은 그닥 생각하려지도 않았지만, 생각이 떠오른대야 그걸 좇아 나설 형편이 못 되었다. 아버지가 그동안 논밭을 꽤 늘려놓고 가신 데다 어머니는 그 땅을 한 뼘도 소홀히 하려지 않았다. 하지만 아버지가 계실 때도 늘 힘에 부쳤을 그 농사일을 어머니 혼자 감당해가기에는 나이까지 너무 늙어 있었다. 게다가 어머니는 다리도 성치 못한 터에 나이 찬 아들의 혼기가 늦어지는 것을 몹시 걱정하고 있었다. 그것을 핑계 삼아 그를 계속 당신 곁에 잡아두려는 궁리가 퍽 많았다. ─농사일이야 네가 없이도 팔자로 삼아온 일이니 나 혼자도 그럭저럭 이웃 손들 빌려

가며 제철만 놓치지 않으면 될 일이다마는, 짝을 못 맞추고 서른을 눈앞에 둔 네 나이가 걱정이다. 어치케…… 여티까장 그만큼 공부를 배웠으면 네 그림일은 인자 여기서 너 혼자도 안 되겄냐? 되든지 안 되든지 이 에미 곁에나 있어야 일을 서둘러보제.

농사일은 물론 그 어머니 때문에도 집을 다시 떠날 생각은 엄두조차 낼 수가 없었다. 그래저래 그해 가을과 겨울 한 철을 보내고 이듬해 봄 농사철이 시작되면서부터는 몸과 마음이 온통 들논이나 산밭일, 가축들 돌보는 일에 꽁꽁 묶이고 만 처지가 되었다.

늙은 어머니의 숨은 뜻을 순순히 따라드린 셈이었다. 그리고 기왕지사 일이 그리 된 터에 세민은 이제 그 집안일에나마 전력을 다하기로 마음먹고 아낌없이 몸을 부려나갔다. 밤낮으로 거기 온통 심신을 다 내던지다시피 하고 지내다 보니, 어머니가 이제는 혼자서도 뜻을 세워나갈 수 있지 않느냐던 그림일은 이미 머리에도 남아 있을 수 없었다. 그 유당의 마지막 당부와는 거꾸로 그림일은 버려둔 채 사는 일 쪽은 외려 잘 지켜가는 격이었다.

하지만 그 아버지의 필생의 농사일이 세민에겐 애초부터 만만할 수가 없었다. 성치 못한 다리에 여물지 못한 솜씨로나마 산에서도 그 흙손일을 전판 다 잊고 지낸 것은 아니었지만, 아버지가 그에게 넘겨준 농사일에 비하면 그것은 한낱 소일거리 장난 놀음에 불과했다. 논밭 마지기 수나 고되게 쫓겨대는 일손의 보람이나 산에서 지낼 때와는 전혀 비교가 안 되었다. 무엇보다 그것은 유당의 곁에서처럼 그림 공부의 한 법식으로 익혀가는 일이 아니었다. 일 자체가 일상의 양식을 얻는 일이었고 삶을 얻는 일이었다. 그 삶을 지키며 살아가는 일이었다. 불편스런 다리에 다부지게 여물지 못한 일솜씨로는 산에서처럼 심신이 제법 뿌듯해할 겨를도 없었다. 모든 일이 그저 힘겹고, 몸과 마음이 정신없이 쫓겨댈 뿐이었다.

그렇다고 이제는 그 일을 다시 버리고 돌아설 수도 없었다. 이를 악물고 버텨나가는 수밖에 없었다. 심신이 두고두고 익어져가는 수밖에 없었다. 그것이 때로 어쩔 수 없는 운명처럼 여겨지기도 했다. 그리고 오래전 어릴 적 한 시절 그 망연한 심사 속에 자신의 소를 느꼈을 때처럼 그것이 다시는 벗어져날 수 없는 굴레로 느껴져 심신이 더욱 무겁고 막막해지기도 하였다.

하지만 그는 그럴수록 더 이를 굳게 악물었다. 그리고 밤낮없이 일손을 쉬지 않고 자신을 익혀갔다. 낫질에 지게질에 무논 쟁기질까지 하루하루 자신을 모질게 부려갔다.

몸뚱이가 제대로 견뎌 배길 수가 없었다. 밤만 되면 온몸이 늘 천근만근이었다. 늦은 저녁을 몇 술 뜨고 나면 그길로 금방 제 방으로 건너와 그대로 쓰러져 곯아떨어져버리곤 하였다. 피곤기를 느끼거나 옷을 벗을 틈도 없었다. 그렇게 한번 잠 속으로 빠져들면 꿈도 잘 꾸어지지 않았다.

그런데 종내는 그 몸뚱이가 더 버텨나가기 어려워진 것인지 모른다. 하룻밤엔 모처럼 괴상한 꿈을 꿨다. 그가 소가 된 꿈이었다. 뒷골논 한 마지기에 늦은 모를 내느라 논갈이에 못짐질에 어머니와 온종일 흙탕물을 쓰고 돌아와 뼛속까지 지치고 풀어진 몸뚱이를 무겁게 내던져 누운 날 밤이었다. 그는 꿈속에서 굴레를 쓰고 멍에를 진 쇠짐승 형상으로 끙끙 무논갈이 쟁기를 끌고 있었다. 코뚜레는 쓰리고 멍에 자국은 아린데, 웬일로 쟁기까지 한 발자국도 끌려 나아가주질 않았다. 헐떡헐떡 가쁜 숨을 몰아쉬며 안간힘만 써대다가 어느 순간 쟁기와 함께 다리가 풀썩 내려앉으며 간신히 잠을 깼다.

일종의 가위눌림 꿈이었다. 어렸을 적 이미 아버지에게서 보았던 괴로운 소의 형상, 그리고 그 무렵 세민 자신에게서도 완연하게 느껴지곤 하던 쇠짐승의 형상이 이번에는 직접 그 자신의 모습을 화신해 보인 것이었다.

말할 것도 없이 육신의 괴로움 때문이었다. 세민은 잠을 깨고 일어나서도 그 꿈속에서의 괴로움이 가시지 않고 그대로 생생하게 남아 있었다. 일에 쫓기고 열중해 있을 때는 그런 것을 느낄 겨를도 없었지만, 잠자리엘 들면서도 그저 나른하기만 하던 몸뚱이 곳곳에서 꿈속보다 더한 아픔들이 묵직하게 번져났다. 얼굴은 쓰리고 더수기는 뻣뻣하고, 어깻죽지 엉치받이께 무릎 종아리들은 쑤시고 아리고, 사대육신 마디마디 아프지 않은 곳이 없었다. 그늘을 말리고 드는 따가운 햇볕과 지친 소처럼 버거운 지게질과 잦은 허리힘 일들이 그의 몸속 곳곳에 심어놓은 노역의 자국들이었다. 그 육신의 아픔이 물것들이 떠메어가도 모를 만큼 피곤한 잠 속을 빌려 그를 쇠짐승으로 화신시켜놓은 것이었다.

세민이 차츰 다시 그림을 생각하기 시작한 것은 그러니까 그 소의 꿈과 그 쇠짐승의 화신을 통해 확인한 생생한 육신의 아픔 때문이었다.

기이한 일이었다. 그것은 일테면 유당이 그 땅이나 흙이나 사는 일들에 대한 참사랑을 배우는 길이라 뒤늦게 일깨워온 그 아픔이란 것의 본색일시 분명했다. 그래서 그것을 몸으로 배우자고 긴 세월 텃밭 산밭 흙손일을 익히고도 세민에겐 끝내 별 가망이 없었던 그 아픔, 그것은 필시 그림이나 삶의 방편으로는 만날 수가 없는 것이었는지 모른다. 그래서 배울 수도 없었던 것인지 모른다. 그런데 세민이 그 아픔도 사랑도 끝내 다 포기하고 유당을 떠나온 지금, 그림이나 삶의 법식을 다 포기하고 그의 절핍한 생존의 마당으로 돌아와 허덕허덕 지친 지금, 그것이 성큼 증상을 깃들여오기 시작한 것이다. 그리고 한번 둥지를 틀기 시작한 그 증상은 날이 갈수록 또렷해져 여름과 가을까지 끈질기게 그를 괴롭혀댔다.

하고 보면 그 흙이나 삶에 대한 사랑 역시 어떤 법식이나 방편이 아니라 피할 수 없는 삶 가운데에서 배우고, 배움에서가 아니라 살아감에서 움이 돋고 자라가는 것임이 분명했다. 아픔을 배우는 것이 사랑이 아니라 그 아픔을 앓는 것, 그 아픔을 숙명의 삶 속에서 앓아가는 것이 사랑이었다. 자신의 온몸뚱이로 그 아픔을 참고 앓아나감이 사랑이었다.

방법이 옳았는지 글렀는지는 확인할 수 없지만, 그리고 그 자신은 그런 각성과 몰입 속에 정작으로 그걸 얼마나 품을 수 있었는지 모르지만, 유당이 오랜 세월 그의 그림을 위한 큰 삶의 법식으로 그에게 심어주려 한 아픔이나 사랑도 필경엔 그런 아픔, 그런 사랑이었음이 분명했다.

다름 아니라 세민은 그 봄과 여름철 그리고 가을철까지의 줄기찬 노역과 어느새 깊은 지병으로 둥지를 틀고 들어앉아버린 몸속의 아픔을 앓아가며 문득문득 그 그림일을 다시 생각하게 된 것이다. 그 법식을 넘어선 아픔의 각성 때문이 아니었다. 그림에 대한 새 욕심이나 자신감이 솟아서도 아니었다. 그 아픔을 피할 길이 없었기 때문이었다. 함께 안아 참고 앓으며 살아가는 길밖에 없었기 때문이다. 어릴 적 한 시절 그 하늘과 들판과 새의 비상을 그렸을 때처럼 그 절박스럽고 막막한 아픔과 일상의 삶들을 나름대로 잘 참아 이겨나갈 길을 다시 소망하게 된 때문이었다. 그 간절한 소망을 달리 감당할 길이 없었기 때문이다.

하여 그해 가을 추수가 끝나고 텅 빈 들녘만 남았을 때, 세민은 불현듯 다시 붓을 찾아 들었다. 새털구름이 드문드문 비껴 깔린 철 늦은 가을 하늘을 실에 매인 연처럼 무한정 떠돌고 있던 한가로운 새짐승, 한 마리 솔개 놈의 드높은 비행이 그에게 문득 그 아득한 신열기를 느끼게 해오던 날 저녁, 밤새도록 그 괴로운 신열기에 시달리고 난 바로 그 이튿날부터였다. 그는 그 아침까지도 가시지 않은 무거운 신열기 속에 신음을 토하듯 온종일 그림에 매달렸다. 빈 들녘을 그리고 새털구름 드높은 하늘을 그리고 하염없이 한가로운 새의 비행을 그렸다. 오래 팽개쳐둔 일이라 물론 그림이 쉽지 않았다. 손이나 손목 놀림이 무디어져 산에서 익혔던 먹붓질마저도 마음을 잘 따라주지 않았다. 하지만 그는 고약한 신열기가 걷혀 가실 때까지 몇 번씩이고 그림을 다시 고쳐 그렸다. 나중에는 그 들녘과 하늘과 새뿐만 아니라 화면 아래쪽에 한 마리 소의 형상을 그려 넣기 시작했다. 몸속에 괴로운 신열기를 참으며, 그로 하여 그 드높이 한가로운 새의 비행을 더욱 아프게 꿈꾸고 누워 있는 소, 그 꿈마저 괴롭게 앓고 있는 소였다.

하고 보니 이전과는 완연히 그림이 달라져갔다. 그 신열기를 앓는 소로 하여 새의 비행은 더욱 드높고 유유했다. 눈부신 자유, 황홀한 꿈이었다. 그러나 화면 전체로 보면 그것까지도 그 소의 눈길로 하여 오히려 뼈가 시린 자유, 황홀한 절망이 되고 있었다. 붓질이 아직 무디고 더 다듬어 그려나가야 할 곳이 많았지만, 세민은 이미 그것을 느낄 수 있었다. 그리고 그 들판과 하늘과 새들이 그에게로 조금씩 다가들어오고 있는 느낌 속에 한겨울 내내 그 그림일에 매달렸다. 여전히 그를 찌뿌드드하게 괴롭혀대는 신열기를 견디며 그 들판과 하늘과 새의 꿈들을 그의 아픈 삶과 괴로운 황소의 그림으로 지그시 껴안아갔다.

그런데 그런 어느 날.

하루는 그림 탐이 썩 심하다는 이웃 회진 동네 초등학교의 교감이라는 사람이 어디선지 그 세민의 소식을 듣고 그림을 보러 왔다가 그 솔개와 황소의 사경 앞에 전혀 예상치 못한 소리를 하고 갔다.

"어허, 그 쇠팔자 한번 편안하구나. 들판에 누운 소가 하늘을 나는 새와 더불어 하염없는 꿈에 젖으니 그 느긋한 천지간의 조화가 낙원인 듯 평화롭고……"

그는 바로 그것을 두고 세민이 옛날부터 그리기를 소망했던 그림을 말한 것이었다. 그림의 수준이나 격조, 그의 말투 따위는 상관할 일이 아니었다. 그것은 세민이 이미 단념하고 있다시피 한 옛 소망 속의 그림 이야기였다. 세민이 그때 그린 것은 그 소망 속의 평화나 자유로운 해방이 아니었다. 그의 삶의 아픔과 앓음 쪽이었다. 그런데 위인은 하늘의 새는 물론 그 땅과 삶의 신열기를 힘들게 앓고 누운 소의 형상에서도 전혀 그런 기미를 읽어내지 못한 것이다. 낙원의 평화만을 만나고 돌아간 것이다.

세민에게는 충격이 아닐 수 없었다. 그러나 그 충격은 그의 그림일에 대한 새로운 각성과 희망의 선물이었다.

—괴롭게 앓고 있는 소가 그저 편안하고 느긋해만 보인다? 그 눈길 속엔 차라리 절망으로 비쳐야 할 새의 비행이 낙원같이 평화롭다? 불청객 손님이 돌아가고 나서도 세민은 온종일 머릿속이 멍청해진 느낌 속에 그의 말을 수없이 곱씹어대고 있었다. 그가 그림을 잘못 보았는지 어쨌는지는 따지고 들 생각이 없었다. 그것을 잘못 보았든 어쨌든 그가 그의 눈으로 보고 만나 읽어낸 것이 중요했다. 굳이 자신이 그림을 잘못 그렸다는 생각도 없었다. 자신은 앓음 속에 그 아픔을 빌려 그렸고, 곁에서는 거기서 그 낙원 같은 평화를 보았다는 데에 그의 그림일의 비의가 숨어 있는 것 같았다.

"어머님은 어떠세요? 이 소하고 새 그림이 편안하고 즐거워 보이세요?"

"그래, 들일 끝에 배부르게 풀을 뜯고 쉬고 앉아 있는 모양인 갑는디 쇠팔자에 그만하면 편안해 보이는구나. 공중에 뜬 새한테서도 즐겁게 우는 소리가 들려오는 것 같고……"

혹시나 하는 생각에 그림을 보여주며 물은 소리에 어머니 역시 위인과 같은 것을 보고 있는 대답이었다.

—중생이 앓으니 나도 앓는다. 마지막 중생의 아픔이 나으면 나도 나으리라.

뜻은 많이 달랐지만, 어릴 적 팽나무에서 떨어져 으깨진 몸을 뉘고 있던 그 읍내 의원의 병실 머리맡에 써 붙여져 있던 어느 부처님의 말씀이 느닷없이 머리에 떠올라온 것도 그 때문이었다.

—나이를 먹어 늙으면 병을 몸에 지니고 함께 부대끼다 간다더니 그림쟁이 노릇은 젊어서부터 그렇단 말인가.

"나는 한평생 농사를 짓고 살았어도 그 일을 다 모르고 갈 판인디, 저라고 그림일 속을 그새 다 알았겄어? 그냥 잊고 더 내버려둬."

아버지가 세상을 떠나기 얼마 전 세민의 소식을 궁금해하는 어머니에게 당부했다는 말 그대로 아직은 그 그림일도 농사일도 잘 알 수가 없었지만, 세민이 이후로도 그 고향의 들녘과 고된 농사일 속에 묻혀 살면서 새 마음가짐으로 두고두고 그림일을 계속해 나가기로 한 숨은 계기였다.

"그래, 그게 내 그림의 숙명이라면 두고두고 더 앓아내도록 해 보자. 할 수만 있다면 이 땅과 사람살이의 아픔을 다 그림으로 앓아버려서 다른 사람들 눈에는 오직 충만한 평화와 기쁨의 빛만 남아 보이도록."

(『21세기문학』 1997년 가을호)

목수의 집

—혹은 수공업 시대의 추억

산이 있고 들판이 있고 마을이 있었다.

마을에는 큰 팽나무와 우물터와 개울이 있었다.

어딘지 눈에 익고 편안한 느낌이 드는 지세.

—내 결국 찾아냈소. 고향 마을을 그대로 옮겨다 놓은 것 같은 지리요. 어떻소. 이만하면 여기 그만 자리를 잡아 들어앉을 만하지 않소?

그새 어깻죽지가 많이 구부정해진 김승조 씨가 나지막하면서도 확신에 찬 목소리로 그의 동의를 구해왔다.

—다행입니다. 이곳의 지세가 그토록 어르신네 고향동네를 닮았다면.

그는 초로의 승조 씨를 진심으로 축하했다.

—이런 땅을 얻었으니 이제는 바로 자리를 잡아 드셔야지요. 풍광도 더 바랄 데가 없고. 그런데 어르신네 집터는 어디쯤이었

습니까?

그러나 웬일인지 이번에는 승조 씨가 바로 대답을 해오지 않았다.

자기 집터 위치가 잘 생각나지 않는 듯 까마득한 눈길 속에 한동안 깊은 한숨만 내쉬고 있었다.

— 왜 옛날 집터를 못 찾으시겠어요? 기억이 잘 안 떠오르세요?

그도 금세 가슴이 답답해지면서 자기 일처럼 안타깝게 승조 씨를 채근하고 들었다.

— 차근차근 찾아보세요. 기억을 잘 더듬어서 차근차근…… 어딘가 있을 테니 당장 생각이 안 난다고 서두르지 마시고 차근차근……

"여보, 여보! 그만 좀 일어나보세요."

아내의 소리에 정신을 차리고 보니 실없는 꿈이었다. 새벽녘에 잠이 깨어 담배를 한 대 피우고 다시 게으름을 피우고 누웠다가 선잠 속에 잠깐 스쳐간 꿈이었다. 선잠결 꿈치고는 입맛이 몹시 씁쓸했다.

"그래, 꿈속에서까지 무얼 또 잊어먹은 거예요? 한사코 차근차근 찾아내라는 게 무어예요? 무얼 잊어먹었어요. 무얼 찾아드려요?"

나이 50줄에 접어들어서부터 부쩍 더 심해진 남편의 평소 건망증을 빗댄 아내의 농담 투와는 달리 세훈 씨는 방금 곁에서 무엇인가를 잃어먹은 것처럼 기분이 허망하고 개운치가 못했다. 무엇보다 그 김승조 노인의 꿈을 꾼 것이 심상찮은 징조였다.

……산이 있고 들판이 있고 큰 정자나무와 우물터와 개울들이 있는 황해도 안악 고을 어느 조그만 마을에서 소년 김승조는 열여섯 살 때까지 살았다. 그리고 1950년 겨울 남하하는 국군을 따라 부모님과 어린 누이동생을 고향 마을에 남겨두고 그 혼자 남쪽으로 와서 뒷나이를 먹어갔다.

그러던 어느 때부턴가 그에겐 넋을 놓고 곰곰 지도를 들여다보는 버릇이 생겼다. 1953년 여름께에 휴전선이 그어지고 철책과 지뢰밭으로 하늘까지 막히면서 그의 고향 마을은 이제 지도 위에밖에 없었고 그 지도 속으로밖에는 찾아갈 수 없는 곳이 되어버린 때문이었다.

그는 틈만 나면 지도를 자주 들여다보았고, 그가 그 지도 보기에 빠져들기 시작하면 2차원의 평면색과 기호들이 천천히 3차원의 입체 공간으로 변해가며 그의 아득한 고향길을 열어주곤 하였다. 그의 기억 속에 정지해 숨어 있던 지난 시간대까지 가동한 4차원의 독도법 속에 그는 두고 온 아버지와 어머니를 만나고 누이를 만나고 갖가지 추억의 영상들을 만나보며 까마득히 멀어져간 고향꿈을 달래곤 한 것이다.

그렇게 지도 속의 고향꿈에 의지해 그럭저럭 30여 년을 지내온 그에게서 언제부턴가 그 고향과 고향의 풍정들이 하나하나 다시 사라져가기 시작했다. 휴전선 근처에서 땅굴이 발견되고 남북공동위원회와 적십자회담이 다 파탄났다는 소식이 전해지면서부터였다. 그때부터 지도는 서서히 4차원의 움직임을 잃어갔고, 이산가족찾기 방송과 KAL여객기 폭파 사건들을 거치면서 까맣게 멀어져가던 고향의 풍정과 옛 식구들의 모습이 끝내는 월남자 가족들의 주거지 이동과 집단 수용소살이 따위의 험한 소식들 속에 그 흔적까지 말끔히 지워져갔다. 지도의 색깔과 갖가지 기호들은 이제 그에게 아무것도 보여줄 수 없고 아무 뜻도 지닐 수 없는 하얀 백지도가 되어갔다.

긴 세월 계속돼온 그 승조 씨의 지도 보기 취미가 여행 쪽으로 바뀐 것은 그 무렵부터였다.

그는 이후부터 여가가 나는 대로 전국 방방곡곡의 오지 마을 찾아다니기 여행을 시작했다. 그의 머릿속에 남아 있는 북쪽 고향 마을의 기억을 더듬으며, 그 기억 속의 시골 마을을 찾기 위해서였다. 어머니와 함께 내려온 어느 월남자 친구가 노모의 염원을 견디다 못해 이쪽에서 그의 고향 마을과 비슷한 지세를 찾아 당신 노년의 거처를 마련해드렸다는 소리를 듣고서였다. 자신과 아내와 자식들의 고향을 새로 꾸며보고 싶어서였다. 그렇게라도 영영 그의 고향을 잃어버리고 싶지 않아서였다. 그의 고향 꿈꾸기 버릇이 북녘 땅 백지도 대신 남녘 땅 지도 들여다보기와 실제 답사 여행 쪽으로 바뀌게 된 것이다.

하지만 그도 한낱 부질없는 백일몽이었는지 모른다.

그는 좀처럼 소망을 이룰 수가 없었다. 고향 마을의 지세나 풍광이 그리 흔할 리 없었다. 10년 가까운 세월 동안 풍수지리 공부까지 익혀가며 경향 각지를 두루 누비고 다녔지만, 기억 속의 고향 마을과 비슷한 자리는 만나기가 어려웠다. 하다못해 이만하면 새로 나무도 심고 물길도 내어가며 옛 정취를 일궈 들어앉을 만해 보이는 지세조차 쉽지가 않았다. 어쩌다 외경이 제법 그럴 듯해 보인다 싶으면 물과 땅이 구석구석 오물 쓰레기로 뒤덮여 원래의 땅심과 지덕을 잃어가고 있었고, 더러는 이미 위험한 공해 시설 개발 사업 따위로 곳곳이 곪아 썩고 맥이 크게 잘려나간 상처투성이의 황무지가 되어버린 곳도 흔했다. 게다가 대처 시골을 가릴 것 없이 사람들의 인심은 어디나 그렇듯 강파르고 매서운지.

김승조 씨는 그래 결국 북쪽에서나 남쪽에서나 그 마음의 고향 마을조차도 지닐 수가 없었다. 그러나 승조 씨는 여전히 그 고향 찾기 여행벽을 버리지 못했다. 자신을 위해서도 그랬고 아내와 자식들을 위해서도 그럴 수밖에 없었다. 그 무심한 백지도 속으로 사라진 북쪽 고향 마을의 아버지와 어머니, 누이를 위해서도 그것은 단념을 할 수가 없었다. 북녘 땅에 가뭄이나 큰 홍수가 덮쳐 흉년 소식이라도 전해질 때면 그의 오랜 소망은 더욱 아프게 자라갔다. 하얗게 변해버린 북녘 땅 백지도 대신 남쪽의 지도에 대한 소망은 그만큼 더 깊어갔다. 그러면서 어디에서도 그 꿈을 깃들여볼 만한 순정한 땅을 만날 수 없는 황량한 실망감과 상처만을 쌓아갔다. 여행길을 더해갈수록 그가 지명록 삼아 때마다 허전한 마음속에 담아온 갖가지 돌멩이들이 그의 집 마룻장 밑에서 하나하나 수를 더해가며 무심히 뒹굴어댈 뿐. 그의 실패한 고향 여행기처럼. 혹은 사막화해가는 고향 여행 지도의 절망적인 운명처럼……

10년 가까이 그의 취재 노트 속에 끼여 있던 김승조 씨의 인생 행로였다. 북에서도 남에서도 그의 고향 마을은 이미 찾을 수 없게 된 처지가 심상찮기도 했지만, 그보다 우선 위인의 별스런 지도 보기 버릇이나 여행 취미가 흥미로워 메모를 해두고도 그 기벽에 얽힌 그의 소망이 너무 애틋하여 차마 작품을 쓰지 못하고 수삼 년간이나 미뤄온 소재였다. 그가 아무리 답사 여행을 계속한들 이 땅에서는 이미 그 꿈을 이룰 만한 땅을 찾을 수 없을 것이 뻔했고, 그러면서도 한편으론 그가 결국 어디에선가 그런 땅을 찾아낼지도 모른다는 일말의 기대감과 궁금증 때문이었다.

하지만 이제는 그의 실패한(실패할 수밖에 없는) 꿈처럼 소설로는 영영 씌어질 수가 없는 이야기였다. 승조 씨의 이야기만이 아니라, 허세훈 씨는 이제 30년 가까운 그의 소설 집필일을 마감하려는 터이기 때문이다. 20대 중반께부터 50대로 들어서까지 줄기차게 계속해온 그 지겨운 소설일. 잠시 동안 쉬었다가 때를 보아 다시 시작하려는 것이 아니었다. 이번에 아예 그 노릇에서 손을 털고 말자는 것이 그의 근래 결심이었다.

사람의 심성과 공동선의 질서를 함께 읽어나가야 하는 소설 쓰기일이 그에겐 늘 천형처럼 버거웠다. 그것은 그의 허약한 정신태에 대한 끊임없는 고문이자 감당하기 어려운 육신의 노역이었다. 더욱이 나이 50줄로 들어서면서 급속하게 밀어닥친 정보화 사회의 물결과 몰개성적 가치관은 그의 창작 욕망과 세상 읽기의 의욕을 무참하게 소진시켜갔다. 유통과 대량 모방 복제 위주의 획일적 생산성은 그가 애초에 꿈꿔오던 소설 창작의 본령이 아니었다. 그것은 그의 글쓰기의 관심사도 아니었고 능력 안의 일도 아니었다. 무엇보다 그는 자신도 그 달갑잖은 새 풍조를 뛰어넘지 못한 채 어쩔 수 없는 자기 모방, 거듭된 좌절감 속에 끊임없는 자기 마모와 소진만을 일삼고 있었다. 어느 날, 더 이상 나아갈 수 없는 막다른 벽에 부딪혀 앉아 옛날 책들을 들추다가 그는 새삼 자신의 글쓰기가 심히 꼴사나운 노추를 쌓는 일에 불과하다는 생각이 들었다. 상투성이나 어쭙잖은 권력 놀음이라는 생각도 들었다. 세상사는 옛 사람들이 속속들이 읽어놓고, 쓸 만한 이야기들도 더할 수 없이 지혜롭게 다 써놓고 있었다. 그의 글쓰기는 또 다른 모방이거나 아무 보람을 지닐 수 없는 공염불 짓에 불과했다. 그래저래 그는 그의 오랜 글쓰기에서 그만 손을 놓기로 한 것이다. 몇 달 전 일이었다.

하고 나니 허세훈 씨 자신은 물론 반평생을 그의 곁에서 괴로움을 함께해온 아내나 대학병원의 해부학 전공의로 아비의 처지를 늘 답답하게 여겨온 아들 녀석까지 그 일을 후련스럽기 그지없어하였다. 그런 만큼 이후부터 세훈 씨는 매사를 세상 돌아가는 풍조대로 범상스럽게 보아넘기며 쉽게쉽게 살아가려 노력했다. 야구장도 다니고 극장구경도 다니고, 집에서는 TV프로그램이나 화초 돌보기 따위를 즐기면서, 책이나 글일은 남이 쓴 것만 보면서, 자신의 글쓰기일은 한사코 외면을 하고 지냈다.

김승조 씨의 그 고향 찾기 이야기는 그러니까 그것으로 아직 소설로 씌어지지 않은 다른 몇몇 소재들과 함께 폐기 처분이 되어 잊혀야 할 이야기였다. 그리고 그간 실제로 잊고 지내온 이야기였다. 아쉽더라도 다시는 되돌이킬 일이 없었고, 되돌이켜져서도 달가울 데가 없었다.

그런데 그동안 마음이 그다지 편하지가 못했던 것인가? 생각지도 않았던 그 승조 씨의 일로 꿈을 꾸게 되다니. 그것도 아내가 알아듣고 잠을 깨우려 들 만큼 잠꼬대까지 해가면서!

세훈 씨는 방금 가위 눌림을 벗어난 듯한 찜찜한 기분 속에 머리를 크게 저었다. 더 이상 그 일에 마음을 쓰고 싶지가 않았다.

하지만 이날 아침엔 왠지 그 노릇도 마음대로 되지 않았다. 기분을 바꾸기 위해 서둘러 샤워를 하고 아침을 달게 먹고, 평소에 즐기지 않던 커피까지 마시면서 머릿속을 비워보려 했지만, 이날따라 자꾸 그 승조 씨의 뒷일이 궁금해지곤 하였다.

—영감이 결국 어디서 쓸 만한 고향 마을 터를 찾아낸 것인가? 내게 그것을 현몽하려 한 것인가.

그럴 리는 물론 없었다. 그새 무슨 사정이 달라질 리도 없었고, 그걸 꿈으로 알리려 했다는 것도 말이 안 되었다. 무엇보다 그가 꿈속에서 본 마을은 세훈 씨 자신의 고향 마을 지세였다. 뒷산줄기의 흐름이나 마을 한가운데에 우뚝한 팽나무, 우물과 개울 빨래터들이 어김없는 그의 고향 마을 표정 그대로였다. 수백 년 청정하게 마을을 지켜왔다는 그 꿈속의 팽나무도 분명 북쪽 지방의 흔한 수종이 아니었다. 게다가 그는 꿈속에서 승조 씨보다도 그 집터를 찾는 일에 마음을 더 쓰고 있었다. 기억을 잘 더듬어서 차근차근…… 차근차근…… 꿈속의 일은 승조 씨의 일이 아니라 세훈 씨 자신의 일이었다.

지난날의 그의 고질이 되살아날 징조였다. 어느 한때 관심을 기울였다 이런저런 사정으로 쓰기를 미뤄두거나 단념을 하고 만 이야기가 두고두고 불편스럽게 머릿속에 되살아나 그를 채근해 오곤 하던 지겨운 소재앓이. 왜 이 이야기를 못 써? 이 이야기를 안 쓰고는 절대로 마음을 놓을 수 없을걸! 안 쓰고는 못 배길걸— 미뤄두고 있거나 단념하려 했거나 종당엔 그것을 쓰지 않을 수 없게 하고, 그것을 쓰고 나야 묵은 숙제를 끝낸 듯 마음이 편해지곤 하던 그 이야기앓이 병. 이번에는 소설질에서 아예 손을 털고 나선 마당에 그 달갑잖은 괴벽증이 또 머리를 내밀고 나설 기미였다.

김승조 씨의 이야기를 쓰라는 종주먹질의 시작이었다. 승조 씨가 그것을 원해온 것이 아니라 세훈 씨 자신의 오래 묵은 고질병이 새삼 그것을 채근하고 들기 시작한 것이다.

하지만 이제 세훈 씨에겐 어림도 없는 일이었다. 그 지긋지긋한 노역과 고역스런 자기 모방, 그에 따른 시비와 무의미한 자기 소모, 이 풍요로운 익명 시대의 같잖은 기명 작업—

—내가 왜 다시 그런 악업에 빠져들어?

아래채 아들아이의 출근을 기다렸다가 세훈 씨는 곧 간단한 여행길 행장을 갖추고 집을 나섰다.

"한 이틀 어디 가서 바람이나 쏘이고 오겠소."

근래에 생긴 버릇대로 아내에겐 행선지조차 제대로 알리지 않은 채였다. 찜찜한 기분을 털어버리기 위해 바람을 쐬러 간다는 건 사실이었지만, 행선지는 분명히 정해진 여행길이었다. 늙은 김승조 씨는 이제 임진각 망배단으로나 고향길을 삼아야 할 처지지만, 세훈 씨에겐 언제라도 찾아 나설 고향 고을이 있었다. 그의 꿈속에서 승조 씨가 자신의 새 고향 터로 우겨댄 마을, 바로 그 남녘 동네가 그의 태를 묻은 곳이었다. 일찍이 초등학교를 졸업하고 떠난 뒤 오랜 세월 잊혀졌던 곳, 그러다 나이 마흔 줄로 들어서부터 이따금씩 마음속에 되살아나기 시작한 곳, 돌아가신 부모님이 차례로 당신들의 윗대 곁으로 내세를 묻으러 가신 곳, 서울살이가 지겹고 헛글질에 지칠수록 자신도 언젠가 돌아가 여생을 의지하고 싶던 곳, 그래서 이 몇 년 그 혼자 간간이 새 길 닦이 발길을 해온 곳, 그러면서 용케 아직 세상 때가 크게 타지 않은 걸 내심으로 다행스럽고 고마워해오던 곳—, 그 승조 씨의 꿈을 좇고 머릿속을 씻기 위해 그는 그 실재의 고향길을 서둘러 나선 것이다. 내친김에 이번에는 쓸 만한 집자리도 한 곳 보아두고 싶은 생각이 깊어 아내에겐 그런저런 기미를 숨기느라 행선지까지 얼버무리고 나선 길이었다. 사정이 알려지고 나면 그 아내보다 사실은 해부학 전공 아들놈의 몰이해와 삭막한 참견이 귀찮아서였다.

아들아이는 제 아비의 글쓰기 일을 그리 탐탁하게 여기지 않은 것처럼 그의 고향 동네 나들이길도 잘 이해하지 못했다.

"한번 떠나와 잊고 지내오신 동네를 왜 굳이 다시 찾아 들어가십니까? 남들은 끄떡없이 잘들만 지내는 서울살이가 아버지껜 무엇이 모자라셔서요. 말씀은 조용히 여생을 맡기고 싶다시지만, 그게 어디 아버지 여생을 지내러 가시는 것입니까. 죄송스런 말씀이지만 결국엔 아버지 묻히실 곳을 찾아가시는 것 한가지 아닙니까. 전 아버지께서 벌써 그런 생각하시는 것 싫습니다."

세훈 씨가 모처럼 고향 동네를 다녀와 전에 없이 흐뭇한 기분으로 그 고향 여행길의 연유와 숨은 목적을 털어놓았을 때 아들은 가차없이 제 아비를 몰아세웠다.

"하긴 병원일을 하다 누가 죽게 되었을 때 보면 당사자든 누구든 사람들은 대개 사람이 사는 일보다 죽어가는 일, 죽는 일, 사후의 일들에 더 매달리고 드는 정서지만요. 그런 당연한 인정과 미덕 때문에 제 해부학 수업에는 자주 기증 시신이 부족하여 애를 먹기도 하구요……"

그야 녀석이 제 해부 실습용 사체의 부족을 우리의 사자 숭상 정서 탓으로, 그 아비의 귀향의 희망이나 고향 나들이길까지도 그의 저승길 예비 행로쯤으로 치부하려 드는 처사를 그저 나무랄 일만은 아니었다. 허세훈 씨 자신도 그 김승조 씨의 끈질긴 고향 찾기 행로에서 종종 그런 느낌을 받곤 했으니까. 살아갈 곳을 찾는다기보다 필경엔 죽어 묻힐 곳을 찾아 헤매는 듯싶던 그 집요한 고향터 찾기 행로. 그리고 그 땅에 대한 지나친 결벽증. 세훈 씨는 자신의 고향 나들이길에서도 그것을 말끔히 부인할 수가 없었다.

하지만 세훈 씨는 집을 나서면서 이내 머리를 크게 저었다. 그의 고향 나들이길은 역시 김승조 씨와는 경우가 달랐다. 그는 승조 씨처럼 실현 불능의 꿈을 좇고 있는 것이 아니었다. 승조 씨처럼 새 고향 터를 찾아다니는 것도 아니었고, 당장의 새 고향살이를 위해서도 아니었다. 그는 실재하는 옛 고향 마을을 찾아다닌 것이었고, 우선의 목적은 그걸로 해서나마 마음의 위로를 삼아보고 싶어서였다. 더욱이 이번 길은 요 며칠 심심찮이 새 발열의 기미를 보이기 시작한 그 해묵은 이야기앓이 증세를 씻어버리기 위해서였다. 고향 마을을 찾아가 승조 씨의 망념을 쫓고, 아직도 그 발열의 기회를 노리고 있을지 모르는 머릿속 이야기들을 깨끗이 지워 없애버리려는 발걸음이었다. 무엇보다 그의 소설질이라는 게 현실로 이루기 어려운 일을 꿈꿔보는 짓거리였다면, 그래서 한때 승조 씨의 그 불가능의 소망을 글로 써볼 생각을 했다면, 그가 실재의 고향길을 나선 이 마당에 승조 씨의 사연은 이미 소설이 될 수도 없는 때문이었다.

—사라져 없어져! 다 잊어버려!

세훈 씨는 다시 한 번 결연히 자신을 다짐했다. 그리고 때마침 빈차로 지나가던 택시를 잡아 오르며 운전사에게 짐짓 활기찬 목소리로 말했다.

"강남 터미널로 갑시다. 먼 길 고속버스를 타야 하니까 조금 서둘러서요."

하지만 고향 나들이길에선 누구나 실제 고향살이를 한번쯤 꿈꿔보게 마련이다. 그리고 그 고향살이 꿈의 중심은 집이다. 세훈 씨는 더욱이 그 고향길 꿈이 즐거울 50대 중반 나이에 심신이 많이 지친 축이었다.

그는 고속버스가 서울을 빠져나가 푸른 들판과 산자락들을 가로지르기 시작하자 이내 그 김승조 씨를 앞지른 고향살이 꿈에 젖어들기 시작했고 집터를 잡기 시작했고, 그 집을 짓기 시작했다. 그리고 이런저런 모습의 새 집을 몇 채쯤 짓고 허문 끝에 문득 한 목수의 얼굴을 떠올렸다.

……일제 초기에 강원도 원성 고을의 한 소년이 무작정 서울길을 나섰다. 고향집에선 배가 고파 인총이 많은 서울로 올라가면 무슨 밥벌이거리가 생길까 해서였다.

거지꼴이 다된 그는 얼마 뒤 서울이 멀지 않은 광주 고을까지 올라왔고, 하루는 어느 집으로 밥을 얻으러 들어갔다. 마침 목수일을 해오던 그 집 주인의 심부름꾼으로 주저앉아 나무 다루는 일을 배우게 되었다.

그로부터 그는 몇 차례 새 편수와 일자리를 찾아다니며 20년 가까운 세월 동안 서울 안팎을 떠돌아다닌 끝에, 어느덧 나이 서른을 넘겼을 무렵쯤엔 그 동네 일판에선 제법 이름이 알려진 목수가 되어 있었다. 그는 그제야 늦은 장가를 들었고, 그때부터는 자신의 일을 맡아 자신의 일을 하게 되었지만 아직도 그 정처 없는 떠돌이 생활은 여전했다. 서울이고 시골이고 그는 늘 새 일거리가 생긴 곳에 임시 거처를 얻어 혼자 지내기 일쑤였고, 그가 새 일터로 떠날 때마다 뒤에 남겨진 그의 처자는 그를 뒤쫓아 다니기에 바빴다. 벼르고 별러 겨우 거처를 합해가면 그는 오래잖아

다시 새 일터를 찾아 떠나가고……

숨바꼭질처럼 혼자서 경향 간을 누비고 다닌 세월이 다시 몇십 년이 흘렀다. 그는 갈수록 좋은 집을 짓는 데에만 몰두했고, 그만큼 자기 주견이 분명한 괴벽쟁이 대목으로 늙어갔다. 예를 들면 그는 언제나 조상 전래의 목조집을 고집했고, 거의 대부분 그런 집만 맡아 지었다. 그가 처음 배운 것이 목조 가옥 일이어서도 그랬지만, 그는 나무엔 나무의 숨결과 혼이 있고, 그런 나무의 기운은 원래 햇빛과 땅기운과 비바람을 함께 안고 화동하던 것이라, 사람의 기운이 함께 화응하고 충만해야 할 집을 짓는 데에는 나무의 재질을 앞설 것이 없다는 생각이었다. 그래 그는 평생 그 나무의 성질이나 쓸모에 따라 어느 한 곳 소홀함이 없이 햇빛과 지기와 풍우를 잘 아우르는 편안한 목조집만을 고집해온 것이었다. 그것도 거의 다 주거용 여염집뿐이었다.

하기야 주거용 목조 살림집이래서 그가 전혀 다른 건재를 쓰지 않은 것은 아니었다. 집을 지으려면 비교적 나무의 성질과 잘 화응하는 흙과 돌멩이는 물론이고 벽돌이나 기왓장, 더러는 시멘트나 철골재까지도 썩 요긴하게 쓰일 때가 있었다. 하지만 그런 쓰임이 불가피할 때도 그는 심한 불길의 독을 머금은 시멘트나 철골재 따위는 될수록 손을 아끼고 싶어 했다.

그런데 차츰 시대가 바뀌어 집 모양새가 달라지고 규모도 따라 늘면서 벽돌이나 시멘트, 석골, 철골재 들의 쓰임새가 늘어가고, 더러는 깡그리 목건재는 외면한 채 그런 것들로만 세워지고 꾸며지는 집들까지 생겨났다. 그리고 그런 건축일수록 사람이 사는 여염집보다 학교나 병원 창고, 무슨무슨 기념관이나 박물관 같은 공공건물일 경우가 많았다.

하지만 그는 그런 건축물은 집으로 여기려 들지 않았다. 그에겐 집이란 사람이 먹고 자고 자식을 기르며 살아가는 일상의 보금자리요, 그 희로애락 과정과 형식의 표상이었다. 사람이 깃들어 살 수 없는 집, 그저 잠깐씩 드나들기나 하거나 이런저런 사람들 이름들만 사는 집, 그러면서 거꾸로 모셔야 하는 집, 그런 집은 그에겐 집다운 집이 아니었다. 그렇듯 무거운 건재를 쌓아올려 규모를 크게 지은 집일수록 그에겐 그저 무겁고 속이 불편한 느낌, 가슴 썰렁한 두려움이 스쳐갈 뿐이었다. 부드럽게 품어주고 함께 흐르기보다는 세상살이에 어떤 큰 매듭을 짓고 우뚝 막아서는 것 같은, 건축 자체가 어떤 요란한 사건의 표상 같은 그런 집의 속내는 그가 깊이 알지도 못했고 지으려 하지도 않았다.

그래저래 그는 그가 알고 있고 손에 깊이 익어온 나무 살림집만을 고집스럽게 지어온 것이었다.

그리고 그는 어언 환갑을 훌쩍 지나고 고희까지 넘어섰다. 그러면서도 목수일은 계속 손을 놓지 못하고 있었다.

그런데 그런 그에게 그 나무 여염집에 대한 고집 이상으로 희한스런 일이 한 가지 있었다. 그동안 그가 경향 간에 지어온 집이 줄잡아 수십 채를 헤아리는데도 자신의 집은 한 번도 지은 일이 없다는 것이었다. 그는 평생토록 남의 집만 지었을 뿐, 자신을 위해서는 물론이요 고달프게 늙어온 그의 아내나 자식들을 위해서도 작은 오막살이 한 채 지어 살거나 살게 한 일이 없었다……

고향살이 꿈이 불러낸 최봉수 노인의 사연으로, 그 역시 이미 맘속 소재철에 깊이 끼여 있던 이야기였다. 물론 목조 여염집으로 일관한 고색창연한 고집에다 평생토록 쉼 없이 남의 집만 지었을 뿐 자기 집은 한 칸도 짓지 않은 늙은 목수의 심지가 범상찮아 한동안은 그 뒷곡절과 사실 여부를 캐어보려다 큰 부끄러움을 사고는 제풀에 글일을 멀리 미뤘다가 잊혀져간 지난날 글 소재, 그 최 노인의 이야기를 세훈 씨가 출판사 친구 홍 사장으로부터 처음 들은 것은 그러니까 홍 사장이 그의 시내 목조 살림집을 팔당 호숫가 분원리로 옮겨 짓기 시작한 5, 6년쯤 전이었다.

"요즘 세상에서 만나보기 힘든 명장 목수 이야기를 아는데 한번 소설로 써보려오?"

한옥 이축 일을 시작한 지 며칠 만에 홍 사장이 은근히 세훈 씨의 관심을 유인했다. 그 시내 한옥은 40여 년 전 독립정부 수립 무렵 그의 조부가 남산 기슭 한 자락에 당시로선 일급 대목의 솜씨를 빌려 지은 전통 가옥인데, 근래 들어 그 일대가 새 도로 부지로 구획되어 이축이 불가피하게 되었다는 것. 목조 분위기에 어울릴 만한 팔당호 근처로 새 이축지를 물색해놓고 일을 맡아줄 만한 목수를 찾다 보니, 오래전 젊은 시절 목수일을 배울 때 자기도 그 성중 일에 뒷심부름을 한 일이 있다며 근년 들어까지 이따금씩 집을 둘러보러 오곤 하던 최봉수 노인이 생각났고, 이리저리 힘든 목수 일판 수소문 끝에 홍 사장은 결국 그 최 노인을 찾아내게 됐다는 저간의 사정과 함께 그의 성가와 대목다운 기벽 일화들을 꽤 길게 늘어놓았었다. 그동안엔 몰랐지만, 최 노인은 한때 세상이 다 알아주던 한옥 명장으로, 그가 지은 전통 가옥들은 거의 문화재적 보존 가치가 있으며, 그러나 근년 들어서는 시류가 변하여 좀체 목조 한옥 일거리가 생기지 않을뿐더러 나이 여든을 바라보게 된 육신의 기력까지 쇠진하여 가대가 성한 옛 한옥들의 이축일이나 뜸뜸이 거들고 다니던 참이었다고. 그러다 우연찮이 홍 사장네 일이 나타났으니 자기 목수 인생을 마감하는 마지막 소명으로 여기고 성심을 다하겠노라더라며, 그렇듯이 오직 목조일로 시작하여 목조일로 끝나가는 그의 기벽스런 목수 인생의 한 일화로 홍 사장은 수년 전 노인이 겪은 어느 권력층 위인들과의 막무가내 식 대거리질을 소개했다.

"한번은 영감님이 근 한 달 가까이나 종적이 없이 사라지고 말았더래요. 젊을 때는 으레 그렇거나 반포기를 하고 지냈지만 나이가 나이다 보니 식구들의 걱정이 이만저만이었겠어요. 그런데 이곳저곳 아무리 수소문해 찾아봐도 소식을 알 수 없던 양반이 한 달쯤 뒤에사 나타나선 이웃집이라도 다녀온 사람처럼 대수롭잖게 말하더래요. 내 참, 별 싱거운 작자들을 다 보았구먼…… 알고 보니 그 무렵 서슬이 시퍼렇던 신군부 사람들이 어떻게 소문을 알고 급히 영감님을 징발해간 거였더라구요. 영감님을 데려가선 저희들 높은 분의 시골 별장에다 정자를 한 채 지으라더래요. 정자를 짓는 육모정이나 팔각정이 아니라, 자기들 권력 연대를 상징하는 오각정으로 말예요. 그렇잖아도 위인들의 마구잡이 식 처사에 비위가 잔뜩 뒤틀린 영감님, 그럴 수는 없다 하신 거예요. 세상 천지에 머리털 나고 오각 지붕을 인 정자는 본 일도 들은 일도 없다. 그것은 정자의 법식이 아니다, 나는 못 짓는다…… 하지만 그 사람들이 쉽게 영감님 말을 알아듣고 생각을 고치려 했겠어요? 법식이야 어찌 됐든 자기들은 오각 정자가 필요하니 당신은 시키는 대로 오각 정자를 지어라, 오각 정자를 짓지 않고는 이곳을 나가지 못한다, 결국 우리 뜻대로 따라야 할 일을 웬 쓸데없는 고집이냐…… 위협을 해봤다 달랬다 별짓을 다 했지만 영감님은 끝내 고집을 꺾지 않은 거예요. 날 잡아잡숴라, 나는 죽어도 오각집은 못 짓는다…… 그렇게 한 달을 버텼다는 거예요. 그리고 결국엔 위인들을 이기고 풀려났다는 거예요. 어때요. 그 고집 쉬운 일이 아니잖아요? 그런 고집으로 일생 동안 나무집만 지으며 늙어왔으니?"

홍 사장의 어조는 진지하기 그지없었다.

하지만 세훈 씨는 처음 큰 흥미를 느끼지 못했다. 고집이 썩 별난 목수에 홍 사장과의 인연이 남다르다 싶긴 했지만, 장인들의 세계에선 흔히 있어온 이야기로 소설을 생각해볼 만큼은 귀담아 듣지 않았었다.

그런데 홍 사장은 그 최봉수 노인의 이축일을 지켜보며 기회 있을 때마다 새 행티를 전해주곤 하였다.

"허, 이 영감님, 난 누가 누구 집을 옮겨 짓고 있는지 모르겠어요. 왼통 모든 일을 자기 고집대로라니까요. 이제는 옛날 집을 헐어낸 자재 정리가 다 끝났는데, 새집 복원 계획을 세우다 보니 원자재가 너무 낡았거나 구조를 좀 편하게 바꿔봤으면 싶은 곳이 많아요. 그런데 영감님 고집이 영 절벽이란 말예요. 뒷벽 창문이 너무 높고 비좁으니 차제에 시원하게 넓혀보면 어떻겠느냐 해도 모르는 소리 말래고, 기둥이 좀 상한 것을 갈아 끼우면 어쩌겠느냐 해도 그럴 양이면 차라리 새집을 짓지 그러느냐 핀잔이고. 이건 이래서 안 된다 저건 저래서 안 된다, 처음 지을 당시부터 다 그럴 만한 생각과 이치를 따라 세운 집을 그렇게 함부로 뜯어고치면 안 된다. 사리를 모르면 자기가 하는 대로 가만히 구경이나 하고 있거라…… 문패 달고 들어설 나한텐 입고 뻥긋 못하게 질책을 하지 않나, 그도저도 가타부타 대꾸를 않은 채 연장 그릇을 챙겨 메고 나서질 않나, 그 고집통을 영 당해낼 수가 없네요."

그런 푸념 투는 이축일을 갓 시작했을 무렵의 일이고, 한 달쯤 뒤에는 이런 호소도 있었다.

"나 이번에 또 된통으로 혼났네요. 처음에 팔당 쪽으로 집을 옮겨 지을 생각을 할 때부터 어쩌면 쓸모가 있을 듯싶어, 그때 마침 먼저 집을 부수고 나간 이웃 헌 한옥집의 들보를 하나 얻어다 미리 옮겨놓은 게 있었어요. 그런데 영감님이 그걸 여태 본체만체 아무 말이 없더니, 며칠 전에야 비로소 그것을 처음 본 물건마냥 저건 무엇이냐는 거예요. 눈치가 심상찮아 내 깐엔 한껏 조심조심 사실을 말했더니 영감님이 처음엔 이 집도 원래 제 들보가 있으니 소용없는 물건이라며 그냥 대수롭잖게 지나쳐가는 듯싶었어요. 그런 것을 내가 기왕에 쓸모가 없어진 물건이라면 우리 집 대청마루가 너무 헐었으니 그걸 켜서 바닥을 다시 깔면 어떻겠느냐 물어본 것이 실수였어요. 무어라? 한 집의 대들보란 그 집의 중심체요, 그것만으로 족히 한 집의 가대를 대신할 만한 물건인데, 그래 네놈이 남의 집 한 채를 통째로 켜내서 마룻장으로 깔고 앉아? 그 집 성주님한테 천벌을 받을 이놈아! 그걸 당장에 옛 임자를 찾아 돌려주거나 그리 못하겠으면 고이 다른 사람에게라도 넘겨주어 새집을 짓게 하지 못하겠느냐! ……거기에 정말 무슨 혼령이라도 깃들인 물건인 양 전에 없이 노기를 못 참아 하는 거예요. 들보 대신 당장 내 머리통을 켜버릴 듯 톱날을 바싹바싹 들이대오면서 말예요. 그 바람에 혼비백산 영감님 눈앞에서 그 들보를 치우느라 나 혼자 얼마나 홍역을 치렀는지."

그렇게 그럭저럭 반년 가까운 시일이 지나서 이축일이 거의 마무리 지어갈 무렵쯤엔 다시 이런 유다른 걱정을 늘어놓기도 하였다.

"사람이 너무 마음을 비우고 살아도 남을 괴롭히는구먼."

최 노인이 그사이 품삯을 제대로 받아간 일이 없다는 거였다. 품삯을 얼마나 드려야 할지를 물으면, 현장에서 먹고 자고 혼자 지내는 늙은이가 무슨 돈 쓸 일이 있겠느냐며 용돈푼이나 알아서 달라 했고, 한 달에 한두 차례 자식들 집이라도 둘러보러 갈 때면 그간에 밀린 품삯을 어림잡아 섭섭지 않은 금액을 내어놓기도 하였지만 최 노인은 그런 때도 손주아이들 과자값 정도를 빼어가고 큰돈은 늘 고대로 되돌려놓곤 해왔다는 것. 이 나이에 하고 싶은 일을 하는 것으로 그만이지 품삯은 무슨 품삯이냐, 이따금 좋아하는 약주나 한잔씩 하고 손주아이들 과자부스러기나 사다줄 용돈푼으로 족하다…… 그러면서 언젠가 덧붙인 당부말이 있기는 했어요. 자기 품삯은 걱정 말고 일이 다 끝나면 한 가지 부탁할 일이 있으니 그 일은 꼭 들어주어야 한다……

그러면서 홍 사장은 그 부탁 일이라는 게 무엇인지 여태껏 영감님이 그 부탁을 위해서 품삯을 사양해온 것이 아닌지, 어쩌면 그 일이 그간에 미뤄온 품삯을 한꺼번에 모아 내놓는 일보다 더 힘든 노릇이 아닌지 모르겠다며 지레 겁을 먹기까지 하였다.

그런데 그러던 홍 사장이 다시 얼마쯤 뒤엔 드디어 그 최 노인의 부탁이라는 걸 알게 됐노랬다. 반년 넘게 끌어오던 그 이축일을 다 끝내고 마지막 손을 털고 떠나가며 최 노인이 쭈뼛쭈뼛 말해오더라는 것이다.

"홍 사장, 내 평생 동안 이 일을 하고 다녔어도 늘 남의 집만 지었지 내 집이 없구먼. 우리 할망구가 얹혀 지내고 있는 자식들도 아직까장 셋집을 살고 있거든. 헌데 내 여든 해째 생일이 며칠 안 남았어. 내겐 이번 홍 사장네 집 일이 마지막이 될 모양이니, 그동안 아비가 어떤 일을 하고 다녔는지나 자식들에게 보여줄 겸해 올해는 모처럼 아비가 지은 집에서 내 생일을 차리게 하고 싶구먼. 어때 홍 사장이 그렇게 해줄 수 있을까?"

그래 홍 사장이 오히려 감지덕지, 당일에 최 노인네 식구들을 새 집으로 불러들여 지신밟기 행사 겸 음식을 장만하고 풍물패까지 동원하여 생일날 하루를 잘 지내고 가게 했다는 것.

세훈 씨가 새삼 그 최 노인의 목수일에 관심을 기울이기 시작한 것은 그러니까 바로 그때부터의 일이었다. 그리고 드물게 가슴 벅찬 감동 속에 그의 지난날의 목수 인생 행로를 차근차근 되짚어나간 것도 이후부터의 일이었다.

한마디로 모처럼 신명나는 소설 구상이었던 셈이다.

그러나 세훈 씨는 끝내 그 소설을 쓰지 못했다. 부끄러움 때문이었다. 최 노인에 대한 당찮은 의심과 자신의 숨은 욕심 때문이었다. 영감이 정말 한번도 자신의 집을 지은 일이 없을까? 자기 집을 늘상 별러오기만 하다가 아직까지 짓지 못하고 있는 것이 아닐까? 아직도 속으로는 그 집을 짓고 싶은 것이 아닐까? 그런 집이 있다면 과연 그것은 어떤 집일까? 그 집을 마지막으로 내가 지어 지닐 수는 없을까?

최 노인에 대한 소설을 생각하면서도 세훈 씨는 한편으로 늘 그런 은밀스런 의심과 거기에 편승한 욕심을 떨쳐버릴 수가 없었다. 그리고 그런 생각을 떨쳐버리지 못하고는 소설을 쓸 수가 없었다.

그래 어느 날 그는 마침내 홍 사장의 수고를 빌려 최 노인네 일가의 거처를 찾아갔다. 그의 목수일이나 지난날의 인생행로를 좀더 깊이 살펴볼 겸 그 마음속 '마지막 집' 여부를 알아보기 위해서였다.

그런데 성남인지 수원인지 경계를 분간할 수 없는 판교 근처의 아들네 셋집 뒷골방에서 최 노인을 만나본 세훈 씨는 우선 그가 자기 집을 한번도 지은 일이 없다는 것을 가슴으로 확인했다. 거기다 노인에게 자기만의 마음속 집도 없었다.

"그렇게 많은 집을 지으셨으면서 어떻게 어르신의 집은 없으십니까?"

세훈 씨가 짐짓 아픈 소리를 건넸을 때 최 노인은 그의 집에 대해 전날 홍 사장에게와는 전혀 다른 식으로 퉁명스럽게 대꾸했다.

"내게 왜 집이 없어! 게다나 내가 왜 남의 집만 지었어! 내가 그동안 남의 집 짓는다는 생각으로 지은 집 한 채도 없어. 일평생 내 집을 짓는다는 생각으로 집을 지어왔어. 그걸 모두 내 집으로 알고 살아왔어. 세상천지가 그런 내 집이여."

자신의 마음속 집이 따로 남아 있지 않을 뿐만 아니라, 전에도 그런 것은 있어본 일이 없었다. 그런 것이 있어야 할 필요가 없었다. 노인을 의심하고 거기에 기대어 숨은 욕심을 지녀온 자신이 너무도 조그맣고 부끄럽기만 하였다. 소설 같은 건 섣불리 엄두를 낼 수가 없었다. 소설일은 당분간 그 부끄러움이 사라질 때까지 기다릴 수밖에 없었다.

그런데 그 부끄러움이 좀처럼 사라질 줄을 몰랐다. 어이없게도 세훈 씨에겐 이후 그 최 노인의 '마지막 집'에 대한 욕심이 사라지기는커녕 날이 갈수록 더 깊어갔기 때문이다. 최 노인에게 따로 은밀히 숨겨진 집은 없었지만, 세훈 씨는 그 노인에게서 세상에서 가장 크고 아름다운 집을 보고 온 것이었다. 그리고 그는 아직도 그 최 노인의 여생을 빌려 그의 집을 한 채 지어 받고 싶은 욕심을 지울 수가 없어진 것이다.

그러나 그것은 물론 이룰 수 없는 소망이었다. 그의 부끄러움만 더해가는 일이었다.

그는 차라리 최 노인이 죽기를 기다리는 수밖에 없었다. 노인이 살아 있고는 그 부끄러운 소망을 지울 수가 없었다. 그리고 그 부끄러움을 지우지 못하고는 그의 소설도 쓸 수 없었다. 살아 있는 소망이 늘 그의 소설을 앞서버린 때문이었다. 최 노인이 죽고 나서 그의 노인에 대한 소망도 함께 죽어 사라지기를 기다리는 수밖에 없었다.

그리하여 깊이 생각을 묻어둔 이야기였다. 노인이 아직도 살아 있든 어쨌든 그러다 세훈 씨가 소설일을 놓으면서 그대로 잊혀지고 말았어야 할 이야기였다.

그런데 아직 그 최 노인의 이야기가 머릿속 어느 구석엔가 웅크리고 앉아 있다가 불쑥 그의 고향길을 따라나서고 있는 것이다.

하지만 이제는 상관없는 일이었다. 그것이 아무리 그의 속을 볶아대봐야 그가 다시 소설 따윌 생각할 일은 없었다. 무엇보다 그는 지금 그의 실재의 고향을 찾아가는 길이었고, 그곳에 실제로 집을 짓게 된다면, 애초부터 소설 따윈 필요 없는 것이 될 터이기 때문이다.

—이번에는 소설이 아니라 정말로 내 노년의 집을 지으려는 거니까!

세훈 씨는 그 최 노인의 망령을 쫓듯 눈을 질끈 감아버리며 가볍게 흔들리는 의자 등받이로 몸을 깊이 파묻었다. 그리고 그새 좀 펀치 못해온 심사를 달래기 위해 새삼 그 고향 마을의 순정하고 신선한 꿈에 젖어들기 시작했다.

하지만 광주에서 시외버스로 갈아타고, 다시 ㅈ읍에서 군내버스로 갈아타고 해거름 녘까지 간신히 발길을 들여놓게 된 고향 동네의 사정은 세훈 씨의 부푼 기대를 산산이 부숴놓고 말았다. 마을 건너편 들녘 너머 산골 쪽에 군내 쓰레기 소각과 매립장 시설공사가 한창이었다. 그 산골 입구 산자락밭 한 귀퉁이에 그의 선대 묘소가 2대째 모셔지는 인접지였다. 묘소들이 직접 파헤쳐질 처지는 아니지만, 매연이나 침출수가 충분히 미칠 만한 곳이었다. 선영들의 뼈가 젖고 삭아나가게 될 형세였다. 제 노년의 집터커녕 선산부터 다른 곳을 찾아 옮겨가야 할 판이었다.

"동네가 다 나서서 죽기를 한하고 반대했제. 허지만 관에서 정하고 나선 일을 우리가 무신 힘으로 막겄는가? 우리 동네에 힘깨나 쓸 만한 사람이 없는 중 알고 만만하게 보고 그런 것을."

마을 사람들은 큰 원군이라도 나타난 듯 지레 속이 상한 세훈 씨를 움직여보려 하였다.

"자네는 그간 경향 간에 이름이 많이 알려진 사람이니 지금이라도 힘을 한번 써볼 길이 없겄는가? 자네는 그 앞에 선산까지 모시고 있고 하니. 고향 사람 덕이라는 게 무엇이던가."

하지만 세훈 씨는 할 말이 없었다. 그런 힘과는 인연이 없어 대신 소설쟁이 노릇으로나 살아왔다는 말은 자랑스런 소리도 아니었고 내세울 만한 변명도 못 되었다. 그는 막막한 낭패감과 무력감 속에 아무 말도 할 수가 없었다. 뒷날의 정처커녕 선대의 묘소를 옮겨야 할 일마저 머리에 없었다. 어서 그 곤경을 벗어나고 싶은 마음뿐이었다. 오랫동안 거기 있어온 것이 방금 사라져버린 것 같은 허망스러움, 있어야 할 것이 눈앞에서 사라져가는데도 그저 손을 묶고 바라보고 있을 수밖에 없는 서글픈 체념기 속에 한시 바삐 마을을 떠나고 싶은 마음뿐이었다.

그리고 그는 이튿날 아침 일찍 마을을 떠나오고 말았다. 하룻밤 잠자리 신세를 진 옛날 친구에게마저 하고 싶은 말 한마디 못한 채. 마을에서 누구보다 심한 피해를 입게 된 처지에도 억울하고 답답한 푸념 소리 한마디 못한 채. 오히려 대범하고 무심스런 척 무너져 내리는 절망감과 아쉬운 심사를 숨긴 채.

그러나 그는 그길로 바로 서울 집으론 돌아갈 수가 없었다. 거봐 당신에게도 이제는 고향이 없어. 당신도 실제론 집을 지을 수 없어. 글을 쓸 수밖에 없어. 글로 지을 수밖에 없어. 우리 이야기를 쓸 수밖에 없어…… 김승조 씨와 최봉수 노인이 그를 비웃고 다그쳐대기 때문이었다. 그럴수록 그의 노년의 집을 단념할 수 없었기 때문이었다.

그는 읍내까지 나와서 해남의 우록 선생에게로 전화를 걸었다. 해남읍 변두리 학동리 한자락에 넓은 수림을 가꾸며 고목처럼 늙어가는 노인. 애써 가꾸지 않고 거두려고도 하지 않고 세월의 섭리에 맡겨진 그 폐원 같은 수림이 더 넉넉해 보이기만 하던 당신의 오랜 영지. 추사(秋史)의 귀한 묵적도 초의(草衣)의 차향도 남도 소리 가락처럼 일상 속에 더 새롭던 오묘한 예지의 텃밭집. 그 유유자적한 여유와 넉넉함이 그리워 고향 마을 쪽보다도 발길이 자주 머물러온 곳.

"조카, 이리로 내려와서 나하고 같이 살어!"

먼 처족 어른으로보다 심중의 은사로 받들어오던 당신의 언제적 권유가 생각난 때문이었다. 당시에는 깊이 유념해 듣지 못한 소리가 이날따라 새롭게 떠올라온 때문이었다.

전화를 걸고 나서 세훈 씨는 곧 버스를 바꿔 타고 해남 쪽으로 건너갔다. 그러나 이번에는 바로 그 우록의 학동리가 아니라 고을의 맨 남쪽 해변 땅끝 마을을 향해서였다.

"지금 이곳 내 집으로? 늙은 홀아비 혼자 지내는 궁상을 구경하려고? 여기는 나 혼자 너무 썰렁하니 저 땅끝 쪽 동천한테로 가제! 조카도 전에 한번 가본 일이 있을 테니, 오랜만에 바다 구경도 할 겸해 그리로 건너오면 내가 지금 내려가 있을게."

그런 우록의 새 제의를 듣고서야 세훈 씨는 서너 해 전 선생이 부인과 사별하고 이후론 당신 혼자 그 넓은 수림과 고옥을 지켜온 사실이 새삼 마음에 지펴온 때문이었다. 유고 당시에 물론 문상을 다녀갔고 이후로도 한두 번 그를 찾은 일이 있었지만, 이날따라 굳이 그 땅끝 쪽을 원한 것이 우록 자신이 이제는 그만큼 외로움을 타고 있는 듯싶기도 해서였다.

어쨌거나 세훈 씨에겐 땅끝 쪽도 좋았다. 땅끝 마을 동천도 그가 늘 한번 찾아보고 싶던 사람이었다. 그 동천의 집도 원래는 해남읍 성중이었다. 읍에서 자그마한 지방 신문을 하면서 우록을 따르고 받들어온 사람이었다. 그러던 그가 대여섯 해 전 신문사를 남의 손에 맡겨두고 땅끝 마을 한쪽 사구포 언덕 위에 새집을 지어 시골살이로 들어갔다. 바다를 좋아하고 배를 좋아하는 성미에다 어장을 거느린 현장 횟집 같은 것을 내어보고 싶어서랬다.

허세훈 씨가 그 땅끝 집을 찾아가 동천을 처음 본 것은 그가 한창 그 횟집 개업 준비에 열중해 있던 무렵이었다.

"내, 조카한테 좋은 사람 하나 소개해주지. 고운 읍내살이 마다하고 저 바닷가 땅끝 동네로 횟집 장사를 하러 나간 얼치기 한량인데, 그새 칼질을 얼마나 익혔는지 솜씨도 구경할 겸."

우록의 흔찮은 권유에 이끌려 그 땅끝 동네 백리길 사구포를 찾았을 때, 동천은 자신의 아호를 따라 미리 '동천장'이란 옥호를 지어 써 걸어놓고 제법 무슨 횟집 주방장 같은 괴상한 옷차림에다 회칼까지 쥐고 나와 두 사람을 맞았었다. 그리고, 太初에 하늘〔天〕이 人間定處를 造成하시고…… 人間의 愚昧함은 이 藥園을 豺狼의 黃野로 廢貨하였도다. ……東泉 金昌燮은 本是 淸儉之士라 金蘭之交로 風流大自然하더니 及其也 塞琴縣松旨 獅子峰下에 吉地擇案하고 東泉莊을 新造上樑하니…… 운운, 사자봉 토말비문(土末碑文)의 찬인(撰人)이기도 한 우록의 인품과 문기가 깊이 스민 상량문 표구를 걸어놓은 안청마루와 주방에선 그와 함께 솔가해온 그의 아내와 딸아이가 주안상 준비에 한창이었다.

알고 보니 동천은 우록 선생이 미리 전갈을 보내어 '동천장' 개업자축연을 겸한 오붓한 술자리를 마련하고 있던 중이었다. 인근 진도에서 소리꾼 여자도 한 사람 부르고, 그런 자리를 알릴 만한 인근동 친지들도 몇 사람 함께 청해놓고 있었다. 기별을 띄운 손님들이 차례차례 도착하고, 석양 녘 광주에서 마지막 손님이 신을 털고 들어서자 느지막이 기다리던 주연이 시작됐다. 그리고 그 어슴푸레한 달빛과 바닷숨짓 같은 먼 파도 소리, 자정 너머까지 이어진 여자의 남도 창 속에 깊어간 그날 밤의 사구포는 세훈 씨에게 두고두고 잊을 수 없는 곳이 되었다.

언제고 다시 한 번 찾아가보리라 하면서도 우록 댁의 내상시에 얼굴을 한번 보았을 뿐 사구포 쪽은 아직까지 기회만 보아오던 참이었다. 우록 혼자 적막스런 학동리 쪽보다는 동천네 사구포 쪽이 외려 더 무방하게 된 일인지도 몰랐다.

게다가 이날 그 모처럼 만의 회동 역시 고향 동네 쪽에서 마음을 크게 상하고 나온 세훈 씨에겐 더없는 위안과 새로운 소망의 큰 보금자리가 되어주고 있었다.

그럭저럭 오정 무렵에 문을 들어선 동천장에는, 우록 선생이 미리 와 있었고, 거기다 오래잖아 또 한 사람, 이날토록 오로지 광주 근방 산골에서 붓그림일 한 가지에 묻혀 지낸다는 동천의 오랜 친지, 동천장 개업 술턱 때도 자리를 함께했던 무등산골의 계산까지 다시 먼 길을 찾아든 것이다.

"제 생각이 모자란 탓으로 연전에 사모님의 춘사를 알리지 못하고 넘겼더니, 계산이 나중에 알고 몹시 죄스러워하며 저를 허물했어요. 나중에라도 선생님께 사죄드릴 기회를 달라기에 전일의 일도 있고 오늘 마침 여기서 자리가 될 듯싶어 함께 불렀습니다."

우록도 미처 계산이 나타날 것까지는 예상을 못했던지 좀 어리둥절해하는 바람에 동천이 곡절을 털어놓은 소리였다.

하고 보니 이날의 동천장 술자리는 분위기가 더없이 따스할 수밖에 없었다. 먼젓번처럼 소리가락은 없었지만, 예정 없이 세 사람이 다시 만난 것만으로도 그 바닷가의 하룻밤은 늦도록 밀려드는 창밖의 파도 소리와 함께 깊은 정회가 새록새록 익어갔다.

한데다 취흥이 한창 어우러질 무렵 계산이 슬그머니 품속에서 꺼내놓은 한 폭의 진채 모란 그림은 좌중의 정의를 더한층 그윽하게 하였다.

"볼품없는 솜씨지만 선생님 혼자 지키고 계실 내실이 적이 썰렁하실 듯싶어 일부러 양명한 채색으로 모란을 그려봤습니다. 이거라도 거두어가주시면 제 전날의 허물이 좀 줄 수 있을까 싶습니다."

"거참, 계산의 마음 씀이 고맙군요. 이 모란을 걸어두시면 선생님 거처가 한결 따스한 화기를 머금겠습니다."

계산의 겸손한 설명에 이은 동천의 덧붙임이 그림의 뜻을 더 귀하고 그윽하게 하였다.

"제게도 계산의 난 족자가 한 폭 있습니다만, 그게 겨울철이 되면 유난히 더 맑은 향기를 내뿜는단 말씀입니다. 그래 어느 해 겨울엔 가는 대설 눈발 속에 그 향기를 맡다가 이 계산에게 전화를 했더니, 이자 대답이 글쎄, 자기가 그린 난이나 모란은 제가 있어야 할 자리에 가 있으면 한겨울 눈철에도 꽃을 피우고 향기를 뿜는다지 않습니까. 이 모란과 함께라면 선생님 고적감이 다소라도 덜어지실 듯싶습니다."

그런데 뭐니 뭐니 해도 이날 밤 세훈 씨가 뜨거운 전율 속에 넋이 사로잡히고 만 것은 동천네 일가의 기이한 풍물거리 합주였다. 밤이 자정을 넘어 자리가 파할 무렵 계산이 한쪽 벽 위에 붙여놓은 소리 가락 장단표를 보고 무심히 동천에게 물었다.

"자네 이제사 북장단질을 배우는가?"

"내가 배우려는 게 아니라 딸아이년 익히라고 그려 붙여놓은 걸세."

동천의 설명인즉 밤이 이슥해지면 이따금 자신과 아내와 딸아이가 한데 모여 꽹과리와 징과 북통을 끌어안고 삼합 풍물판을 벌인다는 것이었다.

"이웃도 멀고 인적도 드물고, 밤이 깊고 나면 여긴 온통 저 달빛하고 파도 소리뿐이제. 어느 날 밤엔 그 적막스러움을 참다못해 꽹과리를 들고 나섰제. 여편네나 딸아이도 제풀에 금세들 뒤를 따라나서더구먼. 그런데 북통을 안고 나선 딸아이가 장단이 뒤죽박죽이어서 기왕이면 제대로 익혀보라고…… 요샌 좀 많이 나아졌네."

"허허 그거 참, 달밤에 세 식구의 볼만한 굿판이겠구먼. 어디 오늘 밤 우리 보는 데서 한번 놀아보제."

우록도 허물없이 한마디 거들었고, 그러자 동천은 별 사양 없이 그의 식구들을 불러냈다.

"어야, 이리들 좀 나와봐. 거 있잖은가. 오늘 밤 이 어른들 앞에 우리 사는 꼴 좀 뵈드리게."

그의 아내와 읍내 고등학생 딸아이도 익히 그 가주의 심증을 헤아린 듯 쭈뼛쭈뼛 채비들을 갖추고 나섰다. 부엌 시중을 들고 있던 그의 아내는 젖은 손을 훔치고 나와 동천이 미리 꺼내다 건네준 징채를 늘여잡고 술청 기둥 한쪽에 엉거주춤 기대 섰고, 안방 쪽에서 여태 학교 공부에 열중해 있던 딸아이도 이내 방문을 나와 그 아버지 옆자리로 제 북통을 받아 안고 앉았다.

"잘해 보이려 애쓰지 말고 우리가 늘 해오던 대로 하면 된다."

양손에 꽹과리와 소리채를 꼬나 쥔 동천이 거두절미 그 한마디를 신호로 곧 깨갱매갱 쇳소리를 울리기 시작했고, 이내 딸아이의 둔탁한 북소리와 아내의 느리고 가벼운 징소리가 뒤를 따르기 시작했다.

동천 일가의 예상찮았던 합주는 그러니까 처음 한동안은 우록의 말처럼 그저 좀 우습고 엉성하기만 하였다. 솜씨들이 그다지 능숙할 수도 없었지만, 악기나 차림새나 자리나 표정들까지 모든 것이 제각각으로 부조화스럽기만 한 데다, 느릿느릿 묵연스레 천장만 쳐다보며 긴 징소리를 먹여대고 있는 그 고무줄 치마 차림 아낙의 엉거주춤한 형색에 이르러선 무언가 어색하고 기괴스런 느낌마저 들었다.

그러나 한동안 느슨한 시간이 흐르고 세 사람의 합주가 차츰 열기를 띠어가면서 분위기가 일변하기 시작했다. 세 사람은 여전히 입을 굳게 다문 채 각각의 연주에만 열중하고 있었지만, 그 눈길들은 서로 상대쪽을 좇아 얽혀 밀고 당김질을 끊임없이 계속해나갔다. 거기다 무슨 절규나 몸부림과도 같은 딸아이의 맹렬한 북채놀음, 그런 딸아이를 부드럽게 어루만져주고 자신의 숨은 망념을 지그시 억눌러가고 있는 듯한 동천의 신중한 눈짓 손짓, 그리고 덩덩 자기 가슴속을 울리고 서 있는 듯한 그 아내의 아득한 표정들이 지금까지의 엉성하고 어색한 부조화감을 오히려 뜨겁고 섬뜩한 공감, 전율감으로 이끌었다.

"끙, 동천 혼자 이런 해변 구석에서 어떻게 지내는가 했더니 밤마다 식구들하고 저런 굿판이 있었구먼! 허기사 식구들끼리

저런 신명풀이 굿판이라도 벌여야 이런 곳을 사람 사는 동네로 만들어갈 수 있었겠지만."

별 흥취나 기복이 없이 단조로우면서도 기이한 긴장감과 통증 같은 것을 자아내는 세 사람의 합주가 길게 계속되어나가자 눈을 감고 가만히 소리를 좇고 있던 우록마저 드디어는 진저리치듯 신음 같은 소리를 토해냈을 정도였다.

집들이 보였다. 동천 일가의 사구포 해변 집은 물론 우록의 학동리 집도 새로 보였고, 가본 일이 전혀 없는 무등산 골짜기 계산 집까지 역력히 보였다. 모두가 넓고 큰 집들이었다. 오연스러우면서도 따뜻하고 아름다운 집들이었다. 아니 그 집들은 우록과 계산과 동천이 각자 따로 깃들어 살아가는 별개의 집이 아니라 서로 간 공유의 집이었고, 그 모든 집들이 서로 함께 어우러진 하나의 큰 동네 집이었다. 동네가 크고 아름다운 집을 품고 있는 게 보였고, 그 집이 다시 동네를 크게 품고 있는 게 보였다.

김승조 씨가 새 고향을 삼으려 찾아 헤맨 땅이 그런 곳이고, 최봉수 노인의 마음속에 집이 숨겨져 있었다면 그런 비슷한 집을 꿈꿨을지 모른다. 하지만 그 땅은 애초에 정의(情誼)로운 곳이 아니었고, 그 집은 사람의 손으로 지은 집이 아니었다. 척박하고 궁벽한 곳에 사람의 마음을 심어 세운 집이었다. 우록과 동천과 계산들이 긴 세월 서로 함께 간절한 소망과 삶으로 세워 가꾼 집이었다. 쓰레기 매립장이 생기든 말든 그의 고향 마을을 찾아 집을 짓는 일도 그 앞엔 별 뜻이 있을 수 없었다. 그 김승조 씨의 헤맴으로는 결코 찾아낼 수 없는 땅, 평생을 목수로 늙어온 최 노인조차 손쉽게 지어 올릴 수 없는 집, 스스로 찾아 가꾸고 지어 올려야 하는 마음의 집— 거기 함께 머물기에도 넘치고 버거웠던 그런 큰 집을 세훈 씨는 언감생심 엄두조차 내볼 수 없었다. 그는 다만 그런 집을 부러워하며 자기 집을 그 비슷이 간절한 꿈으로나 지녀볼 수 있을 뿐이었다. 아니 그렇듯 현실 속의 고향집 설계가 깨어진 그로서는 그의 그 마지막 집에 대한 꿈이 더한층 깊이 사무쳐올 수밖에 없었다.

세훈 씨는 이튿날 서울로 돌아오는 차 속에서 혼자 그런 상념에 깊이 젖어들고 있었다.

그리고 서울 집으로 돌아오자 그는 곧 자신의 노년기에 대한 아득한 체념 속에 내일의 그의 집을 새삼 아프게 꿈꾸기 시작했다.

신촌의 ㅅ의과대학 해부학과에 한 노교수가 있었다. 바다 건너 미국에서 역시 의사가 되어 머물러 사는 아들네와 떨어져 혼자 연구에 몰두해오던 그는 세상을 떠나면서 자신의 사체를 해부학 수업 실습용으로 사용하고 그 뼈대는 교실에 표본으로 남기라 유언했다. 그리고 해부학 교실 사람들은 그의 유지대로 별다른 유족의 참견 없이 자기들끼리 그의 사체를 해부하고 유골을 수습하여 표본으로 잘 보존했다. 미국의 아들에겐 표본 작업이 끝난 뒤에나 유고를 알리라는 고인의 뜻을 거슬러가며 그런저런 사정과 소식을 늦지 않게 알렸지만, 그의 아들은 그편이 차라리 무방하다 싶었던지, 모든 일을 아버지의 유언에 따라 교실 사람들에게 맡기겠노라, 학교에서의 간략한 장의식에조차도 참예하지 않은 때문이었다.

그런데 몇 달 뒤 미국의 아들이 자신의 아들과 함께 그 아버지의 유골 표본을 보러 왔다. 그리고 뒤늦게 무슨 책임이라도 물어오지 않을까, 짐짓 더 정중하고 긴장해 있는 사람들 앞에 그는 그의 아들과 함께 아버지의 유골 표본을 배경으로 다소 경박스러운 모습의 기념사진을 찍었다.

—저런 기념사진은 처음 보겠군.

—어디다 요긴하게 쓸 데가 있는 모양이지.

그것을 지켜본 교실 사람들의 감회였다.

그러나 그 교실 사람들은 다시 긴장해야 했다.

—이 아비도 언젠가는 여기 이렇게 돌아와 할아버지 곁에 서게 될 것이다. 나는 오늘 그 약속을 서명으로 남기고 갈 것이다.

그가 한 팔로 아들의 팔을 끼고 다른 한 손으론 등짝을 두드려주며 말했다.

—그러니 너도 언젠가는 여기 이렇게 돌아와 우리와 함께 설 수 있어야 한다. 할아버지께서 늘 그걸 자랑스럽게 여기시며 우리를 기다리고 계실 테니까.

—가족사진이었구먼그래. 자랑스런 할아버지의 영생의 집에서 삼대가 함께 찍은.

교실 사람들이 다시 마음을 바꿔 한 말이었다. 그리고 그 교실 사람 중의 하나가 그날 함께 자신의 사후 시신을 해부용으로 기증하는 서류에 서명했고, 그 서명자가 퇴근 후 집으로 돌아와 그의 아버지 앞에 털어놓은 사연이었다.

그런데 그 아들은 제 아비인 세훈 씨에게도 함께 그의 사후 시신을 기증해줄 것을 깊이 바라는 눈치였다. 그리고 그 아들의 말없는 희망은 두고두고 물러설 기미가 없었다.

하지만 세훈 씨는 그런 녀석의 뜻을 충분히 이해하면서도 쉽사리 엄두가 나지 않았다. 삼대의 희한한 가족사진 이야기에 적잖이 감동을 하면서도 그것을 소설로조차 감히 써볼 생각을 못했다. 못 들은 척 그대로 잊어 덮어두고 싶었고, 끝끝내 그래 온 이야기였다.

그런데 세훈 씨가 새삼 손을 털고 있던 소설일을 다시 시작했고, 게다가 그 불편스런 가족사진 이야기를 쓰고 있었다. 바로 그 집에 대한 꿈꾸기였다.

식구들이 그것을 무심히 보아 넘길 리 없었다.

"너의 아버지 고질이 또 도지셨나 보다. 이번 여행길에 마음을 좀 비우고 오시나 했더니 돌아오자마자 또 두문불출로 속을 앓고 계시니."

하루는 모처럼 아래채 아들아이까지 함께한 저녁 반주상 앞에서 세훈 씨의 아내가 그의 새 꿈놀음을 타박하고 나섰다.

"아버지께선 당분간 일을 쉬고 계신 줄 알았는데요. 이번엔 또 무슨 이야기가 아버지를 볶아댔습니까?"

제 어미의 말을 받아 아들아이까지 으레 그럴 줄 알았다는 듯 말을 거들고 들었다.

"왜, 내가 글을 쓰면 너까지 무에 불편한 일이 있더냐?"

세훈 씨의 질책 투에 이번에는 아들 대신 다시 아내 쪽이 나섰다.

"불편스럽지 않구요. 당신이 글을 쓰면 온 집안이 조심스러워 숨도 제대로 못 쉬고 긴장해 사는 걸 몰라서 하는 말씀이세요?"

"그것도 이번이 마지막이야. 이번만 좀 참아줘."

"마지막 마지막…… 언제는 마지막 아닌 때가 있었어요? 일 끝나고 나면 이번이라고 또 당신 속을 볶아댈 일이 없을 것 같아서요?"

"이번에는 달라. 어디다 우리 노년의 집이나 한 채 지어볼까 했더니, 그걸 못 짓게 돼버려서…… 결국엔 또 이렇게밖엔 지을 수가 없게 됐으니, 그것만 짓고 나면……"

"집이라니요. 지금 여기 말고 또 어떤 집 말씀이세요?"

다시 아들아이의 호기심 어린 반문.

내친김이었다. 세훈 씨는 그 아내와 아들아이 앞에 그의 마지막 집에 대한 꿈을 한번 더 아프게 가다듬어나갔다.

……옛날 6·25전란 때 부모와 고향집을 버리고 남으로 내려온 한 젊은이가 있었다. 그는 서울 근처에서 열심히 목수 일을 배워 익혀 어려운 시절을 잘 이겨나갔다.

세월이 흘러 그가 나이를 먹고 고향길이 멀어지자 그는 이 남쪽에서 그의 고향 고을과 지세가 닮은 땅을 찾아 자신의 손으로 새집을 짓고 새 고향을 꾸미고 싶어 한다. 그러나 손발이 말을 안 들을 만큼 늙어 목수 일을 놓을 때까지도 그는 맘에 찬 땅을 찾지 못하고 집도 짓지 못한다. 산하는 방방곡곡 깊이 병이 들고, 그가 꿈꾸어온 노년의 넓고 아름다운 집은 그 혼자 힘으로나 사람의 손으로는 지을 수 있는 것이 아님을 깨달은 때문이다.

그러나 여전히 노년을 살아야 하고 사후도 대비해야 할 그는 어떤 모습으로든 자신의 마지막 집을 마음속에 마련해두지 않을 수 없다. 그리고 그에겐 다행히 기특한 아들이 하나 있다.

그 아들은 어느 의과대학의 해부학 선생으로 제 사후의 시신을 해부학 실습과 골격 표본용으로 기증해놓고 있다. 그리고 그는 어느 날 그런 사실을 아버지 앞에 고백하면서, 그가 자신의 사후 시신 기증서에 서명을 하게끔 한 은사 교수 삼대의 기이한 '가족 사진' 일화를 소개한다……

"늙은 목수는 거기서 그의 집을 본 거다. 그가 평생을 지어오고 꿈꾸어온 어느 집보다도 넓고 큰 집을. 그래서 그 목수 아비도 아들을 따라 그곳을 자신의 마지막 집으로 삼기로 한 거다. 현세에서는 그의 평화로운 마음의 집으로, 죽어서는 그의 아들과 함께 할 내세의 안식과 영생의 집으로. 아마도 그가 먼저 그곳으로 가서 그의 아들이나 식구들을 기다리게 될 터이지만…… 그게 내가 이번으로 마지막이 될 소설 속에 지어보려는 집이다."

세훈 씨는 고통스럽게 그러나 차분한 목소리로 이야기를 끝내고 나서 그의 아들과 아내를 번갈아 바라보았다. 이마에 가는 땀방울이 맺히는데도 그럴수록 눈빛은 더 결연스런 표정으로.

그런 아버지가 아직도 믿기지 않는 듯 아들아이가 이윽고 세훈 씨의 빈 잔에 술을 채우며 농기 섞어 다짐해왔다.

"그 목수가 마지막 마음의 집을 얻게 된 건 다행이지만, 저는 아버지 일이 걱정되는데요. 글을 그렇게 쓰시면 아버지도 그 글에 대한 책임이 있으신 거 아닙니까?"

세훈 씨는 이미 그 추궁의 뜻을 알고 있었다. 그에 대한 대답도 가지고 있었다. 하지만 그는 물색도 모르고 앉아 있는 아내를 놀라게 하지 않기 위해 우회적인 말투 속에 시치밀 떼 보였다.

"걱정 마라. 소설이란 대개 제가 현실에서 이루고 거둘 수 없는 꿈을 쓰는 때가 많으니까. 이번 소설도 실은 그래 시작한 일이고."

"하지만 그 소설이 두고두고 큰 힘을 얻으려면 역시 쓴 사람의 삶의 무게가 함께 실려야 하지 않을까요? 그 사체 기증서 서명은 나중에 얼마든지 다시 취소할 수도 있구요."

세훈 씨가 짐짓 뒷걸음을 치는 듯한 소리에 아들아이가 이번에는 때를 놓치지 않으려는 듯 더욱 노골적으로 육박해왔다. 세훈 씨는 그런 녀석을 나무랄 수가 없었다. 그렇다고 녀석 앞에 그의 속을 다 털어놓을 수도 없었다.

"글쎄다. 그까짓 소설이야 내겐 지금 그걸 쓰는 일이 중요하지 나중 가서 힘을 얻으면 어떻고 못 얻으면 어떠냐. 그걸로 우선 내 마지막 마음의 집을 지을 수 있으면 족한 거지. 그러고 뒤에 무슨 석연치 못한 부끄러움이 남게 되면 그걸 다시 떳떳하게 넘어설 새 방도를 마련해나갈 날도 있을 수 있는 거고. 그래서 소설질이 이리 고약한 고질병이라는 거 아니냐."

그는 여전히 자신의 소설일로 대답을 얼버무렸다. 그리고 그만 더 이상의 참견을 막아서듯 녀석을 윽박질러버렸다.

"그런데 네놈은 벌써부터 웬 쓸데없는 가족 묘지 걱정이 그리 많으냐!"

그러자 아들아이도 이제는 그 세훈 씨의 속을 헤아린 듯 고갯짓을 찔끔 입을 다물고 말았다.

그 대신 이번에는 아내가 또 공연히 알은체를 하고 나섰다.

"당신 그러면 이번에 어디다 우리 묏자리라도 잡아놓고 오신 거예요? 하긴 어련하시겠어요. 우리 나이도 있고 하니 지금쯤은 갈 곳을 정해두기도 해야겠지요. 하지만 걱정스런 것은 그렇게 지겹다 지겹다 노래를 부르면서도 이번에는 또 그 묏자리 이야기가 두고두고 당신을 볶아댈 일이구먼요. 당신은 한사코 이번 글이 마지막이라지만, 그 묏자리가 당신을 어떻게 가만히 놔둘 것 같으세요?"

(『문학과사회』 1997년 겨울호)

내가 네 사촌이냐

쌀쌀한 꽃샘바람이 마을과 들녘에 흙먼지를 날리곤 하던 이해 이른 봄 어느 날 늦은 오후. 30대 초반의 한 초췌한 안색의 사내가 이곳 남녘 해안가 덕산 마을을 찾아 들어와 때마침 동네 정자나무 터에 나와 앉아 일손을 쉬고 있던 비슷한 연배의 한 젊은이에게 물었다.

"혹시 이 마을에 연세가 쉰예닐곱쯤 되신 안서윤 씨라는 어른이 살고 계십니까?"

그런데 그 물음을 받은 동네 젊은이가 바로 안서윤 씨의 아들이었으므로 그는 대답을 머뭇거릴 이유가 없었다. 젊은이는 간단히 고개를 끄덕여 그런 사실을 확인해주었고, 낯선 길손이 다시 그 안서윤 씨의 집을 물었을 때도 그는 거의 무심스런 손짓으로 방앗간길 아래쪽에 가죽나무 한 그루가 높이 솟아오른 자신의 집을 가리켜 보였다. 그러면서도 그는 위인이 누구이며 무슨 일로 그의 아버지 서윤 씨를 찾는지 묻지 않았다. 요즘 시절로 해서는 사내의 행색이 너무 허름한 인상을 지울 수 없는 데다 눈빛에선 삭막한 피곤기까지 느껴져 한마디로 별 볼일 없는 사람 같은 기분이 든 때문이었다. 그리고 뱀이 제 꼬리를 물고 돌아가는 말 격이지만, 무엇보다 그는 위인이 누구이며 그가 어떤 일로 그의 부친 안서윤 씨를 찾아온 것인지를 알지 못한 때문이었다.

그러나 사내를 얼른 알아보지 못한 것은 그 안서윤 씨의 아들만이 아니었다. 당연한 일이지만, 사내가 안서윤 씨를 찾아 그 방앗간길 아랫골목 가죽나뭇집 사립을 들어서며 때마침 안방 앞마루께로 나와 있던 초로의 주인에게 공손히 첫인사를 건넸을 때 안서윤 씨 역시도 처음엔 전혀 그를 알아보지 못했다.

"안녕하십니까. 죄송합니다만 함자가 안서윤 어른 되십니까?"

"예, 그렇소만, 댁은 뉘시길래?"

사람을 알아보지 못할 뿐 아니라 서윤 씨는 젊은이가 사람이나 집을 잘못 찾아든 위인이 아닌가 싶어 하는 얼굴이었다. 서윤 씨로선 사실로 그 생애 가운데에서 젊은이의 얼굴을 본 일이 없었거니와 그의 존재마저도 상상해본 일이 없기 때문이었다.

하지만 젊은이는 분명 그의 이름을 부르고 있었다. 그의 아들도 아닌 자신의 나이때가 낀 이름을. 게다가 위인의 다음 물음은 서윤 씨를 더한층 어리둥절 당황스럽게 하였다. 그의 물음을 무심히 외면할 수 없게 했다.

"거듭 죄송스럽습니다만 어르신께서 서 자 윤 자 어른이 분명하시다면 제가 한 가지 더 여쭤보겠습니다."

젊은이가 다시 공손히 양해를 구하고 나서 서윤 씨에게 물었다.

"혹시 이 댁에서 찾아오기를 기다리는 사람이 없습니까?"

앞도 뒤도 없이 불쑥 물어오는 소리에 서윤 씨는 이번에도 말을 잘 듣지 못한 것 같은 얼굴이었다.

"기다리는 사람이라니. 우리가 누구를……?"

고개까지 가로저으며 젊은이에게 거꾸로 되묻는 표정이었다.

"찾아올 사람이나 기다리는 사람이 없으시다면…… 그럼 혹시 오래전에 이 댁을 떠나간 사람은 없습니까? 집을 떠나간 뒤로 영 종적이 사라져버린 사람이나……"

젊은이가 얼굴에 잠시 실망을 감추지 못하는 표정을 지었다가 다시 한 번 머뭇머뭇 자신 없는 소리로 말했다. 서윤 씨의 기억을 어떻게든 되살려보려는 간절한 소망의 빛이 역력했다. 그리고 이번에는 그 젊은이의 추량이 제대로 적중해들고 있었다.

서윤 씨가 여전히 아리송한 표정 속에 고개를 내저으려다 말고 불현듯 소스라쳐 놀랐다. 그리고 새삼 세심한 눈길로 젊은이의 얼굴을 찬찬히 뜯어 살폈다.

"아니, 이럴 수가……!"

이윽고 그의 입에선 반가움에선지 놀라움에선지 자신도 알 수 없는 신음 소리 같은 것이 흘러나왔다.

사실 서윤 씨의 그런 놀라움은 무리도 아니었다. 그 젊은이의 잇단 물음에 서윤 씨는 비로소 오랜 옛날 집을 나가 종적이 사라져버린 20대 그의 젊은 형의 일이 불현듯 머리에 떠오른 것이다.

그리고 젊은이의 지치고 수척한 얼굴에서, 그러면서도 어딘지 불안스런 긴장기가 떠도는 팽팽한 눈매와 오뚝한 콧날들에서, 이제는 이미 기억조차 희미할 만큼 오랜 세월을 잊고 지내온, 그래서 젊은이의 처음 물음엔 기다리거나 찾는 사람커녕 그런 동기간이 있었다는 기억조차 떠오르지 않았을 만큼 아득히 잊혀져온 그의 형의 용모를 어슴푸레 읽어낸 것이었다. 서윤 씨로선 젊은이가 처음 기다리거나 찾는 사람을 물었을 때보다 더한층 당황하고 어리둥절해질 수밖에 없었다.

"아니, 그럼 댁에가……?"

젊은이에게 물어놓고도 그는 한동안 대답조차 들으려 하지 않은 채 혼자 허둥대기만 했다. 그리고 뒤늦게 뭔가 심상찮은 느낌에 그를 뒤따라 들어온 아들 길동의 얼굴에서도 재차 비슷한 물색이 끼였음을 깨닫고서야 황황히 그를 마루로 이끌어 앉혔다.

"이야기를 들어보자. 우선 여기서 그간의 곡절부터. 이 일이 대체 어떻게 된 사연인지를……"

앞마루에 엉거주춤 마주 걸터앉은 서윤 씨의 기억 속에 젊은이는 갈수록 20대 옛 젊은 형의 모습과 비극적 인생행로를 되살려 나갔다.

1945년 8·15해방과 함께 한창 바깥세상 일에다 열정을 쏟고 지내던 갓 20대의 의윤 형, 당시로선 드물게 상업학교까지 졸업한 인텔리 청년 의윤 형이 이듬해 봄부터는 갑자기 문밖출입을 끊은 채 집 안에만 틀어박혀 지냈다. 바깥들이를 끊어버린 것만이 아니라 집 안에서도 차츰 식구들과 얼굴을 마주하는 일이 드물었고, 그러다간 아예 외지고 어두운 자기 뒷골방에 틀어박혀 유령처럼 혼자서만 지냈다. 끼니도 뒷골방에서 혼자 받아 먹었고, 변소길도 바깥 인적이 뜸하거나 밤늦은 어둠 속으로만 나다녔다. 방에서는 대개 책장을 뒤적거리거나 무슨 깊은 생각에 싸여 지내는 듯해 보였지만, 그가 정말로 긴 시간 혼자서 무엇을 하며 지내는지는 아무래도 분명히 알 수가 없었다. 때로는 그가 집 안 어느 한구석에 들어앉아 지내고 있는 사실조차 잊어버릴 때가 많았다. 그렇게 그는 차츰 집 안에 없는 사람, 잊혀진 사람처럼 되어갔다.

그러나 그것은 나이 터울이 많이 진 열한 살짜리 어린 아우 서윤에게나 아직 곡절이 밝혀지지 않았을 뿐이었다. 세월이 훨씬 더 흐르고 난 뒤에야 서윤이 그 속내를 다 알게 된 일이지만, 집 안 어른들에겐 처음부터 사정이 분명해져 있던 일이었다. 의윤 형이 어떤 몹쓸 역병을 앓고 있다는 게 그 무렵 서윤을 단속하기 위한 어머니의 조심스런 귀띔이었다. 그런데 그 역병이 이웃이나 세상 사람들에게 알려지면 절대로 나을 수가 없으니 어려운 형을 위해 누구에게도 그런 사실을 말해서는 안 된다는 다짐이 거듭거듭 뒤따랐다. 그런 사실은 알지도 못한 것으로 하라는 아버지의 엄한 단속도 덧붙여졌다. 형을 가까이하려다간 서윤에게도 역병이 옮을지 모르니 뒷골방 쪽에는 아예 얼씬을 말라는 당부와 함께, 형의 일은 더 알려고 하지도 말고 그저 모른 척 잊고 지내야 한다는 다짐이었다.

그 어른들의 단속뿐만 아니라 의윤 형의 어려운 처지를 위해서도 서윤은 이후부터 물론 형의 일을 모른 척하고 지냈다. 아버지가 이따금 은밀히 먼 고을 나들이를 다녀오면 집 안에 알 수 없는 탕약 냄새가 풍기고, 끼니때 사이사이로 그 탕약 다발이 뒷골방을 드나드는 기미로 보아 의윤 형이 정말로 비밀을 지켜줘야 하는 '고약한 역병'을 앓고 있음이 분명했기 때문이다. 그리고 그 역시 형의 병이 낫는 것이 더할 수 없이 간절한 소망이었기 때문이다.

하지만 서윤은 점점 더 불안하지 않을 수 없었다. 애초의 사단은 형의 신병이었지만, 그 신병의 비밀을 지키는 것이 또한 큰 문제였다. 밖에서나 안에서나 어른들은 갈수록 말을 잃어갔고 간간이 숨어드는 비밀스런 한숨기 속에 집 안엔 언제나 음습한 근심기가 가득했다. 집안 식구끼리도 그렇듯 말이 없다 보니 서윤은 이웃이나 동네 사람을 만나기엔 더욱 겁이 나고 불안했다. 누구를 만나도 먼저 집안의 비밀을 떠올리고 전전긍긍 제풀에 눈치를 살피게 되곤 했다. 그런데다 그 어른들의 은밀스런 약수발과 간절한 소망에도 불구하고 형의 병세는 조금도 나아가는 기미가 안 보였다. 그리고 일은 더욱 불안하게 더쳐갔다.

해방 이전 일제 시절, 의윤 씨와 같은 신양(身恙)을 앓는 사람들은 대개 남쪽 해안의 한 외딴 섬으로 가서 다른 동환들과 함께 집단 수용 생활을 하였다. 하지만 그곳의 생활이나 요양시설이 너무 열악한 데다 강제노역과 학대까지 심하여, 해방 이후의 혼란기 땐 많은 환자들이 섬을 빠져나와 이 고을 저 고을로 떠도는 집단 유랑 생활을 했다. 그런데 그해 늦가을 무렵 날씨가 추워지기 시작하자 그 유랑 집단의 한 무리가 겨울을 나기 위해 이 따뜻한 남녘 덕산 마을 인근 산골짜기에 천막을 치고 들어앉았다.

마을엔 자연히 인심이 흉흉해지고 무거운 긴장기가 감돌았다. 그 병증의 외양이 워낙 험상궂은 데다 일생 치유 불능의 사나운 역질로 두려워한 때문이었다. 위인들이 함부로 마을로 들어온 일은 없었지만, 신병의 치료를 위해선 더러 어린아이를 해치기도 한다는 고약한 소문까지 떠돌았다.

동류의 환자를 집 안에 숨기고 지내는 서윤네의 불안은 더 이를 바가 없었다. 게다가 그 가슴을 저며드는 불안기나 두려움은 재 너머 산골짜기의 천막 무리들에 대한 것만이 아니었다.

—동네 안에 누군가 같은 역병 환자를 숨기고 지내는 집이 있는 게 틀림없다.

—위인들이 어느새 그런 낌새를 알고 그를 데리러 왔을 거다.

마을 사람들은 소리를 죽여 수군댔다. 그 병의 환자들은 어느 고을 어느 집에 같은 병자가 생기면 귀신같이 그것을 알아내어 그를 기어코 자기들 무리 속으로 데려가고 만다는 것이었다. 새 병자를 위해서든 자기 무리의 편익과 세력을 위해서든 그것이 그 병을 앓는 무리의 은밀하고도 엄혹한 불문율이라는 것이었다.

—그러니 그 집이 누구넨지 저들에게 숨겨둔 환자를 내주지 않으면 위인들은 절대로 이 골을 떠나가지 않을 게다. 병을 숨긴 집에선 마을을 위해 알아서 환자를 내놓아야 한다.

뿐만이 아니었다. 마을 사람들은 누구도 서윤네 식구들 앞에선 함부로 그런 소리를 입에 올리지 않으려는 걸로 보아 이미 다 비밀을 알고 있음이 분명했다. 사실은 그 같은 등뒷수군거림 역시도 서윤네와 그 식구들을 지목한 은근한 오금박이 소리들임이 분명했다. 그리고 모든 일은 결국 그 수군거림 그대로 되어갔다.

어느 날 깊은 자정쯤 무리 중의 한 사람이 은밀히 서윤네 집을 찾아왔다. 그리고 잠시 동안 아버지를 불러내어 무슨 얘긴가를 하고 돌아갔다. 어린 서윤은 물론 사내의 얼굴을 본 일도 없었고, 그가 누구이며 아버지와 무슨 이야기를 하고 갔는지를 들은 일도 없었다. 하지만 사내가 그렇게 밤중으로 집을 다녀간 뒤부터 더욱 말이 없어진 아버지의 깊은 침묵과 신음기 섞인 한숨 소리로 모든 것을 알 수 있었다. 안 돼요. 죽어도 안 돼요…… 내 자식이 어째서 저런 인간들한테……! 아이한테는 그런 소리 입도 떼지 말아요…… 울음소리를 깨물어 삼키는 어머니의 조심스런 탄식기 속에서도 서윤은 그 사내가 누구이며 그 밤중 아버지와 무슨 이야기를 나누고 갔는지를 똑똑히 알 수 있었다.

그러나 그 피를 말리는 아버지의 침묵과 어머니의 절급한 갈망도 다 부질없어 보였다. 며칠 뒤 같은 밤중 무리의 몇 사람이 다시 그의 집을 찾아왔다. 사람 수가 하나에서 서너 명으로까지 늘어난 것이 첫 번 때보다도 더 불안하고 겁이 났다. 이번에도 위인들은 아버지를 잠시 사립께로 불러내어 조용히 만나고 돌아갔지만, 이후부터 아버지는 아예 한숨 소리조차 잊은 채 멍청히 넋을 놓고 앉아 있기만 했다. 어찌 보면 곰곰 혼자 생각 속에 무엇인가를 망연히 기다리고 있기라도 한 것처럼. 그런 아버지와 반대로 어머니 쪽은 오히려 그 한숨 소리와 안타까운 탄식기에 전 같은 조심성이 훨씬 덜해갔을 뿐이었다.

"안 돼요. 나는 죽어도 내 집에서 내 자식과 함께 죽고, 살아도 내 집에서 함께 살 것이니 그리 아시고 행여 딴생각 먹지 마시오. 저 아이가 집을 나가면 그날이 내 초상날이 될 것이니!"

아버지에 대한 푸념이나 다짐 소리도 훨씬 더 노골적이었고, 때로는 치솟아 오르는 오열을 굳이 더 참으려 하지도 않았다.

하지만 말을 잃은 아버지는 물론 다짐이 그리 시퍼렇던 어머니도 그런 식으로 차츰 속마음을 가다듬어간 것일까. 무리가 다시 세번째 집을 찾아왔을 때 아버지는 물론 어머니까지도 더 아무 대항의 기미를 보이지 않다.

그러니까 그날 밤 깊은 어둠을 타고 찾아온 천막 무리는 그 수가 다시 열 명쯤으로 늘어 있었다. 그러면서도 위인들은 문밖 기척으로 아버지를 불러놓고 아무 다른 말이 없이 그저 이쪽의 처분만 조용히 기다렸다. 첫 번 한 사람 때나 뒷 서너 사람 때보다도 더욱더 괴괴하고 가지런한 침묵 속에. 어찌 된 셈인지 개 짖는 소리 하나 들려오지 않는 이웃이나 온 마을이 그럴수록 더 무겁게 가라앉아 들어가는 전율스런 정적 속에. 무슨 유령의 무리처럼 얼굴을 가려 볼 수 없는 허연 포장막 같은 모습들로.

아버지나 어머니는 한동안 아무 기척도 없이 방을 나가지 않고 있었다. 그것이 그 사태에 대한 유일한 대항책인 듯 무거운 침묵만 지키고 있었다. 바깥 낌새를 엿보기 위해 서윤이 제 부엌 방문을 살금살금 밀쳐내는 소리에도 다른 때처럼 별다른 질책의 기미가 없었다. 그리고 그러다 일이 제풀에 끝장났다. 이윽고 그의 형 의윤이 제 발로 뒷골방을 걸어 나온 것이다. 그리고 여전히 침묵 속에 가라앉아 있는 안방 어른들 쪽을 향해 댓돌 아래 엎드려 조용히 하직인사를 드리고는 그길로 사립께의 허연 무리를 향해 발걸음을 서서히 옮겨가기 시작한 것이다.

"정녕 그렇게 떠나가야 하겠느냐?"

"예, 아버님 용서하십시오. 이것이 제 운명의 길입니다."

그 순간 기척을 알아차린 안방 어른들이 쫓아나와 아버지가 먼저 침통하게 물었으나, 의윤 형은 잠시 발길을 멈추고 서서 그렇게 대답했을 뿐이었다. 그리고 이어 어머니가 목수건을 깊이 둘러싼 그의 얼굴을 부여잡고,

"네 전정이 어째서 이 길이란 말이냐! 네 얼굴이 어째서 이런 꼴이더란 말이냐. 가더라도 이 에미한테 얼굴이라도 한번 똑똑히 보여주고 가거라. 불쌍한 내 자식아!"

애끓는 흐느낌 속에 마지막 소망을 말했을 때도 의윤 형은 그저 조용히 그 어머니의 등을 어루만지며 어린 서윤으로선 잘 알아들을 수 없는 몇 마디를 남겼을 뿐이었다.

"어머니, 제게는 이제 어머니의 옛 아들의 얼굴이 없습니다. 지금서부터는 저기 사립께에 기다리고 있는 저 사람들이 제 모습입니다. 저것이 제가 앞으로 지니고 살아가야 할 제 운명의 얼굴입니다. 그러니 이제부턴 어머님도 부질없이 제 추한 얼굴을 가슴 아파하지 마시고 잊고 지내주십시오."

그리고 의윤 형은 마지막으로 어린 서윤에게로 다가와 말없이

어깨를 한번 감싸는 시늉을 해 보이고는 그대로 스적스적 사립께로 걸어가 무리와 함께 어둠속으로 사라져가버린 것이다……

뜻밖에 찾아든 젊은이를 대하고 보니 서윤 씨는 새삼스레 그 시절 그날 밤의 일들이 머릿속에 새록새록 되살아났다. 때 이른 체념에서든 그간의 세월 탓이든, 근자 들어선 거의 떠올려본 적이 없던 일이었다. 돌이켜보려 한 일도 제절로 떠오른 일도 없이, 없었던 일 한가지로 까맣게 잊혀져온 일이었다.

어쩌면 그럴 수밖에 없었던 일이기도 하였다.

"다 끝난 일이다. 마음 아픈 일이지만 의윤이 일은 이제 다들 깡그리 잊어버려라. 그 아이는 이제 우리하고는 세상길이 달라진 사람이니…… 지금서부터는 남은 식구들이라도 의연하게 살아가야지 않느냐. 의윤이도 집을 떠나가면서 그걸 바랐을 게다."

그날 밤 그렇게 의윤 형이 떠나간 후 아버지는 정말로 그 아들이 자신 앞에 다짐하고 간 말 그대로 인생길이 서로 아주 달라져야 하는 것처럼 남은 식구들을 닦달했다. 집에선 구석구석 형의 흔적을 지워 없앴고, 그의 일은 누구도 입에조차 올리지 못하게 했다. 그리고 자신도 다시 옛날의 부지런한 농사꾼으로 돌아가 묵연스럽기 그지없는 하루하루를 보냈다. 그렇다고 그것으로 그 형의 일이 금방 잊힐 리는 없었지만, 세월이 약이라듯 날이 가고 달이 가고 해가 바뀌어가면서 그 야속한 생각이나 괴로움도 차츰 엷어져가게 마련이었다.

그런 가운데에도 물론 어머니의 슬픔은 다른 누구에게도 비할 수가 없었다. 어머니는 처음 아버지의 엄한 닦달조차 전혀 아랑곳을 안 했다. 아버지가 뭐라든 떠나간 형의 일로 늘 날이 새고 저물었다. 형에 대한 근심 걱정, 슬픔과 푸념기를 노래처럼 웅얼웅얼 늘 입에 물고 살았다. 약탕기나 옷가지들에 이어 아버지가 뒷골방의 책꾸러미까지 끌어내어 마지막 형의 흔적을 깡그리 불태워 없애려 했을 때는 그 아버지의 옷깃을 틀어쥐고 온 집이 떠나가도록 악을 쓰며 대들기도 했다. 그러나 그 어머니도 아버지의 완강한 태도 앞엔 어느 하루 그 산골 천막촌으로 혼자 형을 찾으러 나섰다 허탕을 치고 돌아온 것을 마지막으로 서서히 기가 꺾이기 시작했고, 유장하고 무심스런 세월의 흐름 앞엔 그렇듯 서럽고 괴로운 일들도 그럭저럭 기억이 바래갔다.

하지만 무엇보다 서윤 씨에게 그 형의 일이 까맣게 잊혀져온 것은 그가 한번 집을 떠나간 것으로 영영 소식이 끊어져버리고 만 허물이 더 컸다. 의윤 형은 그러니까 집을 떠날 때의 자신의 말대로 이후로는 다시 고향길을 찾아든 일(천막촌을 찾아간 어머니에게까지도 그랬듯 누구를 다시 만나려 한 일 역시)이 한 번도 없었다. 고향길까지는 몰라도 자기 살던 동네나 집에는 분명 그랬다. 집엘 찾아오기커녕은 편지나 풍문 속 소식 한번 전해온 일이 없었다. 살아 있는지 죽었는지, 살아 있다면 어디서 어떻게 살아가고 있는지, 어머니가 돌아가시고 아버지까지 돌아가신 그 긴 세월 동안 어머니가 처음 한번 그 천막촌을 찾아간 것 외에는 이쪽에서도 맘먹고 그를 찾아본 일이 없으니 그 종적이나 형편을 전혀 알 수가 없었다. 아니, 그 20여 년 뒤 어머니가 돌아가셨을 때는 한 가지 괴이한 일이 있긴 했다.

아버지의 막연한 추측에 불과한 일이었는지도 모르지만, 그때까진 다행히 형이 아직 살아 있거나 어쩌면 은밀히 고향길까지 다녀갔을 수도 있음 직한 이상한 일이 있었다.

집 떠난 큰자식의 일을 속으로만 앓아온 그의 어머니는 그러니까 마음의 병이 그만큼 더 깊어져선지 요즘 세상에 겨우 환갑을 갓 넘긴 예순한 살 나이로 아버지보다 먼저 세상을 떠나갔다. 큰자식 뒷소식은 여전히 생사조차 알지 못한 채, 대개는 그 사나운 병치레로 당신 먼저 저세상 사람이 되어갔으리라는 생각을 안고서였다.

"이제 죽어 저세상 사람이 되어 가면 네 형을 만나볼 수 있겠구나. 이렇게 에미나 제가 서로 죽어서나 찾아가 만날 수 있는 불쌍한 내 아들……"

그 어머니가 눈을 감기 전 마지막으로 남긴 말이 그랬으니까. 그리고 아버지나 서윤 씨 자신도 대개 그렇게 생각했고, 저승에서나마 그 일이 꼭 이루어지기를 빌었으니까.

그런데 그런 식으로 이제는 그 어머니나 의윤 형의 일을 그럭저럭 다시 잊고 지내던 두어 해 뒤 여름께의 일이었다. 서윤 씨는 대대로 조상들의 묘를 모신 선산 벌초를 갔다가 어머니 묘의 봉분 한쪽 흙 속에서 뜻밖에 당신의 옛 은가락지 한 짝이 빗물에 씻겨 드러난 것을 발견했다. 그 은가락지는 원래 어머니의 유일한 패장물로 그 무렵 의윤 형이 집을 떠나고부터는 그 형의 종적과 함께 당신이나 집 안에서 흔적이 사라지고 만 물건이었다. 어머니가 뒷날 산골 천막촌을 찾아가 끝끝내 모습을 드러내지 않은 아들에게 전해달라 다른 사람에게 맡기고 허무하게 돌아설 수밖에 없었다던 그 은가락지, 얼굴조차 보지 못한 채 영영 떠나보내는 자식에게 남의 손을 통해서나마 마지막 지녀 보낼 수 있는 것이 오직 그 한 가지뿐이었다며 두고두고 안타까워하던 당신의 마지막 정표, 그것이 어째서 거기 그런 식으로 묻혀 있다 나타났는지 서윤 씨는 영문을 알 수 없었다.

하지만 그는 곧 한 가지 짐작이 떠올랐다. 그리고 그 짐작은 아버지 쪽이 훨씬 더 확연했던 것 같았다.

"죽어 가 저승에서나 자식을 만나보겠다던 소원이더니, 행인지 불행인지 아직은 네 형 쪽 사정이 그럴 형편에도 이르지 못한 모양이구나."

서윤 씨가 그 가락지를 수습해다 아버지에게 보였을 때, 당신은 지그시 눈길을 외면해버리며 대수롭잖은 일인 듯 말했다.

"허기야 네 어미도 죽은 자식의 혼백을 만나느니보다는 살아 있는 자식 지켜보는 쪽을 더 좋아할 게다만. 네 어미 혼백은 이제 그럴 수도 있을 게 아니냐. 헌데 네 형은 또 어떻게 어미 일을 알고서……"

그러면서 아버지는 아직도 그 큰 자식의 소식이나 종적보다 그 일이 더 궁금한 듯 잠시 괴이한 얼굴빛을 보였을 뿐이었다.

하지만 아버지는 그 역시도 관심을 길게 두지 않았다. 의윤 형이 아직 살아 있든 죽었든, 그가 어떻게 어머니의 일을 알고 산소까지 다녀갔든, 당신은 그다지 괘념할 일이 없는 사람처럼 무심해지고 말았다. 그리고 그 하루인가 이틀 뒤엔가는 심사가 새삼 어수선해진 집안의 자식에게까지 끊어 잘라내듯 일렀다.

"그 가락지는 집 안에 들일 물건이 아니니 다시 네 어미 무덤에 다 깊이 묻어주어라. 네 형의 마음으론 그것이 제가 제 어미를 만나는 노릇 아니냐. 그리고 이젠 다 잊고 지내도록 해라. 네 형이 우리 몰래 제 어미 산소만 찾아보고 간 걸 보면 제 뜻도 그런 쪽인 게 분명할 터이니."

서윤 씨도 물론 그 아버지를 따를 수밖에 없었다. 그는 곧 아버지의 뜻대로 그 은가락지를 다시 어머니의 묘 봉분 한쪽 밑에 깊이 숨겨 묻었다. 그리고 자신도 그 아버지의 당부처럼 그 일을 그만 잊고 지내려 애를 썼다.

그런데 거기서 또 한 가지 예상찮은 일이 생겼다. 그 서너 해 뒤에 이번에는 아버지가 다시 세상을 떠나가신 것이었다. 그야 세수를 그럭저럭 칠순 가까이까지 누리고 갔으니 당신의 기세(棄世)를 그리 예상치 못한 일이라곤 할 수 없었다. 서윤 씨가 더 예상을 못한 일은 그 아버지의 임종 시의 다짐이었다. 그 가락지 일로 하여 당신의 심기가 그렇듯 새삼 어지러웠던 것일까. 아니면 당신의 무심스러움과 오랜 망각의 얼굴 속엔 그만큼 더 깊은 회한이 숨겨져오고 있었는지도 모른다.

"내가 죽거든 네 형에게도 소식을 알리거라."

아버지는 뜻밖에 당신의 부음을 의윤 형에게 전하라는 당부였다.

"네 형이 아직 살아 있다면 필경 저 ㅅ섬으로나 가 있을 게다. 그 섬으로 사람을 보내어 의윤이 네 형을 찾아 소식을 알리고, 제가 원한다면 이 아비의 장례에도 참예하도록 하라 해라. 이 아비까지 죽고 나면 제 일로 해선 우리 집에 더 거르칠 데가 없을 거 아니냐. 그 성미에 필시 변성명으로 살고 있을지 모르니, 의윤을 찾다가 나서는 사람이 없으면 이쪽 아비 이름을 대보고 네 이름도 대보고……"

하지만 그 일도 형을 다시 돌아오게 하거나 찾아낼 수는 없었다. 오히려 그 노릇이 서윤 씨에겐 그 형의 일을 더 쉽게 잊게 했을 뿐이었다. 그때까지도 아직 그가 살아 있을 가능성을 의심케 하고, 연전의 가락지 일로 인한 아버지나 서윤 씨 자신의 희망 어린 짐작까지도 새삼 허황한 추단이 아니었는지 되짚어보게 했을 뿐이었다. 얼마 안 가서 아버지가 돌아가시고, 서윤 씨는 바로 사람을 보내어 그 남쪽 해안가의 ㅅ섬을 샅샅이 다 찾아 뒤져댔지만, 장렛날이나 삼우제를 치르기까지의 그 한 주일 동안 안의윤이란 이름을 지닌 사람이나 안병삼 씨를 아버지로, 안서윤을 아우로 둔 40대 초반의 섬사람을 끝끝내 찾아낼 수도 나타나주지도 않았던 것이다.

그러니까 의윤 형은 더욱 이 세상엔 없는 사람이 되어갔다. 그가 아직 세상에 살아 있거나 죽었거나 그의 삶과는 더 이상 아무 상관될 일이 없는 사람으로 까맣게 잊혀갔다. 그러기를 다시 20년. 그 의윤 형이 아직까지 살아 있는 사람이래도 둘 사이엔 그 형이 집을 나갈 때 남긴 말 그대로 서로 간에 전혀 다른 운명의 삶을 살아온 깊은 세월의 골을 지어온 셈이었다.

그런데 그 의윤 형의 물색이 근 50년 만에 제 아버지를 대신해 불쑥 그 앞에 나타난 것이다.

서윤 씨로선 도대체 그 일을 쉽사리 믿을 수가 없었다. 아니 한동안은 바로 그 눈앞의 일을 차라리 믿고 싶지가 않았다. 놀라움에 뒤이어 답답하고 난감한 생각부터 앞을 섰다. 그리고 민망하고 부끄러운 심회를 가눌 수가 없었다. 그야 따지고 보면 일이 너무 졸지에 닥쳐들어 그렇지 젊은이는 더 묻지 않아도 엄연한 그의 형의 핏줄임이 분명했다. 제 아버지를 대신해 찾아 나타난 그 조카 앞에 서윤 씨가 새삼 크게 답답해하고 난감해할 일이란 없었다. 누구를 기다리거나 찾는 사람이 없느냐는 웬 젊은이의 갑작스런 물음에 그가 금세 기억이 미치지 못한 허물은 있었지만, 그 밖엔 크게 죄책감을 느낄 일도 없었다. 그것도 그간의 사정이 그랬고 세월의 흐름이 그랬을 뿐 뒤늦게나마 그가 조카임이 분명해 보인 이상 이제라도 그를 반갑고 따뜻하게 감싸 맞아들이면 그만이었다. 그런데도 그는 왠지 그러기가 쉽질 않았다. 그래 그는 젊은이가 함께 방으로 들어가기를 사양한 채 엉거주춤 계속 마루 끝에 걸터앉아 우선 거기까지 그를 찾아오기까지의 사연과 곡절을 대충씩 털어놓고 있는 동안도 내내 그 답답하고 무거운 심사를 지울 수가 없었다.

서윤 씨로선 차라리 다행이라 해야 할지, 젊은이는 실상 그 아버지의 일을(어떤 뜻에선 그 자신의 일까지도) 많이 알고 있지 못했다. 그래 그런지 자신의 처지나 삶에 대한 별다른 원망 같은 것도 지니고 있지 않았다.

그는 어렸을 적 얼굴이 이상하게 일그러지고 손발 마디들이 심하게 상한 양친과 함께 그 섬에서 철없이 잘 자랐댔다. 부모의 얼굴이 일그러지고 손발 마디가 상한 것은 그 섬 어른들 누구도 마찬가지 사정이었으므로 그런 걸 그리 별스럽게 생각한 일도 없었댔다. 섬사람들에겐 누구도 양친 부모 이상의 선대 어른이 없었으므로 그에게 두 사람 이외의 다른 인척이 없는 것 역시 마찬가지로 당연하고 자연스런 일이었다는 것이다. 그런 섬 아이가 바깥세상을 처음 구경한 것은 그가 여덟 살 때 아버지를 따라 육지로 나와 어느 마을 앞 산골을 찾아가 아버지와 함께 새 무덤 앞에 몰래 성묘를 하고 돌아갔을 때였는데, 그때도 그는 그 뭍 사람들의 모습이나 자신에게 웬 뭍 세상 친척(비록 죽은 무덤으로나마)이 있었다는 사실이 부럽고 반갑기보다 오히려 낯설고 서먹하기만 했다고. 그래서 다음번 몇 년 뒤에 다시 한 번 아버지와 같은 마을 부근엘 찾아 들어갔을 때도 그런 서투름과 부자연스러움 때문에 아버지를 졸라 서둘러 섬으로 돌아가고 말았다고. 그리고 그 10년쯤 뒤 아버지가 그간의 독한 약화(藥禍)로 간경화 증세가 깊어져 50대 중반 나이로 세상을 떠나기까지, 그리고 이후 다시 10여 년 세월 동안도 그 섬에서 곁에 남은 어머니와 나름대로 탈없이 잘 살아오고 있었다고……

의윤 씨는 그러니까 생전에 그 아들과 함께 고향 마을 산소엘 두 번이나 다녀간 셈이었다. 먼저 한 번은 당시에 이미 그 가락지 일로 짐작했던 대로 그 어머니가 세상을 떠난 지 한두 해 뒤 일이었다. 그러니 그때 의윤 씨는 뒤늦게나마 어디서 그 어머니가 세상을 떠난 소식을 듣고, 그 무덤을 찾아보러 온 것이 아닌 게 분명했다.

"저를 데리고 뭍길을 나서시며 아버님이 이런 말씀을 하셨지요. 나는 병을 앓고 있어, 앞일이 어찌 될지 알 수 없다. 그러니 너도 이제는 네 고향 동네가 어딘지, 조상님들의 선산을 어디 모셔두었는지 알아두는 게 좋겠다. 너한텐 찾아뵐 만한 가까운 어른이나 인척들이 계시다는 것도……"

여덟 살 어린 나이로는 뜻을 잘 새겨들을 수 없었겠지만, 어언 30대가 된 조카아이는 아직도 그런 아버지의 말만은 분명하게 기억하고 있었다. 그리고 하루 만에 그 고향 마을 선산엘 당도할 때까지도 그 아버지의 말속엔 분명 '할머니'의 죽음이 없었던 걸로 기억했다.

"아버님께서 할머님이 돌아가신 것을 아신 것은 그 선산 아래쪽에 잔디가 그리 오래지 않은 낯선 무덤이 새로 들어선 것을 보고서였던 것 같았어요. 하지만 아버님은 무슨 근거로 그런 단정을 내리셨는지 그 무덤을 보자마자 바로 무너지듯 놀라 엎드리시며 어머니 어머니 통곡을 하셨지요."

그리고 의윤 씨는 길고 긴 통곡 끝에 언제부턴지 품속에 깊이 간직해온 예의 은가락지를 꺼내 '이제는 이 불효자가 어머님 곁으로 갈 때까지 어머님이 대신 맡아 간직해주시라'는 이승에서의 마지막 하직인사와 함께 그 무덤 봉분 한쪽 밑에 그것을 깊이 묻어드리고 돌아갔다는 것이다. 그러니 어찌 보면 의윤 씨는 그때 사실 그 아버지의 짐작처럼 생자와 사자 간의 해후가 아니라 죽은 어머니의 혼백에 대한 이승의 아들로서 더한층 애달픈 하직 인사를 치른 것이랄까……

그런데 그 부자가 두번째로 다시 고향 고을을 찾은 것이 서윤 씨에게는 좀더 뜻밖이었다. 다름 아니라 그것은 그가 당신의 유언대로 부음을 전하려 그렇듯 애를 썼어도 끝내 허사가 되고 말았던 그 아버지의 초상 때였기 때문이다.

"아버님의 진짜 함자가 안영훈이 아니라 안의윤 씨라는 걸 안 것은 그때가 처음이었어요. 그때까진 그걸 전혀 의심해본 일도 없었으니까요. 그러니 아버님 쪽에선 그때 물론 조용히 모른 척하고 계셨을 뿐 할아버님이 돌아가신 것도, 그 일로 사람이 와서 당신을 찾는다는 것도 다 알고 계셨지요. 그 사람이 아직도 당신을 찾고 있는 동안 아버님은 그 장렛날에 맞춰 다시 저를 데리고 섬을 나와 이곳으로 왔으니까요."

조카아이는 이번에도 그 두번째의 일을 남의 일처럼 담담한 어조 속에 차근차근 되새겨나갔다.

"하지만 아버님은 이번에도 장례가 치러지는 마을까지는 가까이 들어가려 하지 않으셨지요. 마을 뒷산 숲 속에 새벽부터 몸을 숨기고 기다렸다가 오정 때쯤 되어서 상여가 집을 나와 동네 노제를 지내고 다시 천천히 산으로 올라가 선산터 산역이 끝날 때까지, 이따금 한숨기 속에 하염없이 눈길만 좇고 계실 뿐이었어요. 그러다 이윽고 산일도 다 끝나고 주위가 조용해진 석양 녘이 되어서야 당신은 말없이 숲 속을 빠져나와 그길로 섬으로 돌아가시고 말았지요.

그 아버님이 하도 안 되고 답답해 보여 섬으로 돌아가는 길에 제가 한마디 물었어요. 아버님은 여기까지 와서 어째서 아직 마을엔 들어가실 수가 없냐고요. 사람까지 보내어 부음을 알린 할아버님 장례를 그렇게 멀리서 숨어 보아야만 하느냐고요. 아버님이 간단히 몇 마디 하시더군요. 나는 살아생전에 찾아갈 수 없는 곳이요, 찾아가 함께할 수 없는 사람들이다. 때가 되면 나중에 너라도 찾아가보라고 길을 함께 데려온 것이다…… 하지만 아직 나이 열두 살밖에 안 된 제가 그 말씀이 무슨 뜻인지 깊이 헤아릴 수가 있었겠어요? 그때가 언제인지 짐작이나 할 수 있었겠어요? 그저 아버님처럼 저한테도 그런 일은 있을 것 같지 않았지요. 아버님의 내림처럼 제게 그런 때가 오기를 바라기커녕 그저 한시 바삐 섬으로 돌아가고 싶기만 했지요. 그리고 다시 긴 세월 뭍 세상과는 아무 상관도 없이 우리끼리 우리 식으로, 아버님이 살아계실 때는 그 아버님과 함께 셋이서, 아버님이 돌아가시고 나서는 어머님과 둘이서 그럭저럭 잘 살아나갔어요. 그런데 오늘 결국엔 이렇게 여길 찾아오게 됐군요."

조카아이는 여전히 그런 일이 자신에겐 아무것도 중요할 것이 없다는 듯, 어찌 보면 황량스러울 정도로 메마른 어조 속에 자신이 보고 들은 그간의 사연을 숨김없이 다 털어놓았다. 간간이 잇새를 새어 나오는 가는 한숨 소리마저 그간의 제 척박한 삶에 대한 야속한 마음에선지 아니면 자신이 아버지를 대신해 그의 고향동네를 찾아온 것을 뒤늦게 후회해선지 분간이 안 갈 만큼 담담하고 방심스런 술회였다.

하지만 서윤 씨로선 들을수록 가슴 아프고 답답한 이야기였다. 고향집 어머니의 생사조차 모른 채 어린 자식을 위한 선산길을 몰래 찾아든 병 깊은 아비와, 철모르는 나이에 그 아비의 이승의 무거운 짐을 이어 지게 된 어린 아들. 이승에서의 마지막 하직인사로 품속의 은가락지를 저승 어머니의 혼백 앞에 되돌려드리고, 그것으로 모자간 사후의 재회를 약속하고 돌아간 자식과, 오래잖아 자신이 옮겨 이어지게 될 그 아비의 이승의 짐 앞에 아무 두려움이나 불평이 없었을 어린 날의 그의 아들. 그래 오히려 그 뭍 세상을 등지고 서둘러 그의 섬으로 돌아가기만을 원했던 헐벗고 가엾은 생령(生靈). 고향집 아버지의 부음을 접하고도 짐짓 멀리서 상엿길만을 숨어 지켜보고 간 아비와 아직도 그 뭍 세상일과는 아무 상관을 못 느낀 채 무심히 섬으로 또 아비를 따라 들어가고 만 열두 살 그의 어린 아들. 그리고 그 섬살이에 이골이 져 나타난 그의 성장한 조카아이의 남루하고 황량한 모습.

서윤 씨는 그 부자의 모든 것에 그쪽 일을 오랜 세월 잊고 살아온 일보다 더욱더 견딜 수 없는 죄책감이 일고 있었다. 아니 이젠 이미 그 의윤 씨가 이승의 집을 벗어놓고 저세상 사람이 되어 가버린 탓인가. 서윤 씨는 이제 그 형님 의윤 씨의 일보다 눈앞의 조카 꼴이 더욱 가슴 아프고 안타까웠다. 녀석은 그 생색이나 표정이 좀 초췌하고 지쳐 보일 뿐 외모는 그런대로 여느 젊은이 못지않은 체격에 물색까지 영락없는 그의 집안 혈육이었다. 하지만 녀석은 제가 그동안 살아온 세상살이가 어떤 것인지를 알지 못했고, 거꾸로 뭍 세상일을 외면한 채 제 섬살이만을 만족해하고 있었다. 서윤 씨는 그런 녀석이 가까운 혈육커녕 웬 별종의 인간처럼 낯설고 서먹했다. 그리고 그것이 그를 더욱 가슴 아프고 안타깝게 했다.

한데다 녀석이 이제서야 뒤늦게 제 아버지의 고향 마을 길을 찾게 된 연유가 그의 마음을 더한층 무겁게 했다.

의윤 씨는 자신의 죽음에 즈음해서야 비로소 마지막 유언 삼아 그의 고향집과 가계에 관한 일들을 모두 일러두고 있었다. 그리고 자신이 집을 나와 2, 3년 뭍 세상길을 떠돌다 드디어는 제 발로 섬으로 들어와 정착하게 된 경위를 자세히 털어놓고, 자기가 죽거든 아들에게 그 고향집을 한번 찾아가보라는 당부를 남겨뒀다.

—내가 죽고 나면 그것으로 우리 집안에 드리웠던 액운의 장막도 끝장이 나게 된다. 너도 그것으로 더 이상 이 아비나 이 섬의 숙명에 얽매여 살 필요가 없다. 너는 애초부터 내 병이나 이 섬과는 상관이 없는 사람이다. 이 아비 때문에 이곳에 붙잡힌 무고한 피해자일 뿐이다. 너는 이제 누구도 허물할 일이 없는 떳떳한 젊은이다. 그러니 내 장례를 치르고 나면 너는 내 덕산리 고향 마을로 숙부를 한번 찾아가보아라. 찾아가 숙부와 새 인생길을 의논해보도록 하거라.

하지만 의윤 씨가 죽고 나자 아들은 그 아버지의 유골을 섬사람들의 내세의 집 '만령당'에 함께 안치하고 좀처럼 덕산리 고향 마을로 숙부 서윤 씨를 찾아 나서려 하지 않았댔다.

"아버님의 뜻이 무엇이었는지 몰라도 저는 그럴 필요가 없었으니까요. 제게는 그 섬에서 살아온 이때까지의 제 인생살이길을 굳이 고쳐 살고 싶은 생각이 없었거든요. 그러니 제가 태어나지도 않은 아버님의 고향 마을이나 얼굴 한번 본 일이 없는 숙부님을 찾아뵐 일도 없었지요."

조카 녀석은 그게 오히려 당연한 일이 아니겠느냐는 듯 별 굴곡을 느낄 수 없는 어조로 말했다.

하지만 그 아들이 있었으니 의윤 씨의 죽음 뒤에는 그가 인생의 모든 것을 단념하고 섬으로 들어가 짝을 맺어 살아오고 아들자식을 낳아 기른 녀석의 어미가 있었다. 그리고 그 어미가 끊임없이 그를 졸라댔다. 어미 역시 죽은 남편의 유언대로 그 아들을 섬에서 내보내 새 인생길을 열어 살기를 두고두고 소망했댔다.

—네가 몰라 그렇지 이것은 사람 사는 꼴이 아니다. 내 죽기전 마지막 소원이다. 너만 이 섬을 나가준다면 이 에미는 그것으로 다른 아무 여한이 없을 게다. 그것으로 편안히 마지막 눈을 감을 수 있을 게다. 아버지의 고향에 작은댁 사람들이 계시니 길이 없는 것도 아니지 않느냐.

하지만 아들은 그 어미의 간절한 소망마저 끝내 외면을 하고 지냈다. 그리고 다시 10년 가까운 세월이 흘렀다.

그런데 근자 들어 그가 생각을 바꿔 먹지 않을 수 없는 일이 생겼다. 나이 예순 살을 넘어선 그의 어미 역시 그간의 약화(藥禍)로 병이 많이 깊어 여명(餘命)을 장담할 수 없게 된 처지에 그 아들에 대한 새 성화가 시작된 것이다.

—내 앞날이 길지 못한 것은 너도 아는 일이다. 나는 네 아버지처럼 이 섬 귀신들이 우글거리는 만령당으로는 안 간다. 살아

선 섬살이를 체념하고 살아올 수밖에 없던 인생이 죽어 귀신이 되어서까지 그곳으로 다시 갇혀 들어가야겠느냐. 이제는 네가 하루라도 서둘러 네 아버지의 뼈를 고향 선산으로 옮겨 모시고, 내가 죽거든 내 뼈도 그 곁에 함께 묻도록 해라. 너야 어쨌든 이 에미 애비만은 죽어 혼백으로나마 이 섬을 나가고 싶으니.

"이번에 제가 이렇게 여길 찾아온 것은 그래서 아버님과 어머니의 묘지 일을 의논드려보려 해서였습니다."

자신의 일이 아니라 부모의 묘지터 일로 제 아비의 옛 고향 마을과 고향집 사람을 찾아오게 되었노라는 마지막 고변이었다. 그리고 녀석은 거기서도 물론 별다른 기대나 확신을 못 갖는 심드렁한 얼굴이었다. 그간의 일에 대한 무슨 원망기나 요구의 빛 같은 건 더더욱 찾아볼 수 없었다. 그동안 간간이 눈길 속에 내비치던 뜻 모를 비웃음기나 도발기 같은 것도 시간이 지나면서 말끔 사라지고 없었다. 도대체 그간의 자기 인생사 모든 것을 지극히 온당하고 당연한 것으로 여기고 있는 녀석이었다.

하지만 서윤 씨는 그럴수록 더 마음이 아프고 무거웠다. 그리고 이 일을 어떻게 감당해야 할지 쉽게 갈피를 잡을 수가 없었다. 서윤 씨로선 당연히 돌아가신 형님의 유골을 서둘러 고향 선산 아래로 옮겨 모셔야 한다고 생각했다. 죽음을 눈앞에 두고 있다는 가엾은 형수의 뒷일을 위해서도 그 일을 하루바삐 서둘러야 할 처지였다. 그러나 그것이 아직 살아남은, 고인의 아우가 된 도리로 나이 먹은 그가 할 수 있는 일의 전부였다. 그의 형님이 생전의 마지막 소망을 묻고 갔고, 병든 형수가 그토록 갈망해온 조카아이 일에는 본인 자신도 별 관심이 없었고, 서윤 씨로서도 전혀 속수무책 꼴이었다. 죽은 형님에게나 살아 있는 형수에게나 그 만령당의 유골을 선산으로 옮겨 묻는 일은 그 당자들보다 녀석과 녀석의 앞날을 위해 더 큰 뜻이 있는 일이었다. 하지만 녀석의 태도나 심지가 그런 식이고 보니 서윤 씨는 도대체 그런 녀석과 제 아버지의 이장일을 어떻게 의논하며, 그것이 녀석에게 무슨 뜻이 있을 일인지, 게다가 녀석의 새 인생길을 어디서 어떻게 찾아 열어나가야 할 것인지, 그로서는 섣불리 엄두조차 내볼 수가 없었다.

서윤 씨는 다시 한동안 더없이 난감하고 침통한 느낌에 휩싸여 있을 수밖에 없었다.

그런데 알고 보니 그 모든 것은 오랜 세월 섬 안에 붙박이로 갇혀 살아온 녀석의 바깥세상에 대한 두려움과 깊은 불신감 때문이었다. 그리고 그 불신감과 두려움은 상상 이상으로 뿌리가 깊고 완강했다.

"그래, 내가 이제 와서 네 아버지나 너한테 해줄 수 있는 일이란 네 아버지의 유골이나마 하루빨리 이곳 선산으로 옮겨 묻어드리는 일뿐인가 보구나. 그러니 오늘이라도 어디 새 묏자리를 잡을 만한 데가 있는지 한번 산엘 가보겠느냐?"

서윤 씨가 고심 끝에 한숨기 섞어 말하고 그 조카를 건너다보았을 때였다.

"내키지 않으시다면 굳이 그러실 필요 없을 텐데요."

여태까지 그 무기력하기만 하던 태도와는 달리 녀석이 이번에는 서윤 씨의 제의를 노골적으로 되받아왔다. 얼굴을 짐짓 절반쯤 외면한 눈길에서도 모처럼 역력한 비아냥과 도발기가 느껴져왔다. 그리고 거기서 서윤 씨는 문득 녀석에 대해 지금까지 몰랐던 새로운 사실을 깨닫기 시작했다.

"무슨 소리냐? 내키지가 않다니. 그 일은 네 아버지의 일일 뿐 아니라 내 돌아가신 형님의 일이기도 하다."

서윤 씨가 모처럼 정색을 하고 나무라는 소리에 녀석은 이번에도 수긍의 대꾸 대신 새삼 또 엉뚱한 소리를 묻고 나섰다.

"돌아가신 제 아버님이 정말 어르신의 형님이 되는 분이신 건 분명합니까? 또 제가 정말 어르신의 조카인 건 맞습니까?"

연거푸 따지고 드는 녀석의 소리에 서윤 씨도 제풀에 다시 어정쩡한 해명 조 대꾸를 이어갈 수밖에 없었다.

"아니 지금 너 무얼 의심하고 있는 거냐? 내가 지금 네 아버지의 유골 이장을 위해 묏자리를 살피러 가자는 소리를 듣고도 그걸 아직 모르겠단 말이냐? 지금 와서 도대체 무얼 그리 의심한단 말이냐."

"그야 속마음은 아니면서도 마지못해 하시는 말씀일 수도 있을 테니까요. 섬에서 나서 섬에서 이 나이를 먹어오고, 집을 떠난 후론 한번도 그 고향 집에 다시 얼굴을 내밀어보지 못하고 돌아가신 아버님의 일을 알고 있는 제가 그걸 어떻게 금세 믿어버릴 수 있습니까. 그리고 어른께서 설령 그 유골을 선산으로 받아들여주신다 해도 아버님은 이미 당신의 말씀대로 이승의 일이 다 끝나고 떠나가신 저세상 사람이 아닙니까. 그게 아버님께 무슨 뜻이 있는 일이래도 그것은 아버님 당신의 일일 뿐 제 일은 아닌 거구요. 저는 아직 그럴 수 없습니다. 그리고……"

녀석은 숫제 패악 투 항변을 늘어놓다 말고 그도 다 부질없는 일이라는 듯 갑자기 말을 끊은 채 자기도 모르게 거칠어진 숨결을 가다듬고 있었다.

서윤 씨도 이젠 더 무슨 대꾸를 이으려다 말고 그쯤에서 그만 입을 다물고 말았다. 모처럼 열이 오른 녀석의 패악 투에 서윤 씨는 비로소 녀석의 깊은 본심이 역력히 지펴왔기 때문이었다.

녀석은 이미 서윤 씨가 짐작해온 것 이상으로 바깥세상과 그 바깥사람들의 일을 겁내고 있었다. 녀석이 그토록 제 어미의 간절한 소망을 외면한 채 그를 찾아오기를 꺼려해온 것도 실은 그 고향 사람들과 고향에서의 일을 두려워한 때문이었다. 고향 고을의 인척이 그 아버지나 자식을 두고 제 형님이나 조카가 아니랄까 봐, 제 핏줄이 아니랄까 봐, 그걸 의심하고 겁내온 때문이었다. 게다가 녀석은 제 핏줄을 알아봐준 숙부 서윤 씨의 말조차 믿으려 하지 않고, 제 아비의 유골을 선산으로 옮겨 묻는 일조차 새삼 부질없어하였다.

녀석으로선 어쩌면 그도 당연한 일일 수 있었다. 그러나 그것은 녀석의 본심이 아니었다. 손쉬운 발뺌이나 겉시늉이 아니라 녀석은 이쪽의 편안하고 그윽한 마음을 원하고 있었다. 제 아비의 고향 고을을 굳이 '이곳'이나 '여기'라 말하고, 제 숙부를 늘 '어른'이라 부르고, 그리고 끝끝내 방 안으로 들어가기를 마다한 채 마루 끝 자리를 고집해온 것도 모두가 그 때문이었음이 분명했다. 저도 모르게 튀어나온 갑작스런 항변 조나 순간순간 그 눈길을 스쳐가던 세찬 비아냥과 도발기 같은 것이 거꾸로 그것을 말해주고 있었다.

녀석에게는 말이나 일을 믿게 할 다른 무엇이 필요했다. 서윤씨는 그것을 새삼 뼈아프게 느꼈다. 그리고 그간의 사정이 어쨌든 그 형님네의 일을 무심히 묻어두고 지내온 그의 지난 세월에 대해 새삼 더 뜨겁고 무참스런 회한에 젖어들었다.

하지만 서윤 씨로선 녀석에게 그의 속마음을 전할 길이 없었다. 마음이 깊이 웅크러든 조카의 숨은 소망을 감당할 길이 안 보였다. 형 의윤 씨의 유골 일은 어떻게든 자신이 마무리를 지어줄 수도 있었지만, 단순하고 순박한 만큼 마음이 헐벗은 그 조카의 앞일은 길이 전혀 안 보였다. 그래 여태까지 부엌방 쪽 마루 끝에 걸터앉아 둘 사이의 이야기를 유심히 듣고 있다 때마침 자신도 무슨 말을 보태고 싶은 듯 스적스적 자리를 옮겨오는 아들아이를 두고 그 무거운 숙제뭉치를 떠넘기듯 질책기 섞어 말했다.

"그래, 너희는 서로 사촌 간이로구나. 그러니 내게 정 믿음이 안 간다면 저 길동이한테 너희가 사촌 간이냐 아니냐 물어봐라 이놈아. 그것이 네가 여기까지 마음속으로 물으러 온 말이 아니냐. 이제 와서 그것도 물어보기가 싫다면, 어디 너하곤 사촌 간도 뭣도 아니라 말해보거라."

(『창작과비평』 1998년 여름호)

씻김의 노래와 앓음의 그림

노대원
(문학평론가)

1. 기억의 풍경, 노년의 풍경

시간은 힘이 세다. 세상의 모든 우뚝 선 것들도 시간 속에서 허물어지고 만다. 싱그럽고 기운찬 것들을 젊음이라 이르지만 시간의 압제 앞에서는 속수무책이다. 봄날의 소년도 언젠가는 필시 가을날의 노인이 되어 세월의 덧없음을 증언하는 시간의 제물이 되고 만다. 그럼에도, 시간을 견디고 이겨내는 것들이 있다. 시간조차 굴복시키지 못하는 그것들은, 대개는 형체조차 지니지 않은 무형의 것들이다. 이를테면 기억이 그렇다. 추억이 그렇다. 따져 묻기 좋아하는 이들은 기억도 추억도 결국 시간 속에서 먼지처럼 흩어지고 지워져버릴 것이라고 반론을 제기할지도 모르겠다. 적어도 소설에서라면, 적어도 이청준의 『날개의 집』에 거두어진 이야기들에서라면 사정이 다르다. 이 기억의 집에는 시간의 폭풍을 견디어내고 시간의 어둠을 이겨내고 날아오르는 이야기의 날개가 있다. 그렇다고 이청준의 소설들이 시간을 거스르거나 과거를 박제로 만든다고, 시간을 영원 속에 정지시킬 수 있다고 순진하게 믿는 것은 아니다. 다만, 이청준의 소설들은 세월의 흐름과 세월의 무게를 누구보다도 섬세하게 감지해내면서도 시간을 새롭게 거듭 산다는 것이 무엇인지를 독자에게 일러준다.

그러기 위해 우선 『날개의 집』의 여러 콩트와 소설 들에서는 노년의 인물들이 몸소 살아내고 앓아낸 삶의 무늬들을 꺼내어 보여준다. 이를테면, 「나이의 짐」은 짧은 콩트지만 노쇠해가는 육신의 서글픔을 늘어가는 지참물들의 목록으로 아주 깊고 무거운 여운 속에 환기시킨다. 초로의 ㅂ씨는 어느 추운 겨울날에 오랜만에 나들이에 나섰다가 작은 머리빗, 돋보기 안경집, 장기 계통약, 거담제, 휴지말이, 담배와 라이터, 필기구와 메모지, 소형 계산기…… 따위의 잡다한 필요 소지품목들을 떠올린다. 결국 그는 문득 자신이 짐꾼으로 여겨진다. "지나간 삶의 여정 역시도 그 잡동사니들을 하나하나 더해온 과정에 다름 아니었던 듯한 느낌"(p. 59)이었다. ㅂ씨의 물건들은 신체가 쇠약해져가는 과정에서 자연스럽게 하나 둘 추가된 품목이기에 말 그대로 세월과 삶의 '무게'를 절실히 신체의 감각으로 받아들일 수밖에 없게 한다. 그레고리 베이트슨Gregory Bateson의 말처럼 장님의 지팡이는 장님에게는 신체의 일부이다. 나들이에 필수적인 소지품들은 ㅂ씨의 신체를 이루는 일부분들이고, 노년의 삶의 풍경을 이루는 인자들이다. 니체의 낙타 이미지처럼, 우리들은 무거운 짐을 지고 사막을 통과해나가는 고된 삶의 여정을 견디고 있는 것인가. '숙명의 짐무게'는 죽음을 맞이해서만 벗어버릴 수 있는 것인가. 우울하고도 무거운 질문이 던져질 수 있겠다.

나이 들어가면서 늘어나는 것은 육신을 지탱해줄 소지품만이 아니다. 거친 세파 속에서 언젠가는 필멸할 운명으로 한계 지워진 몸으로 나날을 살아가면서 우리는 상처의 목록들을 키워나간다. 나무에게 나이테가 있는 것처럼 사람에게는 얼굴의 주름이 있고, 나무에게 옹이가 있는 것처럼 사람에게는 대신 상처가 있다. 그 상처로 우리는 인생의 풍상과 깊이를 가늠하기도 한다. 그런데 이제 문학에서 상처라는 말은 어떠한가. 더 이상 마음의 울림을 일으킬 수 없는 낡고 감상적인 말로 전락하지 않았던가. 그럼에도 놀랍게도 '흉터'를 전면에 내세운 소설을 우리는 만났다. 이청준의 「흉터」이다. 이 작품은 그런 우려에 대한 탁월한 반례(反例)로, 상처에 대한 사유가 얼마나 아름다울 수 있는지 증명한다.

흉터는 상처보다 육체성이 더욱 짙게 밴 말이다. 흉터를 앞에 두고서 누구도 흉터의 주인이 받았을 고통의 체험을 부정할 수 없다. 흉터는 몸의 증언이며 생의 기록이다. 「흉터」에서 노인은 제 몸의 흉터를 "지나간 노인의 생애 중에 썩 소중스런 추억과 모험담을 담고 있는 재미있는 이야기의 비밀 열쇠구멍과도 같은 것"(p. 65)으로 여긴다. 그는 '상처 입은 이야기꾼the wounded storyteller'이 되어 몸으로, 몸에 관해 이야기한다.[1] 이야기의 생생한 체현embodiment이란 이런 것이다. 흉터를 찾는 일이 "보물찾기"가 될 수 있었던 것은 그것을 보기 흉한 기억이 아니라 자기 생애와 삶의 값을 더듬고 손자와 교감할 수 있는 소중한 매개로 받아들였기 때문이다. 노인은 제 몸의 상처를 열어 손자를 이야기로 초대한다. 상처는 선물이다. 그리하여 흉터를 귀하게 아끼고 사랑한다. 오히려 새로운 흉터와 이야기를 더 만들어내지 못하는 늙은 처지를 안타까워한다.

> 이건 어쩔 수 없는 내 운명의 인각이다, 내가 내 몸뚱이로 일구고 살아온 내 삶의 가장 정직하고 분명한 기록이다…… 부끄러움보다는 오히려 자랑스러움이 앞서게 된 게야. 그리고 그런 자랑스러움과 보람 속에 내 딴엔 그걸 이날까지 아끼고 사랑해온 게야. (p. 79)

노인은 흉터의 이야기로 삶을 끌어안고 아픔까지 껴안아 긍정한다. 그런 삶의 태도는 니체의 '운명애(運命愛)'와 공명한다. 물론 나의 상처(경험)가 모든 가치 판단의 준거가 될 때, 나의 상처가 타자의 존재를 지울 때, 나의 상처로 타인의 상처를 들여다보지 못할 때 그것은 하나의 억압적인 이데올로기로, 다시 말해 '흉터의 이데올로기'로 작동할 것이다. 이청준의 여러 소설들이 매섭게 비판해온 것처럼 그것은 자신의 '동상'을 짓는 행위와 결코 다르지 않다. 이청준 소설에 대한 이청준 식 독법이다. 이청준은

---

1) 아서 프랭크, 『몸의 증언』, 최은경 옮김, 갈무리, 2013 참조.

이 비판을 「가해자의 얼굴」에서 본격적으로 다룬다.

「기억 여행」은 늙어가는 것은 육신만이 아니라고 이야기한다. 이 콩트는 노년에 겪게 되는 기억의 상실 또는 역방향의 흐름을 다룬다. "늙은 사람은 과거 속에 산다는 말 그대로, 노인은 근래에 겪은 일들은 기억이 희미해진 대신, 세월이 많이 흘러간 옛일일수록 기억이 더 선명하고 회상도 손쉬웠다. 사람을 기억하는 것도 근년에 접한 면면보다는 오래전에 돌아가신 선대나 젊었을 적 이웃들에 대한 것이 훨씬 생생했다"(p. 38). 이종선 씨의 노모가 기억력을 잃어가는 과정에 관한 묘사는 사실상 『날개의 집』에 실린 여러 소설들을 직조하는 시간의 문법에 관한 자기 분석적 진술과 같다. 이 소설집에는 유난히 과거 회상과 추억에 관한 이야기들이 많기 때문이다. 미래로 열린 길이 가로막혔을 때 사람들은 과거로 발걸음을 돌린다. 앞으로 만들어나갈 이야기가 얼마 남지 않을 때 사람들은 과거로 돌아가 옛이야기 속에서 살아간다. 이청준의 다른 여러 노년 소설들 역시 그런 시간 여행을 떠난다. 특히 「기억 여행」은 늙어가면서 정신의 건강과 활력을 잃어가는 슬픈 상황을 오히려 유쾌한 아이러니 형식으로 비틀어 보여준다. 이종선 씨의 '고운 노망 연습'의 결과는 우스꽝스럽게도 노모의 치매를 다른 방식으로 반복한 것에 불과했던 것이다.

「도시에서 온 신부」는 고려장 설화의 현대적 변용이자 그 풍자적 패러디로, 역시 독자들에게 서글픈 웃음을 선사한다. 웃음은 희화화되는 두 노인의 곤경에서 일어나고, 서글픔은 자식들에게 버려진 노인들의 외롭고 쓸쓸한 처지에서 비롯된다. 웃음과 씁

쓸함이 팽팽하게 맞서며 혹은 긴밀하게 어우러져 이 짧은 이야기의 맛이 살아난다. 콩트 형식답게 독자의 허를 찌르면서 이야기는 서둘러 마무리된다. 그러나 이야기의 끝에서 독자들은 다시금 어떤 상상을 시작해볼 수 있을 것이다. 두 노인들의 만남은 외롭고 쓸쓸하게 남겨진 자들이란 점에서 오늘날 노인들이 겪는 비참한 정서를 증폭시키지만 한편으로, 두 사람은 '신부'이자 '신랑'으로 비유되지 않던가. 이야기가 끝난 뒤에 시작될 이야기에서, 어쩌면 그들은 서로를 향한 봄빛의 로맨틱코미디를 써나갈 수 있을지 모른다. 바흐친이 제시한 카니발적 이미지의 특성처럼, 여기서는 노년과 청춘이, 죽음과 사랑이, 버려짐과 함께함이, 비극과 희극이 상호모순적으로 공존한다. 이 이야기의 카니발적 아이러니는 그렇게 이중의 해석을 예비하고 있다.

2. 프로소포페이아의 글쓰기와 만남의 노래

『날개의 집』에 실린 소설들에서는 추억을 현재의 무대에 불러오는 회고담이 자주 보인다. 이를테면 「선생님의 밥그릇」과 「돌아온 풍금 소리」처럼 옛 은사들에 대한 추억과 그리움, 그들에게서 얻은 값진 교훈들이 따뜻하게 펼쳐진다. 오랜 세월 서로 만나지 못했던 이들이 재회하는 극적인 순간에 대한 묘사도 자주 눈에 들어온다. 망자(亡者)나 사라진 사람에 대한 추적과 탐색담 Quest Story은 이청준 소설 세계 전반에서 두드러진 서사 형식이다. 임권택 감독의 손길로 재탄생한 영화 「서편제」와 「천년학」으로 대중에게 널리 알려진 '남도 사람' 연작의 서사 또한 소리꾼 누이를 찾기 위한 여정이었다. 자서전과 소설 사이의 순수한 경계 장르limit genre인 '가위 밑 그림의 음화와 양화' 연작 중 「전짓불 앞의 방백」에서도 밝히고 있지만, 작가 이청준은 6·25 당시 유난히 주위에 가까운 육친들의 죽음을 목격해야 했다. 이십대 젊은 나이에 요절한 맏형에 대한 그리움은 그의 문학 세계를 형성하는 데 중요한 요인이었다. 형에 대한 추모의 독서가 그를 진중한 독자로 나아가게 했고 작가의 탄생으로 이끌었다.

> 나의 독서 버릇은 다락방 가득한 형의 책더미 속에서 일기장을 겸한 본격적인 독후감 노트를 찾아내게 됨으로써 더욱더 은밀스런 즐거움으로 변했다. 나는 언제나 그 형과만 지냈다. 책과 노트 속에서 형을 만나 그 형의 꿈과 소망과 슬픔들을 은밀히 이야기 들었다.
>
> 그리고 그 요절한 맏형을 위하여 그가 남기고 간 꿈과 소망과 슬픔까지도 내가 모든 걸 대신해 살기로 몇 번이고 몇 번이고 다짐을 하였다. (……) 그것은 일종의 형의 부활이었다. (……) 나는 그 형의 죽음과 부활로 인하여 사람이란 원래가 육신의 죽음만으로는 끝나지 않는 또 다른 생명이 있음을 본 것이다.[2)]

---

2) 이청준, 「어린날의 추억 讀法」, 『말없음표의 속말들』, 나남, 1985, pp. 197~99.

폴 드 만에 의하면, 프로소포페이아(prosopopeia, 활유법)는 부재하는 죽은 자 혹은 목소리 없는 실체를 부르는 허구적 행위로, 자서전은 과거의 '죽은' 사건들을 복구하기에 프로소포페이아의 범례다. 작가의 개인 신화라 할 수 있는 이 독서 체험기는 이중적인 자서전이며, 이중적인 프로소포페이아다. 프로소포페이아의 형식(자서전적 글-쓰기) 안에서 또 다른 프로소포페이아(삶-쓰기)가 포개어져 있다. 형이 남긴 책과 기록 등 유품을 읽는 일은 망자에게 입과 얼굴을 부여하는 일이기 때문이다. 이청준 소설에서 허다하게 발견되는 망자나 부재자의 기록을 탐독하고 추적하는 이 프로소포페이아 모티프 혹은 중층적 액자 구조는 작가의 자서전적 텍스트성autobiographical textuality으로, 이청준 문학의 근원을 짐작하게 한다.[3] 그러니, 정든 옛사람을 찾아 헤매는 소설들만 아니라 언어와 예술의 궁극과 이상향을 탐문하는 이청준 소설들에서 표출되는 앎을 향한 의지는 본래 사라져간 사람들을 향한 간절한 그리움으로부터 싹튼 것이라 해도 틀리지 않다.

「세월의 덫」에서 두 사람은 이별의 사건을 겪으며 헤어지게 되었지만, 진정 두 사람을 갈라놓은 것은 표제가 의미하는 그대로 '세월의 덫' 탓이다. 시간의 장벽은 두 사람이 같은 장소에서 서로의 얼굴을 마주 보고도 제대로 만나지 못하게 훼방 놓는다. 그 시간의 벽을 넘어 두 사람이 진정으로 마음으로 재회하기 위해

3) 노대원, 「이청준 소설의 자서전적 텍스트성」, 『국제어문』 제62집, 국제어문학회, 2014 참조.

서는 공동의 시공간만 아니라 공동의 제의라도, 씻김의 의식(儀式)이라도 마련되어야 할 터. 여기서 그 제의는 바로 둘이 불렀던 노래다. 이 노래는 이청준의 '남도 사람' 연작에서도 소리꾼 오누이가 나누는 소리에 비견된다. 이들은 노래와 소리의 다리를 건너 비로소 진정으로 만나게 된다. 소리를 나누며 응어리진 한(恨)을 씻어내고 풀어내며, 숙명적인 삶의 입구 속으로 다시금 걸어 들어가게 한다.

「돌아온 풍금 소리」에서 해변가 분교 시절 여선생의 노래 역시 한 인간을 기억하고 추모하는 일에 관련된다. 그녀의 불행한 죽음 자체가 "노래를 너무 좋아해서 노래를 쫓아다니다 노래를 부르면서……"(p. 130) 죽어간 것으로 상상될 정도였다. 동창회에 모인 사람들은 노래를 매개로 시간의 뒤안길로 사라져간 전영옥 선생을 다시금 만날 수 있게 된다. 모두가 하나가 되어 부르는 분교 시절의 교가 겸 응원가는 이념 갈등이 되었든 빨갱이 운운하는 레드 콤플렉스가 되었든 혹은 배반이나 속죄 의식이 되었든, 모든 반목과 모든 의심을 넘어서게 한다. 전 선생의 풍금은 단지 집단의 기억을 담고 있는 한 시절의 유물로 보존되는 것에 멈추지 않고 살아 있는 악기가 되어 부활한다. 풍금이 그렇듯 옛 분교의 교가는 풍금의 선율 속에서 화해로 가는 제의적 길을 열어놓는다. 노래 속에서 사실은 드러나지 않아도 진실은 감득되는 법. 노래와 소설, 나아가 참다운 모든 예술은 '사실'의 서늘한 드러냄이 아닌 공동체를 위한 '진실'의 회복에 기여한다는 점을 새삼 일깨운다.

이청준의 프로소포페이아의 글쓰기에서 망자와 부재자의 얼굴 찾기와 목소리 부여 행위가 중요한 까닭은 무엇인가. 타인을 향한 애도와 그리움은 사랑하는 이를 잃거나 잊은 자기 자신을 향한 회복의 명령이다. '당신이 지금 이곳에 없어서 나 또한 지금 이곳에 없어요.' 타인의 얼굴과 목소리를 거울삼아 주체는 자기 얼굴과 목소리를 얻기에 그렇다. 초혼(招魂)과 추모로써 그들을 부활시켜야 나 또한 부활할 수 있다, 살아갈 수 있다. 그것이 등단작 「퇴원」(1965) 이래로 줄곧 '자아망실증'에 맞서서 얼굴 찾기와 이름 찾기에 고투해온 이청준 소설을 유아론적 나르시시즘이 아니라 상호주체성의 윤리적 실천이라 이를 수 있는 근거다.

이름과 얼굴에 대한 사유는 「작호기(作號記)」와 「아우 쌍둥이 철만 씨」에서도 이어진다. 작가 자신의 호 '미백(未白)'을 짓게 된 사연을 담담히 고백하는 이야기가 「작호기」다. 이름이 부모에게서 물려받아 개입 여지가 비교적 적지만, 호는 자기 삶의 내력이 묻어 있는 데다 정체성을 새로이 부여하는 두번째 이름이다. 작품 서두에서 호의 준거나 취득에 따른 사연과 일화 들이 그토록 많이 소개되고 있는 이유이다. 미백이란 호는 노모 앞에서 느끼는 흰머리의 부끄러움에서, 즉 자기 자신으로부터 비롯한다. 하지만 그 호는, 모든 이름들 역시 그렇겠지만, 더욱 타인들을 위해 만들어진 것이고 타인들을 향한 이음매로 존재한다. 노모를 향한 애틋한 마음은 말할 것도 없고 애초에 별호를 만든 까닭이 과시욕이나 자기만족이 아니라 지기가 맘 편히 부르도록 하기 위해서였음을, 우리는 안다.

「아우 쌍둥이 철만 씨」에는 얼굴에 관한 이야기가 몇 겹으로 놓여 있다. 여기서 쌍둥이 형제는 얼굴로는 구분할 수 없을 만큼 닮았지만 성격과 행동은 전혀 다르다. 배길만을 생각해봐도, TV 속에서는 활달한 재담꾼이지만 실제로는 비사교적인 몽상가다. 빼닮은 얼굴의 생김새를 구분하는 것이나 손 모양새를 읽어내는 것보다 어려운 일은 보이지 않는 한 사람의 내면을 투명하게 들여다보는 것이다. 한 사람의 외면만으로 진정한 내면을 파악하기란 불가능하다고 결론짓는 것으로는, 그러나 무언가 소설을 덜 읽은 느낌이다. 게다가 사실은 허대수가 배길만의 쌍둥이 연기에 속았던 것인지, 그 진위 여부마저도 그다지 중요하지 않다. 그가 속은 것은 실은 자기 자신에게서가 아닐까. 한 인간은 하나의 얼굴만을 지녀야 한다는 편견 말이다. 바흐친은, 인간은 자기 자신과 일치하는 법이 전혀 없다고 힘주어 말했다.[4] 질 들뢰즈와 펠릭스 가타리는, 인간에게는 연속적인 변주만이, 변화 가능성만이 있다고 화답했다.[5] 그러니 얼굴과 다른 몸짓과 말짓이 있다고 그것이 예외적인 가면 쓰기라고 해서는 안 된다. 우리에게는 언제나 끊임없이 변화하고 생성하는 가면 이외에 따로 주어진 원본의 얼굴이 없기에. 잃어버린 얼굴과 목소리를 찾는 일은, 그래서 단지 과거로의 차이 없는 반복이 아니라 새로운 얼굴과 새로운 목소리를 찾는 미래로의 탐색 여정이다.

---

4) 미하일 바흐찐, 『도스또예프스끼 詩學: 도스또예프스끼 창작의 제문제』, 김근식 옮김, 정음사, 1988, p. 88.

5) 질 들뢰즈·펠릭스 가타리, 『천 개의 고원』, 김재인 옮김, 새물결, 2001, 4장.

3. 용서와 화해를 위한 자리바꿈, 그리고 물러섬과 열어나감

1990년대에 발표한 이청준의 콩트와 중단편소설 들은 노년의 풍경 속에서 추억과 회고를 다루거나, 예술가와 장인적 삶을 그리고 있어 당대의 시대적 맥락과는 다소 절연된 것으로 오해하기 쉬울 것이다. 그런 오해와 다르게, 이 소설집에 실린 여러 작품들은 지난 시대의 갈등을 풀어내기 위한 화해와 용서를 진지하게 고뇌하고 있다. 동구권 현실 사회주의의 붕괴 이후에도, 이념 갈등의 대립은 엄존하는 민족 분단의 현실 앞에서 끝나지 않은 문제로 인식되었던 것이다. 특히, 이 시기 이청준의 소설들은 사적인 일상 속에, 혹은 가족 내부의 대립 속에 사회적, 역사적 맥락에서 파악되는 갈등을 축약해두었다. 그것은 물론 에둘러가는 우회의 서사 전략이다. 하지만 한편, 그것은 공동체의 운명과 개인의 행복이 서로 무관하다는 의식이 팽배해져가는 시대적 상황에서, 미시적 일상의 흐름 속에서 역사적 문제를 환기시키는 서사 전략, 곧 현실에 근거한 서사 전략이다.

「세월의 덫」 그리고 『당신들의 천국』의 속편이나 외전 격으로 배치될 만한 「내가 네 사촌이냐」 등에서 재회와 화해를 사적인 차원에서 다루었다. 「돌아온 풍금 소리」는 사적인 회고 속에서 역사적 상처를 발견하면서 이념을 넘어서는 화해가 가능한지 타진했다. 이청준 소설에 나타나는 재회와 화해의 모티프들에서,

개인 또는 민족이라는 발생 국면의 차이와 구체성은 그다지 중요하지 않아 보인다. 그보다는 개인 대 개인이든, 집단 대 집단에서든 화해와 용서의 가능성을 이끌어낼 수 있는 섬세한 방법론적 탐구가 중요하다. 어렵게 발견된 화해와 용서의 길은 어디에서든 크게 다르지 않을 것이며 개인에게서든 집단에서든 유효한 의미를 지닐 것이다. 즉, 이청준 소설에서 화해와 용서의 길에서 중요한 것은 실현의 속도나 당위성이 아니라 윤리와 태도이다.

「뚫어」에서 고령의 이 원장은 중국 여행 중 변비증으로 심하게 고생을 겪는다. 그가 갖은 어려움을 무릅쓰고 여행에 따라온 것은 북한의 고향 무산골과 조금이라도 가까운 백두산 천지에서 고향을 바라보기 위해서라는 것이 후반부에 밝혀진다. 이 희비극적 콩트는 해소된 이 원장의 변비증처럼, 가로막힌 민족 화합의 길을 '뚫어'내자는 간절한 소망이 분명하게 담긴 이야기다. 그가 부르는 애절한 노래 「눈물 젖은 두만강」은 「세월의 덫」과 「돌아온 풍금 소리」의 노래들처럼 제의적 만남의 노래다. 하지만 이 원장의 노래는 이들과는 달리 진정한 만남과 온전한 화해에 도달하지 못한 채, 민족 분단 상황 속에서 부르는 결핍의 노래이다. 그 노래가 호소와 노여움기마저 뒤섞인 비가(悲歌)로 들리는 이유다.

「가해자의 얼굴」에서는 분단의 아픔을 치유하고 화해의 길을 모색하기 위한 사유를 본격적으로 보여준다. 이 소설에서 부녀간의 갈등은 단지 가족 내부의 사적 문제가 아니다. 이 갈등은 통일에 대한 염원을 모두가 지니고 있을지라도 체험 세대와 미체험 세대에 따라, 혹은 이념적 지향성의 차이에 따라 세부적인 의견차와 충돌이 존재할 수 있음을 시사한다. 실제로 이러한 문제들은 쉽게 해결되지 못하고 계속 우리 사회의 고질적인 갈등으로 남아 있다. 이청준이 부녀의 논쟁적 대화 속에서 치밀하게 전개해나가는 것은 가해자와 피해자의 변증법이다. 이 복잡한 변증법 속에서 용서와 화해를 향한 이청준의 고유한 방법이 제시된다. 바로 김사일의 입을 통해 대신 제시되는 '가해자 의식'이다.

> 수난자 의식은 그런 식으로 일정한 시간대를 거치면서 항상 새 가해자로 변신해가는 과정을 좇게 되고 그 수난자와 가해자의 자리를 번갈아가면서 복수와 보상, 억압과 수난의 악순환을 되풀이하게 되더란 말이다. 하지만 가해자 의식은 다른 가해자를 용납하려지도 않으려니와 더욱이 새로운 수난자를 요구하지도 않는다. 그것은 용서와 화해를 구하는 자기 속죄 의식을 덕목으로 하고 있기 때문이다. (p. 111)

가해자 의식의 핵심은 자기 속죄 의식으로 이해된다. 여기서도 이청준 특유의 내향성과 관념성이 엿보인다. 물론 그 내성(內省)과 관념은 윤리적 고뇌의 산물이며, 윤리적 실천으로 가는 지난한 방법론이다. 독자는 작가와 텍스트에게 묻고 대화하고 혹은 대결하려는 적극적인 존재인가? 그렇다면 적극적인 독자에게는 이런 질문이 남는다. 가해자 의식을 타인에게 권유하는 행위는, 어쩌면, 갈등과 충돌의 경험 속에서 고통받았고 상처 입었던 자들에 대한 이중의 폭력은 아닌가? 언뜻 보기에 가해자 의식은 원수를 사랑하라는 예수의 무한한 사랑의 가르침에 버금간다. 그 말은 거의 초인적인 노력의 자비를 요구하는 것은 아닌가? 아무리 아름다워도 실현 불가능한 이상적인 관념에 불과하다면 많은 이들에게 널리 받아들여지기 어려울 것이다.

우리는 이 비판을 관념의 언어 속에 그대로 놓아두어서는 안 된다. 우리가 어떤 싸움이나 대결의 끝에 적대자를 용서하고 화해했던 경험을 떠올려보자. 그때 우리는 "무고한 수난자의 자리에서 가해자의 괴로운 자리로"(p. 102) 완전히 자리 바꾸지 못했더라도, 적어도 내가 증오하는 가해자를 피해자의 자리에 두고서 그의 상처 입은 마음을 조금이라도 헤아려본 적은 있을 것이다. 달리 말해, 가해자 의식의 전(前) 단계인 셈이다. 가해자 의식이란 관념의 설계도 안에서만 존재하는 이상(理想)이 아니라 우리 삶의 체험과도 공명하는 살아 있는 윤리이자 지혜가 되어야 한다. 그렇다면 이렇게 정리해야 한다. 가해자 의식은 용서와 화해를 위한 이상적 당위가 아니라 오히려 그것의 근본 조건이라고. 이 소설에서 가해자 의식이란 말은 본래 전쟁과 분단의 이념적 대결 구도 속에서 제시되었다. 그러나 갈등과 대결이 벌어진 자리라면 어디든, 충돌과 폭력으로 고통스러운 자리라면 어디든, 가해자 의식의 실천이 필요한 자리가 될 수 있을 것이다. 누구든 절실한 마음으로 어긋난 관계를 회복하고자 한다면, 서로를 보듬기 위해, 자리바꿈을 위한 윤리적 변화가 선행되어야 한다.

이청준은 부녀간의 논쟁적 대화로 소설을 전개해나가고 있지만 당위와 논리만으로 가해자 의식의 실천 가능성을 쉽게 낙관하지 않는다. 부녀간의 행복한 화합이 아니라 딸 수진의 가출로 소설은 끝난다. 주로 체험 세대인 아버지 김사일의 관점에서 이야기와 논리가 진행되던 소설이 작중인물을 통해 스스로의 허점을 돌아보는 자기반성을 시도한다. 수진은 하직의 글에서 이렇게 꼬집는다. "게다가 아버지는 그 '물러서심'을 아시면서도 제 아픈 몸짓과 삶의 마당을 앞당겨 열어주기 위해 스스로 물러서실 생각은 없으시지 않아요……"(p. 120) 자리바꿈과 물러섬의 덕목을 핵심으로 하는 가해자 의식의 주체가 만약 당위와 논리를 앞세워 스스로 물러서지 않는다면? 그것은 이청준이 그토록 경계해왔던 자기 동상 짓기로 귀결될 독단적 행위이자 독백적 monologic 사고로 비판 받을 것이다. 또한 민족 화합과 통일의 '열어나감'을 힘 있게 추진해나가야 할 젊은 세대, 미체험 세대에게 또 다른 질곡이 될 것이다. 그래서 김사일을 "한번 더 괴로운 죄인 꼴로 만드는"(p. 121) 이 자조적 상황은, 소설이 쉬운 사유를 포기하고 어려운 길을 택했다는 것을 뜻한다. 진정한 용서와 화해란, 그리고 진정한 대화적dialogic 실천이란, 괴로운 '자리바꿈'과 '물러섬'을 몇 번이나 되풀이할 때에라야 힘겹게 도달해갈 수 있으므로.

4. 예인(藝人)과 장인(匠人)의 길, 그 먼 길을 걸어 날개의 집으로

『날개의 집』은 만남과 회복, 화해와 용서로 따뜻한, 소설의 집이다. 이 집에는 그리움과 너그러움이 한지붕 아래 모여 산다. 집이란 무엇인가? 무서운 바깥 세계로부터 우리를 안온하게 감싸며 지켜주는 것이 아니던가. 그래서 가스통 바슐라르는 말했다. 인간이란 세계에 내던져지기에 앞서 집이라는 요람에 놓인다고. 집은 최초의 세계이자 최초의 우주이므로, 인간은 언제나 그 원초적인 행복의 장소를 그리워한다. 더욱이 섬세하고 예민한 영혼의 소유자인 예술가와 장인에게 집이란 더욱 남다른 의미로 충만한 공간이 아니겠는가. 『날개의 집』을 읽는 마지막 열쇠말로 우리는 집을 꼽았다. 물론 그 집이란 쉽게 가닿을 수 있는 집이 아니다. 돈만 있다면 쉽게 소유하거나 건축할 수 있는 세속의 집도 아니다. 그 집은 먼 곳에 있고, 짓기 어렵다. 오히려 그런 이유로 더욱 가닿고 싶고 머물며 살고 싶은 욕망을 추동하는 소망의 집이다.

이청준 소설은 고향과 도회 사이에서 오래 머뭇거려왔다. 작가의 분신과도 같은 소설 속 작중인물들은 고향에서 쫓기듯 떠나와 아픈 기억과 더불어 회색의 도시에서 고단한 삶을 살아간다. 그들은 '남도 사람' 연작 중 「새와 나무」에 나오는 가련한 빗새처럼 둥지를 잃고 방황하는 나그네로서, 어머니처럼 품어줄 둥지 나무를 바란다. 「집터」는 귀향을 꿈꾸지만 살아서 그 꿈을 이루지 못한 인물에 관한 이야기다. 아버지의 유년 시절 친구 김삼수 씨는 10여 년이 넘도록 마치 "귀향길 연습"(p. 48)을 하듯 귀향을 간절히 원하면서도 정작 망설이며 실행에 옮기지 못한다. 결국 그는 죽어서야 생전에 그토록 바라던 해변가 소나무 숲 기슭 집터에 묻히게 된다. 짧은 콩트지만 이청준이 고향과 도회의 변증법 속에서 줄곧 그려왔던 현대인의 불행한 초상을 여기서도 발견하게 된다. 고향을 떠나 방황하는 나그네의 삶에는 작가의 체험이 담겨 있기도 하지만, 어머니-자연의 터전을 상실하고 (이청준의 단편소설 제목이기도 한) '잔인한 도시'에서 살아가는 현대인의 보편적 곤경이 우화적으로 서술되어 있다.

「목수의 집」은 소설가 허세훈을 중심으로 그와 주변 여러 인물들의 집과 고향에 얽힌 사연을 다층적으로 전개해나간다. 첫째, 월남민 김승조 노인은 분단의 현실로 인한 지독한 향수(鄕愁)를 달래려 고향 마을을 닮은 오지를 찾아다니는 여행벽을 얻게 된 인물이다. 둘째, 허세훈은 취재 노트 속 김승조 노인의 이야기를 소설로 쓰지 못한다. 작가에게 소설이란 언어로 짓는 집과 다르지 않다. 그는 근래 들어 소설의 집짓기에 곤란을 겪고 환멸을 느낀다. 더욱이 고향 찾기는 실향민에게만 해당되는 일이 아니다. 그 역시 고향살이 꿈에 마음을 빼앗겨 있다. 그러다 떠오른 인물이 셋째, 괴벽쟁이 목수 최봉수 노인이다. 그는 이청준의 외골수 장인형 인물들처럼 일평생 자신의 미적 가치를 고집스럽게 추구한다.

그에겐 집이란 사람이 먹고 자고 자식을 기르며 살아가는 일상의 보금자리요, 그 희로애락 과정과 형식의 표상이었다. 사람이 깃들어 살 수 없는 집, 그저 잠깐씩 드나들기나 하거나 이런저런 사람들 이름들만 사는 집, 그러면서 거꾸로 모셔야 하는 집, 그런 집은 그에겐 집다운 집이 아니었다. 그렇듯 무거운 건재를 쌓아 올려 규모를 크게 지은 집일수록 그에겐 그저 무겁고 속이 불편한 느낌, 가슴 썰렁한 두려움이 스쳐갈 뿐이었다. 부드럽게 품어주고 함께 흐르기보다는 세상살이에 어떤 큰 매듭을 짓고 우뚝 막아서는 것 같은, 건축 자체가 어떤 요란한 사건의 표상 같은 그런 집의 속내는 그가 깊이 알지도 못했고 지으려 하지도 않았다. (p. 271)

이 특유의 장인성을 평론가 이광호는 "외부적인 큰 가치들과 관계없이 자기 분야 내부의 자율적 가치를 중시하는 태도, 다른 가치로 번역될 수 없는 고유한 영역의 미적 가치를 절대화하는 것"[6]으로 정의했다. 교환가치에 의해 인간의 노동을 소외시키는 근대적 자본주의 생산체계 내에서는 분명 문제적인 가치 추구 방식이 아닐 수 없다. 이 한옥 명장은 자신의 집을 짓지는 않았으나 평생 동안 지어온 집들을 제 집처럼 여겼다. 나아가 세상천지를 자기 집으로 삼는 정신주의자다. 목수의 집은 "세상에서 가장 크고 아름다운 집"(p. 279)이다. 집의 장인에게 소설가가 부끄러움

6) 이광호, 「장인성 혹은 근대의 저편」, 이청준 『목수의 집』 해설, 열림원, 2000, p. 278.

을 느끼는 까닭은 무엇인가. 비단 그에 대한 의심과 노년의 집짓기에 대한 욕망 때문만은 아닐 것이다. 오늘날 소설 쓰기란 무엇인가? 씁쓸한 자조 속에서 "이 풍요로운 익명 시대의 같잖은 기명 작업"(p. 265)으로 인식되거나, '디지털 복제 시대의 수공업'을 기꺼이 감내할 만한 장인의 노동 윤리를 결여하고 있다면 결코 불가능할 재래식의 문자 건축업이 되지 않았던가. 오염된 고향 동네를 보고서 허세훈은 김승조 노인과 다른 의미에서의 실향민이 되고 만다. 그런 절망과 오기 속에서 만난 이들이 넷째, 해남의 우록, 땅끝 마을의 동천, 무등산골의 계산이다.

> 모두가 넓고 큰 집들이었다. 오연스러우면서도 따뜻하고 아름다운 집들이었다. 아니 그 집들은 우록과 계산과 동천이 각자 따로 깃들어 살아가는 별개의 집이 아니라 서로 간 공유의 집이었고, 그 모든 집들이 서로 함께 어우러진 하나의 큰 동네 집이었다. 동네가 크고 아름다운 집을 품고 있는 게 보였고, 그 집이 다시 동네를 크게 품고 있는 게 보였다. (p. 289)

서로 떨어져 있는 그들의 집이 사이좋게 이루는 상상 속의 마을은 말 그대로 이상향(理想鄕)이자 생태학적 공동체ecological community이다. 원래의 고향은 '땅심'과 '지덕' 그리고 '인심'으로 대변되는 생물학적, 문화적, 심리적 조화와 균형이 깨어져 잃어버렸다. 그 대신 유년의 고향이나 명장의 한옥으로도 넘볼 수 없는 "서로 함께 어우러짐"으로 아름다운 마을. 이 공동체의 상상적 탄생은 모두가 둥지 잃은 빗새의 신세가 된 현대인들에게 선사하는, 이청준의 소설적 제안이다.

다섯째, 해부학과 노교수가 시신을 기증한 뒤 유골 표본이 되어 그 '영생의 집' 앞에서 삼대가 함께 희한한 가족사진을 찍은 일이 있다. 허세훈의 아들은 그 이야기를 전하면서 시신 기증을 권한다. 그 권유에 응하는 대신 소설가는 지금껏 보고 들은 집의 이야기들을 자재 삼아 마지막 언어의 집을 마련하려 한다. 그에게, 소설이란 이루지 못한 꿈을 위해 대신 짓는 '마음의 집'인 까닭이다. 꿈의 대리 실현과 예술가의 책임을 두고 부자간에 공방이 오간다. 흥미로운 점은 이 논란에 대한 종합은 이 소설의 끝이 아니라 바로 「날개의 집」에서 얻어진다는 것.

「날개의 집」은, 예술가는 머나먼 길을 걸은 뒤에야 그 오랜 앓음의 삶 속에서 예술의 집에 당도할 수 있음을 설파한다. 장래의 꿈을 이리저리 살피던 어린 세민이 팽나무를 오른 일은 더 높은 곳으로 비상하려는 새의 날갯짓이 처음 시작된 순간이다. 예술적 충동이라 거창하게 부를 수 없다 해도 더 넓은 세상, 더 높은 세상을 향한 작고 어린 새의 비상이다. 나무에 오르다 떨어져 불구가 된 불행한 사고는 그가 '환부를 지닌 예술가'라는 저 오래된 신화에 제 이름을 기입하며 화업의 길을 걷게 된 중요한 계기였다. 들길에서 마주한 종다리들의 지저귐은 불구가 된 세민에게 신열기와 열패감을 안겨준다. 유독 더 심하게 앓고 난 뒤 이 새들의 형상을 그리게 된다. 새 그리기는 심신의 고통과 좌절을 승화하는 동시에 비상의 충동을 표출하는 격렬한 몸짓이었다.

화가보다는 농사꾼에 가까운 스승 유당의 가르침에는 이청준적 장인과 예인 들의 목소리가 어른거린다. 다만, 유당이 그들과 다른 것은 전문 분야의 기예를 고집스레 갈고 닦기보다는 삶과 생업의 달인이 됨으로써 그 길〔道〕에 도달하려는 데 있다. 그리하여 조급하게 '날개' 달기를 꿈꾸는 제자에게 스승은 '땅과 흙'에 머물도록 한다. 예술의 천상에 닿기를 성급하게 희원하는 세민에게 스승은 그 열기를 누르고 고된 노동과 일상이 자리한 지상의 삶에서 예술이 아닌 마음공부와 사람 공부, 일 공부를 앞세워 사랑을 배우도록 한다.

> "서두를 것 없다. 그림은 손으로 그리는 것이 아니라, 마음과 몸 전체로 그리는 것이다. 마음속에 그리고 싶은 것이 자라 오르면 손은 그것을 따라 그리는 것뿐이다. 손 공부가 급한 것이 아니라 마음공부, 사람 공부, 세상일 공부가 더 소중한 것이다. 그러니 너는 지금 손 공부보다도 더 큰 그림 공부를 하고 있는 것이다. 작은 손 공부에 조급하게 마음이 매달릴 것 없다." (p. 225)

스승의 깊은 가르침에도 불구하고 사제 간의 인연은 파국(破局)을 맞는다. 이 파국은 의미 없는 깨어짐이 아니다. 지양과 고양을 위한 깨어남〔覺醒〕이다. 훗날 세민이 이룬 예술적 성취는 스승을 사다리 삼아 오른 나날들이 있었기에 가능했다. 예술가 소설에서 사제간 불화의 모티프나 청출어람(青出於藍)은 낯설지 않다. 예술이란 근본적으로 새로운 '열어나감'이 없다면 유지되지 않는 이상한 제도인 탓이다. 자신이 발 딛고 있는 토대를 부정하고 갱신하지 않는다면 그 예술은 죽은 것이 된다. 새로운 세대의 '헤맴'과 자기부정은 선대의 가르침 혹은 제도적 관습과 서로 공존하며 길항하는 예술의 근본 동력이다. 「날개의 집」과 「목수의 집」처럼 예술가소설뿐만 아니라 「가해자의 얼굴」 같은 통일과 평화 지향의 소설에서도 사제 간, 세대 간 혹은 부자간, 부녀간의 논쟁이 서사화되는 것은 상호 간의 화해 불가능성을 그저 비관하기 위해서는 아닐 것이다. 그보다는, 예술이든 사회에서든 양자의 상생 · 상극의 역동적인 대화 관계를 인정하고 그 종결 없는 열린 대화의 가치를 옹호하기 위해서가 아닐까.

자기 자신을 넘어서 자기 자신을 만들어나가야 하는 역설이 예술의 핵심이다(삶을 예술로 보는 이들에겐, 그것은 삶의 핵심이다). 세민은 스승과 대화하고 대결했을 뿐 아니라 스스로와도 대화하고 대결해왔던 것이다. 그것은 배움만이 아닌, 실제 앓음으로 얻어낸 앎이다. 그 앓음의 앎은 고된 노역과 지병의 아픔 가운데서 길어 올린, 삶과 예술의 정수이다. 어린 시절 신열기를 동반한 심신의 앓음보다 더 높은 경지다. 그의 그림에서 드높은 새의 비상은 괴로운 소의 형상과 더불어 있었다. "눈부신 자유, 황홀한 꿈"이자 "뼈가 시린 자유, 황홀한 절망"(p. 254)이었다. 아픔과 앓음이 낙원을 낳는 기이한 역설과 비의! 그 그림은 한평생 소망하던 예술의 현실태였다. "중생이 앓으니 나도 앓는다. 마지막 중생의 아픔이 나으면 나도 나으리라"(p. 256). 유마힐의 저 법어(法語)는 그를 더욱 깊고 넓은 예술의 경지로 데려간다.

"그래, 그게 내 그림의 숙명이라면 두고두고 더 앓아내도록 해 보자. 할 수만 있다면 이 땅과 사람살이의 아픔을 다 그림으로 앓아버려서 다른 사람들 눈에는 오직 충만한 평화와 기쁨의 빛만 남아 보이도록." (p. 256)

앓는 소가 꾸는 새의 꿈은 그렇게 더 멀고 더 높은 하늘로 비상한다. 예술가의 꿈, 그리고 사회를 향한 예술적 윤리와 책무의 행복한 종합이 분명 그 하늘의 어느 편엔가 이루어질 것이다. 이청준 소설이 도달한 경지가 이와 같다. 그런데, 이토록 넉넉하고 너그러운 소설의 집에 머물고도 마음이 그리 개운하지 못한 까닭은 무엇인가. 이청준 소설은 독자들에게, 당신들은 앓음의 삶 속에서 자신의 길을 묵묵히 걸어가고 있느냐고, 진정 자기만의 고유한 집을 짓고 있느냐고 심문한다. 작가 이청준이 자신의 소설이 독자들에게 수면제가 아니라 각성제가 되기를 바란 뜻은 이와 다르지 않다. 저마다 나날의 치열한 삶과 앓음 속에서 얻어진 흉터를 어루만지며 유일한 나 자신의 삶을 건축하기, 그리하여 세계라는 더욱 거대한 집을 열어나가며 사랑하는 일. 그 일이 독자들에게 남겨졌다.

〔2015〕

텍스트의 변모와 상호 관계

이윤옥
(문학평론가)

「세월의 덫」

| **발표** | 『계간문예』 1991년 겨울호.

| **최초의 단행본 수록** | 『가해자의 얼굴』, 중원사, 1992.

1. 실증적 정보

– 초고: 육필 초고가 남아 있다. 초고의 표제는 「세월의 덫」이 아니라 「두 자매」이다.

2. 텍스트의 변모

1) 『계간문예』(1991년 겨울호)에서 『가해자의 얼굴』(중원사, 1992)로

– 8쪽 12행: 하고보니 → [삭제]

– 10쪽 15행: 가로저어버리고 있었다. → 가로저어버린다.

– 10쪽 17행: 내던지고 말았다. → 내던졌다.

---

* 텍스트의 변모 과정을 밝히면서는 원전의 띄어쓰기 및 맞춤법을 그대로 살렸다.

- 12쪽 21행: 없는 일이지만…… → 없지만……
- 15쪽 17행: 늘 함께 → 함께
- 16쪽 5행: 때였다. → 때—.

2)『가해자의 얼굴』(중원사, 1992)에서『벌레 이야기』(열림원, 2002)로

- 14쪽 11행: 더 → 갈수록 더
- 20쪽 23행: 도중에 → 중에

3. 소재 및 주제

1) 피곤기: 삶의 피곤함은 외로움의 다른 이름이다. 외롭다는 말을 입에 달고 사는「별을 보여드립니다」의 '그', '남도 사람' 연작의 사내 등, 이청준의 인물들은 초기작부터 외로워서 피곤한 사람들이 매우 많다. 그들은 삶의 무게를 홀로 견디며 살아야 하기 때문에 늘 피곤기에 절어 있을 수밖에 없다(7쪽 17행).

2) 죽지 않는 노래: 이청준의 소설에는 오랜 세월이 지나도 죽지 않는 노래에 대한 기억이 종종 나온다. 그런 경우 다른 기억들을 바래게 하고 사라지게 만드는 시간도 노래에게는 아무 힘이 없다. 노래는 시간의 흐름 속에서 여전히 싱싱하게 살아 있다. 노래의 불멸성은「세월의 덫」이 보여주듯 어떤 인물에게는 빛이면서 동시에 평생을 지배하는 사슬이 된다.『흰옷』「빛과 사슬」등(17쪽~19쪽).

「선생님의 밥그릇」

| **발표** |『경향신문』1991년 11월 17일.

| **최초의 단행본 수록** |『가해자의 얼굴』, 중원사, 1992.

1. 텍스트의 변모

1)『경향신문』(1991년 11월 17일)에서『가해자의 얼굴』(중원사, 1992)로

- 21쪽 22행: 선생님은 그것을 차례대로 시키시지 않으셨다. → 〔삭제〕
- 22쪽 15행: 엉뚱하게 청소당번을 하게 되는 → 엉뚱한

2. 소재 및 주제

– 감싸기: 수필 「사랑과 화해의 예술, 혹은 새와 나무의 합창」에 보면, 「선생님의 밥그릇」은 이청준이 실제 겪은 일이 아니라 언짢았던 기억을 감싸고 견디려는 소망을 담은 이야기다.

–「사랑과 화해의 예술, 혹은 새와 나무의 합창」: 점심 도시락을 싸오지 못한 허물을 물어 억울한 벌 청소까지 시켰던 옛 중학교 교직 시절 담임반 제자를 위해 평생 동안 끼니의 절반을 덜어 놓는다는 '선생님의 밥그릇' 이야기들은 사실이기보다도 그만 신세 짐의 기억이라도 있었으면 내 마음이 한결 유족해질 것 같은 원망(願望)을 쓴 격이었으니까.

「작호기」

| **발표** | 『경향신문』 1991년 12월 29일.

| **최초의 단행본 수록** | 『가해자의 얼굴』, 중원사, 1992.

1. 실증적 정보

1) 초고: 제목에 '白也와 未白'이 함께 쓰인 육필 초고가 남아 있다.

2) 전기와 연관성: 이청준의 호(號)는 미백(未白)이다. 「작호기」는 이청준과 친구 김연식 사이에 있었던, 호 짓기 일화가 바탕이 된 글이다. 이청준은 발표작에 덧붙인 '작가의 말'에서 김연식을 통해 '모정과 우정을' 다시 느꼈다고 고백했다.

– 작가의 말: 진득한 친구는 허물어지기 십상인 우리 살이를 슬쩍 메워준다. 그는 짐짓 아닌 듯 말을 던지지만 그 말 속에 얼마나 많은 배려와 마음씀이가 담겨 있는지 지나보면 알게 된다. 그런 사람과 사귀다보면 내 삶도 절로 단단해져가는 것 같다. 그 친구를 통해 빼저린 모정과 우정을 다시금 느꼈다.

2. 텍스트의 변모

–『경향신문』(1991년 12월 29일)에서『가해자의 얼굴』(중원사, 1992)로

– 33쪽: 연 구분이 없던 시「마량정경」이 총 6연으로 나뉜다.

3. 인물형

– 유당: 백야 김연식이 '나'에게 권한 호는 '유당'이다. 유당은「날개의 집」에서 세민의 화업을 이끄는 스승이다.

「기억 여행」

| **발표** | 1991년.

| **최초의 단행본 수록** |『가해자의 얼굴』, 중원사, 1992.

1. 실증적 정보

– 초고: 육필 초고가 남아 있다. 초고의 표제는「노망 2代」이다.

– 전기와 연관성: 이청준은 치매에 걸린 어머니를 소재로『축제』등 여러 소설과 동화, 수필을 썼다.「기억 여행」에서 이종선의 어머니가 나이를 거슬러 자꾸 어려지는 모습은 수필「꽃처녀 시절로 돌아가신 어머니」에 나오는 이청준의 노모, 동화『할미꽃은 봄을 세는 술래란다』의 은지 할머니 그대로이다. 은지는 이청준의 딸 이름이다.「꽃처녀 시절로

돌아가신 어머니」에서 노모는 인자한 시어머니의 저녁 끼니를 걱정하고, 눈이 빠지게 기다리고 있을 부모님께 돌아가려고 옷보퉁이를 싸들고 나가기도 한다. 그 어머니의 기억이 지워지는 순서는 가까운 일에서 먼 옛날 일 쪽으로 거슬러 올라가는 과정이기도 하다. 이청준에 따르면 그것은 어머니가 살아온 지난날의 생애를 현재에서 과거 쪽으로 다시 한 번 거꾸로 사는 것이다(38쪽 20행, 41쪽 4행).

–「꽃처녀 시절로 돌아가신 어머니」: 또 한번은 근자, 당신이 어느 날 작은 옷보퉁이를 싸들고 어디론지 바삐 사립을 나서신 일이 있었다. 낌새가 심상찮아 내가 급히 뒤를 쫓아가 어디를 가시는 길이냐고 물으니, 노인은 무언가 하염없는 눈길로 먼 산등성이 너머의 구름 비낀 하늘 쪽을 바라보다간, "인자 우리집에 갈란다. 내가 너무 넋을 빼고 놀다가 우리 엄니 아부지 날 기다리시느라 눈이 다 빠지시겄다." 꿈결 속처럼 중얼거리며 그 손보퉁이를 새삼 소중하게 끌어안으시는 것이었다. 그런데 그때 노인의 눈길이 이끌린 산등성이 너머 쪽은 우연인지 어쨌든지 정말로 내 옛날의 외가 동네 쪽이 분명했던 것.

2. 인물형

– 이종선: 「뚫어」에는 이종선, 『흰옷』에는 황종선이 나온다.

3. 소재 및 주제

– 치매: 이청준은 2003년에 발표한 「꽃 지고 강물 흘러」에 이르기까지 치매를 앓는 노인을 여러 작품에서 다루었다. 그는 데뷔작 「퇴원」의 위장병을 시작으로 '어떤 병증과 진료 과정을' '우리 사회의 일반적 병리 현상이나 정치적 억압상을 드러내려는 아이러니나 알레고리의 수단으로 활용하는 경우가 많았다.' 치매도 마찬가지다. 치매는 '기억력을 자꾸 잃어가면서 그 기억이 아직 지워지지 않고 있는 과거 어느 시절의

삶으로 돌아가 사는 모습일 뿐' 다른 것이 아니다.

– 수필 「사회 병리와 인간학의 은유」: 근래 들어 병리학적 진상이 규명되어 가는 노인성 치매 현상이 다뤄지는 《축제》와 〈기억 여행〉들의 화두는 인간의 삶과 죽음의 사회학 혹은 윤리학 쪽에 닿아 있으며,

「집터」

| **발표** | 1991년.

| **최초의 단행본 수록** | 『가해자의 얼굴』, 중원사, 1992.

1. 실증적 정보

1) 초고: 육필 초고가 남아 있다.

2) 이전 발표 작품과 연관성: 이청준의 자전적 요소가 강한 소설 「해변 아리랑」에는 시인 이해조가 나온다. 그가 죽어서 고향에 돌아와 묻히는 과정은 「집터」의 김삼수가 겪는 과정과 닮았다.

2. 소재 및 주제

1) 귀향연습: 「집터」에서 김삼수의 잦은 귀향은 모두 짧은 방문에 그친다. 그는 결국 죽어서야 완전히 귀향할 수 있다. 이청준의 인물 중에는 초기작부터 고향과 타향, 시골과 도시 사이에서 무수한 떠남과 돌아옴을 반복하는 경우가 많다. 작가는 그것을 '귀향연습'이라 부르고, 같은 이름의 소설을 한 편 쓰기도 했다. 고향을 떠나 사는 사람에게 고향은, 어머니의 품처럼 세상살이의 피곤함을 씻어주는 자정력을 지닌 곳이다(48쪽 8행).

– 수필 「삶으로 맺고 소리로 풀고」: 그래서 나는 다시 고향을 떠나 서울로 돌아오고, 서울을 떠나 다시 고향으로 돌아가는, 떠남과 돌아옴의 왕복연

습 과정에 살고 있는 것이다./그런데 그 왕복연습은 결국 무엇을 위함인가. 말할 것도 없이 마지막엔 고향으로 돌아감이 목적일 것이다.

2) 집터: 무덤은 삶을 끝낸 사람이 영원한 잠을 자는 안식처다. 그래서 묘터는 집터이고 무덤은 집이라 할 수 있다. 「집터」뿐 아니라 「해변 아리랑」「새가 운들」「눈길」 등에서 묘터는 집터로 묘사된다.

-「새가 운들」: i) 노인의 방 선반 위에 커다란 소나무관 하나가 길게 얹혀 있었다. 노인의 집(노인은 한사코 그걸 당신의 집이라고 말했다)이라는 것이었다. ii) 아직도 노인은 조상들의 무덤과 당신의 집터 근처만 맴돌고 있는 모양이었다. 그리고 그 집터가 마음 놓고 뼈를 묻고 당신의 땅이 될 날이 오기를 고대하며, 그 땅을 지키면서, 그를 기다려온 모양이었다.

-「눈길」: 동네 뒷산 양지바른 언덕 아래다 마을 영감 한 분에게 당신의 집터(노인은 당신의 무덤 자리를 늘 그렇게 말했다)를 미리 얻어놓고 겨울철에도 날씨가 좋으면 그곳을 찾아가 햇볕 바라기를 하다 내려온다던 노인이었다.

-「해변 아리랑」: 바닷가 산밭에는 다시 묘지들만 고즈넉했다. 살아서 일찍 고향을 떠난 사람들이 죽어 다시 만난 혼백들의 집터였다.

「도시에서 온 신부」

| **발표** | 1991년.

| **최초의 단행본 수록** | 『가해자의 얼굴』, 중원사, 1992.

「나이의 집」

| **발표** | 1991년.

| **최초의 단행본 수록** | 『목수의 집』, 열림원, 2000.

「흉터」

| **발표** | 『현대문학』 1992년 2월호.

| **최초의 단행본 수록** | 『가해자의 얼굴』, 중원사, 1992.

1. 실증적 정보

1) 초고: 육필 초고가 남아 있다.

2) 수필 「아름다운 흉터」: 승준의 할아버지 몸에 있는 흉터는 이청준이 가진 흉터와 같다. 「흉터」의 원화를 담고 있는 이 수필은 흉터가 무엇을 뜻하는지 보여준다. 우리 삶의 단단한 마디이자 숨은 값인 흉터는 '자신의 삶을 늘 겸손하게 되돌아보고, 참삶의 뜻과 값이 무엇인가를 새롭게 비춰보는 거울'이다. 그러니 '자기 흉터엔 겸손한 긍지를, 남의 흉터엔 위로와 경의를, 그리고 흉터 많은 우리 삶엔 사랑의 찬가를 함께 할 수 있기를!'(62쪽 16행, 66쪽 5행, 75쪽~77쪽).

– 「아름다운 흉터」: 나의 두 손등과 손가락들에는 세 종류의 흉터가 선명하게 남아 있다./초등학교 1학년 때 첫 소풍을 가기 전날 오후 마음이 들뜨다 못해 토방 아래에 엎드려 있는 누렁이놈의 목을 졸라대다 졸지에 숨이 막힌 녀석이 내 왼손을 덥석 물어뜯어 생긴 세 개의 개이빨 자국 세트가 하나. 역시 초등학교 5학년 때쯤 남의 산으로 나무를 하러 갔다가 조급한 도둑톱질 끝에 내 쪽으로 쓰러져 오는 나무둥치를 피하려다 마른 가지 끝에 손등을 찍혀 생긴 길다란 상처 자국이 그 둘, 고등학교엘 다닐 때까지 방학이

되면 고향집으로 내려가 논밭걷이와 푸나무를 하러 다니며 낫질을 실수할 때마다 왼손 검지와 장지 손가락 겉쪽에 하나씩 더해진 낫 상처 자국이 나중엔 이리저리 이어지고 뒤얽히며 풀려 흐트러진 실타래의 형국을 이루고 있는 것이 그 세 번째 흉터의 꼴이다.

3) 전기와 연관성: 승준의 할아버지는 몸에 난 흉터뿐 아니라 나무를 잘 타서 '염소'라는 별명을 가진 것도 이청준과 일치한다(68쪽 2행).

– 수필 「나무들도 흐르고 떠나간다」: 하지만 그것은 내 나무 오르기의 시작이었고, 그로부터 나는 집안 식구들로부터 '염소새끼'라는 별명과 함께 심한 책망을 자주 들었을 만큼 가는 가지 끝까지 위태로운 나무타기를 좋아하게 되었고, 그런 가운데에 때로는 한나절씩 우거진 잎새 사이에 숨어 익은 팽열매를 따 먹으며 마을 밖 멀리까지 트인 넓은 조망을 즐기곤 하였다(지상에서와는 다른 그 조망의 즐거움은 졸작 「날개의 집」에서 톡톡히 써먹은 바 있다).

4) 이전 발표작품과의 연관성: 「현장사정」의 지인호는 왼손 집게손가락에 '흉터 여러 개가 이리 이어지고 저리 이어져서 마치 지렁이처럼 엉켜 붙어' 있는 징그러운 흉터를 지닌 사람이다. 낫에 베인 무수한 상처가 만든 그 흉터를 '아는 사람은 금세 알아'본다.

– 「현장사정」: "그럼. 이런 흉터는 왼쪽 집게손가락뿐이지. 어쩌다 조금씩은 엄지나 중지까지 번져간 사람도 있지만 말야."/"그게 무슨 뜻이지?"/"낫질은 오른손으로 하거든. 왼손으론 보릿대나 풀포기를 걷어쥐면서 말야."

2. 텍스트의 변모

–『현대문학』(1992년 2월호)에서 『가해자의 얼굴』(중원사, 1992)로

– 62쪽 19행: 할아버지는 → 노인은

– 62쪽 21행: 노인도 → 그 역시

– 78쪽 5행: 그랬기로 → 그 대가로

– 78쪽 7행: 있긴 했지만 → 있었지만

– 79쪽 11행: 기회가 → 시절이

– 82쪽 12행: 이루고 있음을 → 이루어갔음을

「가해자의 얼굴」

| **발표** | 『월간중앙』 1992년 5월호.

| **최초의 단행본 수록** | 『가해자의 얼굴』, 중원사, 1992.

1. 실증적 정보

1) 초고: 육필 초고가 남아 있다.

2) 수필 「통일을 향한 문학」: 2001년 단행본에 「가해자의 얼굴」의 '작가노트'로 실렸다. 이청준은 이 글에서 '통일'이야말로 우리나라와 민족, 문학에 있어서 절대 명제이지만, '6 · 25의 실상이나 비극성, 그를 전후한 민족 내부의 사상적 대립과 이념의 갈등상 같은 문제를 다룬, 분단 극복 혹은 통일 지향적인 소설들을 별로 자주 써오지 못한 처지'라고 고백한다. 그 이유는 분단과 대립 상황에 대해 사실적이고 보편적인 이해 위에 작품을 써야 되는데, 그에 대한 이청준의 이해나 체험이 너무 일방적이었기 때문이다. 세상사의 이치를 제대로 헤아리기 어려운 나이에 불시에 '수난을 당하는 처지'에서 겪은 경험은 '북쪽과 그 체제에 대한 뿌리 깊은 공포와 피해 의식을 심어놓게 된 것'이다. 또한 그런 형편에서 분단이나 통일 문제를 다룬 소설을 시도한다면 어쩔 수 없이 공포감과 피해 의식에 쫓겨 일방적인 가해자나 수난자의 얼굴들만 그리게 될 것이기 때문이다. 하지만 그는 통일 지향의 소설까지는 아니라도 나름대로 도전과 지향의 다른 양식을 모색하며 세 가지 새로운 발상의 전환

을 꾀해본다.

첫째는 '북녘 인민들'의 실상이 우리 소설의 새 과제가 될 수 있지 않을까 하는 생각.

둘째로, 좌우간(左右間) 남북간의 화합과 통일 지향의 소설에서 우리는 이제 서로가 수난자의 처지보다 가해자의 처지에 서보는 것이 어떨까 하는 생각.

마지막 세번째로, 이는 새삼 다시 들춰 말할 필요도 없이 지금까지 우리 소설이 힘을 많이 기울여온 터지만, 이후엔 더욱더 힘차고 화창한 개성의 문학을 꽃피워나감이 어떨까 하는 생각.

이청준이 「가해자의 얼굴」 이전에 발표한 6·25나 분단에 대한 소설은 「개백정」 「숨은 손가락」 「흰 철쭉」 등이 있다. 「개백정」은 '어떤 이념적 동기나 명분에도 불구하고 전쟁 자체는 항상 맹목적 적개심과 무자비성 그리고 절망적인 파괴력을 유감없이 발휘하는 그 비극적 폭력성에서 어느 쪽도 결코 예외일 수가 없다는 생각을 쓴' 소설이다. 「숨은 손가락」은 '이념과 사상의 대립에서보다도 그것을 빌미로 한 사람들 내부의 무지하고 추악한 재물욕과 권세욕, 그에 따른 잔인스런 배반과 복수극이 빚어낸 인간계의 비극상' '이데올로기의 상충이나 역사적 인과관계 등 그 전쟁에 대한 큰 이해의 틀에 한 작은 세목을 덧붙여보고자 하여 쓴' '시골 6·25의 이야기'다. 그런가 하면 「흰 철쭉」의 바탕은 '민족의 재결합과 통일에 대한 지극한 열망에도 불구하고 그 시기가 너무 늦어져 이 백성들의 삶과 역사에 더욱 큰 상처를 남기게 되는 것이 아닌가 하는 의구심'이다.

3) 수필 「씌이지 않은 인물들의 종주먹질」: 「가해자의 얼굴」을 쓰게 된 동기와 일화가 들어 있다.

– 「씌이지 않은 인물들의 종주먹질」: 그런데 그 C 선생의 중학생 적 모습이 이후 바로 내게로 옮겨 와 마음속에서 끈질기게 나를 볶아 댔다. 그리고

근 10년간을 들볶이다 못한 나는 1992년 마침내 그 중학생 C와 당시의 늙은 C선생 이야기를 〈가해자의 얼굴〉이라는 소설로 써내기에 이르렀다.

2. 텍스트의 변모

1) 『월간중앙』(1992년 5월호)에서 『가해자의 얼굴』(중원사, 1992)로

- 93쪽 12행: 콧소리 → 호소기
- 112쪽 20행: 치열한 → 가열찬
- 116쪽 21행: 고모부 → 고숙

2) 『가해자의 얼굴』(중원사, 1992)에서 『숨은 손가락』(열림원, 2001)으로

- 112쪽 5행: 6·25전란 → 6·25전쟁

3. 인물형

1) 사일: 「웃음 선생」에도 마사일이라는 특이한 이름을 가진 인물이 있다.

2) 수진: 「침몰선」「들어보면 아시겠지만」「여름의 추상」에 다양한 수진이 있다.

4. 소재 및 주제

1) 선택의 불가능: 전쟁의 와중에는 많은 사람들이 이편도 저편도 선택할 수 없는 곤경에 빠진다. 이청준의 여러 소설에서 번쩍이는 전짓불은 선택의 불가능성을 가장 잘 나타내준다(96쪽 18행, 98쪽 9행).

2) 자기 견딤: 김사일의 불안스런 자기 견딤은 부끄러운 자기 과거를 정면으로 응시하고 후회와 속죄를 통해 극복하려는 과정이다. 「병신과 머저리」의 형도 이런 과정을 거쳐 오랜 환부를 치유한다(105쪽 8행).

- 「병신과 머저리」: 비로소 몸 전체가 까지는 듯한 아픔이 전해왔다. 그것은 아마 형의 아픔이었을 것이다. 형은 그 아픔 속에서 이를 물고 살아왔다.

그는 그 아픔이 오는 곳을 알고 있는 것이다. 그리하여 그것을 견딜 수 있었고, 그것을 견디는 힘은 오히려 형을 살아 있게 했고 자기를 주장할 수 있게 했다.

3) 가해자와 피해자: 이청준은 「가해자의 얼굴」 발표 당시 '작가의 말'에서 '지역감정'을 언급하며, 그것을 극복하려면 '자기중심의 집단 배타성을 개개인의 정서와 인간이해의 차원으로 해체, 환원시켜나가는 것이 더 효과적'이라는 의견을 밝힌다. 그와 비슷한 발상에서 가해자와 수난자의 자리를 바꿔 생각해보려는 시도가 바로 이 소설이다. 그의 말대로 '통일은 뭐니 뭐니 해도 사람과 사람이 만나는 일이기 때문이다.'

– 수필 「심판의 자리」: 참용서란 가해자가 피해자에게 구슬림이나 강요로 얻어낼 수 있는 것이 아닐 터이다.

「돌아온 풍금 소리」

| **발표** | 1993년.

| **최초의 단행본 수록** | 『목수의 집』, 열림원, 2000.

1. 실증적 정보

– 전기와 관련성: 「돌아온 풍금 소리」는 자전적 요소가 많은 소설이다. 이청준이 다닌 해변 임시학교와 선생님들, 입학 시기 등이 대부분 일치한다. 그의 은사인 방진모와 전정자 선생은 소설에서 양진모와 전영옥 선생이 되는데, 두 사람은 『흰옷』에서도 큰 역할을 한다. 특히 전정자 선생은 소설 「여선생」을 비롯해 「여선생과 풍금」 「수줍던 여선생님」 등 여러 수필, 동화에 나온다.

– 수필 「수줍던 여선생님」: 선생님은 전교생 앞에서 자신이 함께 가지고 온 풍금을 치면서 〈아기별 삼형제〉니 〈고향의 봄〉이니 하는 노래들을 가르

쳤고, 계집아이들 무용을 가르칠 때는 그 계집아이들 앞에서 풍금도 치고 춤도 춰 보이고 하면서 열심히 연습을 계속해나갔다.

2. 소재 및 주제

1) 노래: 앞의 「세월의 덫」 주석 참조.

2) 교지 정리 사업: 장편 『흰옷』에는 「돌아온 풍금 소리」가 조금 변형되어 들어 있다. 『흰옷』에서 교사 황동우는 해변학교 역사를 기록으로 정리해 남기는 일을 하며 풍금에 깊은 관심을 갖는다(131쪽 11행).

– 『흰옷』: i) —그래 전 혼자서 일을 자임하고 나섰습니다. 그 학교의 역사, 특히 망실된 초창기의 선유리 분교시절과 6 · 25전란기까지의 큰산밑 농장께 신축교사 시절의 일들을 다시 찾아내어 기록으로 정리해 남기는 일을 말씀입니다. ii) —전 그분들의 순수한 열정, 어떤 부정한 세력이나 힘의 간섭에도 흔들림이 없이 내 나라 내 민족의 미래를 제 힘으로 일으켜 세워나가려 한 그 꿋꿋하고 고결한 주체적 의지와 헌신적 실천력, 그런 것들 때문에 그분들과 함께한 아버지의 그 시절이 진정 값지고 자랑스러워 보인 겁니다. 그 시절엔 참으로 그런 뜨거운 열정과 헌신적인 실천력의 고양이 필요했고, 그것만이 이 민족과 나라의 밝은 미래를 힘 있게 담보해 나갈 수 있었을 테니까요.

「뚫어」

| **발표** | 1993년.

| **최초의 단행본 수록** | 『목수의 집』, 열림원, 2000.

1. 실증적 정보

– 수필 「백두산엔 왜 가야 했나」: 이 수필에 「뚫어」의 원화가 들어 있다.

2. 인물형

– 이종선: 앞에 나오는 「기억 여행」 주석 참조.

「아우 쌍둥이 철만 씨」

| **발표** | 『문학동네』 1994년 겨울호.

| **최초의 단행본 수록** | 『목수의 집』, 열림원, 2000.

1. 텍스트의 변모

–『문학동네』(1994년 겨울호)에서 『목수의 집』(열림원, 2000)으로

– 158쪽 4행: 응대 → 대응

– 158쪽 15행: 이미 제법 → 제법

– 160쪽 11행: 것일까. → 것인가.

– 162쪽 2행: 스쳐지나가고 있었던 것. → 스쳐 지나간 것이다.

– 167쪽 22행: 웬 위인이 워낙에 그리 곁엣사람을 싫어하는 성깔이니…… → [삽입]

– 168쪽 21행: 사람 → 위인

– 170쪽 2행: 그런 형님의 기벽쯤에 쫓겨서 → 그런 따위 형님의 기벽에 쫓겨서

2. 소재 및 주제

– 분신: 배철만은 배길만이 만들어낸 가공의 인물, 분신이며 길만이 쓴 가면이다. 이청준은 자아망실 상태에서 자아회복을 모색하는 초기작부터 얼굴과 가면, 분신을 꾸준히 다루었다. 「가면의 꿈」 「가수」 「치자꽃 향기」 등.

「날개의 집」

| **발표** | 『21세기문학』 1997년 가을호.

| **최초의 단행본 수록** | 『날개의 집』, 이수, 1998.

1. 실증적 정보

1) 초고: 육필 초고가 남아 있다. 발표작의 세민은 초고에서는 '진석'이다.

2) 수상소감: 「날개의 집」은 제1회 '21세기문학상' 수상작이다. 이청준은 수상소감 「배 위에서 배를 미는 어리석음 안 되게」에서 이 소설을 쓰게 된 이유를 밝힌다. 한 폭의 그림 앞에서 우리가 아름다움과 더불어 위로와 자유를 느끼는 이유는 '우리 현실과 삶의 아픔을 그 작가가 앞서서 혹은 대신해 앓아준 때문'이다. 함께 아파하기, 대신 아파하기는 '작가가 작품으로 감당해가야 할 값지고 큰 몫'이며, 이청준이 「날개의 집」을 쓴 연유이기도 하다.

– 「배 위에서 배를 미는 어리석음 안 되게」: 오랫동안 소설의 불변의 규범으로 신봉돼온 리얼리즘의 으뜸가는 덕목은 뭐니 뭐니 해도 우리 삶의 경험의 공유에 있음이 분명하고, 그 경험이나 체험을 같이한다 함은 무엇보다 그 아픔을 같이함, 우리 삶의 질곡을 함께 앓음에 다름아닐 것이기 때문이다.

3) 이전 발표작품과 관련성: 멍에, 굴레는 벗을 수도 벗어날 수도 없는 삶의 무게, 운명을 뜻한다. 「가학성 훈련」에는 굴레를 쓴 짐승에 비유되는 인물들이 나온다.

4) 전기와 관련성: 참나무골〔眞木里〕은 이청준의 고향 고을이고 회진마을 임시 분교는 그가 다닌 초등학교이다. 앞의 「돌아온 풍금 소리」 주석 참조.

5) 수필 「두 번 사는 소설의 삶」: 소설을 쓰는 일은 작가가 지난날의 제 삶을, 아픔을 소설로 한 번 더 살아내는 일이다.

– 「두 번 사는 소설의 삶」: —그래. 그게 내 그림의 숙명이라면 두고두고 더 앓아 내도록 해보자. 할 수만 있다면 이 땅과 사람살이의 아픔을 다 그림으로 앓아버려서 다른 사람들 눈에는 오직 충만한 평화와 기쁨의 빛만 남아 보이도록./이는 필자의 졸작 「날개의 집」 결말부에서 그림 공부를 해온 주인공이, '중생이 앓으니 나도 앓는다, 마지막 중생의 아픔이 나으면 나도 나으리라'고 한 어느 부처님(유마힐)의 말씀을 떠올리며 자신을 다독거린 독백이다. 문학의 길이 이와 같을 수 있다면 참으로 아름다운 삶의 길이 아니겠는가.

2. 텍스트의 변모

–『21세기문학』(1997년 가을호)에서 『목수의 집』(열림원, 2000)으로

– 175쪽 21행: 정녕 → 정말

– 185쪽 8행: 꼴이던 것이다. → 꼴이었던 것이다.

– 185쪽 14행: 뿐이었다. → 뿐이다.

– 195쪽 12행: 덜해갔다. → 덜했다.

– 195쪽 18행: 현격해져가고 있었다. → 현격해지고 있었다.

– 196쪽 5행: 그는 → 그런 중에도

– 196쪽 6행: 더욱 확실해 보였다. → 더없이 확연했다.

– 196쪽 7행: 시골구석 → 시골

– 198쪽 8행: 지나쳐가고 말았을 → 지나쳐갔을

– 238쪽 13행: 세민이 그 그림 속의 하늘 한쪽에 모처럼 → 세민이 마침내 마음을 새로 다져먹고 그 그림 속의 하늘 한쪽에 다시

– 243쪽 9행: 가슴을 → 가슴을 깊이

– 255쪽 5행: 있는 → 누운

– 255쪽 21행: 배부르게 → 들일 끝에 배부르게

3. 인물형

– 유당: 앞의 「작호기」 주석 참조.

4. 소재 및 주제

1) 아픔 앓기와 예술을 통한 구원: 이청준은 이 주제를 '남도 사람' 연작 등을 통해 지속적으로 다루었다.

2) 우체부: 「심부름꾼은 즐겁다」의 용선도 우체부 일을 동경해서, 장차 '가지가지 편지로 가득한 큰 가죽 가방을 걸머 멘 자신의 모습을 그려보며 부지런히 위인을 뒤좇아' 다닌다.

– 「심부름꾼은 즐겁다」: 초등학교가 자리하던 회진 포구까지의 등하교 길에서 자주 만난 우편배달부에 대한 부러움과 호감이 남달랐던 것부터가 그랬다. 그 시절 그는 학교를 오가는 길에 거의 매일처럼 큰 편지 가방을 걸머멘 우체부 청년을 만나게 되곤 했는데, 성미가 퍽 쾌활하여 웃기는 소리 잘하고 더러는 지나가는 엿장수를 불러 세워 갱엿까지 사주곤 하는 우체부 청년을 좋아하는 동네 아이들 가운데에서도 그는 유난히 그 누르스름한 돼지 가죽 편지 가방을 부러워하며 위인을 몹시 따랐다.

3) 나무타기: 앞의 「홍터」 주석 참조.

「목수의 집」

| **발표** | 『문학과사회』 1997년 겨울호.

| **최초의 단행본 수록** | 『목수의 집』, 열림원, 2000.

1. 실증적 정보

- 수필 「큰 집을 짓는 사람」: 『목수의 집』은 산문집 『사라진 밀실을 찾아서』(1994)에 실린 수필 「큰 집을 짓는 사람」을 소설로 쓴 것이다.

2. 텍스트의 변모

- 『문학과사회』(1997년 겨울호)에서 『목수의 집』(열림원, 2000)으로

- 263쪽 5행: 못했다. → 못한 채
- 263쪽 11행: 있었기 때문이다. → 있었다.
- 264쪽 20행: 누백년 → 수백년
- 267쪽 1,3,4,5행: 아버님 → 아버지
- 268쪽 2행: 좇아 헤매고 → 좇고

3. 소재 및 주제

1) 장인소설: 「목수의 집」의 부제는 '혹은 수공업 시대의 추억'이다. 부제에서 알 수 있듯 이 소설은 「줄광대」 「매잡이」처럼 사라진 시대의 유물인 장인을 중심으로 전개된다.

2) 소재앓이: 소재앓이의 다른 말은 씌어지지 않은 인물들의 종주먹질이다(265쪽).

3) 익명과 기명: 인터넷 등 가상공간과 익명이 넘쳐나는 시대에 소설 쓰기는 창작자의 개성이 분명히 드러나는 기명 작업이다(265쪽 18행).

- 수필 「작품의 기명(記名) 행위에 대해」: 문인들이 지금까지 자신의 작품에 이름을 붙여 내놓는 것은 여러 가지 뜻에서 매우 당연한 노릇이지만, 앞서와 맥을 이어 말하면 그것은 그 작품에 대한 창작자의 책임과 자긍심을 세상에 밝히는 노릇이기도 하다. 그러니 일찍이 어떤 시인이 자신의 모든 작품에서 자기 이름을 지우고 싶다는 탄식조를 털어놓은 것은 그 익명화로 글의 책임을 외면하고 싶어 한 것이 아니라, 거꾸로 이름을 지우더라도 그

작품이 누구의 것인지를 세상이 다 알아주기를 소망한다는, 그만큼 개성적인 글을 쓰고 싶다는 작품 창작자로서의 도저한 자존심과 간망과 무한 책임을 선언한 것일 것이다.

4) 집터: 앞의 「집터」 주석 참조(267쪽 18행).

「내가 네 사촌이냐」

| **발표** | 『창작과비평』 1998년 여름호.

| **최초의 단행본 수록** | 『목수의 집』, 열림원, 2000.

1. 텍스트의 변모

–『창작과비평』(1998년 여름호)에서 『목수의 집』(열림원, 2000)으로

- 298쪽 2행: 그 → 사내
- 306쪽 4행: 올리고는 → 드리고는
- 309쪽 21행: 20여 년 전 → 그 무렵
- 310쪽 8행: 확연한 듯해 보였다. → 확연했던 것 같았다.
- 311쪽 17행: 무관스러움 → 무심스러움
- 312쪽 2행: 네 형의 일 → 제 일

2. 인물형

1) 젊은이: 『당신들의 천국』의 이상욱과 『신화를 삼킨 섬』의 정요선도 젊은이(안서윤의 아들)처럼 소록도의 나환자를 부모로 두었다.

2) 영훈: 「가수」와 『자유의 문』에도 영훈이 있는데, 영훈은 세 소설에서 모두 이름을 하나 더 가진 인물이다.

3) 길동: 「누군들 초장부터 꾼으로 태어나랴」에도 길동이 나온다.

3. 소재 및 주제

- 피곤기: 앞의 「세월의 덫」 주석 참조.